KB122147

쿨! 러브

임향 장편소설

Cool! Love

펴냄에 부쳐

여인의 벅찬 열기는 어머니로 다스릴 때 가능했습니다.
어머니에게 있어 자식은 신앙입니다.
젊음의 날갯짓을 대견하게 바라보다가 가끔 가슴 철렁.
내일이 보이지 않는 현장을 종종 보았습니다.
젊은 세대의 홀로 서기 이면에 보이지 않는 선언
간혹이라도 있어서는 안 될 일들.
부모, 스승, 기성세대를 거부하고 자유를 칠갑하며 방종으
로 치닫는 쿨 사랑 앞에서
공포감에 이 글을 썼습니다.

지금도 거리를 나가봅니다.
호기심을 자극하는 풍경. 밤이 없는 아이들
쿨 사랑이 범람합니다.

사랑이란 이름을 도용한 폭죽놀이가 난무합니다.

쉽게 만나고 쉽게 헤어지는 무모한 사랑놀이에
젊음이 병들어갑니다.

언밸런스 커플, 초월한 미팅, 두 남편, 두 아내,
남의 둥지에 알을 넣는 뻐꾸기 아빠들…,

김치 세대, 햄버거 세대, 인스턴트 스프 세대, 우유와 코코
볼 세대…

개성이 각각 다른 가족들, 이것이 오늘날 아침상의 진풍경
입니다.

분명 세상은 달라지고 있습니다.

막기보다 조화로운 길을 찾아야 합니다.

교육기에 올바른 가치관을 정립하도록 해야 합니다. 지금
사회의 병리현상을 직시하고 물질이 기른 맹목적 사랑의 결과
를 점검하야야 합니다.

절망의 늪에서 매달리는 신앙이 얼마나 고통스러운가?

이 소설은 한 유학생의 삶을 중심으로 전개되지만 자식에
대한 신앙적 매달림, 맹목적으로 키운 자식, 남에게 보이기 위
한 액세서리로 기른 자식의 말로를 보여 줍니다.

홍미와 재미로 교감되는 자리에서 우리의 모두의 현주소를

확인하는 거울로 올바른 가치관을 정립하는 지름길이 되기를 소망합니다.

　책을 멀리하는 현실, 잘 팔릴 수 없는 소설임을 뻔히 알면서 사명감에 선뜻 손해 보는 장사를 시작하시겠다는 도서출판 고글 사장님께 깊은 감사를 드립니다.

　여름마저도 열병에 질식했던 갑술년 한 여름에 퇴고하여 무자년 봄에 빛을 보다.

2008. 3. 31
목동 우거에서
임　향

차 림

앗싸, 쿨 사랑

이미 압구정동은 로데오거리로 알려진지 오래였다. 벤츠나 볼보가 아니면 골목을 누빌 수 없는 최고가가 물결을 치는 거리. 지금은 외제차가 즐비하다. 낮과 밤이 구별되지 않는 젊음이 활기를 치는 거리.

짧은 머리에 무스를 발라 하늘로 한 가닥 한 가닥 올려 세워 마치 고슴도치를 방불케 하는 헤어스타일, 한쪽 귀에 자전거 바퀴 만한 귀고리를 흔들면서 걸어가는 성 구별이 난해한 젊음들, 푹 패인 어깨걸이 티셔츠에 개사슬 같은 목걸이를 주렁 주렁 늘어뜨리고 외제차를 몰고 가는 젊은이. 도저히 남과 여를 구별하기 어려운 새로운 풍물이 아닐 수가 없다.

어느 이국, 파리의 한 귀퉁이를 뚝 잘라다 놓은 유행의 첨단과 낯선 거리다.

눈알이 툭 튀어나온 괴물 같은 외제용 자가용이 비집고 들어왔다. 모양새는 틀림없는 거대한 딱정벌레다. 차안 주인공의 모습이 진풍경이다.

빨간 애교머리를 반곡선으로 꺾어 위로 올리고 한 쪽 귀고리에 번쩍이는 목걸이…. 언뜻 보아 남자인지 여자인지 구별이 되지 않는다. 까만 선글라스 아래 빨간 루즈 빛이 보이지 않는 걸 보면 남자임에 틀림이 없다.

―괜찮은데? 한 번 낚시를 던져?―

라미가 짧은 바지벨트를 바짝 조였다.

배꼽티 밑으로 배꼽이 빠끔히 드러났다. 반짝 배꼽에 박힌 쇠붙이, 멋 내기 피어싱이 반색을 하며 활짝 웃는다.

―어쭈 작품 짱인데.―

외제 자가용 안의 사나이가 침을 꿀꺽 삼켰다.

짧은 바지의 배꼽 밑으로 눈치 빠른 딱정벌레가 몸체를 들이밀었다.

열린 차 뚜껑, 선글라스 사이로 싱긋 웃음을 보내며 하얀 이빨을 드러낸 사나이.

"야! 타."

"아쭈. 제법인데? 야타족? 역시 신세대 답군."

계집애가 싱긋 웃음을 흘리며 차안으로 엉덩짝을 들이밀었다.

"반가워. 눈치 100단인데?"

계집애가 먼저 인사를 했다.

"많이 달라졌다. 전문가도 분별이 힘들다. 장미를 들던가 아니면 치마를 입던가. 뭐냐? 난 호모인가 했지."

사나이가 핸들을 꺾으며 톤을 높였다.

"동성이면 동성대로 일거리가 있잖아?"

"야, 왕 밥맛. 난 동성은 질색. 난 한별이야."

"난 라미."

둘은 이미 알고 지내던 친구처럼 스스럼이 없었다.

"가만, 저기 누가 우리를 부르잖아? 조금 있다가 출발."

라미가 차창 밖으로 시선을 돌렸다.

카메라를 맨 젊은 남자가 손을 흔들며 달려오고 있었다.

"자기, 아는 사람이야?"

라미가 한별을 바라 보았다.

"글쎄?"

한별이도 출발을 멈춘 채 그 사나이를 기다렸다.

"아, 감사합니다. 잡지사 기자입니다. 몇 가지 인터뷰와 함께 사진을 좀…"

사나이는 숨을 몰아쉬며 수첩을 폈다.

"그래요? 어느 잡지사인데요?"

라미가 침을 꿀꺽 삼켰다.

"응해 주시는 거죠?"

기자가 다그치자 라미가 한별을 바라 보았다.

한별의 인상이 구겨졌다.

"튀기긴? 스타가 되는 길인데 얼마나 좋아."

라미가 졸랐다.

"그럼 바쁘니까 용건만 간단히 합시다."

"감사합니다. X잡지사에 근무하는 이성준입니다."

기자는 한별이와 라미에게 명함을 한 장씩 건네주었다.

"우선 타시지요. 여긴 복잡하니 한가한 곳으로."

"아닙니다. 이대로 잠깐이면 됩니다."

잡지사 기자는 허리를 구부정하게 구부리고 차창을 넘겨보았다.

한별은 차창을 밑으로 내려 주었다.

"그럼 빨리 끝냅시다."

한별은 약간 짜증스러운 눈치를 보였으나 기자는 싱글거리며 여유 있게 수첩을 펴들었다.

"압구정동에 자주 오십니까?"

"당연하지요. 생활의 무대라고 할 수 있죠. 왜요?"

기자의 질문에는 라미가 도맡아 대답을 했다.

"제 물음에만 대답해 주세요. 왜 이곳을 자주 오시는지?"

"젊으니까. 그리고 유행과 생각과 뭐 그러그런 모두가 공감하니까요."

"만약에 압구정동이 없다면 어디로 가시겠습니까?"

"음, 홍대 입구."

"저 남자 분에게 묻고 싶은데요. 두 분은 어떤 사이시죠?"

"오늘 처음 만났는데 곧 애인 사이가 될 것입니다. 오늘 중으로."

한별이가 야릇한 미소를 흘렸다.

"아, 그렇습니까?"

라미와 한별은 마주 보고 웃었다. 기자도 웃었다.

"하루에 용돈은 얼마나 쓰십니까?"

"왜요? 대주실래요? 한 5만?"

라미가 웃으며 한별을 바라 보았다.

"남자는 다르죠."

한별은 열 손가락을 펴 보이며,

"아, 10만원."

"택도 없지요, 동그라미 하나 더."

한별은 골든 카드를 꺼내 보였다.

"아, 네. 사진 한 장 찍어도 되겠습니까?"

기자가 수첩을 덮고는 카메라를 번쩍 들었다.

"잠깐만요. 어 어떻게…"

라미는 얼른 거북가방에서 콤팩트와 루즈를 꺼내 들었다.

라미가 얼굴을 손질하는 동안에도 기자의 질문은 계속되었다.

"학생이시죠?"

한별이가 고개를 끄덕였다. 둘은 눈으로 찡긋 싸인을 보냈다.

기자와 한별은 오래 전부터 알고 있는 친숙한 친구사이 같았으나 라미는 눈치채지 못했다.

"저는 재수생이예요. 재수 없이 낙방한 수재란 말이예요."

라미가 콤팩트를 가방에 넣으며 말했다.

"아, 알겠습니다."

라미와 한별은 보뜽긴 채로 포즈를 취했고, 사진 기자는 후래쉬를 번쩍이며 세 번의 셔터를 눌러댔다.

"책이 나오면 보내드리겠습니다. 주소를 좀?"

"됐어요."

인터뷰를 하는 동안에 차들은 클렉션을 울리며 수없이 지나갔다.

한별이가 부웅 차를 몰았다.

"왜? 책을 받아 봐야지."

"유치하게 그건 받아 뭐하니? 뭐 볼 게 있다고."

라미는 한별이가 퍽이나 고상하고 차원이 높은 취향을 가지고 있다는 생각이 들었다.

"너 스타기질이 대단하구나. 그 쪽 취향이니?"

한별이 밀리는 차 물결에 속도를 내지 못하고 라미를 흘금쳐다 보았다.

"스타가 되면 좋지. 얼마나 영광이니? 그 많은 사람들 중에 우리라니, 이건 선택받은 영광이야."

차창에는 유행의 물결이 흐르고 있었다. 찢어진 청바지, 허벅지가 덩그런 핫팬츠와 미니스커트, 허연 살덩이와 빠꼼한 배꼽, 까맣게 그을린 팔다리…

잡지사 기자는 다름 아닌 한별이와 함께 유학생활을 하는 성준이었다. 그는 신문방송학과로 방학중 실습을 하는 중이었다.

사진기를 메고 지나가는 유행의 행보를 막고 서서 무엇인가 열심히 적고 있는 성준이의 모습도 젊음의 물결에 싸여 점점 작아졌다.

"넌 아까 용돈을 물을 때 뭐라고 했길래 그 사람 그렇게 놀래니?"

"자식 상식이 전혀 없더군. 보면 몰라? 왜 오느냐? 용돈은 얼마나 가지고 다니느냐? 그딴 걸 왜 물어. 신세대 잡지면 신세대가 다 아는 사실을 무슨 새로운 기사라고…. 한 마디로 유치해서 못 봐 주겠더라."

"그래도 오늘 우리는 스타야. 그 많은 커플 중에 우리가 신세대를 대표할 수 있는 멋진 커플이라는 거 아니니? 영광이다. 야, 나 오늘 참 재수 좋다. 너 같은 남친을 만나서."

"새파란 게 바다 건너온 차를 몰고 다니니까 눈에 띄었겠지."

"이 차 정말 네 차니?"

"뭐로 증명할까? 이거면 되겠니?"

한별이가 지갑을 빼서 라미에게 전해 주면서.

"봐. 열어 봐."

라미가 지갑을 열자 그만 입을 딱 벌리며 한별을 바라 보았다.

"우와, 순 수표잖아? 이 많은 돈이 다 네 거야?"

"너 혹 한탕 치기배 아녀?"

"뺏길 돈 없으면 쓰기나 해."

"호호호 점도 쳐? 멋지다."

"유치한 질문이나 의문을 삼가 해."

라미는 은근히 겁이 났다.

─혹 이 사람 강도나 절도범 아닐까? 아닌 사람이 어떻게 이렇게 좋은 차, 많은 돈. 하지만 나를 어떻게 하려고, 그래봤자 가지고 놀다 버리겠지. 피차 마찬가지야. 나도 널 가지고 놀다 버린다 생각하면 그게 그거지 뭐. 나야 어떻게 하면 돈 안 쓰고 즐기느냐가 문제였는데 해결이 쉬울 것 같은데?─

"너 이름이 뭐라고 했지? 라미라고 했나? 이름이 참 예쁜데. 성은 없구?"

"주, 주라미."

"네 성은?"

"나? 나는 이."

"멋진 이름인데? 본명이야."

"물론. 아무리 생각해도 나란 놈은 나 하나일 뿐이라는 뜻이다. 하나밖에 없는 별이란 뜻이지. 넌 가명이니?"

"나도 본명이야. 구태여 둘씩 셋씩 이름을 가질 필요가 없었거든."

"그럼 곤란한데…"

차는 어느새 88도로를 진입하고 있었다.

"곤란하긴? 어디를 가는 중인데?"

"우선 드라이브로 분위기를 익히고…"

"익혀? 우린 신세대 아니니? 만나면 그 순간부터 같은 생각 익숙한 대화 안 그래?"

"본명으로 산다며?"

"가명을 가져야 된다는 이론이 뭐야?"

"적응에 시간을 끌게 된다는 말 몰라?"

"그래. 네 말이 맞긴 하지만 난 달라. 한별이 넌 어느 물이니? 서울산 같지 않은데?"

"잘 봤어. 맞춰 봐."

"미국? 호주? 아니면 일본?"

"인상보고 점치는 걸 보니 초범은 아닌데?"

"초범이면 좋겠어? 순진하고 어수룩했으면 좋겠지?"

"아니? 길들이기 힘들어. 지금 같이 바쁘고 급한 세상에 답답하게 언제 허물을 벗겨 즐기니? 안 그래? 난 내숭 떠는 건 질색이야."

"그런 면에선 난 쿨이야."

"쿨 사랑 앗싸지. 넌 대학은 다니고 있는 거야?"

"아까 말했잖아. 재수생이라고 난 포기했어. 재수까지는 그냥 했는데 더 이상 자존심이 상해 있을 수가 없었어."

"그럼 그냥 이렇게 놀고만 있어?"

"그럼 어떻게 하니? 얼른 집어치고 결혼이나 했으면 좋겠어."

"결혼? 이 좋은 젊음을 성냥갑 같은 아파트에 갇혀 감옥살이로? 너 결혼이 뭔지나 알아?"

"그러니 어떻게 해? 공부는 할 수 없고."

"돈줄은 탄탄하고?"

"할아버지 아버지 대대로 돈밖에 없는 사람들이야. 돈 쓰는 것도 진저리가 나."

라미는 눈 하나 깜짝하지 않고 부자라고 내세웠다.

"무슨 복이든 있으면 돼. 그럼 너도 유학을 가. 얼마나 좋은데. 3-4년 동안 자유롭고 호화판 생활에다가 그런 도피처는 더 없다."

"그럼 그렇지. 유학생이구나. 어디야? 미국? 호주? 빨리 말해."

"왜? 미국이다. 따라 나설래?"

"글쎄."

라미는 말꼬리를 흐리며 생각에 잠겼다.

"기왕이면 아는 사람이 있는 곳이 좋잖아. 미국으로 와."

"그렇지만 난 유학은 안가. 내가 왜 도망을 가니?"

"도망이라니? 유학이 뭐 죄짓고 가는 곳인 줄 아니? 너 말하는 게 좀 이상하다."

한별이가 라미의 말꼬리를 잡고 시비조로 나왔다.

"난 도피는 하지 않겠다 이거야. 모두들 유학이라면 그 앞에 도피라는 말 붙인다는 거 모르니? 도피유학 그래서 난 안가겠단 말이야."

라미는 유학에 자신이 없는 것이다.

라미는 단칸방에 앉아 인형 옷을 꿰매고 구슬을 꿰고 있는 어머니의 모습을 떠올렸다.

"바보야. 갈 수 있는 기회가 있다면 얼씨구나지. 안 가겠다는 건 또 뭐야. 돈 많겠다, 내가 돕겠다는데."

"돈? 부모 돈이 네 돈이니? 그리고 널 믿어? 어떻게 믿니? 처음 만난 너를…"

"너 기회란 또 있는 게 아니야. 후회하지 말고 잘 생각해."

"사실 호기심은 있는데 믿고 따라 가?"

라미가 한별이 눈치를 살피며 유혹의 미소를 던졌다.

"너만 꼭 잡으면 미국 갈 수 있다 이거지?"

"그래, 와. 도와줄께! 그러나 분명한 것은 우리 이렇게 만난 사이라는 것을 앞세워 내 사생활에 끼어 들면 재미없다. 알지? 예를들면 질투하고 독점하고 미리 맡아 놓은 남자라고 자리다툼하는 건 아주 질색이야."

"어머머? 누굴 치사하게 만들어. 피차 마찬가지야. 쿨이 내 대명사야, 알아?"

"좋아, 그럼 쿨 사랑 한 번 하고."

산밑에 아담한 러브호텔이 강가에 그림자를 드리고 있었다.

"좋아."

라미가 고개를 끄덕이며 샐쭉 웃었다.

"경험이 많은 모양인데?"

"남자가 뭘 그딴 걸 물어? 한두 번은 당연한 거 아냐?"

둘은 어느새 강가에 매달려 있는 러브호텔로 들어갔다.

카운터에 앉아 있던 호텔 주인의 눈이 휘둥그레졌다.

"방 하나 주세요."

"학생들은 곤란한데요."

주인은 조심스럽게 말했다.

"낮에도 검문 나와요? 나와도 걱정 없어요. 우린 한국 학생
이 아니니까요."

한별은 당당했다.

"유학생도 오늘은 좀 그래요."

주인은 또 거부했다.

"어이, 더러워서. 한국은 너무 안 되는 게 많아."

한별이 문을 탁 닫으며 호텔을 나왔다.

"미국은 안 그러니?"

라미가 한별이 팔에 매달리며 물었다.

"거기야 자유, 자유의 나라잖니."

차는 다시 대성리 쪽으로 달렸다.

"미국 경치 좋으니? 저기 좀 봐 참 경치 좋지? 작긴 하지만
복 받은 나라야. 기름진 땅, 가을이면 높은 하늘, 아름다운 사

계절…"

"시를 써라 시를 써. 미국엘 한번 와 봐. 광활한 벌판, 가도 가도 걸림돌이 없는 도로… 차를 몰면 끝이 없어. 신나다 못해 졸음이 와."

"그래? 미국 얘기 좀 해 봐."

"유학 신청을 마치고 6개월 동안 어학연수가 있는데 그때가 미치겠더라구. 그 기간만 지나면 완전 자유가 보장되는 외출이지."

"자유? 공부 안 해도 되는 거야?"

"할 수만 있으면 좋지. 그러나 어차피 도피로 출발한 나 같은 놈은 돈 쓰고 노는 휴양지거든. 나이트클럽에서 하룻밤, 골든벨 합쳐 700만원 술값을 지불하고 호화판으로 놀다 보면 3-4년은 금방 지나간다고."

"뭐? 700? 그 돈을 다 어떻게 충당하니?"

"부자 아버지는 뭣에다 쓰니? 졸업장 하나 사서 들고 들어오면 아버지 어머니 목표는 달성되는 것이고, 내 체면은 그때 비로소 서는 것이지. 어차피 간판 사러 간 유학이잖니?"

"그렇지만 그런 생각은 너무 뻔뻔스럽다. 얘!"

"사실이 그렇잖니? 솔직한 게 좋잖니?"

"어쩨 양심도 없는 애 같다. 그런 말은 제삼자가 해야 되는 거 아니니?"

라미가 한별이 말에 놀란 듯 질색을 했다.

"이 순진아. 부자 아들 돈 뭉텅 안겨 유학 보낼 때는 부모도 다 각오하고 있는 거야. 그런 줄이나 알아."

"어머나. 난 그렇게 많은 돈은 어림도 없어. 아무리 돈 많다고 해도 지독한 구두쇠들이거든. 난 이나마 용돈 얻어 쓰는 것도 다 엄마가 해 주시는 거야."

라미는 은근히 돈에 대한 유혹을 폈다.

"돈만으로 하는 유학은 아냐. 없는 사람은 없는 대로 다 사는 방법이 있어. 일단 미국 모 대학 입학 허가서만 받아 쥐면 간단해."

"그럼 너 믿고 따라 간다."

"어느 정도 자리 잡힐 때까지만 친구다 알았지?"

둘은 섹스파트너로 쉽게 가까워졌다. 그리고 라미는 한별의 귀국 파트너가 되었다.

한별은 라미에게 유학에 불을 질렀다.

라미는 드디어 유학을 결심했다. 매일 한별이를 만나 호화판으로 즐기며 한별이가 다니는 미국 모 대학 입학 안내를 맡았던 S유학 학원을 찾아갔으나 이미 문이 닫혀 있는 상태였다.

"어떻게 하지? 없어졌는데?"

"얼마 전 유령 학원을 차려놓고 어쩌구 저쩌구 신문에 떠들썩하더니 문을 닫은 모양이야. 사기가 많다는데?"

"LA에 있는 유학 학원과 손이 닿는 곳이면 어디든지 신청해. 그리고 오게 되면 한국 타운에 있는 나이트로 와. 그럼 나를 만날 수 있어."

"정말이지?"

"가끔 라스베가스로 갔었는데 도박에 손을 댔다가 큰일 날 뻔 했어. 섣불리 대들었다가는 큰일 저지르기 십상이겠더라고."

"너 정말 무서운 탕아로구나. 아무리 도피 유학이라고는 하지만 정도가 너무 지나치다는 생각 안 드니?"

라미는 부모를 죽인 유학생 박을 떠올리며 섬뜩한 생각에 몸을 떨었다.

"왜 나를 그런 눈으로 보니? 난 그런 놈이 될 주제도 못되는 놈이야. 라스베가스 도박장 같은 곳에 가긴 했지만 단 한번으로 손을 털은 놈이라고."

"그건 잘한 거야. 그렇지만 돈이 너무 쉽게 얻어져서 자신을 버리고 있다는 생각은 들지 않니?"

"편리하다는 것이지. 복 중에 으뜸은 재복이라고."

"얼마나 돈을 퍼 써 봤길래 그러니? 한번 유학생 흥청망청 돈 쓴 이야기나 들어 보자. 빨리 말해 봐."

"가만있어, 당기는데 한 판 돌릴까."

"앗싸, 쿨 사랑. 당근이지."

라미는 옷을 훌훌 벗고 욕탕으로 들어갔다.

"빨리 들어 와."

라미가 소리를 쳤다.

"뭘 해?"

라미가 재차 짜증을 부렸다.

텔레비전을 다스리던 한별이도 신경질을 부렸다.

"뭐야? 아직도 텔레비전과 싸워? 뭐 볼게 있다고."

라미가 물기를 털며 욕실에서 나왔다.

"테이프라고 원 다 낡아빠지고 재미가 있어야지."

"포르노 테이프 다 그렇지 뭐 별거 있어?"

"미국은 안 그래. 여긴 얼마나 불편한데…"

"학생이 공부하러 가서 포르노 테이프나 보고 잔다."

"그럼 젊음을 주체할 수 없는데 죽은 송장처럼 누워만 있니? 그 많은 시간을!"

"차라리 여자 친구를 사귀지."

"그런 애들도 많아. 한 달에 5천 달러. 우리나라 돈으로 약 400만원이면 동거를 하겠다는 아이들은 얼마든지 있어. 그러나 자유가 없잖니? 변화도 없고…"

"뭐? 400? 유학이 아니고 망학이구나."

"그러니까 혼자 심심하면 테이프 몇 개 빌려다 보는 시간이 많아. 얼마나 신나고 재미있는데, 이건 싱거워서 봐 줄 수가 없다."

"자, 차라리 전희 없는 실기가 더 낫겠다. 누워."

한별은 화면을 지우고 라미를 덮쳤다.

"이건 너무 힘들어. 이게 미국식이야?"

"가만있어."

"난 싫단 말야."

둘은 옥신각신 자기가 원하는 체위를 고집했다.

"자 그럼 이렇게. 됐어?"

라미가 반항을 멈추었다.

"아주 초보구나."

"넌 이런 일엔 도사 다 됐구나."

"먹고 연구한 일이 이런 일이었다. 왜 싫으냐?"

"아니. 재밌어. 넘넘 좋아."

"앞으로 미국식 섹스다 알지?"

"어마 자기 넘 멋지다. 그래. 그럼 지금 미국에서 하숙해?"

"월 2천 달러야. 방세가."

"월세로 2천 달러면 얼마야? 160만원? 1년이면?… 와. 3년만 잡아도 집 한 채 날리는 거 아냐?"

"바보, 놀라긴? 어디 방세뿐이니? 고급 스포츠카 하나는 굴려야지. 가끔 폰섹스도 하고."

"폰섹스가 뭐야?"

"전화로 부르는 거야. 갖가지 여자들이 앨범으로 가격까지 다 매겨져 있어. 전화 한 통 하면 10분 내로 달려오는데 뭐."

"그럼 외국여자하고?"

"동양계도 있고 검둥이도 있고 색깔별로 다 있어."

"그래 섹스 맛은 어때?"

"좀 그래. 우리 애들하고 할 때 같지는 않아. 그냥 신비하고 새롭다고나 할까?"

"너무 했다. 그런 생활은."

"나도 인제 그런 생활 조금씩 시들해. 어서 어른이나 되었으면 좋겠어."

"왜, 결혼은 갇히는 거라 싫다며? 그리고 뭐 나이만 먹는다고 어른 되니? 생각이 깊어야지."

"하는 소리지. 어른 되기 그렇게 힘든 거니? 언제 X세대를 면하게 될지 캄캄하다."

"젊음이 얼마나 좋은 건지나 알아? 우리 엄마가 그러는데 세상에서 사랑이 제일 아름답다고 생각하셨는데, 요즈음은 젊음보다 더 귀하고 아름다운 것이 없다고 하신다. 젊음이 제일 좋대."

"네 엄마 몇 살이신데?"

"40십대. 왜?"

"젊음도 좋지만 돈이 최고야. 한별아 넌 사업가가 돼서 돈 많이 벌어."

"헛돈 쓰는 공부만 했는데 무슨 사업? 기술이나 있나?"

"미국 사람들이 우리 학생들 보면 한심하다 하겠다."

"동양계 유학생들에게 붙여진 불명예스런 이름이 있긴 하지만 다 그런 건 아니니까. 나 같은 놈에게만 해당되는 말이지."

"불명예스런 이름이라니? 말해 봐."

"패러슈트키트!"

"그게 무슨 뜻이야?"

"낙하산에 태워져 적지에 투입하듯 해외에 내던져진 아이들이란 뜻이야. 미국 언론들이 우리들에게 붙여준 이름이지."

"얼마나 타락상이 기가 막혔으면 그런 이름까지 붙였을까? 유학이란 말 매력이 없어진다. 아무리 돈이 최고라지만 값진 젊음을 그렇게 아무렇게나 써버리다니!"

라미는 호기심이 나면서도 한별이의 말에 거부감이 왔다.

"너 그런 비판적인 생각이면 유학 오지 마."

"맞는 말이지만 아직은 우리와 감각적으로 먼 이야기라 매력이 없단 말이야."

"그래. 그러니까 오지 말란 말이야. 나도 너 같은 훈장 형은 좀 답답할 것 같아."

"너 같은 유학이라면 난 매력이 없다. 실망했어."

"와 봐. 그렇지 않은 아이들도 많이 있어. 식당에서 접시 닦기를 한다든가 화장실 청소를 한다든가 나름대로 아르바이트를 하면서 유학 생활을 착실하게 하는 억척 파들도 있어."

"하나같이 돈이 없는 아이들이겠지?"

"그렇지 만은 않아. 어찌되었거나 일단 오면 자기가 어떤 부류의 인간이라는 것쯤이 드러나게 된다고. 자기를 시험하기 위해서도 한번은 올 필요가 있어. 너같이 삼수를 기다리는 애들은."

"삼수를 기다리는 애들의 갈만한 곳이라?"

"꼭 나처럼 되라는 법은 없잖니? 누가 알아? 국내에서 삼수생 손가락질을 받는 것보다 외국 유학이라는 간판 하나 따고 잘 되면 성공 실패해도 본전은 되잖니?"

"졸업장을 못 따면 가나마나 아니니?"

"다 길이 있다니까. 넌 왜 겁부터 먹니? 돈이면 통과하는 세상 아니니? 난 지금까지 돈이면 무엇이든지 된다는 논리로 살았고 돈으로 해결해 안 되는 일이 없었어. 내가 유학을 가게 된 것은 재수가 없었던 것 뿐이야."

"재수가 없어 유학을 가다니? 그게 또 무슨 소리야? 희망한 것이 아니었어?"

"처음부터 유학을 꿈꾸는 사람이 어디 있니? 국내에서 비비다가 길이 막힐 때 선택하는 길이지. 왜 도피라는 말이 붙겠니?"

"그럼 대학 길이 막혀서 갔다 이 말이구나? 대입고사는 치러 봤고?"

"치루다 뿐이니 보기 좋게 합격이었다, 합격."

"그런데 재수가 없다는 건 또 뭐야? 어느 대학인데?"

"내가 말 안 했나? S대는 아니지만 서울 안에 있는 대학에 어엿한 신입생이었다고. 헌데 재수 없게스리 부정입학 운운하며 홀딱 뒤집히는 바람에 보기 좋게 걸려들었지."

"그건 잘 됐다. 너 같은 애들 때문에 우리가 떨어진 거야."

"배고프다. 우리 먹으러 가자."

분위기가 이상하게 돌아가자 한별이가 시장기를 호소하며 화제를 바꾸었다.

"그래 뭘 먹을까? 피자?"

라미는 피자를 원했다.

"난 피자 질렸어. 통돼지 구이는 어때?"

"야만인 같이 징그럽다, 얘."

"야만인? 원색에 가까울수록 사는 맛이 난다는 거 년 모르니? 벽을 쌓고 쳐 바르고 형식의 굴레에 복선에… 난 그런 것이 싫어서 공부를 멀리 했는지 모르지만 생긴 그대로 거르지 않은 순수가 좋아."

"순수란 그런 게 아니야. 더럽고 불편하고 부정스런 것을 걸러낸 맑고 깨끗한 진솔함을 말하는 거야."

"그럼 자연그대로라는 말은 어때?"

"자연? 자연은 순수하지."

"무슨 애가 말꼬리를 잡고 그리 질기냐?"

"내 말은 네 생각이 너무 짐승스럽다 이 말이야."

"그럼 사람이 짐승 아니고 뭐야?"

"짐승 이전에 만물의 영장. 생각하는 지혜로 살기 위한 노력. 그것이 배움 아니니?"

"그래, 이론은 그렇다. 그런데 넌 나보다 든 게 많은데 왜 재수니?"

"글쎄 몰라 길이 다른 데 있나 봐."

"다른 길이라니?"

"사실 나는 학문보다는 기술 쪽이거든. 엄마가 꼭 명문대를 고집하시는 바람에 처음엔 서울 안에 있는 치대. 그 다음엔 지방 약대. 이젠 갈 곳이 없어."

"그럼 유학은 생각 안 해 봤어?"

"유학? 너 같은 애들 때문에 유학가면 사람 버리는 줄 알아. 나도 사실은 선입견이 그렇고. 호기심은 있었지만!"

"넌 아직 가능성이 있어. 잘 하면 성공하겠는데. 아, 배고프다. 그럼 갈비로 하자. 그럼 됐니?"

"좋아."

한별과 라미를 태운 외제 자가용이 도로를 질주했다.

"도대체 넌 용돈을 얼마나 타왔길래 큰 소리니?"

"너 있잖니? 할아버지 아버지 대대로 돈 쓰는 일만 배웠다면서?"

한별이 라미를 힐끗 바라 보았다.

"나 믿고 그러는 거야? 사실 난 그 반대야. 괜히 허세를 부린 거라고. 돈이 있어야 친구가 될 수 있을 것 아니니? 미안해."

라미가 풀기 없이 시선을 내리깔았다.

"괜찮아. 내가 귀국해서 처음 만난 친구인데 있고 없고가 문제니? 좋은 친구는 돈이 아니고 감정이야. 난 네가 마음에 들었어. 오늘 한 장 가지고 나왔어. 이만하면 서울 장안에서 최고만 골라 즐길 수 있어. 걱정하지 마."

"나 자존심이 좀 상한다. 그냥 갈까 봐."

"순진하긴? 일부러 흥정해 오는 애들도 많은데 뭘 그러니? 그런 배짱으로는 유학 가서 백발백중 실패야."

"유학도 배짱으로 가니?"

"그럼. 넘어야 되는 장벽이 얼마나 많은데? 두껍고 높은 언어의 장벽. 그 다음은 춥고 시린 고독의 장벽… 보통 배짱 아니고는 힘들어. 적응이냐 부적응이냐 그것은 오직 의지력 배짱이라고. 자존심? 체면? 다 헛소리야."

"듣기만 해도 무섭다."

"그러니까 연고가 있다던지 아니면 나같이 안내할 수 있는 언덕이 있으면 적응하기 쉬워."

"만약 내가 유학을 가게 되면 도와 줄 수 있니?"

"무엇을 도와달라는 말이니? 분명히 말해? 돈이 없다면서?"

"돈도 그렇고… 만약 나를 미국까지만 데려다 주면 자신 있을 것 같아. 돈도 벌어 가면서 공부할 수 있다며?"

"있지. 일도 하지만 있는 애들 등치기도 괜찮아."

"난 그렇게는 안 살아. 도와줄래?"

"솔직히 말해. 뭘 도와줄까?"

"호호 돈도 좀 도와주면 고맙고 그 다음은 적응하는 걸. 말하자면 식당이나 매점에서 아르바이트를 할 수 있는 길 말이야. 잘 되면 갚아줄게."

"그래 좋아. 다 문제없어."

"어마. 정말 고마워."

라미가 한별이 볼에 쪽 입술을 찍었다. 볼에 판맥이 입술 꽃이 빨갛게 피었다.

거울에 비친 얼굴을 바라본 한별이 싱긋 웃었다.

"나는 오늘 라미표 한별이다."

"좋아. 한별아, 영어는 어느 정도 해야 하니?"

"대화는 통해야지."

"그런데 넌 유학생이라면서 왜 단 한 마디도 영어를 쓰지 않니?"

"글쎄, 그러니까 내가 옆으로 빠진 것 아니니? 늘 영어 통역 친구를 달고 다니는 신세거든!"

"통역 친구? 그 친구도 한국 친구야?"

"한국 사람이면서 백인인 양 착각하는 동포지."

"월급을 주면서?"

"일급이지. 매일 지급이야. 같이 놀고 같이 먹고 집에 갈 때는 차비를 주고…. 돈이면 다 되는 세상이라니까?"

"내가 만약 유학을 가게 되면 너 쫓아 다니다가 나도 탕아의 길로 빠지면 어떻게 하지?"

"염려 마. 네가 언어의 장벽을 넘게만 되면 나는 너를 고독의 벽에서 해방시켜주는 일을 도와줄게. 그것도 스스로 해결하게 된다면 넌 성공할 수 있어. 어떤 기술을 배우고 싶으니?"

"글쎄. 강아지 미용은 어떨까?"

"겨우 배우고 싶은 기술이 강아지 머리 깎는 일이야?"

"나는 어릴 때부터 강아지와 함께 자랐거든. 강아지 손질하는 데는 자신이 있어. 요즘 애완용 강아지를 데리고 나온 사람들 보면 너무 개성이 없어. 나 같으면 더 심플하고 멋있는 패션작을 낼 수가 있다는 생각이 들어."

"야, 개 얘기 하니 멍멍탕 생각이 난다."

"아유, 정말 저질이야. 한참 예술을 논하는데 멍멍탕이라니, 정말 육질로만 뭉친 남자구나."

"우선 본능을 채우고 나서 기와집을 짓자."

차는 어느새 홍대 앞 골목으로 접어들었다. 석양이 노을을 붉게 물들이고 있었다.

"압구정동 보다 덜 요란한데?"

"지적 분위기와 X물결이 접합된 골목이거든."

넓은 공간에 탁 트인 시야. 카페의 이름도 신세대의 감각에 맞춰 다양했다.

"오늘은 여기서 묻히는 거야. 먹고 마시고… 어때?"

"좋아. 아무래도 여기가 우리의 본거지가 되어야 할 거야."

"무슨 뜻이니?"

"일회용 인생과 학문의 접목지… 아직은 우리가 학생이잖니?"

"넌 여기 자주 오니?"

"의식적으로 몇 번은 와 봤어."

"왜?"

"신세대라는 걸 확인하면서 내일을 꿈꾸기 위해서."

"압구정동 보다 여기를 더 찾는 이유는?"

"배움을 포기하지 않았기 때문에. 내 또래를 보면서 자극 받기 위해서야. 같이 어울리다 보면 초라해지기도 하지만 자극도 되거든."

네온사인이 현란한 카페거리로 한별의 차가 깊숙이 빠져들었다.

우와, 멋지다 또래들의 시선이 몰리고 입이 벌어졌다. 어두컴컴한 레스토랑 문이 열렸다.

"고기 먹고 싶다고 했는데 괜찮아?"

라미가 포크로 스테이크를 자르면서 한별을 쳐다 보았다.

"네가 어린애처럼 떼를 쓰니까 할 수 없잖니?"

"네가 너무 돈을 많이 쓸까 봐 그랬지. 돈 10만원 가지고 나왔다면서."

"누가 그래. 10만원이라고?"

"한 장이라고 했잖니?"

"바보. 항상 나하고 놀 때는 네 생각에서 0하나를 더 붙여."

"그럼 100?"

"놀라긴? 보통이지."

"형제는 많으니?"

"아니. 나 하나야."

"누나는 고등학교 때부터 호주로 가서 음악공부를 했어. 나름대로 성공한 셈이지. 거기서 결혼해서 호주사람이 될 거래."

"어마, 왜 호주 사람이 될까? 배운 것을 가지고 들어와 우리나라에 다시 재투자해야 되는 거 아니니?"

"넌 훈장 냄새가 풀풀 난다. 선생했으면 딱 좋겠다."

"그랬으면 나도 이렇게 되지 않고 대학생이 되었을 텐데. 이게 운명이지 뭐. 그런데 유학 가서 눌러 산다는 건 좀 아깝잖니?"

"누나가 좋아하는 사람과 그렇게 하기로 작정했다는 데 뭐!"

"어떤 남자인데?"

"간판이 있으니 '사' 자 붙은 놈하고 하겠지."

"판사?"

"아니야. 우리 엄마는 의사 사위를 원해. 열쇠를 열 개쯤 해놓고 기다리거든."

"누군가 수지맞겠구나. 누나 성품은 괜찮고?"

"돈으로 만든 여자인데 별 수 있겠니? 결국 어느 룸 팬인지 엄마 기대는 실패로 끝났다 이거야."

"그럼 이미 결혼한 거야?"

"두 번째 사귄 남자하고 열애중이래."

"너도 결국은 있는 집 여자, 곱게 돈으로 키운 여자 얻을 것 아니니? 간판이 그럴싸한 큰 대문집 아가씨."

"난 안 그래. 참 너 몇 살이니?"

"왜? 스물."

"어쩐지 어리다 했더니."

"어리긴? 넌 몇 살인데?"

"나? 스물 둘."

"친구로서 괜찮지 않니?"

"결혼할 대상으로 점을 쳐봤는데 안되겠다. 너무 어려서."

"안 맞긴? 알맞지. 나이가 무슨 상관이니? 고루하게."

"난 푸근한 여자가 좋아. 나보다 나이가 많은 엄마 같은 여자."

"아이 징그럽다. 그럼 너도 마마보이니?"

"가끔 내가 누구를 이끈다고 생각하면 불안해. 가끔 오늘처럼 객기를 부리기도 하지만 대개는 든든한 사람이 곁에 있을 때 비로소 평안함을 느끼거든."

"그런데 어떻게 유학은 갔니? 바다가 무서워서 어떻게 건너가고 먼 곳에서 엄마가 보고 싶어 얼마나 울었니?"

"그러니까 전화비만 한 달에 100만원을 육박했다니까."

"어이구, 할머니를 소개해야 되겠구나. 정말 세대 차이나서 못 놀겠다."

"난 동생들을 많이 키워보아서(?) 네 마음도 이해할 것 같아.

고독이 널 그렇게 만든 걸 거야. 곱게 자란 점도 있겠지만!'

라미는 멀어져 가는 한별의 마음을 자꾸 가까이 붙들려고 너절한 거짓말로 유혹을 했다.

낮에 그렇게 당당하던 한별은 밤이 되어서는 정서불안증에 놓인 사람처럼 안절부절 못했다. 전화통으로 달려가 엄마를 부르다가 돌아오곤 했다.

"왜 그래? 누구야?"

"엄마야."

"나하고 있는데도 엄마 생각이 나?"

"엄마하고 전화하고 나면 마음이 편해. 너도 해."

"난 너하고 달라. 일일이 보고 안 해."

"그럼 불효야."

"믿음으로 살아. 내가 이러고 있는 거 엄마는 상상 못해. 디자인 학원에 갔다가 아르바이트하는 줄 알아. 늦어도 12시면 집에 들어갔거든."

"나중에 알고 나면 더 실망하실 것 아니니?"

"나는 내 앞가림은 할 수 있어. 적당히 젊음을 즐기며 소신껏 사니까. 무리는 하지 않아. 가능한 것만 행하고 불가능한 것은 쉽게 포기하고, 그러면 아주 편해."

"우리 노래방에 갈까?"

라미가 거북가방을 둘러매며 자리에서 일어났다.

라미와 한별은 저녁을 먹고 노래방으로 들어갔다.

"야! 심플한데?"

"미대생들의 아르바이트 작품인데 괜찮지?"

"역시 대학가 분위기다운데?"

둘은 달팽이처럼 감아 올라간 층계를 따라 긴 통로로 빠져들었다.

칸막이마다 문양과 칼라가 다양했다. 초저녁인데도 룸은 거의 차 있었다.

"넌 18번이 뭐니?"

라미가 마이크를 전해주며 물었다.

"난 노래 못해."

"그래도 좋아하는 노래 한두 곡 정도는 있잖니?"

"너나 불러. 난 유치해서 못 놀겠다."

"유치하다니? 미국 건달들이 놀던 물과 달라서 하는 말이니?"

"다른 정도가 아니지."

"그래도 여긴 한국이니까 적응해야 돼. 어서, 몇 번 골랐어?"

"네가 먼저 불러 봐."

"난 김건모의 「핑계」 그리고 황규영의 「나는 문제없어」 김민종의 「작은 짝사랑」…"

"야, 레파토리가 다양한데? 난 소양강처녀나 불러야겠다."

라미와 한별은 노래방에서 편의점으로 편의점에서 나이트

로 밤이 새는 줄도 모르고 젊음을 발산했다.

"어마? 지금이 몇 시지?"

라미가 눈을 비비며 한별을 깨웠다.

"잠 좀 자자. 왜 이러니?"

"나 집에 가야 돼."

"그럼 먼저 가."

"또 안 만나?"

"LA에서 만나."

라미는 황황히 호텔방을 빠져 나왔다. 이렇게 헤어지기는 섭섭했지만 한별이의 냉정한 인사에 더 이상 잡고 싶지 않았다.

'맞는 말이야. 만남과 이별은 빛과 그림자지.'

라미는 어두운 골목으로 사라지는 택시를 잡았다.

"봉천동으로 가 주세요."

"학생이 왜 늦었어?"

"아르바이트를 했어요."

"밤에?"

"왜요? 편의점에서…"

"아, 편의점. 요즘 편의점 장사 잘 되나?"

"그럼요. 낮도 밤도 없이 젊음이 들끓는 곳이거든요."

"참 요즘 젊은이들은 잠도 없어. 밤새도록 그래 뭘 하느라고 몰려다니는지?"

"젊음 때문이지요. 나름대로 스트레스도 풀어야 하고 즐기기도 해야 하고 새로운 플랜을 세우기도 하고 그래요. 무조건 놀기만 하는 것도 아니예요."

"노는 게 아니면 일을 하나? 돈을 버느냐 말야? 만남도 생산적일 때야 일이라고 하는 거야. 우리 클 때는 상상도 못했던 일들이야."

"어마? 아저씨 그렇게 별종 취급하시지 마세요. 저희들도 나름대로 생각을 가지고 있어요. 인생을 배우고 있단 말이예요."

"인생? 편의점에 모여 밤새도록 콜라나 마시면서 남녀 학생들이 마주 보고 히히덕 거리는 것이 인생 공부라고?"

"그럼, 아저씨는 방구석에 틀어박혀 책과 싸워 일류대학에나 들어갈 궁리를 해야 인생을 성공한다는 말씀인가요?"

"나는 대학을 고집하는 부모들과는 생각이 달라요. 나름대로 자기가 가야 할 길이 있어요. 기술자가 되는 길이라든지. 장사에 소질이 있다든지 아니면 가꾸기를 좋아하는 길이라든지. 어떤 길이 내 길인가 현장에 들어가 자기를 발견해 보라는 거야. 편의점에 앉아 돈 쓰는 일을 연구하지 말고 내가 벌어서 쓰는 길을 생각해야 된다 이 말이지."

"남자들에게는 중요한 일이겠지만 여자는 어떤 남자를 만나야 되느냐가 더 중요하거든요."

"그래 아가씨는 편의점에서 일하면서 남자 고르는 연습을 했나? 그래 어떤 남자를 골라야 된다는 결론을 얻었는가?"

"능력 있는 남자요."

"그래 그 능력 있다는 것이 뭐야? 그런데 모이는 놈 치고 대가리는 빈 놈일테고…"

"돈을 잘 벌어 올 수 있는 남자죠."

"뭘 해서 돈을 벌어 올 것이라고 생각을 했나? 도둑질? 사기?"

"돈 샘에서 퍼오는 남자들도 많아요. 그 돈 샘이 얼마나 깊고 많은 물이 고여 있는가가 문제지요."

라미는 조금전 함께 있던 한별을 생각하며 침을 꿀꺽 삼켰다.

"여자는 시집을 잘 가면 자기 한 몸 행복하지만 남자는 장가 한 번 잘 못 들면 집안이 망한다고 했는데, 요즘 남자들도 여자를 고르는 법을 연구하고 있나?"

"여자들보다 더해요. 있는 집 여자를 업고 출세하려는 남자들이 얼마나 많은데요."

"저런? 처가 덕에 편히 먹고 산다? 그러면서도 남자 구실을 한다는 거야? 못난 놈들…"

"서로 덕을 볼 거라고 생각했다가 속는 경우도 있잖아? 그때 어떻게 하나?"

"뭘 어떻게 해요? 헤어지지요."

"그러니 그게 탈이야. 그 사이에 애가 생기면 어떻게 해?"

"그러니까 누가 애를 낳나요? 확인하고 결혼하고, 결혼하고 확인하고 안정하고 틀림없다 하면 애 낳고 사는 거죠."

"아가씨는 야무지게 생겨서 시집을 잘 가겠군. 그래 어느 편이야. 덕을 줄 편인가 볼 편인가?"

"편의점에서 아르바이트하는 주제에 덕을 줄 형편이 되겠어요? 당연히 돈 샘을 업어야지요."

"그래 찾았나? 그런 남자를?"

"찾긴 했는데, 모르겠어요. 남자가 나를 맘에 두고 있는지…"

"들도록 하는 연습은 안 해 두었군."

"취향 파악 중에 있어요. 아저씨 다 왔어요."

라미는 차에서 깡총 내리뛰면서 고개를 까닥했다. 그리고는 언덕길을 향해 줄달음질 쳤다.

야간등이 하나 둘 꺼지고 있었다.

외제 자가용과 녹슨 자전거

"성준아, 우리 노래방 갈까?"

"노, 지금 정신 있니? 우리가 노래방에 가서 노래 부르게 생겼니? 며칠 남았다구."

한별이는 답답한 모양이다. 주머니에 돈은 있고, 함께 놀 친구는 없다.

공부는 하기 싫고. 그렇다고 함께 어울릴 친구도 없다. 강북에 있을 때는 더러 끼리끼리 어울릴 친구를 만날 수 있었는데, 학군 좋은 강남으로 학교를 옮기고는 친구가 없다.

모두들 학교가 끝나기 무섭게 자가용에 실려 과외장터로 몰려가고 있기 때문이다. 이런 분위기가 한별이에게는 무섭게까지 느껴졌다. 그래서 겨우 잡힌 친구가 가난뱅이 성준이었다.

"성준아, 요즘 '코코모'가 유행이야. 30분이면 배울 수 있어. 가자."

"코코모?"

"그래, 아루바, 자메이카로 오 아이워아 테이유 머무다 바하
마…"

한별이 몸을 흔들며 어설픈 발음을 냈다. 음정이 형편없이
움직였다.

"그거 발음 정확해?"

"그걸 알면 내가 노래방에 가자고 했겠니? 도시의 번거로움
을 떨쳐버리고 남미의 열대 해안을 향해 도피여행을 떠나보자
는 노래인데 어때? 넌 도대체 답답하지도 않니?"

"잠깐 탈출한다고 우리의 멍에를 벗을 수 있니?"

"넌 너 혼자이면서 뭐가 그리 걱정이 많아? 자유롭잖니?"

그래 성준이는 지금 혼자다. 공장에 다니다가 시집간 가난
뱅이 누이 하나가 있을 뿐이다. 서초동 꽃집에서 밥벌이를 하
던 아버지, 봉천시장에서 하루 종일 옥수수를 삶아 팔던 어머
니, 지금은 모두 가시고 없다.

"자유? 자유가 얼마나 큰 형벌인지나 아니?"

"형벌?"

"그래 형벌이다. 너는 어려운 일이 있으면 부모님에게 부비
면 되지. 지금 같이 답답하면 주머니에 의지하면 되지? 그러나
자유란 스스로 해결해야 된다는 것. 그것도 책임을 수반할 때
진정한 자유를 소유하게 되기 때문에 자유란 곧 책임이다. 마
음대로 하는 것, 그 마음의 결정이 어려운 것이니까."

그렇다. 성준이는 자유롭다. 마음대로 할 수 있다. 간섭자가 없으니까 말이다. 그러나 식생활도 스스로 해결해야 하고 부모가 남기고 간 월세방도 기한이 다 되어 간다.

　"뭘 그렇게 어렵게 사니? 내가 말하는 자유란 적어도 네가 하고 싶은 일은 마음대로 할 수 있다는 그 말이야."

　"알지. 순간순간 감정대로 살면 남는 게 뭐 있니? 우선은 낙방, 재수야 안 그래?"

　"난 틀렸어. 포기야."

　"노력하지도 않고 포기야? 그럼 왜 학교에 나오니? 일찌감치 영운이처럼 족집게 학원인가 하는 곳으로 가지."

　"영운이? 걔 말도 말아. 아침부터 밤중까지 꼼짝도 못한대. 외출도 못하고 집에도 못 오고 감옥살이한단다."

　"그러니까 거금 들여 잡아 넣은 거 아니니? 어쨌거나 공부는 하는 거 아니니?"

　"그런 소리 말아. 그러잖아도 우리 엄마가 그러고 싶어 몇 번이고 영운 엄마한테 전화하는 걸 봤단 말야. 난 숨통이 막혀 금방 죽을 거야."

　"잘 가."

　성준이가 헤어지는 골목에서 먼저 인사를 나눴다.

　"성준아, 우리 먹자. 간단히 먹고 가자."

　성준이는 거절하지 않았다. 너무 배가 고팠기 때문이다. 집에 가도 라면이다. 그리고 새벽이면 신문을 돌려야 한다. 가난에 장사가 없다고 성준이는 먹자는 그 말 한 마디에 레스토랑으로 따라 들어갔다. 기왕이면 장국밥이라도 배가 부르게 먹었으면 좋으련만 한별이의 입맛은 배부름보다 혀끝이 즐거워야 한다. 있고 없음에 길들여진 생활 탓이다.

"너 배 고팠었구나!"

성준인 겸연쩍게 웃었다. 사실이다. 노래방에 가서 노래를 부르면 시간을 먹는 것보다 차라리 허기진 창자를 채우는 일이 더 급했다.

"도대체 넌 어느 학교를 갈 생각이니?"

성준이가 한별을 바라 보았다.

"글쎄, 전문대라도 들어가려는데. 호텔경영학과는 어떨까?"

"왜 하필이면 호텔 쪽이야?"

"우리 아버지 빌딩에 호텔 있잖니? 지금은 남이 세 들어 하지만 내가 운영하면 어떨까 해서."

"그것도 좋지. 그럼 한번 해 봐. 기왕이면 대학을 목표로 해. 그래야 전문대라도 갈 수 있으니까. 처음부터 전문대하고 낮게 잡을 게 뭐 있니?"

"너도 알다시피 내 주제에 뭐 공부하게 생겼니? 순 간판이나 따면 다행이지."

"공부를 해야지. 부모님도 동의하시는 거야?"

"우리 부모? 말도 말아. S, Y, K만 들먹이신다. 정말 내 주제를 알고나 하는 생각인지 나도 모르겠어."

"열심히 해 봐."

"난 내가 잘 알아. 택도 없어."

맞는 말이다. 성적은 하에서 뺑뺑 돈다. 그러나 학교선생님
들의 쓰다듬이 있어 출석은 열심히 한다.

"너는 행복한 놈이야. 선생님들이 너에게 관심을 가지고 계
신 것만 해도 그렇고…"

그렇다. 관심이다. 어느 시간이나 마찬가지로 들어오는 선
생님들마다 한별이를 먼저 부른다. 그리고 부드럽고 다정하게
쓰다듬어 놓고는 수업이 시작된다. 보는 자에 따라 해석이 다
르다. 그래놓지 않으면 수업 분위기를 개판으로 만들기 때문
이라는 시각과 부모님의 후광으로 사랑을 받고 있다는 시각이
다. 지금 성준이가 하는 말은 순수한 사랑으로 해석하고 있다.

한별은 잠자코 있었다. 아무리 철이 없는 녀석이라도 어머니
의 거센 치맛바람을 자랑하리만치 어리석지는 않기 때문이다.

"너는 어느 학과를 지망하는데?"

한별이가 성준이를 바라 보았다.

"나? 신문방송학과…"

"거기 졸업하면 신문기자 되는 거잖니?"

한별이가 입맛이 없다는 말투였다. 늘 아버지가 집에 들어
오시면 '거지같은 놈들' 하시며 화를 내시곤 했는데, 내막은
번번이 신문기자들한테 시달린 날이었다.

"왜 하필이면 신문방송학과니? 의대나 법대를 가지."

"의대? 6년이야. 누가 뒤를 대니? 주제파악을 해야지."

"들어가기만 해. 내가 책임질게."

"자식, 고맙다."

"그럼 의대 가는 거야?"

"아니? 신문방송학과는 신문과 방송에 관한 것만 배우는 것으로 알고 있었는데 매스미디어에 관한 것을 다 배워."

"매스미디어가 뭔데?"

"신문, 라디오, 영화, TV, 잡지, 광고 등을 말하는 거야."

"그래서 결국은 신문기자가 되는 거 아냐?"

"그거야 모르지. 들어가 봐서 내 취향에 맞는 파트가 있으면 바꾸게 될지. 매스미디어 전반에 관한 연구와 매스커뮤니케이션에 관한 전반적인 현상과 흐름 그 외에 여기에 수반되는 문화형태 이에 따른 대중들의 삶과 방식 등 속속들이 연구하는 학문이거든. 신문잡지 제작에도 흥미가 있지만 비디오 텔레비전 프로그램 제작에도 흥미가 있단 말야."

"그래. 신문기자는 하지 마."

"왜? 얼마나 매력 있는 직업인데. 아무나 신문기자 하는 거 아니다. 민중의 지팡이, 무관의 왕. 남자면 한번쯤 꿈꾸는 직업중의 하나란 말야. 모두들 신문기자가 되겠다고 들어가지만 대개는 방송국 통신사 광고업체 기업체의 홍보실 그런 데로 빠지는 게 일반적 현상이래. 취업이란 게 그리 쉬운 게 아니잖니? 사회는 어디까지나 치열한 전쟁이니까."

성준이의 장구한 계획을 듣고 나니 한별은 은근히 겁이 났다. 성준이의 생각은 어른 같다. 자신은 장래에 대하여 아무런 계획도 없는데…

—성준이와 내가 같냐? 그 애는 아무것도 없으니까 뭐든지 자기 힘으로 해결해야 되니까 그렇지. 나야 뭐 부모 든든하겠다. 앞으로 돈을 벌어야 될 필요가 없는 사람 아냐. 쓰는 일만 잘 해도 좋다고 하셨는데.—

"야, 성준아 너 고팅 해 봤니?"

"아니."

"그럼 여자 친구는?"

"관심 없어."

"정상이 아니구나. 관심조차 없다니."

"지극히 정상이지. 그러나 여자 친구 만나고 그럴 정신이 있니? 그냥 참고 삭이는 거지. 나도 남자야 피가 펄펄 끓는 남자."

"우리 집에 갈래? 우리 엄마 지금 안 계셔."

"안 계시면?"

"비디오 가게에 가서 테이프 빌려다 보자."

"한가하게 영화구경 할 때야?"

"영화가 아니고, 있잖니. 그런 비디오."

아무리 자제력이 있고 학업에 집념이 강한 성준이라 해도 젊음은 유혹을 뿌리치지 못했다. 킥킥거리며 얼굴을 붉히며 가슴을 조이며 뻐근해 오는 전율을 참으며 그렇게 시간을 보내고 한별의 자가용에 앉아 오렌지족의 거리. 압구정동에서 노래방으로 편의점으로. 그러나 여자와 밤을 보내는 그 일만은 하지 못했다. 겁이 나서 처음이라 겁이 나서. 진땀이 나고 속옷이 흥건히 젖어오는 젊음을 주체할 수가 없으면서도….

　─돈이 좋기는 좋다. 어쩜 그렇게 좋은 집을 가질 수가 있나? 누구네는 호박밭에서 황금이 나와 그렇게 어마어마한 부자가 되었는데, 우리 아버지는 그 좋은 꽃밭을 품팔이 일꾼에게 널름 빼앗기고 그 밑에서 풀을 뜯다가 세상을 뜨고 강 건너 불 구경하듯 아버지의 하는 일을 바라만 보던 어머니는 팔자타령을 하며 옥수수를 삶아 팔다 화병을 다스리지 못해 세상을 뜨고.─

　하룻밤 춘몽이라더니. 어제는 너무 화려한 생활을 했나? 밀린 공부는 언제 메우고 죽어간 시간은 어떻게 살리나? 밤새도록 히히닥거리던 계집아이 생각에 아래바지를 흠뻑 적시고 난 후 눈을 비빈 성준이.

　신문지국으로 달려가 신문뭉치를 자전거에 매달고 집집마다 신문을 던진다. 땅과 하늘이 비스듬히 열려 동녘하늘이 조금 붉어질 무렵 성준은 석유곤로에 라면 물을 올린다.

　─자식, 괜찮은 놈인데. 대가리만 채우면 뭐래도 할 수 있을 놈인데. 그 많은 돈 쓰기도 바쁘다지만 쓰면 줄게 마련인데 한평생 아버지가 있을 것도 아닌데. 함께 어울리면? 글쎄. 자존

심이 밥 먹여주나. 정도껏 살아가는 거지. 빚이라고 생각하고 이 다음에 도울 수 있는 길이 왜 없겠어. 그래 그렇게 하자. 한 번 언덕 삼아 의지해 보자.—

입시를 다섯 달 남짓 남겨 놓고 마지막 더위가 기승을 부릴 때 성준이는 책 보따리 하나 덜렁 들고 한별이네 집으로 들어갔다. 적당히 놀아주며 적당히 공부를 하며 호의호식하고 과외친구라는 이름 아래 조금은 책임감을 느껴 한별이 성적을 7등쯤 올려놓고는 체면이 섰다. 그래야 50명 중 39등이다.

선풍기도 없는 궤짝 같은 방에서 석유곤로에 라면을 끓이던 성준이가 에어컨 바람에 기름기 줄줄 흐르는 음식에 간식까지 먹는 풍요는 돈이 아니고는 해결할 수 없는 일이다.

성준이는 점점 돈이 좋아졌다. 꿈을 향해 차근차근 달려가던 마음이 가끔 건너뛰기를 하고 싶다는 생각도 들었다. 그럴 때마다 자신의 내면에는 옳거니 그르거니 치열한 전쟁이 일곤 했다.

—약육 강생. 먹고 먹히는 먹이사슬. 경쟁사회. 이겨야 한다.—

—자신의 싸움에서 승리하는 자만이 세상살이에서 성공을 한다.—

맞는 말이다. 그러나 타협하고 양보하고 때로는 비켜가고 기다렸다가 건너도 가고. 그럴 필요는 있다. 융통성이다. 이건 비겁한 것이 아니다. 기댈 수 있는 기회는 자주 있는 것이 아니다. 때론 요령도 있어야 한다.

성준이는 책을 보아야 할 시간에 종종 이런 내면의 싸움으로 시간을 잃었다. 그러면서 그 강했던 의지가 무너져 내리기 시작했다. 자기의 성적을 베어 한별이를 주었다. 자신의 성적이 내려갈 때마다 한별은 작은 계단을 오르듯 한 계단 한 계단 올라 친구과외라는 효과를 실감하게 하고 기거의 구실에 위안을 주었다.

학교에서의 반응도 돈과 무관한 것은 아니었다. 점점 떨어지는 성준이 성적에는 아무런 반응이 없었다. 다만 인간적이라고 소문이 난 국어선생이 성준이를 부른 일밖에는 별다른 반응이 없었다.

—너 요즘 힘드는 모양이구나. 신문 돌리는 일 말고 또 일하는 거 있니? 아니면 자학하는 건 아니겠지? 합격만 해. 길은 있는 거야.—

그러나 한별이의 변화엔 달랐다. 아주 달랐다. 반가운 비명이 전화기를 통해 연신 들려왔다.

—하하하 감사합니다. 다 선생님 덕분입니다. 그렇죠. 그놈이 머리는 있는 놈인데. 하하하 만납시다.—

한별이 성적이 한 계단 한 계단 올라갈 때마다 전화에 불이 나고 학생실 문턱과 교무실 문턱이 닳아 빠지게 한별이는 바빴다.

—아이 참, 내 머리 다 빠지겠어.—

한별이가 선생님들의 손길이 멎었던 머리를 쓸어 내리며 히죽 웃었다.

　"나 때문에 너 성적 떨어져서 어쩌지?"

　한별이는 심성 하나는 고왔다. 있는 자의 당연한 보상이라는 계산과는 거리가 멀었다. 자신으로 인해 친구의 성적이 떨어지고 있다는 것을 알고 있다. 그래서 양심의 가책을 느끼고 있다. 보다 친구를 생각하고 있다.

　"그게 왜 너 때문이냐? 순 나 때문이지. 신문배달하며 라면으로 살 때보다 호강하고 편하고 시간도 많은데 그게 어디 너때문이니? 내 의지가 좀 풀린 탓이야. 그렇게 미안하게 생각할 것 없어."

　입시원서 제출을 앞두고 입시상담이 있었다.

　그래도 성준이에게 관심을 가진 사람은 담임선생인 국어선생 뿐이었다.

　"성준이 너 나 좀 보고 가거라. 상담실로 와."

　선생님이 성준의 어깨를 스치며 지나갔다.

　"왜 그러지? 말하지 마. 우리 집에서 다닌다고."

　한별이가 말했다.

　"알았어. 기다려."

　성준이는 담임선생 앞에 앉았다.

　"너 원서 써야지? 과는 생각해 보았니?"

　"신문방송학과를 갈까 하는데요?"

"학교는?"

"글쎄요, K대 정도면 어떨까 하는데요."

"너 그 성적으로는 안 돼. 너 요즘 계속 내려갔잖니? 혹 나쁜 친구들과 어울리는 건 아니지?"

선생님은 성준이의 성적이 생활고 때문이라고 생각해 왔다. 그러나 계속 내려가는 추세에서 혹시나 하는 염려에서 한별이를 생각했다.

"아닙니다. 친구들 때문이 아닙니다. 오직 제 의지가 부족한 탓입니다. 열심히 하겠습니다."

"바짝 서둘러 공부해야지."

"네."

"들쑥날쑥 하는 건 믿을 수 없어. 내 하는 말인데 특수교육과는 어떠니. D대 정도면 충분할 텐데."

"왜 하필이면 제게 특수교육과를 권하십니까? 제가 특별히 봉사정신이 강하다든가 희생정신이 있는 것도 아니잖습니까?"

"그건 공부하다 보면 다 생기게 돼. 하느님 열심히 믿고."

하느님 말씀이 나왔으니 짚고 넘어가야 한다. 국어선생님은 교회 장로시다. 하느님을 믿는다고 다 그런 것은 아니지만 국어선생님만은 유별나게 인간적이고 착하다. 한 마디로 희생과 봉사로 모두에게 따뜻하다. 하느님을 자주 불러 주위의 거부를 사는 일도 없이 하느님을 가슴에 묻고 산다. 그저 하느님처럼 베푸는 일로 넉넉하게 이웃을 편안하게 해 준다.

"저는 종교도 그렇고 생각해 보지 않은 과인데 제게 권하시는 이유는요?"

"요즘 문명의 발달로 환경오염, 공해, 교통사고, 인구과밀문제 등등으로 선천적 후천적으로 장애자들이 많이 늘어나는 현실이거든. 우리가 관심을 가져야 되는 분야야. 말하자면 시대에 부응하는 교육자가 어떨까 해서 말야."

"그럼, 저보고 사대를 가란 말입니까?"

"사대가 어때서?"

"발령 나기가 어렵잖아요."

"특수교육은 달라. 말하자면 졸업만 하게 되면 우리 교회에서 운영하는 장애자 학교에서 일할 수도 있고. 학비도 저렴하고 또 그렇게만 되면 교회에서 지급하는 장학금으로…"

"특수아동을 지도하는 교사로서는 제 가슴엔 사랑이 부족합니다. 선천적으로 동정심이 많다든가 자상한 구석이 있어야 하지 않습니까?"

"넌 그래도 마음고생을 하면서 살아온 놈이라 충분히 가능하다는 생각이 드는데 한번 생각해 봐."

"고맙습니다. 생각해 보겠습니다. 선생님!"

선생님의 권유를 따랐으면 좋았을 걸. 괜히 오기를 부렸다. D대학 정도로 나를 보시다니, 이건 순 오기였다. 그보다 욕심이 앞섰다. 붙기만 하면 입학금은 한별이 아버지가 주시겠다고 했으니 선생님의 좋은 조건은 별로 가슴에 닿지가 않았다. 보기 좋게 낙방을 했다. 오도 갈 데가 없었다. 다시 봉천동 골방으로 들어왔다.

"주인을 기다렸는지 영 방이 나가질 않더니만…"

주인은 혀를 껄껄 차며 잃은 자식을 찾은 듯 반가워했다.

"세나마나 그냥 살아. 어떻게 된 거야. 대학은 들어간 거야?"

고개를 숙인 성준이의 등을 쓸어주며 까만 보리밥을 한 그릇 내미는 주인을 보고 성준은 눈물을 흘렸다. 가난 속에 아직도 인정은 남아 있었다.

"어찌 된 거야. 그래 그 친구는 대학 들어갔구?"

"네. 들어갔어요."

"어느 대학?"

"그냥 서울 안에 있는 대학이에요."

"쯧쯧쯧 복을 갖다 주었군. 그래 돈은 얼마나 벌었어? 재수를 해야 되잖나베."

"돈은 입학금을 대어 주기로 했는데 떨어졌으니 그만이지요."

"그래도 달라고 그래야지."

"주면 돈만 날린다고 보관한 셈 치라 하셨어요."

"그걸 어떻게 믿어. 집도 절도 없는 사람을 알몸으로 내쫓

다니."

"제가 그냥 나왔어요. 제 사정을 아나요. 그냥 가난하다는
정도만 알지요."

성준이는 다시 녹슨 자전거를 손질했다. 그리고 새벽부터
신문배달을 했다. 이젠 배달에는 자신이 생겼다. 우유, 야쿠르
트, 닥치는 대로 했다. 독특하게 살고 싶었다. 남보다 색다르
게 출세하는 길은 없을까? 성준이는 밤마다 기와집을 지었다
가 헐었다.

미안해서 담임인 국어선생님을 찾아 볼 수가 없었다. 호의
를 마다하고 자신의 실력을 정확하게 평가해 준 선생님의 말
씀에 반발하고 자신감 있게 뛰었던 K대에 낙방하고. 가끔 개
선장군의 기세로 호기를 부리는 한별을 떠올리며 의리 없는
놈이라고 욕을 퍼부으면서 학원가 신문을 빼들고 와서는 하루
종일 책과 싸웠다.

엉뚱한 발상이 떠올랐다. 유학이나 가?

어디로 갈까? 중국? 좋을 거야. 중국 개방은 놀라울 정도로
세계를 향해 적극적이고 전면적으로 서고 있다고?

성준이는 대학가 신문에서 시선을 붙였다.

'유학에 있어서 외국학생은 특별전형이다.'

흥미가 있는 말이다.

한문 실력이야 누가 나를 따라와? 나는 논어 맹자는 읽은 사
람인데. 그래 맨날 이래봤자 용꼬리도 못되는데 유학이나 가

서 닭대가리라도 해야지….

어학만 학습을 하고 그 다음 학부과정으로 들어가는 거야. 먼저 여권준비를 해야지. 가만 있자, 학원비가 얼마나 되나? 평균 50만원? 와, 돈이 원수다. 자식 한별이 그 놈이 재수를 했으면 함께 가는 건데…

밖에서 인기척이 났다.

"성준학생 아직도 여기 사나요?"

"그런데 누구세유?"

"성준이 담임입니다."

"야, 성준이 방에 있나 보네유. 성준학생, 나와 봐. 선상님이 오셨어."

아니 이 누추한 곳에 선생님이 찾아오시다니. 뜻밖이었다. 반갑고 고맙다기보다 귀찮았다. 솔직히 자존심이 상했다.

"전화 연락도 안 되고 해서. 그 동안 마음 고생 많았지?"

고개를 푹 숙이고 제과점으로 불려나간 성준이를 보고 조심스럽게 입을 열었다.

"아니요. 선생님 말씀을 따랐더라면 하고 후회는 했었지요. 죄송합니다, 선생님. 찾아뵙고 싶었는데 용기가 나지 않았습니다."

"그랬니? 늦지는 않았어. 기회는 있으니까."

"한별이네 집에 가서 있었더구나. 어쩐지 했지!"

"어떻게 아셨어요? 한별이가 그러던가요?"

성준이가 놀란 기색으로 국어선생님을 바라 보았다.

"놀라긴? 진작 내가 알았어야 했는데. 다 끝난 일인데 할 수 없지."

"어떻게 아셨어요? 한별이를 만나셨군요. 학교는 잘 다닌대요?"

"한별이 그 녀석, 단단히 비밀로 묻어두기로 한 모양이던데?"

"그런데 어떻게 아셨어요?"

"어떻게 알게 되었어. 그게 중요한 게 아니고 너 어떻게 할래? 우리 교회로 들어오지 않을래?"

"교회를 다니라고요?"

"다니는 것이 아니고 입주다. 우리 목사님이 운영하시는 사랑의 집으로 가서 살지 않겠느냐고?"

"왜요?"

"왜긴? 너 이렇게 혼자 살면서 고생하느니 그곳에 들어가서 형제들과 사랑 나누고 하느님 품안에서 살면 좋잖니? 대학도 보내줄 것이고."

선생님의 이런 친절과 사랑을 또 배신할 수가 없었다. 그렇다고 당장 그러마고 대답할 수도 없었다. 정녕 나의 구세주는 선생님일 수도 있다는 생각이 들기도 했다. 또 한 번의 기회를 놓친다면 영영 낙오가 될지도 모른다는 생각이 들기도 했다.

"선생님 생각해 보겠습니다. 고맙습니다."

"그래 잘 생각해 봐. 내가 말한 특수교육과가 맘에 안 들면 신학대학도 있어. 목회자가 되는 길이지. 유학의 기회도 있고. 외로운 사람들은 서로 맘을 부비며 사는 거야."

선생님은 빵과 주스값을 지불해 주시고 나가셨다.

성준은 비탈길을 올라왔다. 자전거를 끌고 오를 때보다 더 무겁고 힘들었다. 마음이 무겁기 때문일 거다. 갈등이 인다. 정말 어떤 길을 선택해야 하는지 모른다. 지나친 친절이라는 생각이 든다. 목회자, 단 한 번도 하느님을 찾아보지 않은 성준이에게 목회자라니… 어울리지 않아.

성준이는 돌아가신 어머니를 생각했다. 늘 오른 손에 단주를 걸고 계시던 어머니.

"엄마는 절에 가지도 않으면서 그건 왜 차고 다녀?"

"가야지. 정해놓고 다니지는 않지만 부처님은 늘 마음 안에 계신 거야. 요즘 절에 가도 돈을 많이 가지고 가야 스님도 반가와 하시니까. 스님 없는 절은 없잖니?"

그래서 엄마는 바위에다 대고 절을 하시는구나 생각을 했던 성준이는 엄마 같은 사람을 위해 스님 없는 절을 지킬망정 목회자는 되기 싫었다.

뉴스 시간이었다. 큰 골목에 다다르자 사람들이 빙 둘러 텔레비전 앞에 모여 있었다.

언제 텔레비전 가게가 생겼는지 눈 깜짝할 사이에 세상이 변한다. 뜯기고 헐리고 며칠 퉁탕거리며 이상한 간판이 하나

씩 들어선다. 머리방? 헝클어진 머리? 알고 보니 미장원이란
다. 동네 노인정처럼 마담 손을 주무르던 다방이 커피숍이라
는 이름으로 바뀐 지 일 년도 채 못 되어서 홀랑 뜯고 온통 하
얗게 페인트칠을 하더니만 24시간 편의점이 들어섰다. 아니
봉천동 골목에 편의점이라니? 어울리기나 해야지 이대 입구
나 홍대 입구나 같아야지. 여기가 어딘데… 비웃음으로 흘금
흘금 쳐다보던 눈길이 뜸하더니 아니나 다를까, 또 뜯어 재키
고는 통닭이라고 붉은 글씨로 휘갈겨 놓았다. 그래 그게 어울
린다. 격에 맞게 살아야지. 발버둥친다고 될 것도 아니고 난
그저 이성준이다. 단주를 걸고 바위에 절을 하며 소탈하게 살
아온 그 엄마의 아들처럼 그렇게 내 식으로 사는 거야.

성준이도 텔레비전 앞으로 고개를 들이밀었다.

"모두 잡아내야 돼. 그 바람에 들어갈 놈이 못 들어갔으니
얼마나 억울해. 세상에 돈도 좋지만 어찌 그 구석까지 썩을 수
가 있나? 교육이 저 지경이면 나라는 망한 거야."

유식하다고 이름 난 약국 노인이 퉤 침을 뱉았다.

부정입학생이 무더기로 적발 당했다는 보도였다.

한별이가 떠올랐다. 왜 한별이 생각이 났을까? 돈이 많아서
그랬을 거라는 선입감? 택도 없는 점수로 입학을 해서? 그게
그거지 뭐.

왜 신바람이 날까? 왜 통쾌할까? 남이 안 되는 것이 그렇게
좋은가?

알 수가 없다. 어쨌든 기분이 나쁘지 않으니 말이다.

성준이는 휘파람을 불면서 대문에 들어섰다.

"좋은 일이 있었나 보구나. 선생님이 취직시켜 주셨니?"

"아니요."

"그럼 왜 그렇게 기분이 좋아?"

"글쎄요. 일이 잘 풀릴 모양이지요 뭐."

—불의가 죽어 가는 모양을 확인했기 때문에 희망을 느낀 것입니다.—

그는 속으로 중얼거렸다.

"암 그래야지. 저녁은 어떻게 할 거야?"

"먹었어요. 선생님이 빵을 사 주셨어요."

"그래. 배부른 게 최고지. 이게 다 먹기 위해 하는 짓 아니니?"

주인아주머니는 일감을 들고 마루로 나오셨다. 일감이라야 하루 종일 철사에 구슬을 꿰는 일이다.

"네 엄니도 장에 나가지 말고 구슬 꿰는 일이나 했더라면 어깻죽지는 아팠을지 모르지만 일찍 세상 뜨지는 않았을 텐데."

"시장일 때문에 그렇게 된 건 아니에요. 워낙 아버지 때문에 속을 많이 썩으셔서 화병이 깊으셨어요."

성준이는 책을 펴들었다. 자꾸 한별이 얼굴이 떠올랐다. 이건 어디까지나 예감이다. 이제 한별이는 어떻게 하지? 유학이나 같이 가자고 그럴까?

─한별은 도피성 유학. 나는 기생 유학. 서로 돕는 거지 뭐.─

그래도 미국이 낫겠지. 우선 유학지를 준비하고, 그 다음 어학원을 선정하고. 그 다음은 비자수속을 하는 거야. 해당 어학원에서 비자를 받아 대사관에 가서 비자 수속을 한다. 비행기 편으로 해야겠지? 영어사전도 준비하고 옷도 몇 가지 준비하고 유학만 가게 되면 그 곳에서 아르바이트를 해야지. 접시 닦기도 좋고 화장실 청소도 좋지….

성준은 빙그레 웃으며 몽상에 잠겼다. 실천에 우선하여 꿈이 있고 결과가 있는 거야. 누가 알아? 내가 중국에 가게 될지 아니면 미국으로 가게 될지….

성준의 예감대로 한별이네는 태풍이 몰아쳤다.

"저 애가 왜 저렇게 이기적인 애가 되었는지 아세요?"

"그게 왜 내 탓이야? 에미가 오냐오냐해서 그렇지?"

"아유 누가 할 말인데요? 당신이 아들이라면 그만 끔뻑 하셨잖아요."

"저 아이가 특별히 외로움을 잘 타는 것은 독립심이 부족해서 그래요."

"그게 어디 제 탓이예요. 타고나기를 그렇게 타고났지요."

"도피 유학도 그렇지 혼자 견딜 재간이 있어야 보내지."

한별이 어머니와 아버지는 한 걱정을 하며 티격태격 다투었다.

"얘 여기 그대로 두었다가는 기죽고 버리기 쉬우니 보내버립시다."

"그 얼띤 녀석을 어디로 보내요?"

"알아 봐야지."

"유학이면 역시 미국이 좋겠지?"

"재한테도 물어봐요. 무슨 생각을 하고 있나?"

"생각하는 애가 그렇게 태평해?"

"돈이면 다 되는 세상 같지만 점점 어려워. 이번 일만 해도 그렇지. 감쪽같이 한 일인데 엉뚱한 데서 터져 가지고 우린 고래 싸움에 새우등 터진 격이라고."

"고래가 싸웠건 새우가 싸웠건 어쨌거나 애가 학교를 못 다니게 되었는데 망한 거지. 그래 갖다 준 돈은 받아낼 수 있대요?"

한별이 어머니가 쉿소리를 냈다.

"이 사람이? 지금 정신 있어? 내가 구속되지 않은 것만도 다행인지 알아. 조사에 착수하기 전에 약속을 단단히 해 놨으니 망정이지 안 그랬더라면 별 수 없이 구속이야."

"한별이 이 녀석 어디 갔어? 좀 내려오라고 그래요."

"한별이요? 학원이라도 알아본다고 조금 전에 나갔어요."

"학원에 백날 다녀야 소용없어요. 그냥 증발시켜 버려야지…"

한별이는 나가고 없다. 미팅 약속이 있어서 욕실에서 한 시간도 넘게 머리에 젤을 발라 머리카락을 올려 세우고는 옷을 갈아입었다.

눈알을 이리저리 굴려보고 활짝 웃어도 보고 고개를 갸우뚱 돌려보면서 개성 있는 연출 연습이 끝났는지 차를 몰고 나갔다.

"일찍 들어 와."

"좀 늦을지도 몰라요."

"학교에서 사귄 친구들이니?"

차마 이순이(재수생)라고 말할 수는 없었다.

"응."

"기죽지 않고 활발한 한별이. 알지?"

어머니는 나가는 아들을 바라보니 대견했다.

"얘, 한별아."

"왜요?"

"얘, 그 목걸이는 하지 말지 그러니?"

"이 목걸이가 생명인데?"

"그래? 그럼 그 귀고리라도 떼던지. 어디 학생 같니?"

"엄마는? 엄마가 X세대를 이해 못하면 누가 이해를 해? 엄마는 50을 바라보면서도 미시 시대를 사시면서?"

"얘는 또 무슨 소리니? 엄마를 가지고 놀렸어? 너?"

"사실이잖아. 엄마 사랑해."

볼에 쪽 입술을 대고는 횅하니 나가는 아들이 고마웠다.

그래도 대학이라도 들어갔었으니 친구다운 친구를 만나는 모양이라 생각하니 한편 안심이 되었다.

―자식, 저렇게 태평할 수가 있나. 하긴 싸매고 눕는 것보다 얼마나 다행이야. ―

"한별이 그 녀석 유학 보내면 갈까? 알아 봤어?"

"혼자서는 겁나서 못 간다잖아요. 그렇다고 내가 데리고 가 있을 수도 없고. 그나저나 유학은 아무나 갈 수가 있는 거예요?"

"다들 가는데 왜 못 가? 길이야 있겠지. 만들어 봐야지 뭐."

한별이 부모는 며칠간 궁리를 했다.

"한별아. 성준이는 요즘 만나니?"

"아뇨? 양심이 있지 어떻게 만나요. 나 때문에 대학도 떨어졌는데…"

"왜 너 때문이니?"

"우리 집에 오지 않았으면 걘 대학 가고도 남았을 애예요."

"그런데 왜 너 때문이야. 잘 먹고 편하게 살았는데. 즈 집에서는 신문 팔았다며?"

"그래도 난 그런 생각이 든단 말이예요."

"한별아, 성준이 걔 집에서 놀면 함께 유학 가는 게 어떨까?"

"성준이랑 함께요? 앗싸."

한별은 신바람을 내며 성준이를 찾아갔다.

성준이가 유학을 갈 수 있는 길은 생각보다 쉽게 열렸다. 한별이는 성준이를 업고 성준이는 한별이를 업고 매일 여기저기 유학생 모집 광고를 들고 찾아 다녔다. 그 끝에 학원지는 미국 LA로 정했고 건너가서 우선 어학원 6개월 코스를 밟기로 했다. 똑똑한 친구 성준이를 딸려보내는 한별이 부모들은 돈은 좀 들더라도 아들이 버틸 수 있다니 다행스러웠다.

"그럼 우리 한별이를 잘 도와 줘. 믿는다."

"처음 자리만 잡게 되면 전 아르바이트를 할 생각입니다."

"알겠다. 무슨 뜻인지. 자네 그 집념이 훌륭해서 내가 선뜻 한별이의 생각에 동의를 한 걸세."

어디까지나 부모의 작전은 한별이의 자의라는 말로 포장했다. 성준이는 한별의 의리 있는 생각에 더욱 감동하여 한별이를 위해 최선을 다하겠다고 다짐했다.

성준이와 한별이는 그 날부터 빛과 그림자처럼 함께 움직였다. 비행기를 타고 LA를 향할 때도 학원을 찾을 때나 숙소를 정할 때도 성준이가 앞장섰다. 서툰 영어지만 회화를 어느 정도 배운 성준이는 더듬더듬 토막말로 의사를 전달했다. 모르는 말은 사전을 펴들고 상대의 뜻을 알아차리기도 했으나 그 답답함이야 이루 말할 수가 없었다.

거리는 너무 자유로웠다.

푸른 잔디밭이 이어지는 광대한 거리가 그렇게 느껴진 것일까?

아는 사람이 없는 거리라 한가롭게 느낀 것일까? 낯익어 마음 닿지 않고 마음 밖으로 멀어져 가는 이국적인 풍경 때문에 그런 걸까? 한별은 온몸과 마음을 성준에게 의지하고 있는데 자유롭고 한가하다는 말은 어울리지 않을 지 모른다. 아예 끈 달이도 없는 성준이에게 이국에까지 오면서 떨쳐 버려야 할 짐이 있었던가? 어쨌거나 그는 유학이라는 꿈을 따라 멀고 먼 LA라는 낯선 곳으로 날아왔다.

"성준아, 어째 무시무시하다."

지나가는 흑인들을 바라보며 한별이 몸을 움추렸다.

"똑바로 바라 보지 마."

어쩐지 흑인들이 바라 보는 눈초리가 곱지 않은 것 같았다.

한별이도 한국인과 흑인들 관계의 사건에 대하여 알고 있었는 지라 무슨 뜻인지 얼른 알아 차렸다.

"야. 왜 흑인이 이렇게 많으니? 흑인 나라 같잖니?"

"이곳이 옛날 에스파냐. 멕시코령이 있었던 곳이라 흑인 인구가 많은 곳이래."

"우리나라 사람들이 많다더니 어째 눈에 띄질 않는데?"

"여긴 태평양지역의 관문이기도 해서 동양계도 많은 곳이래. 한국인들이야 한국 타운이라는 곳에 가야 많이 만나지. 거긴 말하자면 우리들의 아지트가 될 곳이 거든."

장님이 길을 더듬어 가듯 이렇게 조심조심 낯선 거리 낯선 인종 속에 묻혀 한별이와 성준이는 유학이라는 물결에 조금씩 익숙해져 갔다.

　지겨운 6개월 어학연수 기간엔 온 몸을 틀며 앉아 있던 한별은 차츰 옆길에 눈을 뜨기 시작했고, 성준이는 한별이를 이끌어야 된다는 또 하나의 책임감에 발을 동동 구르며 안타까워했다. 한별은 한국 타운에 있는 오락실과 각종 유흥가를 기웃거리며 빠져 들었다. 한별이가 이렇게 공부와는 점점 멀어지게 됨으로 인해 성준이는 생계에 불안을 느꼈고, 아르바이트 자리를 구해야 된다는 위기감이 닥쳐왔다.

　"한별아. 너 정말 공부 안하고 이렇게 막 살다 갈 거야?"

　지리도 익숙해지고 도시의 생리도 어느 정도 알게 되자 막살이꾼처럼 변해가고 있는 한별이를 바라보며 성준이는 책임의식 때문에 고통스러웠다. 전화통에 매달려 전화만 하면 돈은 한 치의 어김도 없이 태평양을 건너왔고 한별은 중고자동차를 한 대 사서 마음껏 휘젓고 다녔다.

　한 달에 2천 달러짜리 월세방에 함께 기거하던 성준이는 이제 이 둥지마저도 떠나야 된다는 위기감을 느꼈다. 저녁마다 바뀌는 여자 친구들도 그렇고 돈 씀씀이도 그전과는 달랐다. 불안하고 의지할 데가 없었던 때와는 달리 성준이를 귀찮은 존재로 생각하기에 이르렀다.

　"내 걱정은 하지마. 어차피 나는 도피 유학이잖아. 너나 잘 해."

"한별아, 그래도 이건 너무 하잖니?"

"왜? 너도 여자 하나 소개해 줘?"

"내가 뭐 능력이 있니?"

"유학 온 애들 돈 많은 애들 많잖아. 괜찮은 진보라, 그 애
널 좋아하는 눈치던데? 내가 붙여 줘?"

"아냐, 주제파악을 해야지."

"그래 너 혼자 부처다. 넌 뭔가 정상이 아니야. 말하자면 감
정이랄까? 아냐 그게 아니고 성감이라야 맞을 거야. 그것이 고
장난 놈이라고."

"나? 절대 아니야. 자제하는 거야."

"자제?"

한별은 성준을 비웃기 시작했다. 성준은 한별의 말에 반발
심이 생기기도 했다.

이렇게 하여 한별이는 제가 싫증이 날만 하면 그 여자를 성
준이에게 넘기곤 해서 성준이도 몇 번은 여자들과 어울리곤
했다.

한별이의 생활이 날로 방탕으로 흐르자 성준이는 결별 아닌
결별을 선언하고 슈퍼에서 아르바이트를 하며 공부를 계속 했
다. 말이 막히거나 답답한 일이 있으면 한별은 성준이를 찾았
다. 성준인 그럴 때마다 한별을 도와주었고 그가 찔러 넣어주
는 몇 푼을 요긴하게 썼다.

방학이 돌아오면 한별이는 부모 곁으로 날아갔지만 성준이는 한 번을 제외하고는 그대로 남았다. 방학 동안은 더 많은 일을 했다. 식당의 접시 닦기서부터 병원의 화장실 청소, 그리고 슈퍼점원… 돈은 더럽고 힘든 일일수록 많이 벌 수 있었다.

"저 이곳에서 일하고 싶은데요?"

성준이는 한국인이 경영하는 식당에 들어가 아르바이트를 구했다.

"그래? 일 열심히 할 수 있어요?"

"물론이죠."

"왜? 집에서 돈을 잘 보내주지 않는 모양이죠? 그렇게들 흥청망청 써대니 돈이 물이라도 못 당하죠."

"무슨 말씀이세요?"

"우리나라 유학생들 말이에요."

"그런 아이들도 있지만 착실히 공부하는 애들도 많아요."

"그래도 어디 그래? 돈 잘 쓰고 희안한 복장에 흥청망청하는 것들 보면 오렌지 유학생이라는 말이 하나도 그르지 않더라구."

"일부 유학생의 타락상만 보시고는 전체를 그런 눈으로 보시면 안되지요. 건실한 학생들도 많아요."

"한국에서는 유학생들이 문제가 많다는 말이 일반적인 생각이던데 뭐. 정말 유학을 보내지 말아야 되는지 전화가 자주

온다고."

"타락할 여건이야 많지요. 특히 외국이니까 언어의 장벽도 그렇고 생활의 적응도 그렇고. 그러나 다 자신의 의지에 달렸다고 봅니다."

"학생만 같다면야 무슨 문제가 있겠어. 병아리처럼 엄마 품에만 안겨 돈으로 자란 것들이 고생이란 걸 해 봤나. 외로운 걸 아나? 낯선 이국에 혼자 덜렁 떼어놓았으니 그럴 만도 하지. 그런데 돈은 왜 그렇게 많이 주는지. 있는 게 병이야. 우리가 이 가게 하나 장만하느라고 얼마나 고생했는지 알아? 처음엔 우리도 꿈이 야무졌지. 미국 이민만 가면 모두들 입을 딱 벌리고 부러워 했을 때니까. 미국이 뭐 돈 주워 사는 곳인가? 순 착각이었다고!"

"저 여기서 일 해도 되지요?"

"글쎄, 유학생들 난 마음에 안 드는데."

"글쎄 유학생이라도 성실한 아이들이 많다니까요."

"학생도 대학에 실패하고 온 거야?"

"실패는 했지만 각오하고 온 놈입니다."

"집안에 재력은 있을 텐데. 왜?"

"전 돈을 대줄 부모님도 안 계시고 혼자 개척해야 합니다."

"오긴 용케 왔군. 유학을 시키려면 어렸을 때부터 부모와 함께 여기서 생활해야 돼. 적어도 중학교나 고등학교 때부터 시작하면 적응하는 기간이 길기 때문에 그리 문제가 없지만 도피성 유학이라는 말처럼 대학에 떨어지니까 급작스럽게 이 낯선 곳에 갖다 놓으니 견딜 재간이 있어야지. 사람 버리기가 딱 맞게 생긴 거지. 유학으로 성공한 사람들은 정말 대단한 사람들이야. 가짜도 많거든."

"열심히 해 보겠습니다. 주인아주머니께서 유학생에 대한 이미지를 바꿀 수 있도록 말입니다."

"학생도 조심해. 여기가 꿈나라처럼 생각하는데 절대 꿈나라가 아니야. 인종차별이 심하여 밤낮 없이 사건이 벌어 지지. 각종 범죄, 마약, 에이즈 등등 무서운 곳이야. 한번 빠지면 헤어나기 힘든 곳이라니까."

성준이는 한별이를 떠올렸다. 자신의 본분을 잃어가며 방황하는 한별이. 지금은 한국에 가서 화려한 시간을 보내고 있을 것이다.

'자식 철이나 좀 들어서 왔으면 좋겠는데. 여기서 하던 버릇을 그대로 하면 영락없는 수입오렌지일 텐데. 최신유행 패션, 한 쪽 귀걸이를 달고 앞머리는 무스를 발라 스프링처럼 휘어 내리고 뒷머리는 묶어 모자 구멍으로 빼놓고, 허벅지가 덩그런 청바지에 핸드폰을 들고 선글라스에 가벼운 화장과 …담배, 술, 여자… 지금은 압구정동에 있을까? 아니면 홍대 입구? 모르지 이태원이 더 어울릴지…. 갑자기 눈물이 핑 돈다. 외로움이다. 걱정하고 미워하고 안타까워 쌈질도 많이 했지만 한별이나마 있어 덜 외로웠는데…'

성준인 행주를 들고 홀에 있는 탁자 위를 문지르기 시작했다. 닦지 않아도 될 깨끗한 탁자 위를 문질렀다. 깨끗한 재떨이를 들었다 놓고 나란히 가지런히 수저통을 삐뚤어지게 놓았다가 곧바로 놓았다. 밀려오는 외로움이 저만치 도망을 치다 다시 다가왔다. 마치 파도처럼 말이다. 이곳에서 뿐 아니라, 이 외로운 파도는 영원히 따라 다닐지도 모른다. 인간은 태초에 고독에 의한 씨앗인지도 모른다.

　"학생? 성준학생?"

　식당 주인이 헐레벌떡 가게문을 열고 들어왔다.

　"소식 들었어? 뉴스?"

　"뉴스라니요?"

　"못 들었구나? 소문 못 들었어? 글쎄 유학생이 또 사고를 쳤대잖아."

　"어디서 무슨 사고를 쳤는데요?"

　성준은 또 싸움판이 벌어진 줄 알고 대수롭지 않게 생각했다.

　"글쎄 돈 때문에 제 부모를 죽였대. 글쎄 그게 유학생이라잖아."

　"어디서 일어난 일이에요?"

　"어디긴? 한국으로 건너가서 일을 저지른 거지."

　성준은 한별을 생각했다.

　—혹 한별이가? 돈을 물쓰듯하니까 부모랑 다투다가?—

　"이름이 뭐래요?"

"그건 잘 모르겠는데 하여튼 유학생이래. 아버지가 돈이 많은 사람인 모양이야. 유학은 아무나 오는 게 아니야. 한국에서 공부 다 하고 더 배울 것이 없을 때는 깊은 학문이나 기술을 연구하러 온다면 몰라. 돈 쓰고 놀러 오는 게 유학이야? 나도 한국인을 상대로 돈을 벌어먹고 살기는 하지만 유학생들이 되나마나 놀아나는 걸 보면 울화가 치밀어 올라 견딜 수가 없다고!"

"직업이 뭐래요? 그 애 아버지가?"

"몰라, 어쨌든 두 부부가 다 아들 손에 세상을 떠났다니까. 한국도 옛날 한국이 아니야. 우리가 자랄 때는 부모님 말씀이 곧 하느님 말씀이었고, 배가 등가죽에 붙도록 가난해도 부모 원망을 모르고 살았는데, 지금 젊은 사람들은 왜 그 모양인지. 도대체 사람다운 구석이라고는 없으니…"

"다 사람 나름이지요. 젊다고 다 그런가요? 저 국제전화 한 통화만 해도 될까요? 친구가 한국에 다니러 갔는데 궁금해서요."

"그때 그 한별인가 두별인가 하는 친구? 그 친구도 보아하니 싹수가 노랗던데. 왜 혹 그 친군가 해서?"

"그래도 심성은 고운 친구예요."

"사고는 순간인 거야. 넉넉하고 마음이 그득할 때 사고치는 사람 봤어? 없고 각박하고 절실한 순간에 너그럽게 참을 수 있는 사람이 진짜 된 사람인 거야."

"아주머니께서는 교인이신가 봐요. 하느님 같은 말씀만 하세요."

"난 아무데도 안 다녀. 하느님을 믿는다고 설치며 나쁜 짓 하는 사람들을 보면 더욱 비난을 받게 되거든. 그만큼 모범이 되어야 된다는 주변사람들의 기대가 크다는 것이지. 차라리 나같이 교회에 나가지 않고 하느님 말씀을 실천하도록 노력하면 혹 잘못을 해도 실망은 주지 않을 거 아니야? 왜, 학생은 교회에 나가나?"

"아니예요. 국제 전화 한 통화만 할께요."

성준이는 수화기를 들고 한별이를 찾았다.

"누구야? 성준이? 웬일이니? 한별이가 집에 있나? 친구들 만난다고 나갔지. 별일 없어. 뉴스 듣고 궁금했구나. 벌써 꽤 오래된 이야기야. 그래 서울은 유학생 자식 둔 부모는 더 놀랬지. 분위기? 말도 못했지. 뭐. 아르바이트하느라고 못 나왔다며? 그래 한별이 오면 안부 전할께."

성준이는 그제서야 마음이 놓였다.

"뭐래? 소문이 맞는다지?"

"오래된 이야기라는데요?"

"어쨌든 끔찍한 일이잖아. 제 부모를 살해하다니. 말도 안 돼. 그래 친구는 잘 있고?"

"친구들 만나러 나갔대요."

"그 친구네도 부잔가?"

"좀 살아요."

"돈은 자기가 벌어서 써야지 귀한 줄 아는 거야. 학생이 돈 맛을 알게 되면 책하고는 멀어지는 거라고."

주인은 양파를 썰면서 입을 계속 놀려댔다. 그러나 하나도 그른 소리는 없었다. 교양미를 좀 갖춘다면 나무랄 데가 없는 여자였다. 성준이는 주인 하나는 잘 만났다 싶었다. 성미가 깔 끔하여 계산도 정확하고 가끔 수다스럽기는 해도 들어서 해될 말은 없었다. 가끔 한별이를 들먹이며 비난을 하는 통에 기분 이 좀 언짢아 그렇지 대개는 편안한 사람이었다.

성준인 한별이가 돌아오기를 기다렸다. 한별이가 오면 단편 적이나마 고국의 소식을 들을 수 있기 때문이다. 그리고 답답 하고 외로울 때는 언덕이 되어주기도 한다.

성준이는 손님이 없는 시간은 책과 씨름을 했다.

"학생. 이걸 좀 읽어봐. X세대에 대한 글인데 난 뭔 말을 하 는지 모르겠어. 자기들 세대 이야기니까 읽어보라고."

주인이 얇은 인쇄물을 던져주었다.

"이건 시잖아요. 누가 지었는데요?"

"우리 집에 자주 오는 시인인데 이번에 한국엘 갔다가 썼다 는군."

X세대

신선하죠

보다
낯설다구요?
가까이 오세요. 먼 거리에 있어서 그래요.

추억을 우려내도
곱씹을 추억이 보이지 않아요
너무 낯설다구요?

그럼 젊은 시절이 없었다는 말이잖아요
분명 있었다면
망각이 지난 자리가 너무 황폐한 탓이겠죠.

아아. 내일—
우린 오늘이 중요해요
생각지 않아도 오고 있는데 준비라니요?
그럴 필요가 있나요?

거북가방?
이게 뭐 잘못 되었나요?
콘돔과 루즈?
젊은이들의 필수품이예요, 오히려 빈 가방이 걱정이죠.

남녀 구별이 없다구요?
그게 그렇게 어른들께 중대사인가요?
꽃들도 계절 없이 피는 세상이예요.

밤샘을 잘라 버리면
우린 언제 꿈을 꾸나요?
믿으세요, 그리고 기다리세요
늘 이곳에 머무는 건 아니잖아요.

거북등에 꿈은 가득한데
어른들 눈에 보이지 않는 것은
아직 여물지 않아서 그래요.

믿음으로 보시면
꿈익는 모습이라 보시면
자라는 소리가 들리실 거예요.

성준이는 글을 다 읽고는 한국의 어른들과 젊은 세대의 갈등의 일면을 보는 듯 했다. 지나친 보수와 역류처럼 밀려오는 신세대의 생활 풍경이 너무나 다른 기류를 형성하고 있다는 것은 사회불안의 요소인 것만은 틀림이 없다는 생각이었다.

"한국에 나가보니 세대 갈등이 심한 모양이죠?"

"왜? 그게 그런 시야?"

"젊은 시인인 모양이죠?"

"그리 젊지도 않은 것 같던데."

"시인의 나이를 알 필요는 없지요. 이미지 전달에 공감이 가면 되는 거니까요."

"나도 X세대이긴 하지만 좀 보수적이거든요. 우리들이라고 무조건 새 물결을 따르고 싶은 건 아니에요. 좀더 조화로운 관계를 위해 다같이 노력할 필요는 있다고 봐요. 이 시인은 젊은 세대들이 자기들을 이해해 달라고 호소하는 쪽으로 글을 쓴 걸 보니 우리들에 대하여 긍정적인 눈을 가지고 있군요. 하여튼 기성세대가 우리들에게 관심을 갖는다는 건 바람직한 일이거든요."

"성준 학생은 세대답지 않은 구석이 많단 말이야. 여자 친구는 없어?"

"왜 없어요. 학교 가면 많아요."

"그런 친구말고 깊이 사귀는 친구 말이야."

"아직은 없어요. 능력이 있어야지요."

"뭐가 능력이야? 돈?"

"공부가 우선이니까요. 인내해야지요."

"내가 좋은 여자친구 소개해 줄게. 유학 마치고 여기서 눌러 살면 어때?"

성준이는 웃었다. 성준이의 생각과는 거리가 먼 이야기였다. 성준인 자기 나라를 버릴 만큼 미국을 동경하지 않는다. 많은 유학생들의 한심스런 생활에 분노하기도 하고 유학 온 것을 부끄러워하기도 했지만 그렇지 않은 학생들도 많이 있다는 것에 위안을 삼기도 했다. 그는 많은 것을 배워다가 내 나라를 위해 무엇인가 보탬이 되어야 한다는 생각을 늘 버리지 않았다.

다만 자기 혼자만 성공해서 돌아간다는 죄책감에 늘 한별이와의 마찰이 괴로울 뿐이었다. 일주일만 있으면 한별이가 돌아온다. 성준이는 이번엔 한별이와 좀 가까이에서 지내보겠다는 다짐으로 공항에 나갈 시간을 비워두었다.

친구의 둥지에 알을 넣은 뻐꾸기

　라미는 벼랑에 가까스로 매달려 밀려나지 않으려는 풀포기를 생각했다. 바람이 세게 불어도 소낙비에 붉은 물이 몰려와도 떨어질세라 나무뿌리를 잔뜩 움켜쥐고 파르르 떠는 한 줌의 풀… 그렇다. 미국이라는 낯선 곳이 벼랑이고 의지할 곳이 없어 한별이를 움켜잡고 그의 감정을 점치는 초조가 그렇다. 언제 어떻게 변할지 모르는 폭풍우, 그 앞에 라미는 깜박이는 등불이다.

　불안하다. 때로는 편안한 꿈에서 내일까지를 꿈꾸게 하다가 때로는 오늘 하루도 견디기 어려운 불안으로 한별의 내심을 알 수가 없다. X세대는 정조관념도 없다는 말, 사랑이라는 미명의 놀이로 쉽게 만나고 떨어진다는 말, 그건 대충 미루어 짐작하는 것이지 결코 그런 삶을 추구한 것은 아니다. 적어도 라미는 그렇게 생각한다. 붙잡을 수가 없어서, 헤어질 수밖에 없어서 지금껏 그렇게 많은 사내들을 만나고 헤어지고 했지만 한별이만은 놓치고 싶지 않았다.

왜 놓치고 싶지 않았을까? 사랑에도 조건이 있었던가? 물론 있었다. 자신을 충족시킬 수 있는 요건. 문서화되어 있는 것은 아니지만 감정을 지배할 수 있는 요건이 있었다. 한별이는 그랬다. 우선은 그가 소유하고 있는 물질적 풍요가 그렇다. 그는 가질 만큼 가지고 있는 사내다. 그 물질적 풍요를 여자, 그러니까 라미를 위해 아낌없이 쓴다. 가끔 자기식 고집은 있었지만 여자에게 친절하고 때로는 몸과 마음을 맡기듯 의지한다. 그러니까 라미에게 자유를 준다. 선택권, 리드권. 그리고 젊음으로서도 하자가 없다. 화려한 곳, 젊음이 원하는 곳, 최고만 골라 먹이고 입히고 보여준다. 이런 일들이 평생을 이어진다면 하고 가끔 라미를 환상으로 몰고 간 적이 너무도 많았기 때문이다.

그래서 지나가는 말인지는 모르지만 한별이가 유학 운운할 때 결심을 했고 가난뱅이라고 말할 때 있고 없는 것에 연연하지 않는다는 그의 말에 감동을 했다. 돈을 좋아하지만 가진 것이 너무 많아 초월한 사람. 여자의 집안이나 혼수에 대하여 무관심한 사람. 그런 사람이라고 생각했었다. 그 부분은 지금도 마찬가지다. 다만 한별의 감정이 너무 자주 변한다는 불안감, 그것이 벼랑에 매달린 한 줌의 풀과 같다는 생각을 하게 한다. 라미는 한별이의 감정에 신경을 곤두세운다. 그리고 그가 무

엇을 원하는지 재빨리 알아차려 시행한다. 말하자면 먹고 싶
은 것, 입을 것, 하고 싶은 일의 제안까지도 미리 말한다. 그것
도 통하지 않으면 구두코를 반질반질 닦아놓는다든가 그가 마
시던 컵을 반듯이 놓는다든가 아니면 옷을 훌훌 벗기고 벗는
다든가. 그런 자질구레한 일에도 신경을 쓴다.

"야, 제발 너 그러지 마. 숨 막혀."

한별이가 외친다.

"숨이 막히다니?"

"네가 다하면 나는 할 일이 없잖니? 넌 어째 기계인간 같
니?"

"문명세대에 당연한 거 아니니?"

"그래도 틈이 있어야지. 하고 싶다 갖고 싶다, 무엇을 어떻
게 할까 생각할 틈을 주지 않잖니. 조금은 숨통이 트여야지."

"알았어. 그럼 짜증부리지 말아. 나도 내가 왜 이러는 지 숨
통이 막혀. 사랑하나 봐."

"누굴?"

"누구긴? 너지."

"그냥 감정 흐르는 대로 지내자. 사랑한다고 내세워 나를
속박하지 마."

"그게 왜 속박이니. 기쁨 아니니? 한 여자가 자기를 죽도록
사랑한다는 데 좋지."

"그게 고리가 될 수 있다는 거. 속박, 붙잡힘, 그런 게 무서

운 거지 뭐."

"너? 나 싫어?"

"싫진 않지만 사랑인지는 모르잖니?"

"좋으면 사랑인 거야."

"아냐. 사랑은 변하지 않는 거래. 감정이 변하지 않고 늘 좋아야 된다는 거야. 그런데 나도 몇 번은 사랑이라고 생각한 적이 있었거든. 그런데 변하더라. 그 다음부터는 부담스럽더라고."

"그런 게 어디 있어. 사랑을 확인하며 요구하며 변하지 않기를 바라며 그렇게 사는 것이 아닐까? 나도 처음엔 그렇게 생각했어. 좋아하는 감정과 사랑이라는 말은 같은 거라고. 그런데 진짜 사랑한다는 것은 불안이 함께 하는 감정이더라고!"

"불안을 함께 하다니?"

"말하자면 상대의 마음이 변하면 어떻게 하나 하는 거지."

"그래, 지금 네 마음 상태가 그렇다는 거야?"

"그래, 나 지금 그런 감정이야."

"우리 지금 복합적인 조건에서 함께 살고 있는 거 아니니? 우린 신세대 악어와 악어새란 말야. 서로 돕고 돕는 관계 아니니? 내 불편을 네가 덜어주고 네 필요를 내가 채워주고. 물론 인간이니까 감정이야 당연히 우선의 조건이고."

"글쎄 따지면 그런 건데. 오래오래 이렇게 살고 싶단 말야."

"참 여자들은 이상하다. 몇 달만 지나면 길게 늘여 내일로 끌고 가는 버릇이 있는데, 그건 선천적인 거냐? 말하자면 툭하면 결혼하고 싶대."

"왜 여자뿐이겠니? 행복하다 생각하면 장래까지 죽 이대로 연장하겠다는 거. 그게 꿈이 아니겠니? 왜 하필이면 이 먼 이국에까지 왔겠니? 남보다 더 좋은 여건의 행복을 움켜쥐겠다는 욕망 때문이 아니니? 그런 욕망이 한별이 너를 만남으로 채워지고 있고 앞으로 채울 수 있다는 확신이 생겼다면 결혼을 꿈꾸는 건 당연하잖니?"

"넌 너무 성숙한 것 같다. 말하자면 너무 머리를 빨리 굴리는 버릇은 고쳐야 돼. 난 계산적인 여자는 질색이야."

"계산에 둔한 것은 멍청이 아니니?"

"속으로 해라 제발. 드러내면 도망가고 싶어진다. 자 우리 도망가자. 네 그 끈질긴 계산대를 넘으려면 도망가야 돼. 어서 옷 입어."

"어디 갈 건데?"

"따지지 말고 계산하지 말고 감정 흐르는 대로 그냥 그렇게 편히 살 수 없어? 숨막히게 오늘을 내일로 끌고 가지 말란 말야."

"오늘을 내일로 연장하는 건 희망이야."

"제발, 오늘에만 충실하자. 어서 나와."

한별이는 차를 몰았다. 답답한 방에서 입씨름을 하며 사랑 늘이기 타령을 하는 것보다 시원한 벌판을 휙휙 달려보고 싶었다.

"라미야, 난 말야. 다양한 체험에 가치를 두고 싶어!"

한별은 광활한 들판을 향해 페달을 밟았다.

"말하자면 결혼 전에 많은 경험을 하고 싶다 이거지? 하긴 옛 사람들도 젊어 고생은 사서한다고 했으니까. 그래 이 먼 이국에 와서 이런 고생하는 거 아니니?"

"넌 어떤 체험에서 가치를 느꼈니?"

라미는 콜라 캔을 홀짝거리며 한별의 말에 응수했다.

"말하자면 기회는 단 한 번이라는 생각이지. 젊음도 지나고 나면 다시는 오지 않는다. 그러니 놀 때 실컷 놀고 속을 풀어야 일도 잘 된다는 논리란 말이다."

"놀고 즐기는? 좋지, 그렇지만 뭐 가치롭기까지야 하겠니? 그래 지금 어디를 가는 거야?"

"그 유명한 라스베가스."

"어마? 도박장? 그럼 너 거기 도박하러 가는 거야? 모험을 위한 도전으로?"

"왜? 도박도 모험 스포츠야. 스릴 속에 나 혼자만의 쾌감."

"스릴? 차라리 행글라이더를 타던가, 암벽을 기어오르는 것이 낫겠다."

"난 돈이 걸려 있는 스포츠가 신나."

"그러다 다 잃으면 어쩔라고."

"잃을 때까지는 잃는다는 계산은 마음 밖이야. 오직 긁어들인다는 생각이 압도적이니까."

"그러다가 이 다음에 어떤 직업에 만족할 수 있겠니? 건전하게 젊음을 보내야 건전한 직업도 선택한다는데."

"기왕이면 직업도 보다 많은 시간과 여유를 즐길 수 있어야지."

"그런 직업이 어디 있니? 그럼 돈을 포기해야지."

"아니지. 돈은 필수적이고 당연히 많아야지."

"결국은 여가 선택과 돈을 동시에 쥐고 싶다는 말인데 그건 꿈이 아닐까? 적어도 일할 때는 벌처럼, 놀 때는 여치처럼, 뭐 이런 생각을 한다면 모르지만 꿈치고는 건전하지 못한데?"

"너도 도덕교사 체질이구나? 밥맛 없어."

"그게 아니고 나는 좀 더 밝은 생각을 갖자는 말이지. 적극적이고 시야가 넓은 활기찬 젊음. 정보에 밝고 도전적이고 풍요로운 내일을 위해 우리가 유학을 온 것이 아니냐고!"

"네 말이야말로 꿈이야 꿈."

"그럼 너처럼 돈만 흥청망청 쓰다가 돌아가면 남는 게 뭐 있냐?"

"경험, 경험. 신나는 젊은 추억. 어차피 세계는 열린사회야. 일찌감치 서구화되는 것이 앞서 가는 거라고."

"그래서 한국말을 잃어버리고 혀 꼬부랑 소리를 해가며 미국 사람 흉내를 내고 김치보다 햄버거를 찾고 예절보다 자유를 외치는 거야? 정말 밥맛이다."

왜 이러는 지 모른다. 어긋장을 놓아 한별이 속을 벅벅 긁어 내리고 싶다.

"너 지금 고리타분한 구세대 소리를 했어. 내려."

금방 후회했다. 정말 나 왜 이러지? 한 치의 양보도 없는 한별이한테. 라미는 은근히 겁이 났다.

"한별아, 미안. 그게 아니고 토론을 하다 보니 그렇다는 거지. 나도 X세대야. 일 조금하고 많이 놀고 너처럼 젊음을 마음껏 즐기고 싶단 말야."

"그럼 너 왜 나를 성토하는 거야. 없는 사람이 있는 사람 미물 취급하듯, 무슨 도둑질이나 해서 배를 채우는 짐승 취급을 하느냐 말야!"

"누가 널 그렇게 취급하니? 친구니까 좀 건전하게 놀자는 말이었지."

"건전하지 못한 게 뭐 있어? 정말 건전하지 못한 걸 보여 줄까? 너 말끝마다 설교조로 나를 비난하는데, 나 화낸 걸 못 봤지? 없는 자들은 혀가 칼이더라."

한별이가 화를 버럭 냈다.

"한별아, 널 믿고 왔는데 이러면 어떻게 해?"

라미가 누그러진 목소리로 한별을 다독였다.

"있잖아. 너랑 잘 통하는 놈."

"무슨 소리를 하는 거야."

"그 놈이 너를 좋아하는 것 몰라? 눈치도 없는 여자야. 너도 그 놈이랑 잘 맞는 거 알잖아?"

그놈이란 성준이를 말한다. 성준이는 한별이를 적당한 거리를 두고 있다. 함께 어울릴 수 없는 생활의 차이도 그러려니와 생각의 차이가 다르기 때문이다. 가끔 한별이가 도움을 청할 때는 통역이 필요할 때다. 일을 저질러 놓고는 언어 소통이 불가능할 때다. 이럴 때마다 성준이가 달려가 명쾌하게 해결을 해 주곤 한다. 그 외는 같이 어울리는 일이 드물다.

그런데 어느 날 라미가 나타났다. 라미가 한별이를 무척 좋아한다는 것은 라미의 눈빛을 보고 금방 알 수 있었다. 라미와 한별이가 한동안은 잘 어울렸다. 그 때도 성준이는 라미를 동정의 눈으로 바라 보았다. 한별이의 성미를 알기 때문이다. 사랑하는 눈빛과 놀이의 눈빛 차이는 상당한 것이니까. 라미는 오자마자 한별이와 동거로 들어갔다.

어학원에도 입학을 하고 한동안은 한별이의 도움으로 편한 생활을 할 수 있었다. 그러나 한별이는 곧 라미에게 싫증을 느꼈다. 그러나 라미는 재력 있고 심플한 한별이를 놓치고 싶지 않아 늘 그의 주변을 빙빙 돌았다. 어쩌다 풀이 죽어있는 라미를 발견하면 성준이는 힘을 돋우어 주고 싶었다.

성준이는 라미의 절망을 짐작했다. 그래서 더 동정이 갔는지도 모른다. 왜냐하면 한별이 그 녀석은 절대 라미와 결혼할 녀석이 아니라는 것을 알기 때문이다.

그러나 라미는 동거 이후 결혼까지 꿈을 꾸고 있었다. 가끔 셋이 어울리면 라미와 성준이는 생각이 척척 맞아 들어갔다. 한별이의 가치관과는 어긋날 때가 많던 라미는 생각만은 성준이가 옳다는 생각이었다. 그러나 현실은 배고픈 똑똑이 보다는 배부른 부자에 가치를 부여했다.

라미의 이상형은 성준이지만 현실은 한별이에게 매달려 있었다.

"한별아, 너 라미 어떻게 할 거니?"

"뭘 어떻게 해?"

"라미는 너와 결혼을 꿈꾸는 것 같더라."

"그 애, 그런 애 아냐. 탁 트인 애야."

"그래도 미리 딱 못을 박아 놓는 게 좋아. 계약 동거라고."

"그렇게 알고 있어. 라미도 좋다고 했는데? 너 왜 라미에게 관심이 많으냐?"

"관심은! 나중에 골치 아플 일이 있으면 어떻게 하니? 라미가 너무 너에게 집착하는 것 같아서."

"라미? 걔 계산이 밝은 애야…"

한별이의 탕아끼를 잘 알고 있는 성준이는 라미의 상처를 예상했다. 그래서 될 수 있으면 미리 라미가 마음의 대비를 해주었으면 싶었다. 그러나 라미는 설마설마 하며 미련을 버리지 못하는 눈치였다.

"차 멈춰."

라미가 소리쳤다.

"왜 자꾸 성준이를 끌어들이는 거야?"

"너 참 이상하다? 왜 그 말에 그렇게 톤을 높이니? 정말 그런 관계니?"

한별이도 화를 냈다.

"비열해. 자기 친구인데 어쩜 그런 식으로 말할 수 있니?"

"통한다는데 내가 뭐 잘못 말했니? 그렇잖아. 대화가 척척 맞아 신바람을 내잖니? 너희 둘 만나면?"

"대화에 뜻이 통하는 것하고 사랑하는 것하고는 다른 거 아니니?"

"너희 둘은 어쩌면 잘 어울리는 커플인지도 몰라. 환경도 비슷하고 생각도 같고, 안 그래?"

"가난뱅이라는 거? 그리고 네게 붙어 신세를 지고 있다는 기생 인간이라는 점? 그래 같아. 그렇다고 가난뱅이는 가난뱅이끼리 살라는 법 있니? 있는 자와 없는 자가 만나야 평준화되는 거 아냐?"

"너 그 말 이상하게 들린다. 똑똑한 너와 머리 빈 나와 만나야 된다는 논리로 들린다."

"왜? 기분 나빠? 그리 생각해도 말은 되지만 그런 뜻은 아니었어. 날 자꾸 가난뱅이 성준이에게 떠미는 것이 섭섭해서."

그 날 이후 라미는 한별이와 티격태격 다투었다. 이미 라미는 한별이의 마음에서 벗어나고 있었다.

한별이 주변에는 여러 여자들이 있었다. 얼굴이 하얀 앤, 검은 로이, 분홍색 새디, 유학생 순민, 영아 그리고 멀어져 가는 라미.

그런데 요즘 색다른 여자와 밤을 보내고 있었다.

"누구야 그 여자?"

라미가 물었다.

"응 이모야."

"이모? 친 이모야?"

"왜 이래? 친 이모면 어떻고 가짜 이모면 어때?"

"어떤 관계인데?"

"왜? 남녀 관계라면?"

"정말 왜 이래? 징그럽게?"

"마음이 편해. 너희들처럼 시시콜콜 신경 쓰지 않아서 좋아. 시시콜콜 따지지 않고 계산하지 않고 무엇이든지 알아서 해 주니까."

"밥 해 주고 옷 빨아 주고 옷 입혀주고? 머리 빗겨 주고, 귀걸이 목걸이 달아 주고?"

라미가 기가 막힌다는 식으로 비웃음을 흘렸다.

"그래 바로 그거야. 생활의 모든 것을 알아서 해 준다고. 말하자면 인생 편의점이라 이거야."

"마마보이로구나. 너?"

"마마보이는 자기주장이 없는 거야. 오히려 여자한테 쥐어서 사는 남자를 말하는 거야."

"미리 편하게 해 주니까 주장이 없어진 거 아냐?"

"어쨌거나 편안해서 좋아."

라미는 당분간이려니 생각했다. 그러나 한별의 마음은 점점
더 멀어져 갔다. 가끔씩 주던 용돈도 끊어졌다.

"한별이 나 아르바이트할까 봐."

"그래? 아르바이트라면 성준이와 상의해. 그 앤 그 쪽에는
도사니까."

"왜 또 성준이를 끌어들이니? 네 생각을 묻고 있는 건데."

"독립하겠다는 거 아니니? 그런데 왜 내 의사가 필요해?"

라미는 고개를 숙였다. 눈물이 핑 돌았다. 한 치의 사랑이라
도 남았다면 라미가 고생길로 드는 것을 막았어야 했다. 그러
나 한별은 이참에 성준이에게 떼어버리겠다는 심사가 드러나
보였다.

라미는 마지막 카드를 생각했다. 한별을 잡고 늘어질 마지
막 카드. 그건 어쩌면 평생의 불행을 자초하는 마지막 길인지
도 모른다.

"한별아, 난 언제까지나 네게 좋은 감정을 가지고 있어. 내
가 유학을 오게 된 것도 고맙고. 물질을 초월한 네 도움도 고
맙고."

"나도 네가 필요했으니까. 좋았고."

"그런 면에선 나도 좋았고 필요했어. 계산을 하자면 내가

네게 신세를 많이 졌다는 거지."

한별이도 숙연해졌다.

"답답하고 힘들면 나를 찾아. 난 언제나 네 마음을 이해할 수 있어."

라미가 말했다.

"정말 너 그 힘든 일 할 수 있어?"

"진작부터 할 생각이었는데 네 덕분에 늦어진 것 뿐이야. 여자들이 다 하는 일인데 뭐. 접시 닦는 일이야."

"하다가 힘들면 내게 말해. 도와 줄께."

"고마워."

라미가 식당 일을 하기로 마음먹었을 때도 라미는 한별이가 아직 자기에게 미련을 두고 있다고. 그래서 조금 떨어져서 서로의 감정을 확인하기 위해 이런 헤어짐도 필요하다고 생각했다. 곁에 있을수록 멀어진다는 사랑학을 체험으로 확인하려는 몸짓이었다.

한별이는 신바람을 내며 옛날의 모습으로 돌아갔다. 한국 타운에 있는 나이트에서 밤새도록 술을 마시고 색색의 여자들을 번갈아 갈아치며 돈을 뿌리고 깊은 사랑놀이에 빠지곤 했다. 한국으로 들어갈 날이 얼마 남지 않아 그는 더욱 그랬다. 몇몇 유학생들로 인해 많은 유학생들은 겹치기로 넘어갔다.

도피성 유학생들의 타락…

한별이의 이런 생활을 짐작 못한 부모들은 유학을 마치고 돌아오는 아들을 위해 연회를 준비하고 있었고, 라미는 하던 공부를 집어치고 짐을 꾸렸다.

"한별아, 나도 귀국할까 봐."

"무슨 소리야? 공부하다 말고."

"나, 너 없이는 못 살아. 나 지금 임신 중이야."

"그게 나와 무슨 상관이니?"

"네 아이란 말야."

— 정말 한별이는 냉혈동물일까? 내가 임신을 했다 해도 아무런 감정이 없으니 말이다. 나와 무슨 상관이라니? 그럼 혼자 애를 만들었다는 말인가? 흔적이 있잖아. 사랑의 소산. 그런데 뭐라고? 상관이 없다고? 이럴 수는 없어. —

"한별아, 나 더 이상 구차해지고 싶지 않아. 그렇지만 네 말은 너무 잔인해. 살인적인 언어란 말야."

"그럼 그 애가 내 애란 말이야?"

"네 애 내 애가 아니고 우리의 애기야."

"허튼 수작 말아. 그런 수법은 이미 구시대적 발상이야. 누가 속을 줄 알아?"

"속이다니? 그게 말이나 돼?"

"다들 그랬어. 계집애들이 다들 그런 수법으로 많은 돈을 요구했다고. 난 너무 많이 그런 일에 큰 돈을 지불을 했어. 이젠 속아 넘어가지 않아. 돈이 궁하면 여자들은 최후의 수단으로 그 카드를 내어놓는다는 거. 그런 수단은 이제 상식이 되어버렸다구."

─참 기가 막히는군. 돌아설 때는 다 이런 것이구나. 나도 남자들을 떼어버릴 때는 결사적으로 해 붙였지만 당하는 쪽의 심정은 나와 비슷하겠지. 남을 아프게 한 것만큼 받아야 된다는 원리는 처음이야. 그럼 내가 임신했다는 사실을 믿지 않는 것일까? 아니면 이 아이가 다른 사람의 아이라는 것일까?─

"한별이 너, 다시 말해 봐. 무엇을 부정하고 싶은 거야. 내임신 사실을 부정하는 거야?"

"그래."

"사실대로 임신이라면 우리의 아이라는 건 인정하고?"

"아니?"

"그럼 누구의 아일 거라는 생각이니?"

"성준일 수도 있잖아."

"너 그 말 진심으로 하는 말이야?"

"협박하는 거야? 너 임신한 사실 성준이도 알지?"

"아니. 네 아이니까 너에게 처음 말하는 거야. 어떻게 이 일에 성준이를 끌어들일 수가 있니? 성준인 네 친구야. 그런데 넌 나를 모욕했어."

"그래서 모욕비까지 청구하겠다 이거야?"

"낳을 거야. 너와 똑같은 아이를 낳을 거라고. 그때 가서 다시 얘기 해."

"웃기네. 너를 쏙 빼 닮은 아이를 낳으면 실망할 텐데."

라미는 마지막 카드에서도 실패했다. 밤새도록 울고 매달려도 한별의 마음은 라미를 떠난 지 오래였다. 라미는 공항까지 나갔다.

"아이는 반드시 내 애라는 보장도 없고. 또 네 장래를 생각해서 네가 알아서 할 일이야. 다만 성준이 그 애 괜찮은 애야."

조용히 라미의 귀에 여운을 남기고 한별은 남은 돈이라며 라미에게 내밀었다.

"싫어. 내가 돈을 얻어내려고 거짓말을 했다며?"

"미안해. 이건 그런 뜻이 아니고 그냥 쓰고 남은 거야. 자존심도 있고 해서 부리는 거야. 아쉬운 대로 쓸 수 있을 거야."

라미는 가만히 있었다.

—애를 지우라는 뜻이겠지.—

"좋은 친구였어. 공부 잘 마치고 돌아 와. 성준이랑 결혼 해."

라미는 흐르는 눈물을 주체할 수 없었다.

한별이는 성준이 곁으로 다가갔다.

"성준아. 라미 괜찮은 애야. 잘 부탁 해. 나하고는 끝났으니까 잘 해 봐."

—자식 그래. 난 네가 먹다 버린 음식을 주워 먹으며 산 놈이다. 네가 신다 버린 신발도 내겐 감지덕지 했고, 네가 입다 버린 청바지도 내겐 너무 고급스러웠고 과분했다. 여자도 그

랬지. 네가 데리고 놀다 싫증이 나면 나에게 인계해서 총각딱 지도 뗄 수 있었고, 내가 남자라는 것도 확인할 수 있게 했다. 넌 내게 고마운 녀석이었지만 나에게 자존심을 키워주기도 했다. 그래 넌 좋은 녀석이다. 네게 있어 나라는 존재는 네 오물 통 같은 놈이라 생각하겠지만 나같이 가진 것이 없는 자는 누구의 뒷전에서든 그런 모습으로 살 수밖에 없다는 것을 인정한다. 그래서 난 철저한 네 오물 통으로 네가 버린 쓰레기를 재생하는 생명소가 될 거다. 가는 마당에서도 너는 철저하게 네 노리개를 나에게 던지고 가는구나. 알맹이는 너에게 다 가 있는 빈 껍데기를 나보고 맡으라고? 그래 좋다. 난 라미를 사랑했다. 어쩌면 네가 버릴 것을 알고 기다렸는지도 모른다. 나는 기다릴 거다. 라미의 저 분노가 가라앉을 때까지. 그리고 라미의 상처가 아물고 새살이 돋을 때 나는 다시 사랑을 시작하자고 할 거다. 잘 가거라.—

한별은 담담하게 라미의 송별을 받았다. 성준이도 손을 높이 흔들었다.

KAL기가 푸른 하늘을 향해 날아갔다. 멍하니 하늘을 바라보던 라미가 땅에 주저앉았다. 절망의 순간이리라. 그렇게 믿고 따르고 내일을 건 한별이가 기다리겠다는 말 한마디 없이 훌쩍 날아갔다. 그 보다 가슴을 저며 소금을 뿌리는 아픔을 남기고 말이다.

성준이는 한동안 잠자코 있었다. 울고 싶을 때는 울어야 속이 풀린다.

　그래야 다시 울고 싶지 않다. 지금 라미는 그 동안의 꿈을 걷어내는 작업을 하고 있는 것이다. 많은 날을 저렇게 울고 또 울고 포악하고 미워하고 증오해야 저 아픔이 조금은 가실 수 있을 것이다.

　성준이는 쓰레기통을 뒤졌다. 한참 후에 타다 남은 꽁초에 불을 댕겨 빨기 시작했다.

　―그렇게 얽히고 설키며 사는 거지. 내가 별 수 있어? 한 하늘이라 여기도 비는 오는군.―

　라미는 비를 맞으며 이제는 어디론가 돌아가야 된다고 생각했다.

　고즈넉히 내리는 빗속으로 한별이의 얼굴이 스쳐갔다. 그리고 이내 성준이의 모습이 뒤따랐다.

　―제발 좀 앞에 나타나 봐. 생각 속에서도 늘 뒷전이야?―

　라미는 스친 영상에게마저 신경질적인 반응을 나타냈다.

　―뭣 때문에 뒷전에 처져 있어? 한별이보다 못한 게 뭐 있어? 인물이 그만 못해? 생각이 그만 못해? 생활력 강하고 건전한 사고와 강한 의지. 그건 인정해. 그러나 아무리 똑똑하고 잘나면 뭘 해. 너무 없어, 가진 게 너무 없다고. 언덕도 없다며? 비빌 언덕 말야. 부모님도 안 계시고 혼자라며? 외로워서 그렇게 늘 어깨가 처져 있는 거야? 외로우면 외롭다고 말 해. 병신처럼 주위만 맴돌지 말고. 난 사랑을 해봐서 알아. 네 눈

빛을 보면 날 좋아하고 있다는 걸 금방 알 수가 있단 말야. 아직도 친구를 의식하는 거야? 한별이 그 앤 우리가 가까워지기도 전에 의심을 한 놈이야. 뱃속에 있는 생명을 보고 성준이네 애라고 모독을 한 놈이야. 애비 주제에 자기 씨를 남의 둥지에 밀어 넣으려는 멍청이라고. 뻐꾸기가 그렇다지? 알을 낳아 남의 둥지에 밀어 넣고는 시치미를 딱 떼고 깨일 날을 기다린다지? 그 예쁜 목소리를 가진 새가 그렇게 비굴하게 알에서 깨어나는 날짐승인 줄 누가 알았겠어? 마치 한별이 그 자식이 그런 놈이라고. 물론 내게는 큰 별이었지. 잡을 수 없는 높은 별. 그러나 그건 나로서 충분히 가능한 별이었어. 만나기 힘든 별을 뻔히 알면서 쉽게 포기할 수 있니? 계산 이전에 벌써 사랑이라는 마술에 걸렸는데. 나도 처음엔 적당히 놀다 끝나 버릴 걸로 생각했었지. 그런데 그게 아니었어. 한별이도 나를 계속 원했거든. 장래를 꿈꾸기에 충분했으니까. 드디어 큰 날개를 달고 유학길에 올랐지. 지독한 구석이 있는 나는 노는 데 드는 돈은 모두 공짜였고 한별이가 가끔 뿌리는 돈은 차곡차곡 모았거든. 충분했어. 가끔 부자 아버지를 두었다는 허세가 홀리는 돈은 비명을 지르기에 충분한 거액이었어. 어디 주워 모은 돈으로만 비행기를 탈 수 있겠니? 한별이 그 애가 내 심장에 불을 붙이고 댕기고 밀고했지. 나는 쉽게 큰 날개를 달 수 있었던 거야. 그러니 푹 빠질 수밖에. 대학마저 포기하고 있던 나에게 유학이란 건 정말 신데렐라가 되는 길임엔 틀림이 없었어. 그런데 풍선이 터진 거야. 허공에서 만신창이가 되었지. 죽은 거나 다름이 없지 뭐. 뱃속에서 자라는 생명? 글쎄 자꾸 애착이 가. 처음엔 오기로 낳으려고 했어. 꼭 한별이 너를 닮은 애를 낳아서 보란듯이, 단 한번이라도 보란듯이 보여주고 싶었다고. 비열하게 개똥벌레처럼 밀어붙인 제 아이를 보여주고 싶었다고. 그 다음은 생각 안 했지. 내 인생에 걸림돌이 될 거라는 생각. 지금도 별로야. 이젠 내 몸 안에 또 다른 생명과 함께 살아가는 거라고. 그런데 성준이는 왜 망설여. 책임지지 않아도 되잖아. 마음 잃은 아이라서? 그래도 남은 열기는 뜨겁다 뭐. ─

라미는 책을 들고 강의실로 들어갔다. 성준이가 달려왔다. 싱긋 웃었다.

"괜찮아? 일할만 해?"

성준이가 라미의 근황을 물었다.

"병원으로 옮겼어."

"식당보다 훨씬 낫지?"

"낫기만 해? 더럽고 궂은 일일수록 보수는 많은 거 아냐?"

"그렇지? 그 방에서 그냥 지낼 생각이야? 아니면 기숙사로?"

"생각 중이야. 형은 아직도 그 집에 있는 거야?"

"가게에서 끓여먹고 그랬는데 옮겨야 될까 봐."

"왜?"

"그럴 일이 좀 있었어."

─같이 지내자고 할까? 서로 돕고 지내면 얼마나 좋아. 돈도 절약되고 그래. 내가 너무 뻰순이 같지? 한별이 하고 그런 사이라는 걸 누구보다도 잘 아는 성준이에게 어떻게 그럴 수 있어? 필요에 의해 얼마든지 그럴 수 있지 뭐. 그런 애들이 하나 둘인가 뭐? 얼마든지 가능한 발상이라구.─

라미가 입을 꼭 다물고 생각에 잠겼다.

─이 참에 말해 버릴까? 같이 지내자고. 나보고 이상한 놈이라고 생각하겠지? 이젠 모든 것을 체념한 모양이야. 얼굴이 밝아진 걸 보니. 그래야지. 라미는 영리하고 현명하니까. 내 용기가 문제 있는 걸 거야.─

둘은 같은 생각을 했다. 그러나 망설이며 누구 하나 선뜻 자기의 뜻을 밝히지 못했다.

그러다가 어느 날 둘은 필요에 의해 뜻을 모았다.

"형, 이 침대는 웬 거야?"

"주인아주머니가 버린다고 하는 것을 내가 가지고 왔지. 괜찮지?"

"너무 훌륭한데?"

"이건 네가 써. 너를 위해 가지고 온 거야."

"아냐. 난 온돌 체질이야."

"여긴 냉방이라는 걸 알아야 돼."

"그럼 고물상에 가서 하나 더 주워올까?"

"저녁은 간단히 먹자. 고물상이 어딘지나 알기나 하고?"

저녁은 우유와 빵이었다.

"이렇게 먹어서 되겠어?"

"형은? 계란 후라이 해 줄까?"

"아니야. 난 이 정도면 돼. 습관이 되어서 저녁은 많이 못 먹어."

"우리가 이렇게 고생하면서 여기 머물러야 될 이유가 있나? 난 공부 때려치울래."

라미가 말했다.

"무슨 소리야."

"형은 끝났지만 난 아직 1년이나 남았어."

"기다려 줄게."

"아냐. 형 공부 끝났으니 나도 따라 갈 거야. 이젠 답답하고 못 견디겠어."

"왜 자꾸 약해지는 거야. 내가 일자리를 옮겨 볼께."

"아냐. 나 때문에 형이 고생할 필요 없어."

"나가 아니라 이제 우리야."

"몰라 모르겠어. 피곤해."

라미가 침대에 벌렁 누워 천장을 올려보았다.

"이 집도 꽤 오래된 모양이지? 꼭 옛날이야기에 나오는 귀신방 같다. 누덕누덕 판자로 기운 지붕. 거미줄이 매달려 있고 공사할 때 찍힌 발자국이 그대로 남아 있고."

"지하실 방 다 그렇지 뭐. 우린 꿈 때문에 사는 거 아니니? 젊음과 내일이 있잖니?"

"형은 어느 쪽에서 일할 거야? 방송? 아니면 신문사?"

"들어가 봐야지. 취직이 어디 맘먹은 대로 되나? 기자 공부도 열심히 했는데…."

"난 그때 그러니까 압구정동에서 정말 감쪽같이 속았었어. 어쩜 연극을 그리 잘 할 수 있어."

"아 그 일. X잡지사 기자연습. 하하하."

둘은 한바탕 웃었다.

"한국에 들어가서 꿈을 펼 수 없다면 그냥 미국에서 영주권 얻어 가지고 살까?"

라미가 물었다.

"그럴 생각을 안 해 본 것은 아닌데, 난 한국 사람이고 싶어."

"여기서 살면 미국 사람 되나?"

"그게 아니고 우리나라 땅, 하늘, 산, 강, 환경이 그리워. 여긴 모두가 낯설어 싫단 말야. 배운 걸 우리나라를 위해 보탬이 되어야지."

"형은 참 어른스럽단 말야."

―그래 어른이야. 한별이에 비하면 어른이고말고. 먹고 쓰고 즐기는 일만 일삼는 한별이는 생각도 어리고 하는 짓도 철

없고 그랬지. 그러나 재미는 있었어.─

"한 살이라도 내가 더 먹었으니까 당연하지."

"어른스러운 것은 나이로 가는 게 아닌가 봐. 나 잘래, 피곤해."

"그래 먼저 자."

라미는 침대에 누웠다. 온 몸이 나른하다. 성준이는 불을 껐다.

"형, 공부 안 해?"

"환하면 못 자잖니?"

"어떻게 하지? 그럼 내가 잠들면 일어나서 공부해."

"내 걱정은 말고 어서 자."

"형도 여기서 자자."

"좁지 않아?"

"끼어 자면 되지 뭐."

"추워지면 그때 끼어 잘게. 내 걱정말고 그냥 자. 나 여기서 눈 좀 붙이다가 일어날게."

침대를 놓고 나니 좁은 방이 더욱 비좁았다. 성준은 침대 옆 좁은 공간에 웅크려 새우잠을 청했다. 가난한 이들의 고단함은 쉽게 무의식의 세계에 빠져 들었다. 색색 고단한 라미의 숨결이 가엾게 느껴졌다.

─아무래도 이상해. 요즘 통 밥을 못 먹잖아. 어떤 음식은 역겨워 하고, 분명해. 모른 척 할까? 아니면 탁 트고 마음 편하

게 해 줄까? 아니야. 생각을 하고 있겠지. 내가 먼저 말할 수는 없어. 임신이라면 내 아이는 아니야. 그럼 한별이? 나쁜 자식. 한별이도 알고 있을까? 모르고 있을 거야. 잘된 일이야. 차라리 이렇게 되길 잘 했어. 내 아이로 생각해 주는 거야. 공부를 그만 둔다는 것도 이유가 있었던 거야. 더 이상 버틸 수가 없는 거야. ―

성준이는 잠을 이루지 못했다.

―성준이가 눈치를 챈 모양이야. 그렇잖으면 왜 저녁마다 내가 먹고 싶은 것을 사 가지고 들어 와. 뭐라고 말하지? 솔직하게 말할까?―

라미는 침대에 누워 하루 종일 천장을 바라 보았다. 엄마가 되는 설레임으로 가득 찼던 라미는 이제 불안했다.

―오기로 인생을 사는 게 아니었어. 오기? 처음엔 반발심이 없지는 않았어. 그러나 한 생명은 이 세상에 태어나고 싶다고 외치고 있었어. 그래 그 생명의 외침 때문이라고? 거짓말 말아. 애초에 넌 병원은 생각하지도 않았어. 그렇게는 할 수가 없었어. 친구들이 병원을 그렇게 자주 드나들 때도 나와는 상관없는 일로 생각했었어. 그러나 막상 내가 친구들의 입장이 되고 보니 암담했지. 그러나 고민도 번민도 없었어. 아예 병원엘 가서 그 짓을 하고 싶지 않았거든. 어차피 엄마가 될 것인데 뭐. 그렇게 생각했지. 애만 낳으면 엄마냐? 혹 너 한별이를 생각한 꿍꿍이속은 아니니? 왜 이래? 이미 한별은 끝났어. 자

기 자식이라고 손톱만큼의 동정? 아니지, 미련을 둘 애 같아? 뻔히 알면서 성준이 애일 거라고 뒤집어씌우는 거 못 봤니? 그런 상황에서 장래에 혹시나 하는 꿈을 꿔? 자존심 상한다. 치사해. 이미 난 한별이와 그렇게 된 후로는 화려한 인생. 정상적인 결혼은 포기했어. 너 참 감상적인 애구나. 지금 그 정도의 과거에 왜 그리 집착하니? 얼마든지 새 출발 할 수 있어. 정말 너답지 않아. 왜 그렇게 자신이 없는 거야. 누구는 세상이 다 아는 애를 낳아 기르다가도 새 남자 만나 잘 사는데. 왜 아직 태어나지도 않은 애 때문에 남은 인생을 포기해. 힘을 내, 힘을. 성준이가 아는 건 당연하지. 어떻게 받아들이느냐가 문제지. 이미 너에 대하여 모든 것을 알고 있는 사람이야. 자연스럽게 상의해도 좋고 알게 되면 아는 대로 그대로 수용해.—

라미는 끈질긴 자신의 싸움이 계속 되었지만 명쾌한 대답은 없었다.

"웬일이야. 이 시간에 가게 비워도 돼?"

"혼자 누워있는데 있을 수가 있어야지. 문을 열어놓고 왔다고 둘러대고 오는 길이야."

"미안해. 어떻게 하지? 형에게 짐만 되어서."

"무슨 소리야? 평생의 반려자를 짐이라고 생각하다니? 그런 생각 한 적 없어."

"뭐? 평생 반려?"

"놀라긴? 그럼 우리가 소꿉장난하고 있다고 생각했어?"

"그럼 소꿉이지."

"섭섭한데? 아니 실망이야. 라미 마음이 내게서 너무 먼 데 있는 거 아냐? 그렇지?"

"가까이 있어도 현실이 그렇잖아."

"현실이 어때서. 우리 결혼하자."

"결혼?"

라미는 성준이를 바라 보았다. 그리고 피익 웃었다.

─저 남자 정말 뭘 알고나 말하는 거야? 내가 지금 다른 남자의 애를 가진 여자야. 생활비가 절약되고 혼자서는 외로우니까 공생의 관계로 시작한 동거야. 물론 결혼으로 발전할 수도 있지. 나도 네가 좋으니까. 그러나 너는 그래서 안 되잖아. 감상으로 시작할 일이 아니라니까.─

"왜 못 믿겠어?"

"아니야. 믿지. 그러나 좀 더 신중히 생각해서 결정해. 내가 몸이 너무 아파. 이런 환자를 데려다 뭘 할 거야?"

─환자? 그래 넌 환자야. 한별이한테 데인 화상이 아물지 않았을 걸 알아. 마음의 상처도 감당하기 어려운데 또 하나의 십자가를 키우고 있잖아. 난 알아. 네가 얼마나 한별이를 사랑했는 지. 불장난을 한 것이 아니었어. 아무리 어려도 모든 만남을 놀이로 한다고는 생각하지 않아. 그 중에 목숨을 걸고 사랑하는 사람이 있게 마련이거든. 그러나 꿈과 현실은 다른 거야. 라미 넌 꿈속 사랑을 했던 거야. 현실은 나라야 돼. 내가 너의 아

품에 의사가 될 거야. 내가 네 뱃속 아이의 아빠가 될 테야.─

"난 너를 사랑해. 사랑은 계산이 아니야. 어서 먹고 기운 차려."

"이게 뭔데?"

라미는 성준이가 내미는 봉투를 재빨리 열었다.

"어떻게 알았어? 내가 먹고 싶다는 걸?"

"주인마담한테 물어봤지."

"뭐라고?"

"혹시 여자가 밥을 못 먹고 앓아 눕는 병을 아느냐고!"

"그랬더니 이걸 갖다 줘 보래."

"잘 먹으면 틀림없이 그렇다는데. 물어보면 화를 내겠지?"

"아냐. 화 안내. 나도 잘 몰라."

"모르는 것이 당연하지. 확실하면 나에게 말해? 그때는 축하연을 마련해야겠어."

"축하연이라니? 말도 안 돼."

"아빠가 되는 건데? 말이 안 된다고? 자랑스럽고. 우리가 결혼할 수 있는 여건이 확고하게 되는데. 난 친구들을 불러놓고 커피 파티라도 할 거야. 네 친구도 불러."

"내 친구 누구?"

"있잖아. 앤, 미도리 그리고 은솔이…"

─성준이 쟤가 정말 왜 이래? 진실도 같고 거짓도 같고 순진한 것도 같고 바보도 같고. 단 한 번의 의심도 없이. 내가 실토

해 버릴까? 구태여 까발릴 건 뭐 있니? 그냥 물 흐르듯 자연스럽게 성준이에게 스며드는 거야. 성준이가 묻기 전에는 믿으면 믿는 대로 현실에 충실히 살아. 그리고 평생 고마운 마음으로 성준이에게 잘 해주면 되잖아. 그럴까? 정말 내 생각대로 한별이를 꼭 닮은 아들을 낳는다면 어쩌지? 그건 그때 가서 생각해.—

라미는 성준이가 없는 빈방에서 치열한 자신과의 싸움에 지쳐 있었다.

—나 이러다가 학교도 못 마치고 말겠어. 내가 너무 감상적이었나? 한별이가 그렇게 냉정할 줄은 몰랐어. 어디 두고 보라지. 나도 오기가 있는 년이야. 애를 낳아 대문에 덥석 갖다 놓고 놀래 자빠지는 꼴을 보고야 말 거야. 아니 결혼식장으로 데리고 갈 거야. 쑥대밭을 만들어 놓을 거야. 가진 자의 그 방자한 콧대를 납작하게 해 놓을 거야. 두고 봐. 나만 이렇게 망할 수는 없어. 순진한 성준이, 가진 것이라고는 아무 것도 없는데 이 애를 키워주겠다고? 말은 그렇게 하지만 두고 봐. 제가 잘 되면 내가 짐스러울 걸. 더구나 내가 한별의 애를 가지고 있다는 것을 알면 그게 미끼가 될 텐데. 결혼? 그까짓 형식이야 뭐가 대단해. 당분간 마음의 위안을 삼자고 하는 거? 이혼을 밥 먹듯 하는 세상인데, 그까짓 결혼식이 뭐가 그리 대단해.—

"라미야. 우리 카레 어때? 먹을 수 있겠어?"

성준이는 시시때때로 메뉴를 바꾸었다.

―참, 자상한 남자야. 늘 엄마가 그렇게 말했는데. 여자는 남편을 잘 만나야 된다고. 있고 없는 것은 팔자라고. 남에게 줄 것 없고 받을 것이 없어 늘 부자라고 하셨는데. 이 남자도 그 정도는 하고 살겠지 뭐.―

"형, 나 왜 이렇게 오래 아픈 줄 알아?"

"글쎄, 자기가 말하지 않으니 내가 알 수가 있나? 애도 아니라면서?"

"내가 지금 애를 가지면 어떻게 해?"

"어떻게 하긴? 경사지. 어차피 우린 결혼할 거 아냐?"

"내가 아기 아니라고는 말 안 했어."

"그럼 아기야?"

"나도 잘 몰라. 관찰하고 있는 중이야."

"혹 마음의 병은 아니지?"

"마음의 병이라니? 한별이? 다 잊었어. 친구였잖니. 좀 가깝기는 했지만 그 앤 따로 길이 있대. 형도 마찬가지야. 언제고 떠나면 한별이처럼 떠나면 말이야. 난 그냥 라미야. 편하게 생각해."

라미는 쓸쓸히 대답했다. 아직도 한별이 영상이 지워지지 않는 거다. 화려했던 그 날들에서 너무도 상반되는 가난이 비교되는 거다. 그리고 그 날이 그리운 거다. 지금이라도 한별이가 찾아준다면 모든 것을 털어 버리고 훨훨 갈매기처럼 태평양을 날아갈 거다.

"아기면 나에게 말해. 꼭 언제쯤 알게 되는 거야?"

"글쎄, 배가 불러오면 알게 될까? 몰라, 어서 먹자."

라미가 수저를 들고 허겁지겁 퍼먹었다.

"카레 하기를 잘 했구나. 맛있니?"

"먹을 만한데?"

"진작 해줄 걸 그랬구나."

"그때만 해도 카레 냄새가 싫었단 말야. 형, 우리 한국으로 들어갈까?"

"너 공부는? 일 년만 더 고생하자."

성준이는 한별이 때문에 라미가 마음을 잡지 못하고 있다고 생각했다.

—라미를 잡아야 돼. 불가능한 별을 잡겠다고 학업을 중도에 포기하고 귀국을 한다는 것은 어리석은 짓이야. 나도 그렇고 좀 더 공부를 해야지. 내가 한별이와 다른 게 뭐 있어. 물질로 채워줄 수 없는 것을 무엇으로 채워줄 수 있겠어. 학위를 수여하면 명예를 얻을 수 있고 그리하면 물질도 손에 넣을 수 있는 길이 보이게 된다는 경제 원리를 나는 알고 있어. 취직을 위한 간판일 수도 있고 가진 자에 대한 도전일 수도 있어. 라미가 모든 것을 포기하고 귀국하려는 것은 아직도 한별이의 잔상이 가능성으로 남아 있기 때문이야. 붙잡아야 돼. 라미를 위해서라도, 아냐. 내가 원하고 있어. 그러기 위해서는 라미의 어떤 허물도 탓해서는 안 돼. 라미의 모든 것을 감싸고 받아들

여야 돼. 과거쯤은 문제가 되지 않아. 얼마든지 있을 수 있는 일이야. 흔적이 깊고 얕고 간에 상대의 과거에 집착하는 감정은 자신을 파멸로 이끌 뿐이야. —

성준은 하루 빨리 한별이로부터 라미를 탈출시켜야 한다고 생각했다. 그러기 위해서는 뱃속에 있는 아이에 대한 자신의 태도를 분명히 해야 했고 라미에게 안심과 희망을 주어야겠다고 생각했다. 성준은 생각 끝에 결혼을 결심했다. 그러나 라미의 생각은 달랐다.

한별이가 떠난 지 불과 한 달이 좀 남짓했다. 라미는 아직도 한별이에 대한 어떤 가능성을 버리지 못하고 있었다. 성준이가 한별이보다 인간적이고 고맙다는 생각이 들면서도 마음은 늘 한별이에게 달려갔다. 그러나 자신을 버리고 떠난 마당에 미련을 가져서 무엇을 하겠느냐고 마음을 성준이에게 돌려먹어도 생각은 잠시 뿐이었다. 더구나 뱃속에 자라고 있는 생명을 생각하면 자신은 한별이 옆에 있어야 된다는 생각이었다. 그렇지 않고서는 성준이와 편안한 관계가 될 수 없다는 생각이었다. 성준이와 편안한 관계를 위해서는 아이를 포기해야 된다고 생각했다. 그래서 병원으로 달려갔다. 병원비는 너무나 엄청났다. 자신으로서는 도저히 엄두를 낼 수 없었다. 그녀는 그보다 빵을 해결하는 일이 더 절실했다. 그녀는 한국으로 돌아가고 싶었다.

—한국은 병원비도 훨씬 싸고 미혼모 보호소도 있고 보육원

도 있고 언어소통이 자유로워 일자리를 얻기도 수월하고 애를 낳아도 엄마가 도와주실 수도 있고……—

라미는 하루 이틀 날이 감에 따라 불안이 더 커졌다. 고통스럽고 불투명한 앞날에 불안이 눈덩이처럼 부풀어갔다. 아무리 성준이가 곁에서 따뜻하게 해 준다고 해도 내면으로 스며드는 고독의 강은 점점 깊어졌다. 어머니가 보고 싶었다.

—엄마가 지금의 내 꼴을 보면 뭐라고 하실까? 펄펄 뛰시겠지. 여자는 어떤 일이 있어도 안방을 차지해야 한다는 말, 그 말이 무슨 뜻이었을까? 이렇게 되면 나는 한별이의 안방 차지는 글러버린 것이지. 엄마는 나를 낳고 아버지가 돌아가셨다고 했는데 그건 사실인 것 같고 내 위로 형제들은 많았는데 얼굴도 모르고 사는 이유가 뭘까? 내가 어렸을 때 어렴풋이 생각이 나. 할머니인 줄 알고 있었던 그 사람, 엄마가 고개를 숙이고 무엇인가 애원했을 때 그 표독스럽게 해 부치던 말… 그 분은 자네가 죽였네. 자네만 아니었으면 그리 쉽게 세상을 떠나지 않았어… 무슨 낯으로 여길 찾아와. 더구나 자신의 평생 짐을 나에게 떠맡기려 들다니 어림도 없네. 엄마가 몇 푼의 돈을 받아 쥐고 눈물을 뿌리던 일. 지금 생각하면 아마도 그때 엄마는 나를 맡기겠다고 애원했던 것 같아. 그 분이, 아니 내 큰 엄마가 나를 맡았더라면 내 운명은 바뀌었겠지. 엄마의 인생도 바뀌었을 것이고. 엄마는 그걸 원했을 거야. 그러나 우린 엄마의 뜻과 같이 되지 못하고 봉천동 산동네에서 인형 옷을 지어

연명하는 가난이 시작되었지. 나를 키우면서 안방 차지하는 여자가 되기를 기원하면서. 그런데 난 이게 뭐야. 큰 대문집은 잘 찾았지. 들어만 앉으면 되는 건데. 마당도 밟아보지 못하고 바다 건너에 버려지다니. 누가 나를 버려. 버리게 만든 건 나였지. 한별이를 욕심낸 것은 나였으니까. 처음엔 화끈해서 좋았지. 함께 어울리는 생활이 너무나 거침없었고 째째하지 않았어. 알고 보니 한별은 큰 별이었고 큰 대문집 아들이었다. 누구나 그랬을 거야. 나는 계산을 했지. 한별이도 적당히 나를 원했고, 있는 사람은 다 구두쇠라는 엄마의 말은 거짓말이라는 걸 알았지. 한별은 적당히 나눌 줄도 아는 애였어. 나는 결심했지. 결혼하도록 노력해보자고. 길을 찾았지. 가까이에서 몸 맞추기는 이미 시작되었지만 마음도 맞추고 장래도 맞추어보자고. 그런데 이게 뭐야. 가야 돼. 돌아가야 돼. 한국으로 건너가야 돼. 가까이에서 다시 한 번 시도해 봐야 돼. 불러오는 배를 보면 달라질 거야. 아니야. 가능성은 전혀 없어. 한별은 자기 아이라고 생각하지 않았어. 성준이와 잘 해 보라는 애였어. 한 치의 가능성도 없는 사람에게 무슨 생각이냐. 바보 같은 짓이야. 한국에 가서 병원으로 가야 해. 하루라도 늦기 전에.―

돈으로 키운 자식들

    살림방을 벌써 두 번째 옮겼다. 그러면서도 엄마에게 연락도 하지 못했다. 유학생활을 중도에 포기하고 올만큼 생활이 극도로 곤란했고, 임신중독증이라는 증세로 너무 견딜 수 없는 라미는 하는 수 없이 혼자 귀국을 원했다.

    그러나 성준이는 혼자 내보낼 수 없다며 함께 귀국을 했다.

    "지하실 방이지만 괜찮지? 여기가 한국이야 우리나라야. 굶어도 배가 부르지? 외로움은 없을 거야. 두꺼운 언어장벽도 없고. 그저 건강만 해."

    "정말 미안해. 어쩌지?"

    "뭐가 미안해. 이게 다 내일이고 우리의 일이야. 난 가난은 참을 수 있어."

    "난 없는 사람은 늘 없이 살아야 한다는 건 불만이야."

    "가진 게 없는데 그럼 어떻게 있는 사람처럼 불같이 일어날 수는 없지. 노력하는 거야. 참 한별이 한테 전화할까?"

"왜?"

"친구잖아. 그래도 한별이를 모른 체 등을 돌리며 살 수는 없잖아. 오히려 그건 괴로움이야. 우리 결혼한 것도 알리고."

—그래야겠지. 이미 나는 성준이의 아내가 되었다는 것도 선포를 해야겠지. 보다 뱃속에 있는 아이도 이성준의 자식이라는 걸 일러두어야지. 부권의 포기를 다짐시키는 일이야. 만나야지 못 만날게 뭐 있어. 당당해져야 돼.—

라미는 이렇게 생각했다.

—한별이 자식. 지금은 뭘 할까? 아직도 아버지를 업고 흥청망청 돈을 쓰며 살까? 돈 주고 사온 유학 간판은 유용하게 써먹을까? 라미에 대한 미련 아직도 있을까? 제 아이가 자라고 있다는 것은 꿈에도 모를 거야. 만나야지, 만나서 라미가 내 사람이라는 것도 알려야지.—

결심을 다진 성준이는 공중전화로 달려갔다.

"통화됐어?"

"자식 되게 반가워하는데?"

"그래?"

"네 안부부터 묻던데? 그래서 함께 왔다고 했지. 결혼할 거라고 생각했다는 거야. 잘 됐다고. 금방 나온대. 홍대 입구에서 만나기로 했어. 같이 갈래?"

"어떻게 가. 혼자만 다녀와. 나는 배가 불러 다음에 만나겠다고 전해 줘."

성준은 청바지를 주워 입었다.

"형, 다른 바지 입지 그래. 베이지색 바지 입어."

"왜? 어른티를 내라고?"

"아니? 좀 그렇잖아. 자존심이 있지. 머리도 무스를 좀 발라."

"괜찮아. 나 이렇게 털털한 거 다 아는데 뭐."

"너무 차이가 나면 한별이가 창피해 하잖아. 세대에 맞게 차려 입어. 목걸이는 하지 않더라도 머리하고 티는 좀 그렇잖아?"

성준이는 아이보리색 바지를 꺼내 입었다.

"알았어. 이만하면 됐어?"

"아니야. 색은 잘 어울리는데 티는 바지 속으로 집어넣어. 아저씨 같잖아."

"아저씨 같으면 어때? 어차피 나이 들면 아저씨가 될텐데 뭐!"

"싫어 난. 아저씨하고는 안 살아. 늘 젊은 세대로 산다고 했잖아."

"알았어. 만년 X세대로 살 테니 건강하기만 해. 그래야 배낭에 아기 넣어 짊어지고 압구정동으로 이대 입구로 활보하지. 락카페도 들어가 맥주 마시고."

성준은 웃으며 거울 앞에서 머리를 매만졌다.

"좋지. 레스토랑 벽에 젊음을 발산하던 그 때처럼 낙서를 감상하며."

"아니야. 아직 멀었어. 이 젊음이 다 가도록 낙서는 이어질 거야."

"그래. 나 다녀올게."

─정말 만나보고 싶지 않을까? 보고 싶겠지. 내가 있는 자리라서 피했을 거야. 먼저 만나게 해 주었어야 하는 건데. 혹 기다리는 건 아닐까? 결혼? 그게 뭐 대수야. 그런 라미의 마음을 안정시키고 새 출발시키기 위해 불가피하게 치룬 형식이었어. 나야 물론 각오한 것이지만. ─

성준은 오던 길을 되돌아 집으로 달려가 방문을 열었다.

"왜 도로 들어와? 뭐 잊은 거 있어?"

─그것 봐. 들어오길 잘 했지. 라미가 울고 있었어. 왜 안 그렇겠어. 그토록 사랑했는데. 결혼은 한별이와 하고 싶었던 거야. 그러니까 애를 가지고도 병원에 갈 생각도하지 않고 있었지.─

"한별이는 네가 먼저 만나보는 게 순서가 아닐까 해서?"

"무슨 뜻이야? 그 말? 내가 아직도 한별이에게 미련을 가지고 있다고 생각하는 거야?"

갑자기 라미가 부르르 떨면서 소리쳤다.

"그냥 그런 생각이 들었어. 별 생각 없이 한 말이야. 화내지 말어."

"그냥 생각한 것이 가다가 말고 돌아 와?"

"미안해. 불쾌했구나. 난 네 마음을 헤아려준다고 한 말인데."

"형 미안해. 내가 왜 이렇게 화를 내야 하는지 나도 잘 모르겠어. 어서 다녀와. 내 이야기 이러쿵 저러쿵 하지 말아. 특히 내 마음이 어떨 거라는 상상은 하지 말아."

"알았어, 라미. 넌 내 사람이야."

―웃겨, 내 사람? 아직 나도 누구의 소유일거라는 생각조차 못했는데 자기꺼? 모르겠어. 내가 내 자신의 소유라는 것도 믿을 수가 없어. 그러나 성준이 그 애는 알고 있는 거야. 내 뱃속의 아이가 제 아이가 아니라는 걸 말야. 그렇지 않고는 가다말고 돌아올 일이 뭐야. 최후의 심판을 기다리는 순간이 될지도 모른다는 불안감이 그를 되돌아오게 한 거라구. 차마 자기 입으로는 말할 수 없었던 거야. 내 여자지만 네 아이를 가지고 있다라고 말할 수가 없는 거야. 아니면 너, 애를 어떻게 할래? 키워주랴? 아이와 라미하고 몽땅 가지고 갈래. 아니면 양육비를 지불할래. 이렇게 흥정을 할 수가 없는 거야. 바보 나 같으면 양육비라도 흥정해서 받아오겠다. 당장 저녁거리가 없는 가난이 몸서리가 나서라도 애를 담보로 흥정을 해 보란 말야. 그런 주제도 못 되니 나보고 내 입으로 한별이와 단판을 지라는 뜻이 아니고 뭐야. 맞아. 오히려 그런 편이 더 나을지도 모르지.―

여기까지 생각한 라미는 옷을 주섬주섬 주워 들었다.

베이지색 티셔츠를 입었다. 허리 쪽이 쪼이는 듯 했다. 얼마 전 산 슬리브리스 원피스로 배를 커버했다. 그리고 배낭을 메었다. 언제나 자기 연출에는 개성 있는 라미였다. 자세히 들여다보지 않으면 배가 불러오고 있다는 것은 눈치채지 못할 정도였다.

라미는 거울을 바라 보았다. 아무리 가난해도 살림장만 제1호는 거울이라야 된다고 우기던 때를 생각했다.

—그래. 그건 순 습관이었어. 늘 거울을 보며 꿈꾸던 시절에 맛들인 습관. 아주 멋진 공주가 되어보기도 하고 압구정동의 오렌지족의 기호에 맞는 신데렐라도 되고 때로는 연극배우가 되어 보기도 했지. 가난하니 상고를 들어가라고 엄마가 성화를 하셨을 때도 난 인문계를 고집했지. 생각으로는 무조건 길이 열려줄 거라는 생각이 들었거든. 대학도 거뜬히 들어갈 거라고 생각을 했어. 그러다 거울할미라는 친구를 만났었지. 미선이라고. 미선인 거울 앞에서 한나절 머리를 만지고 나면 아주 멋쟁이가 되었지. 학생티를 벗어버리고 어엿한 숙녀로 변신을 했어. 그리고는 나를 데리고 극장으로 갔지. 물론 나도 머리에 무스를 바르고 앞머리를 성글게 올리고. 살짝 루즈를 발랐지. 언제나 미선이 가방에는 작은 배낭과 커다란 거울이 있었거든. 우린 전철역 화장실에 들어가 변장을 했었지. 돈을 쉽게 버는 길도 있다는 것을 그때 알았어. 그러니까 고2때였

지. 미선이는 한 달에 용돈을 20만원씩 타는 데도 모자란다는 거야. 나는 겨우 2만원도 못 탔는데. 아르바이트라는 것도 그때 알았지. 더 재미있는 것은 신나고 경제적인 히치하이커들과 어울리는 거였어. 미국에서 건너온 유행 놀이족인데 말하자면 히치하이킹이라는 것은 돈 없이 차를 태워 함께 즐기는 아이들이거든. 위험성이 따르기는 하지만 서로 의사가 맞아서 즐기는데 위험할 것이 뭐 있어. 차가 지나가면 무조건 손을 들기도 하고 때로는 그 애들이 다가와 타라고 말하지. 유치한 말로는 야타족이라고 하지만 나와 미선이는 히치하이커라고 말했지. 그 바람에 대학은 떨어졌지만 재미있게 사는 방법을 배웠지. 결국은 내 신세가 이렇게 되었지만. 그때 이 거울 맛을 몰랐더라면 한별이도 만나지 않았겠지. 대학은 들어갔을까? 그 대신 유학이란 게 어떤 것인지 알지 못했겠지. 그러나 지금도 거울은 필요해.―

　라미는 서서히 돌면서 거울에 비친 자기 모습을 바라보았다.

　―잘 빠졌어. 넌 조금도 변함이 없어. 아직도 넌 X세대야. 배? 아직 감쪽같아. 왜 그런지 알아? 코르셋을 했거든. 낙태를 하려고도 했었지. 생각할 수 없는 거금이었어. 애를 낳으려고 귀국한다는 사람을 보았지. 처음엔 이해가 안 되더라고. 비행기 삯으로 애를 낳지 뭐하러 한국에 가서 애를 낳을까 하고 어리석은 생각이라며 비난을 했었지. 그런데 내가 병원엘 가보니 엄청나더라고. 난 기겁을 하고 도망쳐 나왔지. 우리 아이가

세상에 태어나야 된다는 운명으로 생각해버렸지. 그런데 병이 난 거야. 임신중독증이라나? 도저히 병원비를 댈 수가 없으니 어쩌. 나는 귀국을 희망했지. 나야 그래야 했지만 성준이. 성준이는 왜 남은 공부를 포기하고 나를 따라 나오고. 나를 사랑한다고 하지만 난 믿지 않아. 사랑은 변하는 건데. 난 알아. 사랑은 좋은 감정이라고. 그런데 그 감정은 늘 같지 않단 말야. 난 한별이를 잃으면 죽을 거라고 생각했었거든. 그런데 뭐야. 이렇게 살고 있잖아.─

라미는 입었던 옷을 훌훌 벗었다.

─내가 한별이를 만나 뭔 말을 하겠어. 어린 나이에 자기 아이가 내 뱃속에서 자란다고 좋아할 것도 아니고. 나를 나무라겠지. 자기 몸 관리 하나 못한 병신이라고. 내버려 둬. 성준이가 뭔 말을 하던지. 그 애한테 맡기는 거야.─

라미는 담배에 불을 당겨 쭉 빨아들였다.

─아가 미안해. 역겨워도 참아. 이럴 때 엄마는 담배를 피워야 해. 엄마가 여고시절에 담배를 처음 피웠을 때 그 때는 상황이 좀 달랐어. 어떤 친구는 멋있어 보이려고 배웠다는데 엄마는 전혀 상황이 달랐단다. 친구들이 담배 못 피운다고 촌년이라고 골려서 나만 세대에 뒤떨어지기 싫어서 담배를 피기 시작했지. 처음 담배 피울 때 어떠했는지 아니? 미식미식하고 골이 떵하고 어질어질하고 토할 것 같아 그만 탁자에 엎드리고 말았단다. 그런데 그와 똑같은 상황이 몇 년 후에 닥친 거

야. 네가 나에게 엄마 되기를 원하던 순간이었어. 그게 임신의
신호, 입덧이라는 거래. 죽을 뻔했지. 하루 이틀이 아니고 여
러 날 토하고 울렁거리고 어지럽고 마치 처음 담배를 피우던
그 날 같았다고. 담배를 배우고 나서는 그 후 쭉 피웠지. 다리
를 꼬고 앉아서 남자 친구를 기다리면서. 내가 봐도 그렇게 멋
있을 수가 없었어. 어른들은 우리들을 메스꺼운 눈으로 바라
보셨어. 마치 벌레를 보는 눈초리였어. 아가, 너는 이해하지?
자식과 부모 사인데 우리 엄마들은 우리 세대를 이해 못한대.
나도 네 세대를 이해 못할까? 어서 세상에 나와 봤으면 좋겠
어. 아가, 지금은 멋으로 피우는 것이 아니라 속이 답답해서
피우는 거야. 넌 엄마의 마음을 아니? 네게 묻겠는데 넌 누구
를 아빠라고 부르고 싶니? 요즘은 엄마가 둘이 있는 아이가 많
단다. 낳은 엄마와 기른 엄마. 그런데 아빠도 둘인 아이도 많
단다. 낳은 아빠와 기른 아빠. 네가 누굴 아빠로 부를지는 나
도 모르겠어. 그건 네가 자라서 네가 결정했으면 좋겠어. 끝까
지 비밀로 감출 수 있으면 너는 이성준의 자식이 되겠지만 만
약, 만약 말이야. 내가 비밀을 못 지키게 되면 그때는 네가 결
정해야 돼.—

　라미는 담배를 재떨이에 비벼 껐다. 미선이 얼굴이 떠올랐다.
　"넌 다 멋있는데 담배 끄는 폼이 너무 잔인하다. 안 그러
니?"
　"나 안 봐서 몰라. 다시 한 번 해 봐?"

―멋있었는데 철웅이 그 자식. 미선인 지금도 철웅이 하고 사이가 여전할까?―

"얜 담배 못 피워. 촌스럽게."

"담배 못 피는 게 왜 촌스럽니? 여자답지."

"어머머, 얘 좀 봐. 얘 어디서 온 애니? 지금도 지구에 이런 애가 살다니. 뭐? 여자다워?"

"그래, 그 말은 너무했다. 우린 탁 트인 애들하고만 논다."

나와 미선이가 실갱이를 하자 철웅이가 미선이 편을 들었다.

"나도 피울 수 있어. 어쩌나 보려고 해 본 소리야."

라미가 담배를 물었다.

"캑캑캑. 어마, 어지러워."

"처음엔 다 그래. 그렇지? 철웅아?"

"그래 나도 어질했어. 자꾸 피우면 괜찮아져, 라미야."

한 모금 두 모금, 멋으로 피우고 친구들과 어울려 피우고, 답답해서 피우고 용돈이 궁할 때 화가 나서 피우고, 부자 애들 보고 속 뒤집혀 피우고, 아! 멋져. 지금도 그 락카페 가면 아는 애들 많을 텐데. 가볼까? 앗차 내가 지금 무슨 생각을 하는 거야. 갈 처지가 못 된다는 거야. 한심한 계집애.

―참 성준이는 어떻게 되었을까. 무슨 얘기를 나눌까? 되게 반가워했다는데 웬일이지? 감동이 없는 앤데. 요즘 외로웠나? 가끔 친구가 없으면 외로워는 했었는데.―

"야! 성준이 오랜만이다."

"뭐가 오랜만이니? 금방 뒤따라 왔는데."

"야, 그래도 6개월이잖니?"

"그렇지."

—자식 달라졌는데. 사람을 그렇게 반가워하다니. 외로웠나?—

"야, 외로워 죽겠어."

"무슨 소리야. 네가 외롭다니? 답답한 것이 없는 네가 왜 그래."

"그 자식 때문에 그러잖니?"

"그 자식이라니? 누구야."

"사고 친 놈 말야. 그 놈이 도피 유학생이라잖니?"

"그게 너하고 무슨 상관이야. 그리고 오래된 이야기잖니?"

"어른들 세계에서는 시간의 흐름과는 관계가 없나 봐. 더욱 깊게 새겨진 불신. 참 기가 막혀서. 우리 엄마 아버지가 싹 변했어. 자식 보기를 무슨 짐승 보듯 한단 말야."

"야 자식, 그야 네 자격지심이지. 부모님이 그럴 리 있니?"

"실탄을 줘야 말이지."

"실탄이라니? 너 총 쏘냐?"

"어유 답답해. 넌 왜 그리 막혔니? 자금 말이다. 돈."

"네가 너무 많은 걸 요구하는 거 아니니? 너도 씀씀이에 문제는 있잖니? 그래 얼마나 주시는데."

"한 달에 100."

"그만하면 됐지. 얼마나 더 줘. 웬만한 집 한 달 생활비야, 임마."

"고등학교 때도 2-300 쓰던 놈이다. 이젠 유학까지 마치고 온 나에게 돈 100이라니? 이건 정말 반발 생긴단 말야."

"그래, 그 돌변한 이유가 그 녀석 때문이다 이거지?"

"그래. 내가 하는 짓이 그 불륜아 같다는 거야. 고생을 해봐야 된다나? 새삼스럽게 독립을 해 보라는 거야. 갑자기 살얼음판에 발가벗겨 내놓겠다니 내가 미치지 않겠니?"

"100이면 웬만한 회사원 한 달 봉급이야. 잘 받는 편이지. 못할 것도 없지 뭐."

성준이는 자기 생활과는 너무나 거리가 먼 한별의 투정에 비위가 뒤틀렸다.

"처음에 서초동에 있는 빌딩을 나에게 주셨지. 그런데 말야. 그럴 수도 있잖니? 독립을 해 보려고 내가 노력을 했지. 앞빌딩을 살 생각이었거든."

"뭘 해서 그렇게 많은 돈을 벌려고 했어?"

"경마."

"야, 그거 놀음 아니니? 도박이야."

"그렇지만 그게 쇼부는 제일 빨라."

"딸 생각만 하면 돼? 잃는다는 것도 생각해야지."

"그래. 잃었으면 딸 때도 있는 거 아니니? 내가 그만, 그 돈을 다 잃고 내게 준 빌딩도 날렸단 말야. 그런데 한번만 더 도와달라고 했는데 안 된다는 거야. 참 기가 막혀서."

"당연한 거야. 너 돈 알기를 우습게 아는데 돈이란 자기 땀으로 벌어봐야 어떻다는 걸 알게 돼. 부모의 생각은 아주 당연한 거야."

"당연하긴? 엄마는 늘 내편이었거든 그런데 이젠 엄마도 변한 거야. 단 한 번도 거절한 적이 없었던 엄마 마저 변심했으니 미치겠는 거 있지? 정말 엄마 마저 그렇게 변할 줄 몰랐어. 반발심이 생기더라고. 패륜아 그 녀석의 심정을 조금은 이해할 수 있겠던데? 정말 패륜아가 돼 봐? 하고 하루에도 몇 번씩속이 끓어오르더라고, 미치겠어. 정말."

"자식. 착한 네 심성이 나쁜 짓은 못해. 그러지 말고 주시는 용돈이나 가지고 친구들이나 만나며 세상을 관망해 봐. 좋은 일거리가 생길 때까지."

"야, 하룻밤에도 몇 100씩 쓰던 내가 말이나 되니?'

—부모님도 일관성이 있어야 해. 처음부터 돈으로 길을 들여놓고 갑자기 손을 떼면 적응할 수 있나? 어렸을 때부터 몇십만 원짜리 티만 입고 조끼는 안전지대가 아니면 걸치지를 않고 청바지도 게이즈만 입던 놈을 갑자기 남대문 시장 옷을 입으라면 어떻게 하자는 거야. 참 딱한 어른들이시군!—

성준이도 한별이의 마음에 조금은 동정이 갔다.

"야, 성준아. 그래서 말인데, 네가 우리 아버지 한번 만나줄래? 가서 내 입장을 잘 말해주란 말야. 안 그러면 나 일 저지를 것 같아."

"이 방법 밖에는 없겠니?"

"난 돈이 없으면 시체야. 너도 알잖니? 은혜는 잊지 않을게."

"친구간에 은혜랄 것이 뭐 있니? 너를 돕는 일이라면 한번 생각해봐야지."

"언제 만날래? 우리 아버지."

"그래, 틈내서 한 번 찾아뵐께. 그동안 너도 부모님 마음을 편하게 해 드려. 뭔가 달라지는 모습을 보여드리란 말이야."

"너 내 성질 잘 알잖니. 난 치사한 짓은 못한단 말이야."

—그래. 네 놈은 한다면 했어. 적어도 돈을 쓰고 싶은 곳이면 어떤 수단을 써서라도 갔지. 나는 말렸고 넌 고집으로 내세웠지. 늘 한다면 하는 놈이라고. 그럴 때마다 나는 공부를 그 고집처럼 하라고 누누이 말했지.—

"언제 만날래? 울 아버지."

"야, 친구를 만났으면 이쪽 안부도 좀 물어봐야 되는 거 아냐?"

성준이가 자기 사정만 털어놓는 한별이가 섭섭했다.

"결혼했다면서?"

"그래, 했어. 교회 목사님한테 가서 그냥 했어."

"결혼식 하나 간단히 했네. 그래 행복하니?"

"어떨 것 같애?"

"글쎄. 재미있겠지, 뭐."

"만나보지 않을래?"

―라미? 남의 아내가 된 여자를 내가 왜 만나. 그러나 외면하고 살 이유야 없지. 우린 어차피 부부는 될 수 없는 사이였으니까. 자식 되게 행복한 모양이지? 참 라미 애는 어쨌을까? 아무 표정도 없는 걸 보니 드라이를 한 모양이구나. 그러면 그렇지. 네가 내 애를 낳게 하겠니? 치사한 자식. 그러고도 뭐 친구? 아니지 친구라서 길러야 된다는 이유는 말이 안되지. 키울 수 없는 형편이니까 떼어 버렸겠지. 누가 먼저 지우기를 원했을까? 성준일 거야. 라미는 낳고 말겠다고 했는데. 끝까지 나아서 나에게 보여주고 말겠다고 했는데. 차라리 잘 됐지 뭐. 막상 라미의 배가 불렀다면 이런 투정을 할 수 있나? 잘한 일이야. 역시 라미는 깔끔하고 영리해. 나부터도 그랬을 거야. 평생의 짐. 불씨를 왜 낳아. 내 앞에서는 오기를 부렸지만 내가 그 따위 협박에 넘어갈 한별인가? 어림도 없지. 한 번 만나기는 해야겠지.―

"차차 만나지 뭐. 어디 사니?"

"화곡동."

"넌 박사 포기했니. 라미, 참 너의 집사람도 중도 포기니?"

"응, 그렇게 됐어."

―자식 제 욕심만 채우고 그냥 돌아오다니. 기다렸다가 라

미가 공부를 마치거든 돌아와야 할 것 아냐? 벌어 먹이기가 힘들어도 남자로써 결혼을 했으면 그만한 것은 감수했어야 되잖아. 내가 두고 온 방세와 라미에게 주고 온 돈을 다 알겨 쓰고는 그냥 돌아오다니. ―

"너 우리 아버지 만나면 뭐라고 말할래?"

"돈 좀 많이 주라고 그러지 뭐."

"그래 제발. 다달이 주려면 천만 원 달라고 그래. 처음부터 많이 달라면 아예 노 할 테니까 일년만 대주라고 그럴까? 안 되지. 그냥 용돈으로 주라고 그래."

"돈 흥정은 안하고 그냥 아버님을 만나 의중을 여쭈어 볼 께."

"어쨌거나 한번 만나 봐줘. 돈 이야기도 꼭 하고. 성사만 되면 일할은 네 몫으로 줄께."

"거 괜찮은 직업이구나."

"우리 엄마 아버지 직업이 바로 그거였어. 엄마는 강남 뚜쟁이 출신. 아버진 부동산. 알기나 알아? 그 때 소개비로 호박밭, 야산 등을 무진장 사두었다는 거야. 쉽게 번 돈 쉽게 쓰는 거 당연한 거 아니니?"

"모르겠다. 돈을 많이 가져보지 않아서."

그 날 밤은 한별이와 술잔을 기울였다.

"야. 이런 분위기 오랜만이다. 유학…"

"유학이 입 밖으로 튀어나오자 한별이가 놀랐다."

"쉬."

한별이가 입을 손으로 막았다.

"왜?"

"유학이란 말 함부로 하지마. 지금 한국은 유학 콤플렉스
야. 그 녀석 때문에 유학 보냈다고 자랑하던 부모들이 입을 봉
하고 있고 사람들은 너나 할 것 없이 유학을 갔다 온 사람은
모두 도피성 유학이라고 도매금으로 넘겨버려. 병원, 학원, 곳
곳에 붙어있던 유학박사 수료증도 모두 떼어놓고 지방대라도
국내 졸업장을 내걸고 있는 판이야. 내 졸업장도 농 속으로 들
어갔어."

"야. 그건 너무 심한데?"

"너도 당분간 취직하기 힘 들 거야. 유학 간판으로 취직은
안 돼."

"그래?"

"그건 그래도 괜찮은 거야. 어쩌다 영어가 튀어나와 봐. 유
학생이잖아? 하면서 무슨 범인 취급한다고."

"범인이라니?"

"도피 유학생들의 현지 생활이 방탕이라고 잡지마다 대서
특필로 나왔거든. 그 바람에 잡지사는 재미 좀 봤겠지만 유학
보낸 부모들은 어떤지 아니? 모두 자식들 뒷조사에 나선 거야.
나도 아버지의 뒷조사에 걸려든 놈이고."

"네가 돈을 많이 써서 그러시는 거야?"

"내가 가족카드를 가지고 가서 좀 그었거든. 돈을 다 어디에 썼느냐? 카지노에, 나이트에, 폰섹스…"

"내가 입 다물면 누가 알아. 네 사생활을."

"벌써 잡지에서 다 파헤쳤다니까. 도피유학생의 실체, 현장을 가다. 방황의 물결 외로움과 언어의 장벽을 넘기 위해. 드디어 방탕… 그래서 유학을 보낸 부모들은 모두 탐독을 하고 놀라고 경악하고 앓아 눕고 말이 아니라니까. 그런 판이니 다른 사람들이 유학생을 모두 괴물이나 짐승으로 바라다보니 더럽지 않니? 난 참 재수가 없는 놈이야."

한별의 말대로 집안 분위기는 완전히 바뀌었다. 한별이 부모는 만나기만 하면 다투었다. 자식에 대한 두려움과 회의가 한꺼번에 몰려왔기 때문이다.

"에이 꼴좋다. 유학 유학하더니 써먹을 수 없는 졸업장 뭣에다 써. 집어치워."

한별이 아버지 이청운 회장의 노기는 대단했다.

"어유, 당신은 이게 얼마짜리인데 그래요."

"돈주고 사온 졸업장이 뭐 그리 대단해. 부끄럽지도 않아?"

"어머머? 남들은 돈이 있어도 길을 몰라 못 사오는데 왜 자랑스럽지 않아요."

"이거나 읽어봐. 얼굴을 들고 다닐 수가 없어."

이청운 회장은 잡지책을 집어던졌다.

「돈 많이 쓴 학생은 일단 의심해 볼 필요가 있다.」

한별 어머니는 중얼거리며 잡지를 읽어 내려갔다.

"그래요. 우리 애도 공부는 할 리 없고 나쁜 짓만 하다 온 것이 틀림없어요."

"우리 한별이는 돈을 좀 많이 쓰긴 했지만 얼띠어서 나쁜 짓은 못해요. 집에서도 거의 컴퓨터와 싸우던 애 아니예요."

"그랬으면 좋겠지만 만약에 이 책대로라면 큰 일이 아니냐고!"

"우리 다시 키우는 셈치고 돈도 좀 줄이고 마음고생도 적당히 시켜야겠어. 당시 내 말에 토 달지 말고 따라."

이청운 회장이 단호하게 말했다.

"또 있고 또 있는 자식이라야 말이지. 단 하나 남은 걸 그 많은 돈 다 누구 주려고 애를 마음고생을 시켜요. 난 그렇게 못해요."

"내가 말을 안 해서 그렇지. 걔가 내 가족카드를 가지고 가서 얼마나 흥청망청 썼는지나 알아? 기하학적 숫자야. 알기나 알아? 돈은 끝이 없어요. 이러다가는 제2의 패륜아가 나오지 말라는 법 있어?"

"어유 당신은 누가 들으면 경악을 하겠수. 그리 되라는 말같이 그게 무슨 말이야요."

" 이 여편네가? 요즘은 내가 왜 돈을 많이 벌었는가 후회가 된다니까."

"어머머, 갖다 버려요. 가난이 어떤 것인 줄 몰랐던 사람같이 말하네."

"있는 게 병이야. 병."

"있다고 다 당신같이 생각하는 줄 알아요?"

"애를 돈으로 키워서 그렇다 이 말이야."

"뭐 자식은 나 혼자 키웠나?"

"그럼 혼자 키웠지. 말은 바른 말이지. 난 밖으로 나돌며 돈 버는 기계였지."

"그게 뭐 잘한 거예요? 아버지가 아버지 노릇을 기피한 거지. 자식에게 관심이 없어서 그렇죠. 다른 남자들은 돈도 잘 벌고 애들도 자상하게 키우기만 잘 하더라. 가정에는 남자가 도덕적 승법자로 가정교육의 주체가 되어야 한다는 거 몰라요? 이제 와서 내 탓이야."

"당신이 언제 아비 권위 세워주기나 하고? 여편네가 고분고분 하기를 하나, 돈만 가지고 와야 애비 노릇 잘 한다고 추켜줄 때는 언제고. 그러나 돈 버는 일만 기를 섰지. 가정의 주체? 당신은 늘 이론은 그럴싸한데 실천에서는 전혀 미치지 못한 여자였어. 순종이란 게 전혀 없는 여편네가…"

"누가 지금 세상에 순종하며 살아요?"

"순종은 아니라도 애비가 설 자리는 만들어 주었어야지. 애비라는 이놈은 맨 날 비판의 대상이나 도전의 대상이 되었잖아."

"그땐 다 그렇게 살았어요. 그래 이제 와서 다 나보고 책임 지라 이거예요?"

"책임이라기보다 한별이 저 놈이 놀고 먹겠다는 근성이 문제라 이 말이야. 거 사무실에 나와 아버지를 거든 다든지 일을 배워야 하지 않아? 제몫으로 준 것마저 노름으로 다 털어 날리고… 또 손을 벌리다니. 일은 하기 싫고 돈만 물쓰듯하니 장래가 걱정이야. 안 그래? 돈 중한 걸 모르니 장래가 걱정이고 또 부모의 말에 귀를 기울일 줄 모르니 자식 덕보기는 글렀어요."

"지금 세상 누가 자식 덕보려고 그래요?"

"덕을 좀 보면 안 돼? 덕이랄 거야 뭐 있나? 늙어 힘없으면 자식 의지하고 눈감는 거지. 부모 자식간에 믿고 의지하고 그런 정리로 사는 게 사람 사는 거지. 희망이 보이지 않아요. 당신도 정신 바짝 차려. 무슨 대책을 세워야지 이대로는 안 되겠어. 다시 만들어야지."

"만들긴요. 늦은 거 같아요. 과잉보호 실패작 같아요."

"거 봐요. 내가 뭐랬어요. 족집게 과왼가 뭔가 할 때도 그렇고, 컴퓨턴가 뭔가 살 때도 그렇고 돈이면 안 되는 것이 없다는 생각으로 꽉 차 있으니 큰일이요."

"사실은 영운이네도 걱정이래요."

"왜? 잘 키웠다고 했잖소?"

"잘 키우긴요? 삼수해서 겨우 돈으로 얽어 입학은 했는데 친구를 잘못 사귀어 데모만 하고 다닌대요. 글쎄 제가 뭐가 부족해 데모를 해요?"

"우리 한별이처럼 된 게 아니고?"

"지방대학인데 그 학교는 어떻게 잘 빠져나갔대요."

"그래 지금은 데모를 해서 어떻게 되었대?"

군대 갈 때나 기다리는 모양인데 맨 날 돈이나 들고 나가 압구정동에서 밤이나 새우고 그런대요.

"내나 남이나 큰일이야. 그래 한별이 이 녀석, 오늘도 안 들어왔어?"

"전화 왔었는데 친구네 농장에 가 있대요."

한별이 엄마는 금방 아들을 싸고 돌았다.

"정말이지?"

"언제 제가 거짓말했어요?"

"한별이는 돈과 당신의 과잉보호, 바로 지금 같은 거짓말로 그렇게 키운 거야. 들어오거든 당장 나한테로 보내."

"아이구. 자식 없는 데서만 큰소리 땅땅 치고는 앞에선 말한마디도 못하면서. 당신 그 허세를 닮아 그 애가 배포만 풍선처럼 불어난 거예요."

"이제 와서 우리가 이러쿵 저러쿵 다투면 뭔 소용이오. 어쨌거나 이번 기회에 애를 바르게 잡아 봅시다. 군대라도 다녀오면 좀 나아지겠지. 제가 고생이란 걸 해 봐야지."

이렇게 한별이 부모는 새로운 결심을 했다.

한별이의 부모들의 결심은 대단했다. 그러나 한별이로는 견딜 수가 없었다.

군대에 가기 전에 경험이라도 하고 세상물정이라도 알라고 빌딩 하나를 내주어 관리를 하라고 했더니 경마장으로 골프장으로 돌아치더니 결국은 빌딩 하나를 송두리째 날려버렸다. 그리고 난 후에는 용돈이 줄었다. 한별이로서는 견디기 힘든 고통이었다.

"엄마, 용돈 좀 줘."

"아버지도 엄마도 모두 고통을 나누고 있다. 네가 이해하렴. 너도 이젠 돈 벌기가 얼마나 힘든 것인지도 알아야 되고 절제도 할 수 있어야 돼. 그냥 견뎌 봐."

"엄마 사실이지. 이게 왜 내 책임이야. 난 돈밖에 몰라. 돈 쓰는 것만 배웠어. 어떻게 하란 말야. 나도 누구처럼 되란 말야?"

한별이가 눈을 부릅떴다. 자식의 말이 섬뜩했다.

—저게 내 자식인가? 정말 저게 내 자식 한별이야? 내 뱃속에서 열 달씩이나 있다가 배 아파 낳은 자식이야? 오줌 똥 가려 키우고 세상에서 제일 비싸고 좋은 것만 먹이고 입혀 키운 자식이야. 어마, 분해 못살아. 아니 자식이 아니라 괴물이야. 무서워. 안 보이면 보고 싶고 사랑스러웠던 자식이 이젠 무서워. 어쩌나. 저한테 잘 해주다가 한번만 마음에 안 들어도 최악의 경우를 생각하다니. 세상 자식이 다 에미를 버려도 내 자식만

은 안 그러려니 했는데. 지금 하는 말 좀 봐? 저 눈동자……—

한별이 어머니는 자식의 얼굴을 바라볼 수가 없었다.

"그래 얼마나 필요한 거야. 100?"

"왜 이래? 정말 날 거지 취급하는 거야? 그 많은 돈 두었다가 다 뭣에 쓰려고 치사하게 그래. 누구처럼 사회에 헌납하려고? 요즘은 그런 병신들이 많다며? 제 자식 거지 만들고 어쩌자는 거야."

한별이는 닷새만에 들어와서 집에 있는 돈을 몽땅 들고 나갔다.

"엄마 돈이지? 만약 아버지한테 말하면 재미없어."

한별이 어머니는 하늘이 노랗게 보였다.

—어머나, 우렁이는 제 어미 속을 파먹고 껍질만 동동 떠내려가는 걸 보고 깔깔 웃는다더니 사람새끼도 결국은 어미 속을 이렇게 파먹는구나. 사람새끼는 뭔가 달라도 달라야지. 까마귀는 늙은 어미를 지극히 봉양해서 효조라고 한다는데 까마귀는 못 될망정 사람의 탈을 쓰고 저럴 수가 있나?—

한별이 어머니는 앞이 캄캄했다. 태양이 꺼졌다. 희망보다 두려움만 남았다.

"여보, 우린 우리끼리 살다 죽읍시다. 자식도 무서운 세상이예요."

"갑자기 왜 그래? 더 싸고 돌 잖고."

"자식 사랑 할 만큼 했어요. 키우는 재미지 다 키워놓으니 허무해서요."

"이제 알았우? 그저 자식은 울타리지. 그리고 자식에 사랑은 어떤 양이 정해진 게 아니야. 계속 흘러내리는 거야."

"울타리가 가시 철망 같아서 무서워요."

"그래! 우리 한별이도 우리가 돈푼이나 푹푹 퍼주기만 하니 그렇지, 돈줄 끊어지면 누구 못지 않을 놈이요. 내 요 몇 달 동안 하는 걸 보니 하는 짓이 영 싹수가 없어요."

"이것 좀 봐요. 딱지가 한꺼번에 일곱 장이나 날아들었어요. 그 녀석이 정신이 있는 놈인지 모르겠어."

"차 있는 사람이 그까짓 딱지 몇 장 가지고 뭘 그래요."

"하, 에미가 그러니 그 자식이 오죽하겠소. 자그마치 이게 다 하루에 끊은 거니까 하는 말이야. 그것도 그 오렌지족인가 뭔가 하는 놈들이 바글거리는 압구정동에서."

"네? 우리 한별이가 거길 가요?"

"어린것이 외제차를 떡 끌고 무법지대처럼 활보하니 밥이지, 밥. 그럼 그 애가 어딜 간다고 생각했나? 차 살 때만 해도 그래. 그저 스쿠퍼 정도면 좋다고 했더니 뭐? 강남에서 어떻게 그걸 끄느냐고? 그랜저가 기본이라고? 에이, 자식 고급으로 키워 꼴좋다. 어서 군대에나 가서 고생을 해 봐야지."

한별이 아버지가 노기가 등등하여 한별이 어머니를 나무랐다.

"늦게라도 사람 만들려면 당신도 마음 단단히 먹어. 나 모르게 돈 한 푼도 주지 말아."

남편은 휙 나가버렸다. 화가 불같이 난 남편에게 차마 한별이의 그 섬짓한 언행을 고해바칠 수도 없이 속으로 삭이자니 가슴이 무너지는 것 같았다. 한별이 어머니도 이젠 마음으로부터 자식에 대한 기대나 애착을 조금씩 떨쳐버려야겠다고 마음을 먹었다. 그러나 그게 마음처럼 되는 것이 아니었다. 젖먹이 때부터 방글방글 웃으며 희망으로 차 오르던 모습들이 눈에 선연했다.

아들 낳았다고 하객이 줄을 잇던 일. 갓난둥이가 신기하여 바라보다가 얼굴이 퉁퉁 부어 올라 의사한테 야단을 맞아도 기쁘던 일, 열이 나서 밤을 꼬박 새우며 애를 태우기를 몇 날 몇 밤이던가. 옹아리를 하며 눈을 맞추던 얼굴, 벙글벙글 떠오르듯 환히 웃던 모습, 보행기를 밀며 달릴 때도, 뒤뚱뒤뚱 걸음마, 아장아장 꽃밭을 돌며 꽃을 다 따버려도 귀엽기만 하던 손, 배낭을 메고 유치원에 가던 일, 입학의 설레임, 커갈수록 기쁨도 눈덩이처럼 불어나고 희망도 애드벌룬처럼 부풀어 눈멀고 귀멀어 모든 것을 다 쏟아 부었는데…. 한별이 어머니는 새록새록 분하고 억울하고 허망했다. 한 장면 한 장면 떠올릴 때마다 왈칵왈칵 눈물을 흘리더니 이내 엉엉 소리내어 울었다.

—망할 놈의 자식. 내가 저를 어떻게 키웠는데 겨우 스물네 살 먹은 것이 나를 협박해? 좋은 것은 못 배우고 어디서 나쁜 것만 배워 가지고 왔어. 그래도 유학 가기 전에 그렇게 난폭하

지는 않았어. 엄마 말이라면 고분고분 했다고. —

고분고분할 수밖에 없었다. 한별이가 하고자 하는 일에 거슬림이란 없었다. 먹고 학교 가고 학원 가고, 갈 곳만 가서 돈을 쓰던 무얼하던 그 다음은 한별이 마음대로였다. 선생님이 눈 한번 곱게 뜨지 않으면 한별이 엄마가 쏜살같이 달려가 모든 걸림돌을 제거해 주어 한별이의 생활은 평평한 들길이었다.

"엄마, 선생님이 날 미워하는 것 같아."

"아니? 왜?"

"눈치가 그래. 영운이만 심부름시켜."

"그래? 영운이 엄마 학교에 갔었니?"

"몰라. 영운이가 말 안 해."

—요놈의 여편네가 같이 가기로 하고선. 그럼 나보다 봉투를 더 많이 넣었나? 같이 넣기로 하고는. —

영운이 엄마와 한 달에 한번 가기로 약속을 하고 돈 액수도 똑같이 정했으나 혹시나 싶어 한 장 더 넣곤 했는데 선생님의 눈이 곱지 않다는 아들의 말에 부르르 학교로 달려갔다.

"선생님, 우리 한별이가 욕심이 좀 많아요."

"공부 욕심이 좀 많았으면 좋으련만 그 녀석은 엉뚱한 데만 욕심을 냅니다."

"호호 그래요? 남자가 야심도 있어야 하잖아요."

"물론 그렇기야 하지만. 요즘도 과외하고 있죠?"

"그럼요. 학교 공부만 가지고는 택도 없잖아요. 그것도 족집게 과외잖아요. 그런데 선생님 요즘 새로 나왔다는 「영재스쿨」은 어떤가요?"

"아직 영상프로그램이 작성 중에 있을 텐데요."

"곧 나온다고 하던데요? 선생님, 그건 어떻게 공부하는 건데요?"

"자기들 말로는 교육혁명이라고까지 말하는데 과외보다 저렴한 가격으로 안방에서 과외를 한다는 것이지요. 현직 교사나 학원의 유명한 강사를 영상을 통해 믿을 수 있다는 겁니다. 모든 게 그렇지만 공부하고자 하는 본인의 의지에 달렸습니다."

"선생님, 아직 2년이나 남았는데요? 뭐. 백방 노력해야지요. 전 그래요. 부모로써 할 수 있는 일은 다 해줄 생각이예요."

"어느 부모인들 그런 생각을 안 하시겠습니까 만은 너무 돈으로 해결하시려고 하지 마십시오. 까딱 물질만능 배금주의로 가치관이 형성되면 세상 모든 것을 돈으로만 해결하려고 듭니다. 적당히 마음 고생도 해야 하고 돈의 소중함도 알게 할 필요도 있습니다."

"아유, 선생님도. 돈이면 안 되는 일이 없다는 것은 어린애들도 다 알고 있는데. 사실이 그렇잖아요."

"돈보다, 대학입시보다 우선해야 될 것이 인간성 교육입니다. 저는 사람이 먼저 되기를 바라는 마음으로 교단을 지킵니다."

―아유. 깐깐한 사람, 그러니까 무능한 교사로 소문이 났지. 공부시간에도 맹자, 공자 늙다리 같은 소리만 한다더니 이제 알겠네.―

"한별이는 너무 곱게 키우셨어요. 좀 남자답게 홀로 서보게도 하세요."

차마 한별이 담임은 한별이의 행동을 말할 수가 없었다. 너무 자기 자식에게 취해 있는 어머니에게는 어떤 이야기도 귀에 들리지 않기 때문이다.

"선생님. 나이가 들면 차차 나아지겠지요."

"한별이가 컴퓨터 앞에 앉아 있는 시간이 많습니까?"

"그럼요. 그 애는 과외공부가 끝나면 어디 나가 돌아다니지도 않아요. 거의 컴퓨터 앞에서 공부만 하지요."

"그 공부의 내용을 살펴보셨나요?"

"아유, 웬걸요. 공부에 방해가 될까 봐 그 시간엔 간식도 주지 않는 걸요. 그리고 들여다본다고 우리가 아나요? 그 앤 초등학교 때부터 컴퓨터에 취미가 있었어요."

"어머니. 혹 CD-ROM 타이틀이라는 말 들어보셨어요?"

"아니요? 그게 뭔데요? 영상 비디오 스쿨보다 더 좋은 프로그램이 나왔나요?"

"그게 아니고 요즘 아이들에게 확산되고 있는 컴퓨터 섹스라는 오락입니다."

섹스라는 말은 알아들을 수가 있었다. 그러나 그게 얼마나 아이들에게 나쁜 영향을 주는지 어떤 내용인지는 전혀 알 수가 없었다. 오락이니 재미있는 게임 정도로 생각했다.

"아유, 갠 전자오락은 끝내주는 아이예요. 못하는 것이 없을 거예요."

"그게 그런 게 아니고 음란성 멀티미디어라고 타이틀 중에 가장 인기가 있는 오락이랍니다. 「나이트 위치」라고 이건 청소년들이 보아서는 안 되는 음란성 포르노 비디오를 CD-ROM으로 옮겨놓은 듯한 느낌으로 우리가 영화 속의 상황이나 해변, 방가로 또는 호텔로 장소만 바꾸면 거의 입체적으로 느낄 수 있다는 겁니다. 빨리 감기, 되감기, 정지 등으로 특정한 부분만 확대하여 감상할 수도 있고 편집 가능해서 사진을 입력할 수도 있는 불량 외설입니다. 학생이 공부를 하지 않고 그런 곳에 빠지면 어떻게 되겠습니까?"

"그럼 우리 이한별이가 그런 나쁜 비디오만 보고 있다는 말씀이세요?"

한별이 어머니는 자기 아들을 불량 학생으로 몰고 간다는 생각에서 목소리가 날카로워졌다.

"어머니, 한별이는 그런 오락에 전혀 관심이 없이 오직 컴퓨터에 앉아 공부만 하는 줄 아시죠? 놀라지 마십시오. 이 놈이 다른 친구들에게도 가르쳐주었답니다. 이미 중학교 때부터 보았다나요?"

"그래 그런 걸 어디서 빌려다 보았대요? 우리 앞 비디오가게에 가서 가끔 물어봐도 한별이는 단 한 번도 그런 걸 빌려가지 않는다고 하던데요."

"청계천이나 전자상가에 가면 얼마든지 구할 수 있답니다. 보통 10만원 정도면 구한다니 그 정도의 돈은 얼마든지 가능하잖습니까?"

"그게 그 정도로 나쁜 거예요?"

"감수성이 예민한 청소년들에게 선정적인 자극은 삼가게 하는 것이 바람직합니다. 공부보다는 그 쪽에 흥미를 느끼게 되니까요."

"성교육 차원에서도 괜찮잖아요? 어차피 알게 될 것인데요."

"영화관람 불가라는 말이 왜 있겠습니까? 그리고 끊임없이 논란이 되고 있는 외설잡지, 외설만화, 외설적인 소설. 그런 것은 자라나는 청소년들에게 특히 나쁜 영향을 주게 됩니다. 요즘 성범죄 문제가 끊이지 않잖아요? 다 그런 곳곳에서 말초적 자극으로 인해 벌어지는 범죄현상입니다. 그래서 이 문제가 학생들에게 확산되어 학생과에서 문제가 있었는데 잘 해결이 되었습니다."

"혼자 컴퓨터 오락한 것도 교칙으로 다스려야 되나요?"

"그게 계기가 되어 여학생들과 함께 몰려다니면서 좀 그런 문제가 있었습니다. 앞으로 한별이의 생활에도 깊이 관여하시어 지도를 해 주셔야 할 것입니다."

강북에서 강남으로 옮긴 지 몇 달이 지나서 또 한별이의 생활지도 문제가 제기되었다.

―그때 선생님의 말을 들었어야 했는데.―

"담배 피우는 거 아시죠?"

"정학입니다."

"담배를 파는 사람들을 단속해 주세요. '18세 미만 미성년자에게는 팔지 않습니다.' 이렇게 써 붙이고 팔긴 왜 팔아요."

"담배는 자동판매기도 있지 않습니까? 팔고 팔지 않고 이전에 학생으로서 어린 나이에 그러지 말아야겠다는 마음가짐이 필요한 것입니다."

―그때부터 싹수는 노랗다고 생각했지만 어차피 어른 되면 피울 거 아냐? 학교에서만 피우지 마라 제발 선생님에게 들키지만 마라 그랬지.―

　한별이 엄마는 긴 한숨을 내쉬었다.

　한별이의 학교생활을 떠올리던 한별이 어머니는 자식에 대한 합리화로 마음을 달랬다.

―그래도 여자들하고 일은 저지르지 않아 얼마나 다행이야. 다른 집 아이들은 동거를 합네, 애를 몇씩이나 지웠네, 심지어는 애를 낳아 자기 엄마가 키우고 있네 그러는데. 우리 한별이는 그러지는 않잖아. 돈을 좀 써서 그렇지. 그래도 우리 한별이 만한 자식은 없어. 다른 집 자식은 유학을 갔다가도 되돌아오곤 했는데. 졸업장을 사왔던지 따왔던지 간에 해냈잖

아. 돈이야 저 평생 먹을 만큼 있는데 왜 새삼스럽게 고생을
시켜. 고생 없이 살고 싶은 게 인생인데. 다 자기 팔자대로 사
는 거지. 한별이 그 놈이 다 편하게 살려고 태어난 놈인데.─

이렇게 자식에게로 마음이 돌아가자 마음이 좀 누그러졌다.

─그래, 난 한별이 없으면 못살아. 줄 수 있는 데까지 주지
뭐. 곧 군대가면 고생줄에 드는 건데. 좀더 좋은 세상에 태어났
으면 군대도 돈으로 뺐지. 지금 세상은 돈으로 안 되는 일도 많
아졌어. 바로 이 문제 군대를 빼는 일이지. 불쌍한 내 새끼.─

부모는 자식에게 약하다. 단단한 결심을 했건만 작심삼일이
라고 하루 아침에 무너졌다. 모질게 다짐했던 그 마음은 오히
려 자신에게 괴로움이었다.

─그래, 자식을 이기는 부모는 없다고 했다. 여자로는 울지
않았지만 어미로서는 수없이 울었던 가슴이다. 네 기쁨이 내
기쁨이고, 네 고통이 내 고통으로 오늘이 있었는데 어찌 네게
생으로 고통을 심을 수 있겠니? 내 자식 내가 나쁘다 하면 누
가 널 곱게 받아주겠니. 제발 나쁜 짓이나 저지르지 말고 들어
오너라.─

한별이 어머니가 생각하는 자식은 인생의 목표이고 과정이
며 신앙이었다.

"아버님, 안녕하셨습니까?"

"어? 성준이 넌 아직 졸업을 못해서 좀 늦는다더니 그래 졸

업은 하고 온 거냐?"

"박사과정을 욕심내다가 그냥 돌아왔습니다."

"잘 했다. 고생 많았지?"

"마음고생이지요. 우선 언어가 통하지 않아 그 장벽을 넘기가 어려웠지요. 그리고는 고독감을 이기지 못해 한동안 방황들을 하는데 전 한별이가 있어서 든든했습니다."

"그래 우리 한별이도 자네가 있어서 훨씬 수월했던 것 같아. 돈은 좀 많이 들었는데 자네를 좀 돕던가? 말로는 같이 쓴다고 한다기에."

"저도 덕을 많이 보았지요. 좀 모자라는 건 제가 아르바이트를 해서 보탰지만요. 당연한 것 아닙니까?"

"아니? 두 몫을 충분히 보냈는데. 그럼 그 많은 돈을 어디다 다 쓰고 자네를 아르바이트하게 만들어?"

"아닙니다. 제게도 충분히 주었지만 저는 집사람이 있어서."

"집사람이라니? 그럼 자넨 결혼했나?"

"네. 유학 온 학생과 뜻이 맞아 결혼을 하고 돌아왔습니다."

"그럼 자네 처가도 살만은 하겠구먼."

"유학 온다고 다 잘 사는 건 아닙니다. 아주 가난하고 외로운 사람입니다. 저와 처지가 비슷합니다."

"그랬구먼. 그래 지금은 뭘 하나?"

"돌아와 보니 분위기가 삼엄합니다. 그 유학생 사건으로 유학의 이미지가 안 좋더군요."

"그래서 나도 한별이를 당분간 근신시킬 양이었는데. 반발이 심해요."

"아버님, 갑자기 물이 바뀌면 고기가 살아남지 못하는 이치와 같습니다. 한별이가 적응할 수 있는 시간이 필요합니다. 그때까지는…"

"그래, 그때까지가 언제인가? 그놈이 들어서자마자 서초동에 있는 빌딩을 해 먹었어요."

"알고 있습니다. 저도 뼈아픈 후회를 하고 있더군요. 그 일로 도박에는 손을 뗀 모양입니다."

"손을 떼긴? 아직도 빠찡꼰가 뭔가 하는 놀음에 밤을 새곤 하는데?"

"차차 그 일에도 손을 뗄 것입니다."

"자네가 옆에서 잘 도와 주게. 내 자네만 믿네. 내 자식이지만 영 장래가 보이질 않아요."

"믿으세요. 그리고 안으로 다독이시며 가정이라는 공동체 의식을 심어주셔야 합니다. 아들과도 자주 대화를 나누시고 아버님도 가장으로서 위엄을 보이시며 가정의 주축이 되셔야 합니다."

"자넨 요즘 세대 같지 않구먼. 차림은 거 뭐야. 그래 X세대인데 말하는 것은 우리네 생각과 같아. 자네 맘에 드네."

"아버님 신세대라 해도 한국 사람입니다. 우리나라의 전통과 예절은 우리의 뿌리입니다. 젊은 세대라고 해서 송두리째 우리의 것을 버린다는 생각은 없습니다. 더 당당하고 더 확실한 자기 주장을 가지고, 개성 있게 솔직하게 살고자 하는 것입니다. 새 것의 장점과 헌 것의 장점을 잘 조화하여 보다 나은 삶을 살아보겠다는 물결입니다."

"자네만 같다면야. X고 Y고를 왜 따지겠나? 어른 알기를 뭣 같이 알고 되나마나 지껄이고 돈만 퍼 쓸 줄 아니 그렇지."

"그건 저희들만의 잘못이 아닙니다. 사회가 그렇고 키운 부모님도 그렇고 학교 교육도 그렇고 모두의 책임입니다. 그렇다고 서로 책임 전가에만 급급해서 되겠습니까? 신세대들도 똑똑한 사람들이 많습니다. 20대에 이름 난 디자이너, 영화감독, 패션계, 출판계, 음악계, 곳곳에서 두각을 나타내는 사람들이 속속 늘고 있습니다. 부모님들은 압구정동이나 이태원 등 부정인 요소만 보시고 노파심에 그러시는데 믿어주십시오. 편 가르기를 하지 마시고 괴상한 벌레처럼 보시지 마십시오. 좀 더 긍정의 눈으로 봐주십시오."

"허허허. 자네 정말 맘에 드는 말만하네. 식구 고생시키지는 않겠어."

"저희는 가난하지만 같이 일자리에 나가 뛸 것입니다. 남자가 벌어 여자를 먹여 살려야 한다는 사고는 이미 구태의연한 사고입니다. 여자들도 그렇게 생각하지 않고 있어요. 돈보다는 자기 일을 가져야 한다는 생각이지요."

"아, 대단하군. 그래 우리 한별이에게도 자네와 같은 생각이 있단 말이지?"

"물론입니다. 다만 고생을 모르고 자라서 누구보다 시행착오가 많을 것입니다. 그건 각오하셔야 됩니다."

"알았네. 우리 한별이 자주 좀 만나서 사람 좀 만들어주게나."

그 날부터 한별이 아버지는 한별이를 믿어보기로 했다. 성준이는 한별이와 생각이 다르더라도 늘 자리를 함께 하며 올바른 생각을 갖게 하였고 여러모로 노력했다. 세상사는 이야기도 들려주고 고생하는 사람들의 현장도 돌아보고 때로는 사업구상도 해주고. 그러나 한별이의 굳은 생각은 도저히 바로 잡히지 않았다.

그러다 그 이듬해 봄 한별이는 입대 영장을 받게 되었다. 이제 한별이는 부모와 친구를 떠나 규율이 엄한 생활에 몸담아야 한다. 한별은 날로 불안했다.

내 사랑 마마보이

　도피성 유학생이 재산상속을 노려 부모를 살해했다는 충격적인 사건은 전국을 흔들었다. 온 국민은 물론 한별이의 부모도 경악을 떨쳐버릴 수가 없었다. 모든 부모들은 이 사건으로 희비가 엇갈렸다. 잘 자라주었다는 안도와 혹시나 내 자식도 저러면 어쩌나 하는 불안한 마음이다. 그러나 대부분의 부모들은 이 비극적인 사건이 남의 일처럼 곧 망각하게 되었고 사건을 저지른 학생만을 비판하고 그 죄를 나무라기에 급급했다. 그러나 한별이의 부모들의 생각은 달랐다.

　한별이의 현주소를 확인하기에 이르렀고 내 자식 한별이가 제2의 불륜아가 될지도 모른다는 불안이 엄습했다.

　"엄마. 이게 왜 내 책임이야? 난 돈 쓰는 것 밖에 배운 게 없어. 어떻게 하란 말이야? 나도 누구처럼 되란 말이야?"

　한별이 어머니는 며칠 전 한별이가 눈을 부릅뜨며 한 말을 잊을 수가 없었다. 한별이 어머니는 오열했다.

─나쁜 자식! 자식이라도 다 내 자식 같지는 않을 테지. 영운이는 어떨까. 영운이 엄마도 나처럼 불안에 떨고 있을까?─

한별이 어머니는 영운이 어머니를 만나 대화라도 나누고 싶었다. 초등학교부터 고등학교까지 늘 한 반에서 공부했고 학교 일을 할 때도 가끔 만났었다. 성적에 대해 서로 이야기를 나누고 한별이와 함께 그룹과외도 시켰던 터이라 누구보다도 대화가 잘 통할 것이라 생각했다.

"이게 얼마만이예요. 한별이 어머니."

"그래요. 그동안 너무 격조했어요."

"그래, 한별이는 유학을 마치고 왔다면서요?"

"말도 마세요. 요즘 신문 보셨지요? 남의 일 같지 않아요. 한별이 유학 마치고 온 것이 부끄러워요."

"왜요? 한별이도 유학 가서 나쁜 데로 빠졌나요? 요즘 유학 보낸 부모들이 아이들을 불러들이느라고 야단이라면서요?"

한별이 어머니는 쓸쓸히 미소를 지었다.

"우리 영운이는 유학 안 보내길 잘 했어요. 내가 보내려고 얼마나 애를 썼는데요. 지금 생각하니 차라리 압구정동 오렌지족 아이들하고 어울리는 게 다행이란 생각이예요."

"그럼 영운이는 아직 속을 썩이는군요."

"속은 왜요. 그만한 재력을 가진 아이들이 그런 생활 못하면 어디 요즘 아이들인가요. 다 한 때예요."

"그래도 뭔가 잘못 키웠다는 생각이 들어요. 박호린 그 아
이 사건을 보고는 자식 무서워지지 않으셨어요?"

"아유 무섭기는요. 그런 끔찍한 일을 아무나 저지르나요?
우리 아이는 얼마나 착하고 마음이 여린데요."

영운 어머니는 매우 낙관적이었다. 같은 또래의 부모와 대
화를 나누면 마음이 좀 가라앉을 거라 생각했는데 한별이 어
머니의 생각은 너무 멀리 있었다. 패륜아 박호린의 사건에 대
한 반응은 여러 양상으로 나타났다.

매우 도덕적이고 전통적 사고에 완고한 사람은 그 사건에
…세상에 이럴 수가 있나? 도덕이 땅에 떨어졌어. 부모도 모르
는 세상이라니… 라고 말하고, 검사나 판사나 법을 다루는 사
람은 박호린은 형법 제250조에 규정된 존속 상해죄야. 마땅히
사형이야.… 충효를 제일로 삼는 사람은 …이런 패륜은 죽여
야 돼. 그래서 다시는 그런 패륜아가 나오지 않도록 해야 돼…
하며 분개하고. 자기 자식에게 근시안인 착각 자는 다분히 패
륜의 근성이 다분한 데도 …우리 자식은 다행이야. 여리고 착
하고 모질지 못해서 그런 일은 절대 저지를 수가 없어. 내 귀
여운 자식…이라 다행으로 생각하고. 교육자는 …내 잘못이
야. 교육의 책임이야… 하며 책임을 통감하여 괴로워하고. 종
교가는 …주여, 어찌 종을 버리시나이까? 악에서 구하소서…
라고 하였다.

한별이의 어머니는 자식이 제2의 박호린이가 될까 봐 걱정한다. 그리고 보이지 않는 곳에 무수히 많은 패륜아가 자라고 있을지도 모른다는 불안을 떨쳐버리지 못한다.

— 입시제도 때문이야. 그렇지만 잘 자라준 아이가 얼마나 많아. 학교 교육에서 인간교육을 시키지 않았기 때문이야. 그럼 나는 가정에서 인간교육을 어떻게 시켰는데? 크면 다 알게 된다고 낙관했잖아. 철이 들면 자연히 부모님 고마움을 터득하게 될 거라고 생각했지. 우선 대학교에 입학하고 보자고. 그러니까 결국은 가정교육이 잘못된 거야. 아냐. 이건 사회 모두가 함께 책임져야 될 일이야. 아냐. 내가 너무 돈으로만 키웠어. 풍족하다고 다 그런가? 아냐, 너무 오냐오냐 키웠어. 지금 세상 그렇게 키우지 않는 사람이 어디 있어? 많지 않은 자식에 돈 있겠다. 다 그렇지 뭐. 그럼 어디에 문제가 있었던 것인가? 너 때문 나 때문 제도 때문에 사회 때문? 원인을 따지기만 하면 뭘 해. 복합적으로 한군데 어우러져 나쁜 아이 키우기의 합동작품이야. 비단 우리 한별이만이 염려가 되는 게 아니야. 젊은 세대 왈 X세대라고 하는 젊은 사람들의 잘못된 의식은 우리 모두의 책임이지.—

이렇게 한별이 어머니는 오늘의 한별이에 대하여 죄의식에 통감했다. 그리고 앞으로의 한별이를 바르게 잡아 보기 위해 어떻게 하면 좋은가를 곰곰이 생각했다.

한별이 어머니는 혜안사를 찾아갔다.

"아유, 보살님 어서 오십시오. 이게 얼마만입니까?"

혜안스님이 합장을 하며 반겼다.

"스님 백일기도를 부치려고요."

"그러십니까? 아직도 자제님이 재수를 하고 있습니까?"

"공부는 이제 끝났습니다."

한별이 어머니는 한별이가 유학을 마쳤다는 이야기는 입 밖에도 내지 않았다.

"아, 관세음보살. 그럼 이번엔 취직을 위해 기도를 올리실 겁니까?"

늘 공부 때문에 달려오던 한별이 어머니였다. 고등학교 올라갈 무렵에도 백일기도와 함께 1년 내내 인등을 켜고 고등학교 3년 간 내내 인등을 밝혀 대학교에 들어가게 해 달라고 절에 가서 살다시피 했다. 그러나 혜안스님은 한별이의 형편없는 실력을 알고 있기 때문에 어느 학교에서 어떻게 공부를 마쳤느냐고 묻지를 않았다. 한별이 어머니의 입을 통해 늘 술술 궁금증의 실마리가 풀렸기 때문이다. 그런데 오늘은 기도의 목적에 대하여 얼른 입을 열지 않았다.

"취직이 아니고, 사실 한별이가 유학을 마치고 돌아왔어요."

"어? 그래요? 유학을 보낼 때는 우리 부처님을 찾지 않으셨는데 예수를 모시고 갔었나요? 허허 그거 참 잘 되었군요."

혜안스님은 농을 하며 그동안 뜸했던 한별이 어머니의 발길을 책하는 듯했다.

"죄송합니다, 스님. 뒤늦게 눈을 떠 이제는 간판이 아니고 인간의 마음이 중요하다는 것을 깨달았습니다."

"하하, 관세음보살. 간판이 아니고 마음이라. 얼마 전에 유학생의 패륜을 보시고 자극을 받으셨군요. 자식을 둔 부모들이 크게 놀라고 경악을 했을 겁니다. 모두가 간직할 알맹이를 버리고 쓸데없는 껍질을 쫓아 뛰었기 때문입니다. 우리 사회의 한 단면을 고발하는 사건입니다. 이제 우리의 자녀들에게까지도 그 무서운 현대병, 공해라는 병이 찾아온 것입니다. 올여름의 더위와 가뭄을 좀 보십시오. 이게 어디 제대로 돌아가는 세상입니까? 기계문명이 판을 치고 자연이 죽어 가는 까닭입니다. 사람이 그렇게 만든 겁니다. 보이지 않는 가운데 허영과 사치와 물질과 인간이 합세하여 결국은 우리들의 마음도 사막으로 만든 겁니다. 사막은 뭡니까? 쓸모 없는 땅입니다. 인간의 마음이 사막이 되었다면 결국은 패륜을 저지른 그런 사람이 되고 마는 것입니다. 자연의 모습도 그런 모습이 되어 가고 있는 것입니다. 걱정입니다. 입으로는 모두 걱정을 합니다. 그러나 손이 말을 듣지 않습니다. 의식에 문제가 있는 것이지요. 올라오시면서 골짜기 계곡의 모습을 보셨지요? 하루에도 수만 명이 다녀갑니다. 쓰레기 악취에 고개를 들 수가 없는 데도 물밀듯이 옵니다. 와서는 여전히 버리고만 갑니다. 이게 오늘의 우리들의 모습입니다. 버려진 오물로 죽어 가는 자연이 결국은 우리의 목을 조이듯이 바로 내가 낳은 자식이 나를 죽인 이치와 같은 겁니다. 그래, 자제님은 유학을 마치고 와서 무엇을 합니까?"

"군대 가기 전에 아버지 사무실에 나가 일이나 돕고 일이나 배우라고 해도 저렇게 돈만 갖다 버리고 놀기만 합니다. 눈만 뜨면 돈입니다. 집에는 돈이나 떨어져야 들어오고 거의 밖에서 사니 이 일을 어쩝니까? 마치 우리 한별이가 큰 일을 저지를 것 같은 생각이 들어 이젠 견딜 수가 없습니다. 자식이라고 마주치면 살갑고 반갑기는커녕 섬짓하니 이 일을 어쩌면 좋아요. 스님!"

"부모가 된 사람과 자식이 된 사람들이 마주치기가 민망한 세상이 되었습니다. 저 놈이 혹시 나쁜 악의 씨가 잠재해 있지 않을까 하고 부모는 자식을 의심의 눈으로 바라보고 혹시 부모님이 나를 곱지 않은 눈으로 바라보고 계시지는 않을까? 자식은 부모 뵙기 민망하고. 그러나 이런 정도의 부모 자식 관계라면 반성의 여지가 있다고 보아야지요. 그건 죄의식을 공유하고 있기 때문입니다. 허나 문제는 이번 사건을 담보로 부모들에게 공포심을 유발하여 돈을 뜯어내는 자식들이 있다는 사실입니다. 또 부모는 이번 사건을 담보로 자식과 담을 쌓고 독립을 선언하는 극한의 경우입니다."

한별이 어머니는 가슴이 뜨끔했다. 지금 혜안스님은 자기네 가정을 꿰뚫어보고 있는 것이었다. 한별이가 눈을 부릅뜨면서 돈을 요구하는 모습이 그렇고 일전 한 푼도 주지 않고 고생을 시켜 다시 사람을 만들어야 된다는 한별이 아버지 모습이 그렇고 불안에 떨고 있는 자신의 모습이 그렇다.

"맞아요, 스님! 저의 가정도 그런 문제가 좀 있어요. 불안해서 견딜 수가 없어요. 한별이 아버지가 너무 완강하게 나오니까 한별이가 반발을 하는 것도 같고 제 마음도 안정을 할 수가 없어요. 요즘은 제가 한별이를 잘못 키웠다는 죄책감에 벌을 받을 것 같은 공포에 시달리곤 해요. 그 동안의 삶이 허무하고…"

"자식을 잘못 키웠다. 그게 어디 한별이 부모님 한 사람 죄입니까? 사회의 공동작품입니다. 부모, 학교, 사회제도, 모두의 공동으로 죄의식을 가지고 바꿔야지요. 제도도 바꾸고 교육방법도 바꾸고 부모님의 자식 사랑하는 방법도 바꿔야지요. 백일기도 백 번을 올려도 내가 노력을 하지 않는데 무슨 소용이 있겠습니까? 부처님이 가피력 펼 마음의 문을 닫고 있는데 무슨 소용입니까? 정성을 드리면 뼈를 깎는 반성을 하여 새로운 다짐으로 일어나려는 의지가 있어야 되는 것입니다. 습관은 제2의 천성이라 했습니다. 천성이 뭡니까? 고칠 수 없는 것을 일컬어 천성이라고 합니다. 애초에는 없었던 것을 습관으로 고질병을 만들었다 이겁니다. 오늘날 오렌지족이니 빈대족이니 야타족이니 하는 괴상한 이름의 젊은 사람들에게 유행되는 '돈병' 그게 제2의 천성이 된 것입니다. 사글세를 살면서도 자가용을 월부로 들여 즐기려는 사고, 박사나 의사나 대학교

수나 사회의 지식인 왈, 엘리트라는 사람들이 혼수가 적다고 부인을 학대하는 일, 돈이 있으면 며칠이고 신나게 먹고 쓰고 즐기다가 하루 이틀에 쉽게 돈을 얻어 또 그렇게 살려는 심리. 이런 사회이니 인간답게 살 수는 없는 법, 사고를 치게 마련입니다. 하루 이틀에 고쳐질 병은 아니지만 그렇다고 방치할 일이 아니지요. 함께 노력을 해야 합니다. 구호만이 아니라 이젠 실제로 행동을 해야 합니다."

"그러니 어떻게 하면 됩니까? 그래서 백일기도를 올리며 새로운 탄생을 기대해 보고 싶어요."

"노력해 봅시다. 그러나 한별이만이 아니라 이 나라 부모님이 보살님처럼 모두 나서서 다시 기르기 운동에 동참한다면 치유가 가능합니다. 이번 이 사건은 우리에게 큰 자극이 되었습니다. 그렇다고 사건을 동조하는 것은 아닙니다. 우린 이게 다 전생의 업이라고 풀었습니다만, 이런 극한의 업이 있다는 것이 유감입니다."

한별이 어머니는 혜안스님과 법당으로 들어갔다.

천여 개가 넘은 인등이 깜박이고 있었다. 아직도 자식의 앞길을 밝히기 위해 부모님들의 정성은 끊이지 않고 있음을 알 수 있었다.

"스님. 인등이 그전보다 더 많군요."

"그렇습니다. 요즘은 입시보다 올바른 사람으로 자라게 해 달라는 인등이 절반을 넘습니다. 이번 사건으로 보살님처럼 부처님을 배알하는 신도들이 부쩍 늘었습니다. 자식 사랑에 대한 새로운 눈뜸이라고 봐야지요. 그러나 몇 달만 지나면 충격도 아무 감각 없이 잊혀지고 묻히고 말 것입니다. 인간이란 묘한 동물이라서 잊어야 할 것은 간직하고 간직해야 될 것은 잊고 맙니다. 그 마음이 사악한 욕심으로 꽉 차 있기 때문이지요. 그래서 기도의 시작도 끝도 마음 비움인 것입니다. 기도로 욕심을 다시 덜고 잘못 기른 원인을 제거하여 다시 본래의 모습으로 환원이 되는 것이지요. 이번 충격과 사건은 뼈저린 교훈으로 오래오래 가슴에 새겨야 죄의식을 다 같이 가져야 할 것입니다."

혜안스님은 천 개 중 마지막 등에 이한별이라고 이름표를 붙이고 불을 붙였다. 한별이 어머니는 청수를 올리고 촛불을 밝혔다. 그리고 정성껏 향을 사루었다.

공양주가 공양을 바치고 나가자 한별이 어머니는 백일기도라고 쓴 하얀 봉투를 부처님 앞에 올렸다. 다른 어느 때보다 봉투가 두툼했다. 혜안스님은 육안에 스친 봉투의 두께를 보고 두께만큼 절실한 매달림이라고 느꼈다. 혜안스님이 목탁을 집어들었다.

'정구업 진언 수리수리 마하수리 수수리 사바하…'

고요한 산사에 정적을 깨고 낭랑한 염불소리가 울려 퍼졌다.

이렇게 백일기도가 진행 중인데도 한별은 여전했다.

한별이 아버지는 성준이를 불렀다.

"자네 요새 뭘 하나?"

"네, 일본어를 배우고 있습니다."

"그래? 영어도 곧잘 하는 걸로 아는데 그 걸로는 부족한가?"

"앞으로 첨단 사회에서 국제적인 무대로 진출하려면 중국어, 일본어 정도는 해야 될 것 같습니다."

"국제무대로 뛴다면 사업 쪽인데 지금 학원 강사로 뛴다면서?"

"학원에 나가서 실력을 갖추어야지요. 그러나 어느 정도 능력만 갖추면 사업에 꿈을 펴볼 생각입니다."

"자넨 참 요즘 애들답지 않네. 그래 요즘 우리 한별이 하고는 어떻게 지내나? 좀 만났는가?"

"한동안 뜸했습니다. 아직도 시행착오를 계속하고 있는 중이라 보아야지요. 가끔 제가 필요한 자리엔 저를 부릅니다."

"나도 이런 똑똑하고 건실한 친구가 있다 하고 내세우고 싶은 자리겠지? 한심한 놈. 도대체 그 자리가 어떤 자리야? 뻔하지 뭐. 그래 우리 한별이는 진실하게 사귀는 여자라도 있는가?"

"아직 없습니다. 왜 결혼이라도 일찍 시키시게요?"

"차라리 그렇게 하면 집구석에서나 돌아올 것이 아닌가?"

"좀 늦되는 사람도 있으니 너무 조급히 생각하지 마십시오."

"자넨 종교가 뭔가? 예수 믿나?"

"아닙니다. 어머님이 절에 다니셨던 것은 알고 있습니다만 전 아직 종교의 필요성을 모르고 있습니다. 다 기업적이라는 생각이 들거든요."

"그건 왜?"

"마음을 비웠다고 생각되는 스님들도 결국은 돈과 자리다툼을 하였고, 교회도 그렇고, 다 하나님이나 부처님을 담보로 하는 장사 같다는 생각이지요."

"아, 역시 자네는 객관적인 안목을 가지고 있군. 내가 자네를 부른 것은 다름이 아니라 한별이를 데리고 절에 한 번 다녀오게. 그 애 엄마가 한별이를 위해 백일기도를 시작했어요. 한 번이라도 절에 가서 부모가 저를 위해 얼마나 애를 쓰고 있는지 제 눈으로 보게 하고 싶어요. 부처님도 뵙고 그 곳 스님을 만나 보아야 하지 않겠나? 내가 수고비는 넉넉히 줌세."

—수고비? 친구지간에 당연한 일에 수고비를 내세우다니. 있는 자들의 의식이 문제구나. 모두가 돈으로 해결하려는 생각.—

성준이는 잠시 입을 닫고 있었다.

"어쩌겠나? 한번 수고해 주겠나?"

"노력하겠습니다. 친구를 위해 당연히 제가 해야 할 일입니다. 수고비라는 말씀은 당치도 않습니다. 사양하겠습니다."

"이 사람 그래도 그게 아닐세."

"아버님. 제가 신세를 한두 번 졌습니까? 절실할 때 부탁을 드리겠습니다. 그러나 정리로 마음으로 할 수 있는 일에 물질이 개입된다면 이건 상거래입니다. 자식과 부모 사이에도 그런 풍토가 문제가 아닌가 생각합니다. 당연한 세배에 세뱃돈, 마음으로 새겨야 되는 어린이날에도 돈. 당연한 심부름에도 돈. 부모님의 구두 닦는 일도 자식으로서 당연한 것 아닙니까? 여기에도 돈, 모든 것을 돈으로 계산하며 자랐기 때문에 오늘의 저희들은 가치를 돈에 두게 된 것입니다. 저는 부모님이 일찍 돌아가셨지만 가난해서 그런 탓도 있겠습니다만, 돈을 받아본 적이 없습니다. 다만 '돈은 노력해서 벌어야 한다. 돈은 남의 집에 가서 너의 땀을 흘리고 받아 와야 버는 것이다. 부모 형제지간에는 아무리 땀을 흘린 수고를 했다 해도 돈으로 계산해서는 안 된다.' 이런 말씀만 귀 아프게 들었습니다. 불평도 많았습니다. 그러나 비뚤어지지 않고 자랐습니다. 돈이 필요해서 저는 초등학교 6학년부터 신문을 돌렸습니다. 결국은 아버님의 하시는 일이 작은 삼촌 때문에 망했지만 그게 우리의 일이었다며 다시 가난한 살림을 시작했습니다. 한 마디 원망도 없이…"

"자넨 역시 귀감이 될만한 젊은이네. 필요할 때 꼭 들르게. 그리고 우리 한별이 좀 잘 이끌어 주게."

얼마 후 성준이는 한별이를 데리고 혜안사로 향했다.

"왜 갑자기 절이냐?"

"몰라. 나도 종교를 가져야 되겠다는 생각이 들었어. 차도 없고 이 먼 길을 어떻게 가니. 네 덕을 좀 보고 싶었다고."

"아, 네 식구가 애기를 낳을 때가 되어 불안한 모양이구나.

그럼 아무 절이나 가지 왜 하필이면 이 먼 혜안사로 가니?'

"산수도 수려하고 좋지만 이 혜안사가 영통하기로 이름난 절이라잖니?'

"뭐가 영통한데?'

"그러니 너 같은 유학생도 배출했잖니?'

"나를? 그럼 우리 엄마가 이 절에 다니신 거야?'

"넌 몰랐니?'

"뭘?'

"너를 위해 너의 어머니가 수없이 백일정성을 드리셨다는 걸 몰랐냐고?'

"전혀야. 몰랐어."

"너 백일정성이 얼마나 어려운지 아니? 백일 동안 엄동설한에도 찬물에 목욕하고 나쁜 것 보지 않고 좋은 음식 먹지 않고 화려한 외출도 안 하고 오직 일심으로 기도만 하는 거야. 남들은 일생에 한 번도 못하는데 너희 엄마는 수없이 하셨다는 거야."

"왜 나한테는 말하지 않았지?'

"그게 사랑이야. 어머니의 사랑이지. 진정한 사랑은 육체로 하는 것도 아니고 입으로 하는 것도 아니고 마음으로 하는 거라고. 임마, 넌 너희 어머니의 혼신으로 만들어진 작품이야. 알기나 알아?'

갑자기 테이프를 끄고 숙연해졌다.

"그렇지만 말은 할 수도 있었잖아?"

"말하면 네 정신이 기도를 믿고 방자해졌겠지. 그리고 지금은 말씀을 해 주실 때도 되었는데 왜냐? 너 어머니하고 오근조근 정스럽게 대화를 나눌 새가 있었니? 엄마, 돈. 이것이 전부였잖니?"

"하하하, 자식 넌 꼭 점쟁이 같다."

"어서 오세요. 젊은 처사님들."

절에서는 부처님을 믿는 남자들을 처사라고 불렀다.

스님이 합장을 하며 반갑게 맞았다.

"이 절에 처음인가요?"

스님은 외계인 같은 두 젊은 사나이의 차림을 신기하게 바라 보았다. 특히 한별이의 모습은 눈을 뜨고 바라볼 수가 없었다.

—저놈들이 가끔 신문이나 잡지에 등장하는 오렌지족인가 뭔가 하는 놈들인 모양이구나. 묘하게도 머리를 올렸군. 고슴도치처럼 모두 머리가 하늘로 솟았어. 어린아이 머리가 온통 하늘로 올라가면 항간에서는 임신 중에 솔가지를 때서 그렇다고 했지만, 도인들은 하늘이 낸 도인재목이라고 반겼는데 저놈들은 어째 머리를 저렇게 올렸는가? 귀는 당나귀처럼 내놓고 뒷머리는 하얗게 드러내도록 파 올리고. 저 놈은 여자인가? 곱살한 얼굴에 귀걸이는 한쪽만 달고 목걸이까지 했군. 아니 저 손은 뭐야. 새끼손가락은 매 발톱처럼 길러 색칠을 했군.

반지도 어느 부잣집 마님처럼 번쩍이는 보석반지를 끼고 구두만 아니면 영락없는 여자야. 그런 저 두 놈들이 그 호모라는 동성연애자들인가? 관세음보살 관세음보살.—

한별이와 경내를 구경하는 그들을 경계하는 눈으로 바라보며 거동을 살폈다.

"스님, 법당에 들어가도 됩니까?"

"그럼요. 법당에 들어가 부처님께 인사를 드려야지요."

한별이와 성준이는 법당으로 성큼 들어갔다.

"법당을 들어갈 때는 오른쪽 옆문으로 들어가셔야 됩니다."

앞문으로 들어가는 두 사람을 보고 스님이 일러주면서 법당으로 따라 들어갔다.

한별이는 두리번 두리번 살펴보다 스님을 의식하더니 허리를 굽혀 인사를 하고 성준이는 제사 지낼 때처럼 엎디어 절을 했다.

"이 처사님이 좀 낫군. 그래 절에는 처음이신가?"

혜안스님이 성준이를 바라보며 말했다.

"네 불교에 대하여도 그렇고 종교에는 문외한입니다."

"요즘 젊은이들이 다 그렇지요. 그럼 종교에 대하여는 반대하는 입장인가요?"

"반대보다는 별 필요성을 느끼지 못했다고 보아야지요."

"그래. 필요라. 그럼 건강하고 부지런히 돈을 벌어 잘 살면 되지 종교가 뭔 필요가 있느냐 그런 입장이란 말이지요?"

"그보다 과학문명이 발달하여 달나라를 가고 있는 세상에 보이지도 않은 곳에 매달려 시간과 돈과 정력을 낭비하는 행위가 마음에 들지 않았다고 보아야지요. 말하자면 종교인들이 저희들 같은 젊은이들에게 어떤 귀감을 보이지 않은 점에서도 그렇고요."

"스님, 애는요. 갑자기 종교를 갖고 싶다고 그랬습니다. 왜냐하면 애는 결혼을 했거든요. 곧 아빠가 될 건데 불안한 모양이에요."

"허 그래요? 내가 보기엔 젊은 처사님이 더 빨리 부처님을 배알해야 될 것 같은데요?"

"저요? 전 우리 엄마가 이 절에 다니는 걸요? 저를 위해 백일기도도 많이 했대요."

"그래요? 그럼 저 인등 중에 젊은 처사님 이름이 있나 한번 찾아 봐요. 우리 신도님들의 자제분들의 이름은 거의 다 있으니까요."

한별이는 인등이 켜 있는 곳으로 갔다. 한참을 두리번거리더니 이윽고 맨 마지막에 자기 이름을 발견했다.

"여기 있어요. 이한별."

―앗뿔사. 청정 보살님의 자제가 바로 이 사람이구나. 차린 모양하고 영락없는 말썽꾸러기구나. 관세음보살.―

"그래요? 이거 반갑군요. 이렇게 장성하도록 우리 부처님을 뵈러 오지 않았다니. 오늘 부처님께서 퍽 기뻐하실 겁니다. 그리고 많은 보시를 주실 겁니다. 관세음보살."

성준이는 내심 기뻤다. 오늘 한별이를 데리고 온 것은 한별이 부모님의 각별한 부탁이었지만, 성공한 셈이었다. 한별이도 어머니의 정성을 확인하고는 무엇인가 가슴에 느낌이 오는 모양이었다. 매우 숙연하고 심각한 그의 얼굴 표정을 보면 금방 알 수가 있었다. 장난기 같은 언행이 잠들고 고분고분 스님의 말에 따르는 모습을 보아서도 무엇인가 달리 감회하고 있는 것이 분명했다.

"자 우리 이젠 방으로 들까요?"

혜안스님은 서두르지 않고 조용히 그들을 몰아 설법하는 방으로 안내를 했다.

"아까 하던 말을 마저 마쳐야 되겠지요. 종교란 과학으로 풀 수 없는 불가사의한 학문입니다. 과학 위에 있는 학문입니다. 그래서 과학자들 중에는 진실한 종교가들이 많습니다. 늘 영원히 우리 생각대로 건강하고 풍요하고 행복하게 살 수만 있다면야 종교가 무슨 소용이겠습니까? 그러나 이 지구상에는 아무도 장담할 수가 없어요. 행운 뒤에는 반드시 고뇌가 오고 좌절이 오고 병과 늙음과 죽음이 옵니다. 늘 젊다면야 맨날 이태원이나 압구정동에 가서 신나게 먹고 놀고 쓰지요. 그러나 젊음도 시한부요, 생명도 시한부이기 때문에 우린 젊음을 아끼고 시간을 아끼는 겁니다. 종교란 결국 영원한 생명의 완전한 실체를 알고 이 영원한 생명이 나의 본체임을 깨달아 참 나를 알고 바른 가치관을 갖게 되고 조화와 풍요와 영원한 보람을 갖게 되는 길입니다."

성준이는 스님의 말씀의 뜻을 이해하려고 열심히 듣고 있었으나 한별은 몸을 뒤틀고 하품을 하기 시작했다. 눈치를 챈 스님은 곧 한별이에게 마음을 돌렸다.

"이름이 한별이라고 했는가?"

"네, 이한별입니다."

스님은 신도 카드를 뒤적여 한별이네 카드를 펴들었다.

"혹 부모님의 성함을 한자로 쓸 수 있겠는가? 여긴 절에서 부르는 도명으로만 기재가 되었는 걸…"

스님은 곁눈질로 한별의 눈치를 살폈다.

"모르는데요? 아빠는 이청빈이고요, 엄마는 김영옥이예요."

"그래도 부모님 이름을 기억하는구먼! 부모님 이름도 모르는 사람들이 꽤 있어요. 친구처럼 부르지를 않아서 그런지… 아버님은 이자, 청자, 빈자, 어머님은 김자, 영자, 옥자시라."

한별은 고개를 갸우뚱하더니 무엇인가 알아 듣는 것 같았다.

"참 스님, 부모님 이름을 댈 때는 그렇게 하는 거라고 배웠는데 실제로 하려니까 다 까먹었는데요?"

"그게 정상이예요. 이렇게 듣고 바로 깨닫기만 해도 공부는 썩 잘한 거예요. 머리가 좋으시군. 어머니가 얼마나 정성을 드렸는지 알아요? 얼마 전에도 어머니가 다녀가셨어요. 아드님의 앞길을 밝혀달라고. 군대 가기 전에 더 올바른 사람이 되게 해 달라고. 알기나 알아요? 어머니의 정성으로 오늘이 있었다는 거?"

한별이는 고개를 끄덕였다.

"그리고 요즘 어머니가 병원에 다니시는 거 알아요?"

"우리 엄마가요? 왜요?"

금시초문이었다. 한별이는 다소 놀라는 기색을 보였다.

"아들에 대한 기대가 너무 크셨다가 갑자기 허무하다는 생각이 들으셨던 것이 아닐까요? 뭔가 어머님께 섭섭하게 해 드린 것이 없나요?"

"없는데요? 늘 그렇게 지냈는데요? 엄마는 제게 필요한 돈을 주셨고 옷과 밥을 챙겨 주셨고 간식을 주셨지요. 요즘 제가 외출을 자주해서 이것저것 챙겨주시는 일이 좀 없어졌지요. 쇼핑은 이제 제가 알아서 했으니까 함께 쇼핑가는 일이 줄어졌고 이젠 해방된 자유를 느끼실 거라 생각했는데요?"

"아들이 나가 큰 사고를 친 것도 아니었는데. 그렇다면 바로 그 문제였을까?"

"사소한 일은 있었지요. 싸워서 경찰서에 간 일도 좀 있었고, 여자 애들하고 문제가 있어서 경찰서에서 자본 적도 있었고, 돈을 털어먹은 적도 있었지만, 남자가 그럴 수도 있다 하시며 돈으로 다 해결해 주셨거든요."

"그럼 무엇이 문제일까?"

"아버지가 너무 완고하셔서 답답해서 그럴 거예요. 그전처럼 돈을 많이 주시지 않는가 봐요. 저에게도 늘 돈돈돈 하시며 잔소리를 하시고 짜증을 내시거든요."

"그래요? 그렇다면 아버지를 위해 기도를 드릴 것이지 이한 별 자식을 위해 백일기도를 드리신 것이 이상하다 말입니다."

"나를 위해 또 백일기도를 드려요? 언제요?"

"지난 초 하루부터 들어갔습니다. 그런데 어머니가 요즘 병원에 다니시느라고 못 올라오셔서요. 병명이 뭐라더라. 우울증인가 하는 정신병이라고 했어요."

"정신병이요?"

한별은 며칠째 집에 들어가지 않고 여자들과 어울려 지냈다. 그러느라고 어머니의 이런 사정도 모르고 지냈다. 자주 들어도 그랬을 것이다. 한별이와 어머니 사이는 돈만 오고 갔지, 모자로서의 대화는 이미 끊어진지 오래였기 때문이었다.

한별은 어머니가 미치면 어쩌나 은근히 걱정되었다.

"어머니를 사랑하지요?"

한별이는 아무 대답도 못했다. 솔직히 사랑이라는 말보다는 '필요하지요'라고 물었더라면 얼른 대답을 했을 것이다.

"그래요. 얼른 대답하기가 어려운 질문이에요. 대답을 안 하는 것은 현명한 거예요. 사실이지 부모는 자식에게 있어서 필요하다는 말이 더 적절한지도 모르지요. 그래서 생각의 차이에서 오는 문제가 곧 어머니를 병원에 가시게 한 것입니다. 부모의 사랑에 메아리가 없는 거예요. 부모는 사랑과 희생으로 자식을 보살펴 키웠는데 자식은 당연한 양 필요를 채워주는 기계로 본 것이지요. 그러니 어느 정도까지는 취해서 온통 인생의 전부로 기대하며 살다가 현실에 눈을 뜨니 메아리는커녕 배반당한 기분이 들거든요. 그때 어머니의 삶이 무너지게 되는 거지요. 한별이 어머니가 지금 그 단계에 와 있는 것입니다. 어머니가 왜 백일기도를 시작했겠습니까? 어머니 병 주치의는 의사도 아니고, 부처님도 아니고 바로 아들인 한별군 자신입니다. 아시겠어요?"

한별이는 눈시울이 촉촉해졌다. 갑자기 어머니가 불쌍하다는 생각이 들었다. 그리고 자기가 너무 했다는 생각도 들었다. 자기가 한 말을 잊지는 않았다. '또 누구처럼 되란 말이야?' 그때 공포에 싸인 얼굴, 그 후 불안한 눈동자, 자기를 똑바로 바라보지 못하는 눈….

집으로 돌아오는 길에 한별은 통 말이 없었다.

"한별아, 어머니가 편찮으신 건 금시초문이야."

"나도 야."

"부모님은 한번 돌아가시면 그만이야. 나 좀 봐. 외로워도 누구하나 상의할 데가 있니? 명절이니 인사를 드리러 갈 데가 있니. 잘 해. 돌아가신 후 후회하지 말고. 네 필요를 충족시키기 위해서라도 부모님은 오래오래 살아 계셔야 돼. 너 부모 안 계시면 그 많은 돈 얼마 못 가서 거덜나. 네 성격에. 그건 인정하지? 사업한다고 해 봤잖아?"

"맞아. 그건 네 말이 맞아. 어떻게 하면 엄마가 그전처럼 나를 대해 주실까?"

"왜 요즘 달라지셨니? 편찮으셔서 그렇겠지 뭐."

"아냐. 나를 바라 보시기를 괴로워하시는 것 같아. 곱게 눈을 뜨시지 않아."

"그건 네 행동이 실망스러워서 그러실 거야."

"내 행동? 갑자기 어떻게 바꾸니!"

"그렇지만 노력해야지. 외출도 좀 자제하고, 돈 쓰는 것도 자제하고, 엄마와 대화를 좀 많이 해."

"대화? 뭔 얘기를 하니? 통해야 하지. 내가 컴퓨터와 앉아만 있어도 좋아하셨거든. 그럼 그렇게 해 볼까?"

"그래. 하여튼 외출을 좀 자제하고 집에서 책을 보든지 컴퓨터를 두드리던지 그래 봐. 전화 종종 하자."

한별이는 성준이를 학원 입구에 내려놓고 부지런히 집으로 돌아갔다.

"엄마."

한별이가 엄마를 부르며 현관문을 열었다.

"나 돈 없어. 아버지한테로 가."

어머니의 대답은 냉정했다. 문을 열어보니 천염을 들고 기도를 하는 중이었나 보다. 눈을 감고 긴 염주가 손에 들려있고 방안은 향내가 가득했다.

─여전하시군. 병원엔 다녀왔나? 신경질로 날을 보내다니,

참. 아버지한테 돈을 달래라고? 그것도 부처님이 시킨 말인 가? 내가 좀 잘 해보겠다고 마음을 먹으면 꼭 초를 친단 말야. ─

한별이는 오늘만은 외출을 참겠다고 생각했다. 핸드폰이 연신 울렸다.

─지랄들 하네. 느년들 아무리 그래도 오늘은 없다 없어. ─

한별은 들고 있던 핸드폰을 침대 밑으로 집어 던졌다. 그리고는 컴퓨터에 앉아 전자오락을 시작했다.

한참을 있어도 한별이 어머니는 기척이 없었다.

─내게 관심이 없어졌구나. 언제나 내가 외출을 하고 돌아오면 반색을 하며 먹을 것을 갖다 주셨는데. 벌써 30분이 족히 흘렀는데도 기척이 없잖아. 변한 거야. 아니 실망했다더니 그 말이 맞아. 부모의 사랑은 변하지 않는 사랑이라고 알았는데 변하는 거 보니, 세상에 믿을 사람이 없군. 그렇다면 왜 나를 위해 기도를 해. 자신을 위한 기도겠지. 그런데 내 이름을 써 붙이고 불을 켰잖아. 그렇다면 백일 동안 뭐라고 기도를 할까? 백일이면 석 달하고 십일이잖아. 아유 지겨워라. 그런데 왜 이렇게 기척이 없을까? 맛있는 음식을 하는 것도 아니잖아. 그렇다면 냄새가 날 텐데. 문을 열어놓고 컴퓨터를 두드려? ─

한별은 문을 활짝 열어놓고 기계소리를 냈다. 탁 타타탁 핑 피피핑 전자오락을 하다가 그것도 시들해서 이말 저말 떠오르는 대로 처내려갔다.

돈돈돈돈, 여자여자여자. 경미, 소리, 미연, 주리, 미현, 차연, 초록, 보라, 경아… 컴퓨터 자판을 두드려 스쳐간 여자들의 이름을 하나하나 떠올린다.

—계집애들 인물들은 다 예쁘거든. 얼굴은 예쁜데 마음씨가 문제란 말이야. 나는 남자니까 그렇다 치더라도 여자가 꼭 남자같이 거세기는? 내가 어울리기는 했지만 결혼? 끔찍하다. 백일기도. 공부, 대학, 유학, 라미……—

한별은 라미라는 이름 앞에서 한동안 굳어 있었다.

—라미, 배가 꽤 불러왔겠지? 아들일까? 딸일까? 경미, 차연이 보라. 그 애들은 내 애를 가졌다고 울고불고 했었는데. 차연이는 돈이 많아 구차한 소리 없이 깔끔하게 처리를 하고는 내 곁을 떠났고, 경미는 거금을 뜯어갔고, 보라는 결혼하겠다고 엄포를 놓으며 어지간히 울고불고 했는데. 라미는 마지막으로 그런 일은 없었어. 라미 그 애는 칠칠맞게 애를 갖다니. 제 몸 하나 깔끔하게 못 가꾸고 뭐하는 애야. 그게 아니었어. 진정 사랑한다고 그랬지. 나는 전혀 그런 생각이 없었는데. 혼자만 미래를 꿈꾸었지. 끝내 애를 갖고는 매달렸지. 난 보기 좋게 거절하고 성준이에게 떠맡겼지. 따지고 보면 라미 같은 마음씨 넓은 애는 없었는데. 발랑 까진 것 같으면서도 너그럽고 부지런했는데. 성준이 그 녀석 속이 참 넓은 녀석이야. 티도 내지 않고 라미를 끔찍이도 위하거든. 그게 사랑인가 봐.

라미도 어떻게 보면 그런 성준이가 나보다 훨씬 나을 거야. 그런데 애는 자꾸 궁금하단 말야. 누굴 닮았을까? 라미가 내가 나타나는 것을 꺼리는 걸 보면 옛날의 감정은 다 없앤 모양이지? 조금은 남겨 두잖고. 괘씸한 년. 아니 내가 이러면 안 되지. 성준이 사람인데……

—아니? 저 녀석이 왜 아직까지 나가지 않고 저렇게 꾹 박혀 있나? 무슨 꿍꿍이가 있어 저럴까? 혹 사고치고 들어온 거 아냐?—

한별이 어머니는 천염을 다 돌리고 났는데도 나가지 않고 있는 한별이가 이상했다.

"너 안 나가니? 무슨 일이 있는 거야?"

"일 없어요. 오랜만에 컴퓨터가 그리워서 그래."

"이놈아. 그 컴퓨터로 나를 얼마나 더 속이려고 그러니?"

"컴퓨터로 엄마를 속이다니요? 전자오락?"

"내가 다 알아도 모르는 체 했다만 이젠 속지 않는다. 그 못된 그림이나 보고."

한별은 가슴이 뜨끔했다.

—그러면서도 엄마는 왜 내게 야단을 치지 않았을까? 그 때가 벌써 언제인데?—

"엄마 언제부터 알았는데?"

"언제부터? 그건 왜? 중학교 때부터 네가 그 못된 그림만 보고 있었다는 걸 모를 줄 알고!"

"그런데 왜 그걸 나무라지 않고 이제서야 말하는 거야?"

"어차피 호기심은 풀어야 된다는 생각이었고 그 다음은 알 것은 알아야 된다는 생각이었다. 알되 분별하여 취하고 버리고 그래야 된다고 생각했지. 난 네가 그렇게 무분별하게 되리라고는 생각 못했다. 세상 모든 자식들이 잘못 자라도 너만은 잘 자랄 거라고 생각했다."

오랜만에 아주 오랜만에 한별이 어머니는 속에 있는 말을 했다. 마치 포악을 하듯 울먹이며 울분을 쏟는 듯했다.

"엄마 실망해서 요새 아픈 거야?"

"누가 아파? 내가 아파? 내가 왜 아파. 엄마 그렇게 일찍 죽지 않아. 누구 좋으라고 죽어. 너, 내가 죽으면 돈 마음대로 쓰고 좋을 것 같지. 그렇게는 안 될 거다."

"엄마? 안 아프지? 그 말 정말이지?"

"왜? 아프지 않아 실망했니?"

"아니? 좋지. 엄마가 아픈 것 같아서 나 나가기도 싫었단 말야."

"정말?"

한별이가 어머니 손을 꼭 잡았다. 어머니는 눈물을 흘렸다.

─그래. 난 네가 독립하여 밖으로 나도는 것 보다 차라리 내 품에서 날지 못하는 마마보이가 되었으면 좋겠다.─

한별이 어머니는 이런 생각을 했다.

"엄마 쇼핑 갈까?"

아주 오랜만에 한별이는 엄마에게 쇼핑을 가자고 제안했다.

"정말? 뭘 살 건데? 티 하나 골라 입을래?"

"아니? 그냥 엄마랑 백화점 구경을 가고 싶어. 가 봐서 좋은 거 있으면 사지 뭐. 엄마 꺼도 사고."

한별이 어머니의 얼굴에 화색이 돌았다.

—역시 성준이 그 녀석 머리는 좋아. 부모와 대화의 시간을 가질 것. 응석을 부려 어머니가 필요하다는 것을 보여줄 것. 약속을 지켜 믿음을 보일 것. 사랑한다는 것을 느끼도록 몸으로 보여줄 것… 그 녀석의 십계명을 언제 다 실천하나? 그러다 보면 내 시간은 언제 가지란 말이야. 그러나 엄마가 저렇게 좋아하는 걸 보니 나도 기분이 괜찮은데?—

어느새 한별이 어머니는 곱게 화장을 하고 하늘색 불망 원피스를 입고 나왔다.

"아, 엄마 멋있는데? 상당히 미인이야."

"네 눈에 그렇게 보이니? 아들이 엄마 보는 눈이라 그렇지."

"아냐 엄마. X세대가 Y세대를 보는 눈으로 봐도 역시야. 그런데 엄마 기왕이면 미시세대로 살지 그래."

"나도 그런 소리는 들었다만 어떻게 세대를 뒤로 돌려 살 수 있니?"

"그건 이미 앞으로 감긴 테이프를 뒤로 되감기 하여 듣는 거나 같은 거라고. 그렇다고 화면이나 노래가 안 나오나?"

"얘는 기계하고 사람하고 같니?"

"생각의 차이예요. 얼마든지 할 수 있어요. 내가 만들어 줄께. 엄마 오늘 쇼핑은 미시세대의 엄마 패션이다. 알지?"

"내 차를 탈래?"

"엄마. 아들 차로 모시겠습니다."

—자식 이렇게 싹싹하고 붙임성 있던 녀석이 그 정을 다 어디다 퍼 돌리고 나를 실망시켰을까? 백일기도를 시작한지 꼭 두 달이 되었는데 이렇게 달라지다니, 관세음보살. 부처님 고맙습니다. 영원히 이 마음이 변하지 않게 하소서.—

모자를 태운 그랜저는 잠실 롯데백화점 주차장으로 스스로 미끄러져 들어갔다.

한별이는 그 날처럼 맑고 생기 찬 어머니의 모습을 본 적이 없었다. 초등학교 입학을 할 때도 졸업을 할 때는 어려서 그 눈빛을 읽지 못했고, 중 · 고등학교 시절엔 책과 싸우고 외부로 눈을 돌려 어머니의 마음을 헤아리지 못했다.

—오늘은 한별이가 골라주는 대로 사고 입고 먹고 할 거야. 얼마나 좋아. 이렇게 재미있고 자상한 녀석이 오렌지족 노릇이나 하고 가정을 떠나 사니 내가 견딜 수가 있어. 배운 놈이나 안 배운 놈이나 뭐가 달라. 그 비싼 유학을 다녀와서 더 나빠졌으니. 내가 병이 나지 않고 배겨. 그런데 이게 웬 조화일까? 한별이 마음을 이렇게 돌려놓았으니 역시 부처님의 보살핌이지. 관세음보살.—

그 날 한별이가 골라주는 옷은 도저히 입고 밖에 나갈 수가 없는 옷이었다. 거금을 들여 산 옷이 엉치까지 찢어놓은 소매 없는 롱 드레스였다.

"얘. 이건 집시라는 옷 아니니?"

"집시는 유행이 벌써 지났어. 이것은 롱 슬리브리스 원피스라는 거예요."

"색깔은 맘에 드는데 그럼 속에는 뭘 입니?"

"짙은 색 반바지에 빨간 소매가 짧은 티를 입으면 자연스럽고 예뻐."

"어떻게 빨간 색을 입니? 애들처럼. 얘 이건 네 여자 친구들이 입는 옷 아니니?"

"아냐, 엄마 저 아줌마들 봐."

"아직 40도 안 되어 보이는데."

"왜 엄마는 나이를 생각해? 그냥 엄마도 입고 싶으면 그냥 입는 거야. 왜 나이를 생각하고 남을 의식해."

"아들 덕분에 10년은 젊어졌다."

오랜만에 한별이 어머니는 마음이 흐뭇했다. 돌아오는 길에 차 속에서 한별이는 그 말도 잊지 않았다.

"엄마 그 때 부랑당 같은 말버릇 용서해 주는 거지? 그 말하고 나도 많이 후회했어."

한별이는 얼마 전 엄마의 파랗게 질린 얼굴을 떠올렸다.

"부모자식 간에 용서가 어디 있니? 나는 다 잊었다."

한별이 어머니는 이렇게 말했지만 사실은 한별이가 용서를 비는 순간 돌덩이처럼 남아있는 아픈 옹이가 봄눈 녹듯 사그라졌다. 그리곤 가슴이 뭉클함과 동시에 눈물이 괴었다.

그 소리를 듣고는 이젠 한별이가 자기 품으로 돌아왔다는 느낌을 받았다. 한별이 어머니는 반갑고 기뻤다. 오랜만에 자식을 키운 대견함을 실감하며 그 날 밤은 푸짐한 식탁을 마련하고 싶었다.

저녁은 한별 아버지도 일찍 들어왔다.

"야, 이게 누구냐? 시집 올 때보다 더 젊고 예뻐 보이는데? 신세대 아들 덕을 톡톡히 보는군. 하하하."

아버지의 화통한 웃음이 무엇을 의미하는지 한별은 금방 알 수 있었다.

"오늘 식탁은 별미로구나."

아버지가 식탁에 앉자 한별이 어머니는 얼른 수저를 집어 아버지에게 주었다.

"어쩐 일이냐? 나야 늘 3등 아니었니?"

"이젠 당신이 1등이예요. 한별이는 공부를 다 마쳤으니 이제 당신이 제 자리로 오신 거라구요."

"맞아. 아버지. 이젠 가장으로서 자리를 지키셔야지요."

"야, 이거 오래 살고 볼 일이다. 나는 영영 돈 버는 기계로만 존재할 줄로 알았는데, 그럼 나도 가족으로 쳐주는 거냐?"

"당신 언제는 사람취급 못 받으신 것 같아요. 내가 한별이 키우느라고 신경을 못 썼기로서니 아들 앞에서 너무 면박을 주시는군요."

"야, 한별아. 종종 엄마와 쇼핑을 하거라. 엄마가 20년은 젊어졌구나. 그리고 마음도 말이야."

아주 오랜만에 가정에 웃음꽃이 피었다.

─이렇게 쉬운 걸. 저 하나 마음 바로 잡고 가정으로 돌아오면 이렇게 즐겁고 편한 걸. 바로 이것이 가정이지. 서로의 마음 알아주고 서로가 힘이 되어 주는 것인데.─

한별이 부모는 이런 모습이 오래오래 지속되기를 간절히 바랬다.

"엄마 나 절에 갔다 왔어."

"절? 어느 절에?"

한별이의 말에 한별이 어머니는 깜짝 놀랐다.

"혜안사."

"어머? 어떻게 거기 갈 생각을 다 했니?"

"그 절이 그렇게 유명한 절인지는 몰랐거든. 그런데 성준이가 그 절에 가자는 거야. 그 절이 영통하기로 유명하다면서."

"그래? 가서 뭘 했니? 스님도 만나 봤어?"

"물론이지. 스님이랑 방에 들어가서 이야기도 하고 그랬는데?"

"그래. 기분이 어떻대?"

"기분보다 엄마 그럴 수가 있어? 나를 위해 백일기도를 그

렇게 많이 드렸다면서 왜 나에게는 단 한 번도 그런 말을 안
했어. 엄마."

"그건 부모로서 자식을 위해 당연히 해야 되는 도리인데 뭔
말을 해? 나는 부처님이 도와주어서 잘 될 거야 하고 자만심만
생길 텐데."

"그건 공부하는 도중이니까 그렇다손치고 지금은 왜 말 안
해?"

"언제 이야기 할 새 있었고? 밤도 낮도 없이 엄마 곁에는 있
지도 않았으면서 도대체 나가서 뭘하고 지낸 거야?"

기쁨에 가득 찬 한별이 엄마가 투정스런 말투로 눈을 흘겼다.

"왜 엄마는 또 화살을 나에게 던지는 거야. 부처님께 나가
라고 단 한 마디나 했어?"

"친구들과 어울리는 재미로 한 때는 교회에 가서 살다시피
했잖아. 그 때 내가 뭐라고 했니? 부처님 자손이라고까지 했는
데. 너 그 때 한 말 생각 안나? 미신을 믿는다며 엄마가 마귀라
고 한 말."

"내가 그랬나? 생각이 안나. 그 때 엄마는 되게 화났겠는
데?"

"아직 어려서 그랬겠지 했지. 그러나 언젠가는 부처님께로
돌아온다는 믿음은 버리지 않고 있었지. 그런데 이제야 돌아
오다니."

"엄마, 나는 절에 있는 내 이름을 보고는 깜짝 놀랐어. 불이

켜진 조그만 항아리에 내 이름이 있는 걸 보니까 마음이 되게 이상해지던데? 엄마가 이토록 나를 사랑했구나 하는 깨달음이랄까? 하여튼 묘한 기분이 들었어. 그리고는 나는 나쁜 사람은 되지 않을 거라는 어떤 확신 같은 거 말야. 그런 생각을 했다고."

"이젠 느 엄마 병 다 나았다. 의사가 따로 없어요. 바로 한별이 네가 느 엄마의 주치의다. 내가 아무리 백방으로 애를 써도 소용이 없었어요. 결국은 1등 자리는 너다. 한별아."

"아니야. 당신이 이 집안에 으뜸이야. 가장이 자리를 내놓다니 말이나 돼?"

한별이 어머니가 말했다.

"맞아요, 아버지. 제가 1등이라고 아무리 외쳐도 엄마 마음속에는 아버지가 1등이예요."

"왜 섭섭하니? 한별아. 난 아버지도 너도 다 소중해."

"그건 그런데 아무래도 힘은 나에게서 나오는 게 아니라 너 한별이 안에서 나오고 있는 걸. 넌 우리 집안의 엔돌핀 샘이다. 희망이고 생명이다. 알았니? 한별아. 그래서 오늘부로 네게 가정의 으뜸 자리도 주마."

"아니예요, 아버지. 제가 그만큼 이 집안에 중요한 존재라는 의미로 충분해요."

"그래 다시 말하건대 너는 우리 가정의 기둥, 힘의 근원이다. 그리고 네 엄마의 주치의다. 알겠니?"

한별이는 이제 어떤 책임감 같은 묵직한 임무가 자신을 누르고 있음을 실감했다. 무거운 듯하면서 힘이 되는 자리 값이었다. 보람과 존재 가치를 부여받는 중엄한 의식과 같은 이 자리가 어쩐지 자신의 그동안 삶의 빛깔을 바꾸어 놓을 것 같은 상서로운 예감이 들었다.

아내의 자궁엔 친구의 씨앗이

"나야."

"나라니, 누구세요?"

"너 정말 이렇게 돌아서기니? 나 한별이야."

"웬일이야? 성준씨 없어."

"없으면 옛 친구 못 맞는다이거야?"

"응, 그건 아니고."

"그럼 문 열어."

"내가 나가면 어떨까?"

"왜 내가 들어가면 안 되는 이유가 뭐야?"

"그렇잖아. 성준씨도 없는데."

"야! 무섭다. 결혼하면 그렇게 되는 거니? 그래 곧 나와. 6시까지 '너랑 나랑'이야."

한참 후에 불룩한 배를 자켓으로 덮고 라미가 나타났다.

"왜 또 심통이야?"

"심통이 아니고 네가 보고 싶어서."

"왜 성준씨 있을 때 오지 않고…"

"녀석 있는 데서 만나 보는 거 하고 맛이 같냐?"

"남의 각시 자꾸 훔쳐보면 죄 밖에 더 쌓이냐?"

"죄? 죄 같은 소리하네. 죄는 누가 짓고 있는 건데. 남의 여자. 더구나 새끼까지 빼앗아 살면서 누가 할 소리를 하는 거야."

"왜 또 이래. 다 끝난 이야기를 가지고. 성준씨도 친구와의 약조 때문에 고생이 많아. 허영심 많은 나를 데리고 사느라고 고생이 많단 말이야."

"그래 요즘 뭐 한다니?"

"몰라. 일자리 구한다고 나갔어. 외국어강사를 쓴다는 학원이 있다고 알아본다고."

"실력이나 있는 놈이래야지. 어쩌다 나 같은 등신이나 통역을 한답시고 등이나 쳐 먹었지."

"무슨 소리야. 없이 살아도 양심 하나는 올바른 사람이야."

"아쭈 그래 양심이 밥 먹여 준데?"

"그럼 어째. 도와 줘."

"무엇으로 도와 줄까? 네가 그 놈하고 헤어지면 거두어 달라는 건 아니지?"

"날 사랑하고는 있어?"

라미가 한별이를 바라 보았다. 한별과 눈이 마주쳤다. 라미의 눈에 눈물이 고였다.

"내가 그때 유학을 가지 말았어야 했어."

라미가 후회를 했다.

"아냐. 그때 내가 유학을 돕지 말았어야 했어."

"간 것보다 그 속에서 생활이 문제였지 뭐. 너를 잡겠다고 촉새가 황새가 되려고 있는 힘을 다하여 쫓아다녔지만 넌 너무 멀리 날고 있었어. 어쩌다 잡고 나면 하룻밤 노리개처럼 나를 대하고는 돈을 집어주었고, 계산이 바로바로 되니까 난 걸 잡을 수 없는 방황이 계속 되고…"

"맞아. 그게 사랑이었는데, 나는 아직 철이 없이 돈만 써대는 탕아생활이 더 즐거웠었고."

"난 이미 네 아이를 가지고 있었고 접시를 닦으며 널 기다렸지. 그러나 영영 너는 나를 믿지 않았고 돈 뭉치와 아이를 성준이에게 넘겨주었지. 내 인생 모두를…"

"그때 싫다고 그러지 왜?"

"어쩜 그런 친구의 짐을 선뜻 받은 성준씨가 오히려 더 인간스럽다는 생각이 들었지. 그러나 생활고에 시달리고 보니 역시 돈 있는 너를 잡고 싶었던 내 생각도 틀리지는 않았다 싶었어."

"아직도 내게 미련이 있는 거야?"

"미련이 있어도 과거의 잔상일 뿐이야. 지워야 된다는 과제."

"애도 있잖아."

"애도 이미 성준이 아이가 된 거야. 결혼식과 동시에. 정말 나를 사랑했다면 한 번만 밀어 줘. 넌 능력이 있잖니? 비빌 언덕도 있고, 말하자면 가짜 학위를 가지고도 꿈을 펼 수 있는 힘이 있지만 성준씨는 진짜 학위를 가지고도 비빌 언덕이 없는 사람이야. 그 동안은 내가 과외를 해서 먹고 살았지만 이젠 배가 불러서 이 달부터 그나마도 끊었어. 그러니 성준씨가 얼마나 몸이 닳게 뛰는지 알아?"

한별이는 라미를 만나도 우울했다. 막상 유학을 마치고 돌아오니 생활은 무미하고 새로움이란 없었다. 친구들도 현실로 돌아가니 모두 살기에 바쁘고 무엇인가 일거리를 찾느라고 고심했다. 한별은 한때 사랑놀이 파트너로 생각했던 라미를 친구에게 떠맡기고는 그 집 주위를 배회하며 과거를 되찾고 싶은 심정이었다.

"만나는 정도는 할 수 있어. 그러나 그 이상의 행위는 요구하지 말아."

라미는 완강히 거부했다. 성준이의 아내로써 최선을 다하겠다는 생각뿐이었다. 알고 보면 그 좋아하던 물질에서 정신적 행복으로의 마음 돌림. 아니 그보다 어쩔 수 없는 현실의 족쇄가 더 무거웠던 거다.

"성준아. 자식, 너는 복이 있는 놈이다. 너 라미 괜찮은 애야. 한때 돈을 좋아한 애였지만 그게 뭐 흉 될 것 있니?"

"그래 라미가 내게로 온 것은 내 복이야."

"배가 많이 부르지? 언제니?"

"다음 달 12일이 예정일이래."

"아들이었으면 좋겠니?"

한별이가 물었다.

"욕심이지 뭐."

─자식 내 애를 자기 애인 줄 알고 있어. 정말 한 마디 해줄까 보다.─

"내가 한 마디하고 싶은 말이 있는데 참는다. 내가 참아."

"무슨 소리인데. 해 봐."

"자식 행복하라고, 애 잘 키우고."

"고맙다."

"내가 옛 정을 생각해서 딱 한번 도와주는 거니까 시작해 봐."

한별이가 돈 뭉치를 내밀었다.

"그래 고마워. 내가 본전은 꼭 갚을게."

"그래 갚을 수 있게만 잘 됐으면 좋겠다."

─자식 내가 저 잘 먹고 살라고 도와주는 건지 아니? 내 씨가 라미 자궁에서 자라니까 잘 키우라고 주는 거야. 마.─

그 날 이후 변두리에 있는 빌딩 3층에 전세를 얻어 영어학원 간판이 열렸다. 라미는 이제 생활걱정은 해결된 셈이었다.

"한별아. 요즘 좀 어떠냐? 너의 집 분위기 말야."

"한 마디로 미치겠다. 참자니 스트레스가 쌓이고 풀자니 모처럼 살고 싶어진다는 엄마 아빠를 실망시킬 수는 없고 미치겠다."

"해내고 있구나. 참고 절제하고 난 후의 통쾌감 같은 거 느껴 본 적 있니?"

"아직은 의무감에서 마지 못해 내 생활을 참고 있어. 얘."

"참고 견디어 봐. 반드시 보람 같은 것을 느끼게 될 거야. 그 희열은 어떤 오락보다 더 긴 기쁨으로 남아 힘이 된다고."

"참아? 하고 싶은 일을 참으면 더 스트레스가 쌓인다고. 간단히 술 한 잔으로 풀 것도 여자로 풀게 되고 주먹 하나로 풀 것도 칼이나 총 같은 무기로 풀게 된다 말야. 그냥 밀고 나가야 하는 건데 미치겠다. 너 제발 나 좀 불러내라. 네 말이라면 우리 엄마 아빠는 무조건 OK야."

한별은 전화통을 잡고 자기의 외출을 주선해 달라고 통사정을 했다.

"네 심정 이해는 간다. 너처럼 무조건 하고 싶다고 밀고 나가면 옳지 않은 경우 어떻게 되겠니? 어리다고 동정 받을 나이도 아니고 망하는 거야. 일단 옳고 그름을 생각해 보고 실천에 옮기는 습관이 중요해. 좀 더 참아 봐. 어머니와 사이에 믿음이 생길 때까지."

"넌 신세대 아니니? 뭔 애가 훈계가 그리 많아. 너 학원에서 영어 지식 팔아먹는 놈이 인성교육까지 시키는 것은 아니지?"

"지식만 팔아먹어서 무슨 사는 재미가 나니? 지식 속에 인간교육을 곁들일 때 교육이라는 맛이 나는 거지. 난 비록 학원을 하고 있지만 껍질 교육은 안 해."

"너 그렇게 이론을 까니까 학생이 모여들지 않는 거야. 죽어라하고 영어 회화만 해. 돈 벌고 싶거든."

"네 말이 맞긴 맞는다. 나도 빈대 생활이 부끄럽기는 하지만 조금만 참아. 갚아 줄게."

"자식 너 치사하구나. 누가 너보고 돈 내 놓으래? 신세대 이야기하다 말고 왜 삼천포니? 내가 네 자존심을 건드렸니?"

"그게 아니고 돈 빨리 벌라고 독촉하니까 부담감이 생겨서…"

"그런 뜻이 아니라, 네 마누라 고생시키지 말라는 얘기다. 임마."

"미안하다. 그렇다면 나 할 말 없다. 그리고 신세대에 대한 과감성과 대담성은 나도 인정한다. 다만 분별력만 보충하면 흠이 될게 없다는 생각이야. 우리가 자라온 세대는 그 분별력과 자제력이 없어서 기성세대에게 지탄을 받는 것이거든."

"또 도덕 강의 시작이냐? 술이라도 한 잔 마시며 윤리 공부하자. 난 학교 때도 그 고루한 강의가 지겨웠던 놈이야."

"윤리도덕을 멀리했던 것이 오늘날 어른들과 우리들간에 벽이 두껍게 된 원인이다."

"난 자연스럽지 못한 것은 질색이야. 어떤 틀과 고리가 너무 많아. 웬 안 되는 것이 그리 많고 해야 되는 것이 그리 많지. 우리가 안 되는 거 해보니 별로 나쁘지 않았잖니? 하라고 하는 것 안 해 봐도 큰 불편 없고, 그런데 이건 사사건건 신경을 써야 하니 온 몸이 뒤틀려 죽을 지경이다."

"다음에 내가 전화할게."

"그래 집사람 애기 낳으면 알려줘."

—자식 애 타령은 꽤 하네. 제자식인 줄 알고 있는 거 아냐? 그렇다고 라미한테 물어볼 수도 없고 한별이 저 녀석한테 물어볼 수도 없고. 기분 되게 이상하네. 애를 낳아 놓으면 혹 자기 애라고 달라는 거 아닌지 모르겠어. 그리되면 친구고 뭐고 결별이야. 아예 이민을 가? 아냐 난 이민은 안 가. 외로워. 그 일은 그때 가서 생각하자.—

성준이는 강의실에 앉아 담배를 피워 물었다. 매일 학생들이 줄어드는 추세다. 앞 건물에 5층 빌딩이 생기더니 종합외국어학원이 들어섰다. 학원비가 비싸도 그 쪽으로 모여든다. 거긴 대형버스로 학생들을 나르고 여자 강사가 많다. 젊은 미모의 강사가 여러 명이다. 머지 않아 몇 명 되지 않는 아이들도 그만둘 것 같고 집세도 못 낼 형편이다.

—한별이 말대로 회화만 해? 도덕이니 윤리니 하는 인간 교

육은 하지 말고. 그래도 그렇다. 이미 앞에 새로 생긴 거대한 맘모스 빌딩에 우리 학원은 납작 쿵이 된 거다. 대기업에 중소기업이 죽은 거와 같은 원리다. 자본주의사회에서는 돈이 돈을 벌고 돈이 돈을 잡아먹는다. 큰 돈이 작은 돈을 잡아먹는 세상에 인간이니 인성이니 하는 것이 뒤로 물러날 수밖에 없는 거다. 한별이가 걱정하는 것은 내가 아니라 라미다. 라미라기 보다 뱃속에 있는 애다. 각별한 애정을 가지고 있는 것은 한별이가 자기 아이라는 것을 알고 있음이다. 아니면 천륜이라고 해야 할까? 물보다 진한 피. 그렇다면 아무리 내 아이라고 해도 아이와 아버지는 서로 통할 것이 아닌가? 그건 두고 볼 일이다. 천륜을 막을 수 없다는 말은 많이 들었다. 그러나 내가 천륜을 막을 수밖에 없는 입장에 서고 보니 갈등하지 않을 수가 없다. 라미는 어떤 생각을 하고 있을까? 라미는 나에게 말했다. 한별이는 꿈속의 남자였고, 나는 현실의 남자라고 했다.

꿈은 이룰 수 없는 것이고 눈을 감으면 생각나는 것이고 현실은 실제로 눈을 뜨고 감지되는 것이라고. 그리고 나는 가정형편이나 자라온 환경이 비슷해서 동질감을 느낀다고. 한별이가 우리를 늘 동정하는 것 같아서 불쾌하다고 했다. 나는 자존심은 상하지만 늘 고맙다는 생각을 했는데 라미의 감정은 좀 다른 모양이었다. 어쩌면 그는 동정 밑바닥에 깔린 보복이라는 자존심이 무섭게 꿈틀거리는 무서운 애 같다. 그러지 않고 늘 물질적으로 대 주는 그에게 미운 감정을 갖다니. 한때 사랑해서 자기 인생을 맡기려던 사람이었는데. 아니지 그렇기 때문에 더 미운 것인지 모른다. 내가 한별이를 사람으로 만들겠다는 결심을 말할 때도 라미는 말렸다. 빨리 쓰러지게 내버려두라고. 그게 무슨 뜻일까? 사랑이 미움되어 증오를 하고 있는 것일까?―

　라미가 병원으로 화급히 달려갔다.
　"선생님, 배가 아파요. 아직 예정일이 10일 남았는데요."
　"그래요? 애기가 세상 구경을 빨리하고 싶은 모양이요. 어디 진찰을 해 봅시다."
　"문이 열렸는데. 분만 준비해야 되겠어요. 우선 입원을 하시고 통증이 심하면 간호사에게 연락하세요."
　라미는 분만실 옆방에 누워 있었다.
　―책상 위에 메모지 한 장 남겨 놓고 왔으니 퇴근을 하면 병원으로 오겠지. 불쌍한 사람. 그나마 학원이라고 간판을 달고 불과 몇 달 가지도 못하고 문을 닫게 되다니. 그동안 벌어서 생활은 했지만 전세를 빼서는 한별이에게 주어야겠지. 남의 신세를 지지말고 일어서보겠다고 생각은 했지만 그게 어디 뜻대로 되어야지. 아들을 낳아야 될까? 아니면 딸을 낳아야 될까? 엄마는 나에게 아들이었다면 얼마나 좋을까 하면서 맨날 딸로 태어난 것을 안타까워 하셨지. 왜 그랬을까? 어느 잡지를

본 기억에서 남학생이 여자와 짝이 되면 개선장군이 된 기분으로 '내 짝꿍은 여자다'하고 자랑을 한다지. 그만큼 아들이 많다는 얘긴가? 뭐 아들 딸 마음대로 낳는 세상이라서 모두 아들을 낳았다고 하잖아. 정말 아들이 좋은 걸까? 성준이는 아무거나 좋다고 그랬어. 기왕이면 딸이 좋다고. 왜냐고 물었더니 재롱스럽고 귀엽다나! 그럼 자식을 애완용으로 생각하나? 아니야. 또 다른 이유가 있을 거야. 한별이 아이라는 걸 알고 있다는 얘기지. 아들보다는 딸이라야 키워서 시집을 보낸다는 말이 되겠지. 자기의 진짜 핏줄이 아닌 아이가 맏아들이 된다는 것이 왠지 마음에 걸려서 그런 것은 아닐까? 한별이 생각도 이해가 안 돼. 왜 한별이는 아들을 원할까? 꼭 아들을 낳으면 좋겠다고 말한 이유가 뭐냐고. 혹 찾아가고 싶다는 얘기는 아니겠지? 아이가 무슨 물건인가? 절대 줄 수는 없어. 절대 안 될 말이야. 만약 성준이가 한별이에게 주자고 해도 난 아이를 줄 수 없어. 헤어지는 한이 있어도 그렇게는 안 할 거야. 아이고 배야. 어, 배야. ─

진통이 자주 오기 시작했다.

바튼 진통은 견딜 수가 없게 아파 오다가 마치 꾀병을 하듯 금방 가라앉았다. 소리를 치며 통증을 호소하면 간호사가 달려왔다. 그리고는 다시 언제 그랬더냐 통증이 멎어 미안함을 금치 못했다.

"금방 죽을 것 같이 아팠단 말예요."

"뒤를 보고 싶으면 벨을 누르세요. 초산이라 좀 시간이 걸릴 거예요."

간호사가 싱긋 웃으며 방문을 닫았다.

진통이 멎는 순간 라미는 다시 불안이 엄습했다.

─얼마나 더 아파야 나오는 거야. 정말 엄마 되기가 이렇게 겁나고 무서운 줄 몰랐어. 그런데 옛날 사람들은 어떻게 그리 많은 아이를 낳았을까? 첫 애만 아프고 그 다음은 아프지 않은 모양이지?─

다시 통증이 오기 시작했다. 뒤가 묵지근 했다. 화장실에 가고 싶었다. 라미는 벽에 붙은 벨을 눌렀다. 간호사가 달려왔다.

"화장실이 가고 싶어요."

라미의 말이 끝나자 그만 통증이 멎었다.

"아직 멀었어요. 자주자주 통증이 오면 눌러주세요."

"저 둘째 아기는 아프지 않나요?"

"어쩐 걸요. 사람에 따라 다소 다르지만 아프기는 마찬가지예요."

─어마 어떻게 하지? 나는 하나는 더 낳아야 하잖아. 성준이는 자기 애를 원할 거야. 그러자면 또 이렇게 아파야 하잖아. 어떻게 하지? 그래서 애 안 낳기, 또는 한 번 아프기로 끝내는구나. 그래서 아들이나 딸이나 자기가 원하는 애를 뽑아내기로 골라 낳는다고 하잖아. 맞아. 여자는 태아 성감별을 통해

알아낸다고 했어. 그리고 원하는 성이 아니면 그 자리에서 낙
태를 한다잖아. 이렇게 해서 죽어가는 아이들이 거의가 여자
라는 거야. 그럼 뭐야. 병원에서는 여자의 적은 남자가 분명한
데 애를 지우는 엄마는 여자인데. 여자의 적은 여자? 이건 너
무 비참해. 나도 아들을 원하고 있거든? 왠지 모르지만 난 그
래. 아이고 배야. 성준이는 왜 안 오는 거야? 자기 애가 아니라
고 이렇게 날 방치하는 거야? 아이고 배야. 성준형, 한별아, 아
이고 배야. 성준형, 한별아, 한별아……—

　라미는 분만실로 옮겨져 10분도 되지 않아 아들을 낳았다.
라미는 입원실로 옮겨지고 라미 옆에는 신생아가 눈을 감고
누워 있었다.

　"원장님? 산모가 외치는 소리 들으셨지요?"

　"왜?"

　"못 들으셨구나. 대개는 엄마를 찾다가, 어쩌다 애기 아빠
이름을 부르는데, 3호실 산모는 엄마를 단 한번도 부르지 않았
어요."

　"그럴 수도 있지 뭐가 이상해."

　"그게 아니라, 두 남자의 이름을 번갈아 부르더란 말이에
요."

　"그랬어? 뭐라고?"

　"성준형, 한별아. 이렇게요. 이상하지요? 진짜 누가 애기 아
빠일까요?"

"요즘 젊은 사람들은 남편을 형이라고 그냥 학교 때처럼 부르는 사람이 많은데 두 사람의 이름이 거론되다니. 그것은 좀 그렇지? 챠트 가지고 와 봐."

"처음 온 사람인데요?"

"그럼 혹 미혼모 아냐?"

"글쎄요, 한 남자는 누구일까요?"

"남의 일에 왜 관심이 많아? 손님이 오셨는데 나가 봐."

때마침 성준이가 헐레벌떡 달려왔다.

"누구세요?"

"혹시 주라미씨 애기 낳으러 온다고 했는데, 혹시?"

"네, 아들이에요. 아빠 되세요?"

"네."

"그럼 한별씨?"

"네? 그걸 어떻게 아세요?"

"산모가 진통을 할 때 얼마나 불렀는지 아세요?"

성준이가 침통한 얼굴로 입원실 문을 열었다. 라미는 깊은 잠에 빠져 있었다. 아기도 잠이 들었는지 눈을 감고 꼼짝도 않고 있었다. 성준이는 아기를 보는 순간 깜짝 놀랐다.

─하느님 이럴 수는 없습니다. 내가 아이 아빠가 될 것을 뻔히 알면서 어찌 그리도 한별이를 빼닮게 하셨습니까?─

성준이는 평소에 찾지도 않았던 하느님을 부르며 애통해 했다.

―한별? 나보고 애기 아빠 한별이냐고? 진통이 있을 때 한별이를 찾았다고? 난 뭐야. 난 뭐냐고. 껍질만 끌어안고 사는 거야. 병신 같은 자식.―

　성준이가 화장실로 들어가 길게 담배연기를 뿜어댔다.

　―보내 버릴까? 아주 한별이에게 보내 버리는 거야. 라미는 한별이를 사랑하고 있어. 하는 수 없이 나와 살고 있는 거라고. 아냐. 내가 좋아서 선택했잖아. 라미가 원한 것은 단 한 가지도 없었어. 동거도 그렇고 결혼도 그렇고. 내 제의에 고개만 끄덕였던 거야. 그렇지만 싫다는 말은 없었잖아. 라미가 간다고 하기 전에 그래서는 안 돼. 라미가 없는 세상을 생각해 봐. 견딜 수 있어? 그럼 모르는 척 해?―

　간호사가 지나가며 말을 건넸다.

　"애기 퍽 귀엽지요?"

　"네. 고생을 많이 했나요?"

　"첫 애기 치고는 빨리 낳은 편이예요."

　"딸을 원하셨었나 봐요."

　"아니예요. 아들이나 딸이나 다 좋지요. 뭐!"

　―뭔 남자가 풀이 죽은 사람 같아. 좋다 나쁘다 감정표현이 정확하지 않아. 난 애 아버지가 되어 가지고 저런 사람은 처음이야. 가난뱅이 같이 생기지도 않았구먼. 다른 사람 같으면 수고했다고 팁을 척척 주곤 하는데 팁은커녕 얼굴이나 펴야지. 초승부터 재수 없어.―

간호사가 고개를 갸우뚱 이상하다는 생각을 하며 사라졌다.

"수고했어. 라미."

"성준형, 왜 인제 왔어."

"응, 학원 문제로 늦었어. 일이 잘 될 것 같아. 옆 학원에서 강사로 뛸 생각 없느냐고. 그래서 당장 어떻게 내가 운영하는 것보다야 못하지만 좋다고 했지. 우선 한 타임에 백 받기로 했어. 반응이 좋으면 두 서너 타임 하기로."

"잘 됐네. 회화하기로 했어?"

"응."

"잘 됐네."

라미는 이튿날 퇴원을 했다.

라미는 아이를 바라보는 성준이의 모습을 살펴보았다. 라미도 아무 말을 하지 않았다. 보이지 않는 가운데 또 다른 기류가 흐르고 있었다. 그러나 감정을 다스리기엔 서로가 무던히도 애를 썼지만 서로에게 고통의 시간이었다.

―내가 무슨 주제에 아이를 예뻐하지 않는다고 투덜거려. 모든 것을 각오했잖아. 어떤 불행도 감수할 거야. 아이를 본척만척하면 나보고 그만 두자는 뜻으로 받아들이면 돼. 한별이의 반응은 어떨까? 반가워할까? 아니면 괴로워할까? 참, 이름을 뭐라고 지을까? 다른 사람들은 할아버지가 태어나기도 전에 이름을 지어놓고 기다린다는데 우리 아기는 아직도 이름을 짓지 못했으니 어쩌지?―

"형, 성준형. 애기 이름을 뭐라고 지을까?"

"글쎄, 라미 네가 생각해 놓은 이름 없어?"

"글쎄, 같이 짓자."

둘은 사전을 뒤적이고 결국은 하늘이라고 지었다.

한 편 한별은 라미를 잊어야 된다고 생각했다. 그러나 다가온 여자들은 하나 같이 한별이의 돈 쓰는 물결에 휩쓸려 즐기고 놀고 했을 뿐 한별이를 사랑한다던가 결혼을 하고 싶다는 욕심을 내지는 않았다. 끈질기게 매달린 것은 라미 뿐이었다. 그러기에 라미는 이국 만리 미국으로 유학을 온 것이었다. 두 가지 목적 중에 분명 하나는 한별이를 잡겠다는 야무진 꿈이 우선이었다. 라미는 미국에서 결혼해서 잘 살고 있다는 편지를 집으로 띄우고 한국으로 돌아왔다.

어머니에게 실망을 안겨 줄 수가 없어 화곡동에 방을 얻어 살면서도 10년 계획을 세우고 성준이와 열심히 살고 있다. 그러나 아버지의 그늘로 흥청망청 세월을 버린 한별은 이럭저럭 할 일이 없이 세월을 보냈다.

그러던 중 공원에서 한 여인을 만났다. 이름은 한송이였다.

"괜찮은 꽃이 피었군."

"나비도 괜찮은데요?"

"쉬었다 갈까요?"

"글쎄요."

이렇게 농담이 오고 가다가 둘은 휴게실에서 차를 한 잔 뽑아 들었다.

"한참 일할 나비가 왜 여긴 오셨어요?"

"젊은 나비가 꽃 찾는 일보다 더 중한 일이 있나요?"

"왜 하필이면 이런 곳으로 와요? 꽃밭으로 가지요."

"이미테이션이 하도 많아서 오리지널 들꽃을 찾으려고요."

"호호. 그거 참 말 되는데요?"

이렇게 해서 나비와 꽃은 자연스럽게 만나게 되었다.

둘은 심심찮게 이러저러하게 만나 찻집에서 레스토랑으로 수영장에서 볼링장으로 노래방에서 디스코텍으로 나날이 깊은 밤으로 빠져 들어갔다. 이미 가슴에 불씨는 심하게 타고 있겠다 부딪치기만 하면 불꽃은 훨훨 타오르게 마련이었다.

그전엔 하루에 한두 번씩 한별은 라미네 집 근방을 배회하곤 했었는데 송이를 만나고부터는 그 버릇도 사라졌다. 이젠 송이와 결혼을 하게 되면 라미쯤이야 쉽게 잊을 수 있을 것 같았다. 아무리 자신의 자식이 자라고 있다 하더라도 이미 성준이의 자식이 되어 호적에 올라있는데 무슨 소용이랴 싶었다.

"곱게 핀 꽃을 보고 쉬어갈 맘도 없었다면 어디 나비라고 할 수 있나?"

"당연하지. 그래 어떤 꽃이 가장 좋았니?"

"한송이가 제일 좋았지."

"나 말고 니가 앉았던 꽃 말야."

"나? 4월에 만난 민들레 김민희, 6월에 모란, 정애, 눈꽃, 희라. 그 정도야."

"제일 오래 만난 꽃은 무슨 꽃이야?"

"아. 참 장미도 있었구나. 그 앤 한 여름에 만났었지."

한별은 라미를 떠올렸다. 이미 친구 성준이의 아내가 된 라미를…

"어느 정도의 관계였는데?"

"그건 왜 물어? 결혼하고 싶었던 꽃이다. 왜? 질투 나니?"

"조금."

송이는 잠자코 커피를 마셨다. 바다 같이 넓다고 생각했던 마음이 점점 좁아지는 느낌이 들었다.

─나란 여자도 별 수 없구나. 왜 이러지? 과거가 없는 남자가 남자냐고 하던 내가 막상 과거가 많다고 자랑하는 남자 앞에서 옹졸하게 되다니……─

"왜 남의 과거는 들쑤성거리고는 시무룩하냐? 질투하지 않겠다더니."

─그러니까 내가 바보처럼 잠자코 있었단 말야.─

"내가 그딴 일로 질투하고 있는 줄 아니? 질투는 안 해. 정상적인 남자라는 걸 확인했을 뿐이야. 그런데 영 기쁘지 않는 거 있지?"

"그게 질투라는 거야. 그럼 정상이 아니면 덜 떨어진 남자인 줄 알았어?"

"그런 건 아니지만 과거에 꽃구경 많이 했다고 떨어진 남자는 아니지. 꽃도 꽃 나름이니까."

"그래도 다 괜찮은 애들이었어."

"괜찮으면 왜? 잡지 놓쳤니?"

"넌 괜찮다고 생각하는 나비가 없었나 보지. 날 잡은 걸 보면."

"왜 이래? 정말. 니가 죽자살자 매달려서 잡혔다. 왜 어떻게 할래?"

"어떻게 하긴? 사랑해. 송이야."

—알 수 없는 일이야. 말로는 설명할 수가 없어. 내가 그 많은 남자들 다 싫다고 했는데 이 남자한테 빠진 건. 나도 몰라. 이렇게 투정하면서 네가 내 곁을 떠날 것 같다는 생각이 들면 난 불안해.—

송이가 이런 생각에 잠겼다.

"흥 난 몰라. 내가 왜 그러는지. 정말 날 사랑해?"

송이는 한별이 목을 와락 끌어안았다.

"꽃을 자주 바꾼 남자는 또 바꿀 수 있다는 생각이 자꾸 든단 말야."

"당연한 걸 가지고 왜 자꾸 시비냐. 넌 꽃 아니니? 그것도 모든 조건을 갖춘 꽃."

"인물, 학벌, 가정…"

─인물? 그건 의사선생님이 만들어 주신 재생품이고. 학벌? 그건 능력 있는 아빠 덕분에 외제로 수입한 것이고. 가정? 그래 그건 운명이라고 해야겠지.─

"향기가 없잖아. 꽃은 뭐니뭐니 해도 향기래야 되는데. 난 여자다운 향기가 없단 말야. 참 자기가 생각하는 여자의 향기는 뭐니?"

송이가 한별이를 바라 보았다.

"글쎄 깊이 생각 안 해 본 문제인데? 그냥 싫지 않으면 되는 거 아냐? 자꾸 만나고 싶고 만나면 헤어지기 싫고. 그런 감정 있잖아. 그건 여자가 내 마음을 끈다는 증거, 즉 향기가 있다는 결론이지."

─그래? 역시 남자는 단순한 동물이야. 그렇지만 아침 밥은 누가 짓고 빨래와 청소는 누가 해? 살림도 못해도 괜찮다는 말인가?─

"지금은 만나서 사먹고 즐기고 하니까 문제가 없는데 만약 우리가 가정을 꾸미고 살 때는 여자의 향기는 역시 살림살이가 아닐까?"

"와? 너 괜찮은 애구나? 그래 그 생각을 한 거야? 여자의 향기?"

"글쎄 암만 생각해도 엄마들이 하는 일상을 뛰어넘을 수가 없다는 생각이 들어."

"너 그런 생각만으로도 된 거야. 결혼하기도 전에 놀고 먹겠다는 생각으로 꽉 차 있는 여자들이 많은데 그런 생각을 하고 있다는 것은 훌륭해."

"그런 일련의 일들을 감당하기 어렵다는 걱정이야."

"그건 그때 가서 생각할 일이야. 자, 우리 어른되는 연습할까?"

"어떻게 하는 건데?"

"몰라서 묻냐? 내숭떨지 말아. 넌 꽃 아니니?"

"왜 아니겠니?"

"그럼 네게도 나비가 몇 마리쯤은 앉았다는 거 아니니? 난 내숭떠는 건 질색이야."

"그렇지만 분명히 말해 두겠어. 머물고자 하는 나비는 많았지만 앉은 나비는 없었다는 걸."

"그래? 그러나 요즘 남자들 신선하다는 감정보다는 세련된 꽃을 좋아한다는 거 너 모르는구나!"

"신선한 것을 싫어하는 바보가 있겠니? 희귀하니까 아예 포기한 것이겠지. 그렇다면 난 가봐야겠어."

"아니, 가다니? 어딜?"

"넌 내 나비로서 부족해."

"뭐가 부족해?"

"신선한 꽃을 길들여진 꽃으로 알고 세련미에 머물렀다는 건 나로선 자존심이 상해서 견딜 수가 없어. 그래도 난 네가 나의 신선미에 머물었다고 생각했었거든."

"그게 뭐 그리 중요하니?"

"중요하지. 적어도 내가 가치롭게 생각하는 것에 대한 가치를 인정한다는 것은 같은 생활관으로 살 수 있다는 거 아니니?"

"와. 머리 깨진다. 뭔 애가 그리 복잡하니? 난 이미 과거에 꽃을 많이 만난 남자인데 여자의 순결 운운하면서 그것에 의미를 부여할만큼 옹졸한 놈이 아니라, 이 말이지."

"인정할께. 그러나 한 남자에게 더구나 과거가 많은 남자에게 순결한 가치를 인정받기 위해 꽃임을 스스로 거부하고 오늘을 지켰다는 건 무모한 일이라 이거야. 나야 좋지. 그러나 결혼해서 살다가 네 순결의 가치가 하루 아침에 허무하다고 느낄 때 비로소 나는 쓴 패배를 맛볼까 두렵다 이거야."

―난 놈은 난 놈이야. 나야 밑질 것 없는 몸이지. 그냥 순결을 지킨 양 해 보는 거지. 뭐.―

"후회야 하겠니? 내가 인정만 한다면 그것으로 나는 보상받은 거지."

"이렇게 간단한 것을 가버릴 것처럼 무섭게 나섰니?"

"자 가자."

"어디로 가?"

"어른 연습하러 가자며?"

"결혼 허락 받으러 가자."

"어디로 가?"

"어디긴? 우리 집으로 가는 거지."

"준비도 없이 어떻게 가?"

"무슨 준비가 필요해? 너 같이 건실한 향기를 지닌 여자면 우리 엄마는 OK야."

"어마, 난 자신 없어."

"넌 잠자코 있기만 하면 돼. 대답은 내가 할께."

한별은 송이를 차에 태우고 서초동으로 달렸다.

"정말 너의 집으로 가는 거야?"

"그래. 너도 내 꽃이 되려고 최면에 빠지는 거야. 나도 그런 심정이니까."

차는 서초동 산비탈로 올라갔다.

"정말 자기 집으로 가는 거야?"

"그래. 여자 친구는 네가 처음으로 우리 집에 데리고 가는 거야. 영광으로 생각해."

"떨리는데?"

"절실할수록 초조해지는 거니까 반대로 생각해 버려."

"딱지 맞을 거라고? 비참하다 애."

"아니지. 내가 아니면 당신의 아들이 죽소. 이런 배짱으로 들어가라고."

"정말이지? 그 말."

차가 언덕배기에서 멈추었다.

"내려."

송이가 차에서 내리자 차는 차고로 들어갔다.

한별이가 현관 벨을 눌렀다. 팝송이 흘러나오더니 응답기에 반응도 없이 문이 열렸다.

"무슨 벨이 그래?"

"식구마다 부르는 노래가 다르니까."

"그래? 자기 노래는 뭐야?"

그 곡도 못 들어 봤니? 요즘 유행하는 노래. 이피의 「1969와 나」라는 음악이야.

"왜 하필이면 그 노래가 좋아? 유행이라서."

"이피는 젊음, 독립적인 자유분방, 그리고 소극주의라는 말의 약자이거든. Young, Individualistic, Free Minded, Few 의 약자이거든. 이는 히피족에서 발전한 나의 족적을 의미하는 것으로 주위 말에 귀 기울이지 않고 실체에게 얽매지 않으면서 순수함을 전하고 싶다는 의미가 좋아서 사랑하게 되었지. 내가 그 노래를 울림으로서 한별이가 나타남을 알리고자 했던 거지."

"그러니까 이피의 노래를 통해 대리 만족을 얻고 있다는 거 아니니?"

"대리 만족으로 사는 놈이 어찌 나 뿐이겠니? 유행의 물결을 쫓는 여자들이나 압구정동이나 홍대 입구를 고집하는 젊음이 다 그런 거 아니니?"

넓은 정원을 가로질러 별장처럼 현대식 건물이 멀러 보였다.

"너희 집이니? 별장 같다."

"처음엔 별장으로 지은 건데. 이 동네가 몇 년 새에 화려한 대도시가 되었잖니?"

"그래도 한적하고 좋은데?"

"너희 엄마니? 현관에 계시는 분."

"응."

너무 젊어 새엄마라는 생각도 들었다.

"엄마 송이예요. 내 친구."

한별이가 소개를 했다.

"안녕하세요? 한송이예요."

"어서 와요. 이름도 예쁘군요."

안내를 한 한별이 어머니는 주방으로 들어갔다.

송이는 거실을 두리번거렸다.

보지도 못한 실내 장식이 눈을 휘둥그렇게 만들었다. 발을 딛기가 겁나게 으리으리한 이태리제 대리석. 그리고 보지도 듣지도 못한 짐승의 털가죽에 염색을 한 카페트 그 위에 십이지의 동물 탁자…

―저것이 내가 얼마나 놀라는지 보고 싶겠지? 그러나 늘상 봐온 것처럼 해야지……―

송이는 당연한 분위기라는 듯이 대화에 몰두했다.

"몇 식구인데? 집이 너무 넓지 않니?"

"우리 식구는 셋이야. 둘은 일하는 사람…"

"귀한 아들이구나."

"귀하긴? 책임이 크지."

"그게 그 말 아니니?"

"차 들어요."

"어머니도 같이 드시지요."

송이가 말했다.

"그래요. 엄마."

"그럴까?"

한별이 어머니는 냉커피를 들고 나왔다.

"밖이 무척 덥다며?"

한별이 엄마가 자기와는 거리가 먼 세상이야기처럼 날씨를 물었다.

"모두 에어컨 있는 곳을 찾느라고 야단이예요. 38도래요."

한송이가 대답했다.

"살다가 별꼴이지. 태풍에 질려버린 섬마을에서도 태풍을 손꼽아 기다린다니 말하면 뭘 해요. 뭘 이럴 때 큰 댐이나 하나 사 놓는 건데…"

한별이가 말했다.

"어이구 저 욕심 좀 봐. 왜 미국 나이아가라 폭포를 가지고 오지 않고."

한별이 어머니가 대견하다는 듯이 아들을 바라 보았다.

"참 부모님은 뭐 하시나?"

―본인이 아니고 가정이 더 궁금한 집안이구나. 별 수 없는 집이군.―

첫 질문에 송이는 속으로 비웃었다.

"건축업을 하세요."

"건축이면? 주로 어떤 일을 하시나? 아파트를 지으시나?"

"아파트도 지으시지만 주로 도로, 교량 등을 많이 하셔요."

"그러면 정치적으로도 잘 통해야 되는데 그 쪽으로 밝으신 모양이지?"

"내용은 잘 모르겠어요."

"그럼 아버님이 직접 하시나?"

한별이 어머니가 군침을 삼키며 말머리를 바짝 조였다.

"엄마. 얘 아버지가 회장이래. 그러면 됐지 뭘 자꾸 물어."

"그래. 그럼 가족은 몇이나 되나?"

"딸만 둘에 둘째 딸이에요."

"넌 가만있어."

"맞아요. 제가 둘째예요. 언니는 결혼했어요."

"그래? 지차 한테 갔나?"

"지차가?…"

송이가 지차라는 말뜻을 이해하지 못하여 머뭇거렸다.

"참 그렇지. 지금 아이들은 그런 어려운 말 모르지. 말하자면 부모님을 책임질 수 있는 그런 재목에게 시집을 갔느냐고?"

"아니예요. 외아들한테 갔어요."

"그럼 부모는 누가 모시나."

송이는 잠자코 있었다.

"엄마는 지금 세상에 부모 때문에 자식들이 결혼을 못하면 되나요. 실버타운이 있는 세상인데 그게 뭔 걱정이래요."

"이놈아. 실버타운에는 부모가 가겠다고 해야되는 것이지. 자식이 보내면 산골인장이나 진배가 없는 거야."

"참 학교는 어디 나왔어?"

"얘도 유학 출신이야."

"그래, 대학 실패하고?"

"아니, 중학교 때부터 갔었대."

"어디, 미국?"

"아니예요. 호주예요."

"그래? 호주가 그렇게 여자들이 살기가 좋다면서?"

"네. 여자들은 호주에서 태어나길 바래요. 특대우를 받는 것이 여자이거든요."

"그래? 그럼 남자는?"

"남자 듣기는 섭섭하지만 네 번째예요."

"그럼 둘째 셋째는 뭐야? 돈이야?"

이야기가 전혀 다른 방향으로 흘렀다.

"둘째는 애완용 고양이구요. 셋째는 애완용 강아지구요."

"어마, 그래?"

이야기는 이곳에서 끝났다.

한별이 어머니의 결혼 반대는 단순했다.

첫째 중학교부터 유학을 갈 정도였다면 고등학교에도 갈 수 없는 실력이었다는 것.

둘째는 여인의 천국 호주에서 중·고등학교를 나왔으니 여인 최고의 의식으로 굳어진 사고라는 점이다.

"너 한별이 알았지? 그런 여자하고 결혼하면 넌 불행해. 호주는 여자가 세 번 이혼하면 거부가 된다는 곳이야. 알기나 알아? 안 돼. 차라리 먼저 가난뱅이 라민가 하민인가 하는 애가 났지."

"라미요? 라미는 결혼했어요. 내 친구랑 결혼해서 잘 산단 말이예요. 엄마는 내가 좋다는 애들은 하나같이 안 된다고 하니까 난 몰라요. 장가 안가요."

한별이가 문을 팍 차고 나갔다.

"아이구 철부지. 야, 오늘 가서 스트레스 풀고 들어 와. 어디로 갈 거야? 압구정동? 아니면 이태원?"

한별은 돈 뭉치를 들고 차를 몰고 골목으로 사라졌다.

한별이는 백화점으로 달려갔다.

"애기 옷 한 벌 주세요."

"몇 개월인가요?"

"갓 태어난 애기인데요."

"아들이예요, 딸이예요?"

"아들입니다."

"축하합니다."

젊은 아가씨가 꽤나 상냥했다.

한별은 가슴 한구석이 허전했다.

"이것도 주세요."

"이건 백일복이거든요."

"이것도 주세요."

"아직 장난감은 일러요. 아빠가 되고 나면 모두 성급해 지시거든요. 아기가 자라면 엄마하고 같이 나와서 고르세요."

한별은 욕심을 자제했다.

한별은 귀금속 코너에 들려 금목걸이를 하나 골랐다. 그리고는 차를 몰고 라미를 찾아갔다.

"누구세요?"

"나야, 한별이."

"어마, 웬일이야?"

"못 올곳을 왔다는 뜻이야? 너무 늦게 왔다는 뜻이야? 어서 문이나 열어."

부기가 채 빠지지 않은 라미를 바라보자 안스럽다는 생각이 들었다.

"왜 얼굴이 그래? 돈 때문이야?"

"아냐. 처음엔 그런 거래. 어서 올라 와."

"애기는 건강해?"

"그래."

아이는 잠이 들어 있었다.

한별은 너무 놀라웠다. 너무 닮았다.

"아니, 이럴 수가 있나?"

"너무 닮았지?"

"그래. 성준이 그 녀석 뭐라고 안 그래?"

"아무 말도 안 해."

"좋아하기는 해?"

"그럼 귀엽잖아? 내 아이, 네 아이 가리게 생겼어? 저렇게 신비한 생명 앞에서."

"야, 양심이 찔리는데. 어떻게 하지?"

"뭘 어떻게 해? 우리 사이 다 알고 만난 거 아냐?"

"그렇지만 보통 심각한 문제가 아닌데?"

"눈을 뜨면 너무 자기랑 똑같아. 내가 성준씨를 바라볼 수가 없어."

"말 해. 솔직하게 이제 와서 아닌 척 하면 뭘 해."

"성준씨는 그래도 설마 했나 봐. 같은 무렵이었잖아. 내가 성준와 한 룸에서 살게 된 것이."

"넌 알고 있었잖아? 내 애라고."

"그야 한별이 너에겐 말했었지."

"야, 애를 보니까 미치겠네. 너 이혼해라. 나랑 살아."

"그렇게는 못 해. 성준씨가 너무 불쌍해."

한별은 기가 막혔다.

"자, 애기 옷이야. 이건 네 목걸이야."

"고마워."

라미가 목걸이를 열어 보았다.

"어마 이거 몇 돈이야. 닷 돈이 넘겠는데?"

"열 돈이야."

"부탁이 있어. 시집을 잘 간 것은 첫 아이를 낳아 봐야 친정 집에서 확인이 된다는 말 알아?"

"그게 무슨 소리야."

"아들이고 딸이고 첫 애를 낳으면 시댁으로부터 친정어머 니가 금패물을 선물 받으면 안심을 한다는 말."

한별은 라미의 마음을 눈치 챘다.

"그래서 이걸 우리 엄마에게 전해 줄 수 있게 거짓말이라도 해서 어머니를 기쁘게 해 드리고 싶어."

"알았어. 이건 네가 간직해. 내가 하나 마련해서 가지고 가 서 전해 줄게."

"혹시 성준이 눈치가 다르던가 하면 이혼 해버려. 알지?"

"그런 일은 없을 거야. 너는 내게 좋은 친구로 남아 있을 거 야. 내가 처음으로 사랑했던 사람. 욕심냈던 사람으로."

"잘 있어."

"잘 가."

라미가 손을 내밀자 한별이 잠시 라미를 가슴에 품었다 놓았다. 라미는 가만히 있었다. 따뜻한 가슴은 여전했다. 그러나 가슴 깊은 곳으로부터 거부하는 소리가 들렸다.

한별은 라미가 써준 봉천동 달동네 주소를 들고 차를 달렸다.

처음이었다. 라미가 이렇게 형편없는 달동네 살던 아이라고는 생각조차 못했다. 늘 발랄하고 어딘가 질긴 구석이 있는 아이라고만 생각했었다. 적당히 자존심도 있고 절제력도 있었지만 야심 또한 만만찮은 아이라는 것도 알고 있었다.

그러나 허세였는지는 모르지만 돈을 주체할 수가 없다는 소리도 가끔 했었다. 그리고는 곧 반대라고 말하기도 했었다. 가난이 몸서리가 나서 역으로 한풀이를 한 것이라 생각이 들었다. 처음으로 라미가 가엾다는 생각이 들었다. 자신의 기생식물이었던 가난뱅이 성준이에게 떼어 맡긴 자책감을 처음 느꼈다.

쓰러져가는 담 옆에 내달은 사글세방에서 라미의 어머니는 인형의 옷을 만들고 있었다.

"어마! 이게 누구셔? 어디서 오셨시유?"

"여기가 라미. 주라미네 집입니까?"

"맞아유. 우리 딸이 주라미유. 근데 어디서 오셨시유?"

"미국에서 왔습니다."

여인은 한별의 손을 덥석 잡았다.

"우리 사위인갑네."

"아닙니다. 사위 성준이 친구입니다."

"아 그러서? 그래 우리 사위는 무얼하는 사람입니까? 그 애 말로는 무슨 박사인가 그렇다는디."

라미 어머니는 잡은 손을 놓으며 머슥한 표정을 지었다.

"맞습니다. 미국에서 열심히 공부했습니다. 성공한 사람입니다."

"우리 라미는 돈도 하나 없이 갔는디 무얼해서 공부를 했는가요?"

"아르바이트를 했지요."

"알바트가 뭐라요?"

"자기가 돈을 벌어서 공부를 했다는 말입니다."

"우리 사위가 부자가 아닌가요? 부자 친구가 도와주어서 걱정이 없다고 편지가 오곤했는디…"

"부자지요. 그러나 자존심이 강해서 번번이 손을 내밀 수야 있나요? 병원에서 일도 해주고 식당이나 슈퍼에서 일하면서 성실하게 공부를 끝냈습니다."

"그래 우리 애들은 언제 돌아온답니까?"

"공부를 몇 년 더 하면 올 겁니다."

"요즘은 통 연락이 없어 그렇잖아도 궁금했는디."

"저, 라미가 아들을 낳았어요."

"우리 라미가? 그래 산모는 건강하고?"

"네. 제가 다녀왔는데 아이도 건강하고 모두 잘 있습니다."

여인은 눈물을 훔쳐 내렸다.

"이건 따님이 아들을 낳아 주었다고 사위가 보내는 선물입니다."

"아니 이게 뭐랴."

"열어 보십시오. 저도 모르겠습니다."

"어머나! 이게 그러니까 금목걸이잖아유? 비쌀 텐데."

"사위가 그 정도 재력은 있으니까 걱정 마십시오."

"그래 우리 사위네 집안은 뭐하는 집이래유?"

"사위네가 아니고 사위가 실력이 있는 박사입니다."

"부모님네는 여기 살지 않나유?"

"아마 미국에 사시는 것 같은데요. 잘은 모르겠습니다."

"그럼 야들도 미국 사람이 되는 건 아닌지 모르겠네."

"그렇지는 않을 겁니다."

"들어가시면 애기 사진하고 소식 좀 자세히 편지로 보내라고 전해 주셔유."

여인은 화색이 만연했다.

"건강하신 어머니 보고 왔다고 전해 드리겠습니다."

한별은 오는 길에 쌀 한 가마니를 배달시켰다.

―진짜 사위가 이놈입니다. 당신의 딸은 나를 따라 미국으로 와서 결국은 내 아이를 낳고 다른 남자와 삽니다.―

한별은 마음 한 편이 무거웠다. 왠지 불길한 예감이 앞을 가렸다. 자신에게는 아버지가 될 기회가 영영 오지 않을 것 같은 예감이었다.

'이렇게 내 아들을 남의 둥지에 밀어 넣고 빈 둥지를 바라보는 신세가 된다면? 왜 불행한 생각을 해? 남자가 방정맞게. 내가 누구야? 난 한다면 하는 놈이야. 뭐가 부족해서 미리 길을 막아.'

한별은 도리질을 쳤다. 그러나 자꾸 빈 둥지를 들여다보며 남의 둥지를 기웃거리는 새. 눈앞에 퍼득이는 영상이 계속 따라오고 있었다.

진짜 아버지는 누가 될까

뜻밖에도 성준이가 입대를 했다. 한별이보다 늦게 갈 거라고 하던 성준이가 갑자기 입대를 한 것은 하늘이 때문이었다. 성준이는 한별이가 아이에 대하여 각별한 관심을 가지고 있다는 것을 알고 있었다.

라미를 사랑하지만 한별의 아이는 자기의 아이가 될 수 없다는 결론을 얻은 모양이었다. 그도 그럴 것이 한별이의 잦은 방문과 하늘이에 대한 지대한 관심은 늘 성준을 불안하게 했다. 하늘이는 아직 어린데 하늘이 머리맡에는 보행기, 변기, 그림동화, 각종 장난감이 즐비하게 쌓였다.

하늘이가 커 갈수록 한별이를 닮아간다는 점 또한 불쾌했다. 이미 각오를 누누이 했는데도 하늘이 얼굴을 볼 때마다 기분이 되게 이상해졌다. 말하자면 불쾌한 것도 아니고 슬픈 것도 아니고 여하튼 불안하고 불쾌하고 그렇다.

라미 또한 몸은 성준이에게 와 있어도 마음은 아이와 한별이에게 있다는 것을 부인할 수가 없었다.

"한별아. 나 입대하게 되었어."

"아니? 갑자기 입대라니?"

갑자기가 아니다. 입대에 대하여 말을 하지 않고 있다가 갑자기 말을 꺼낸 것뿐이다. 그렇다. 성준이는 어차피 군복무를 마쳐야 사업이고 학원이고 하다 못해 막노동판에서 뛸 수 있다. 그렇다. 적어도 남자들이라면 무엇인가 해볼만한 구상이 떠오를 때마다 입대라는 커다란 장벽이 앞에 놓여 있다.

애국이니 충성이니 하는 거창한 말을 떠올리며 입대하는 사내들이 몇 명이나 있겠는가? 의무라는 말뚝을 법으로 박아놓았기 때문이다. 국방의 의무. 이 의무는 대한민국 남자라면 누구나 면하고 와야 한다. 적어도 신체에 이상이 없는 한. 건강하고 튼튼한 정상적인 체력과 정신을 유지하고 있는 대한민국의 사나이는 나라가 요구하는, 아니지 법이나 나라나 사회나 그런 집단의 요구가 아니고 결국은 나의 요구가 포함된 우리 모두의 뜻이다.

그러나 막상 의무라면 누가 씌워놓은 올가미로만 느껴진다. 그래서 귀찮아지고 짐스러워 진다. 성준이도 장벽이라고 생각할만큼 군에 입대하기가 싫었던 것은 사실이다. 그러나 갈 수밖에 없었다. 꼭 넘어야 할 산이기에 연기의 한계까지 미루어 간다면 하늘이 껑충껑충 뛸만큼 자랄 때까지도 입대를 연기

할 수도 있었다. 그리만 되면 라미가 배우다만 그래픽디자인 공부지만, 아르바이트를 하며 적절한 일거리를 맡아 생계는 걱정이 없을 것이고, 아니면 성준이가 돈을 더 벌어 놓고 갈 수도 있었을 것이다.

그러나 성준이는 하늘이를 낳고 심사가 뒤틀리기 시작했다. 분만을 하러간다고 써놓은 메모를 보았을 때만 해도 가슴이 울렁거렸었다. 단숨에 달려갔지만 간호사의 말에 그만 아연실색했다. 간호사의 악의 없는 말 한 마디가 이렇게 한 사나이의 꿈을 뒤엎어 놓을 수 있단 말인가? 말이란 이렇게 무서울 수도 있는 것이다. 한 마디, 조심성 없는 입놀림인 것이다. 진통의 고통이 하늘에 닿는다고 했다. 그토록 심한 고통은 사랑하는 남편의 신을 집어던진다고 했다. 남편의 이름을 부르며 세상의 모든 욕을 다 퍼부어 대면서 생사의 가름을 하는 그런 아픔이라 했다. 애를 낳고 남편을 증오하고 미워하기 시작하여 그 길로 사랑하는 남편과 결별을 한 예도 있다 했다.

다시는 남자와 성적 접촉을 하지 못할 정도로 극심한 아픔으로 남았다는 그 무서운 진통 앞에서 라미가 가슴 속에 남아 있는 사랑하는 지금의 남편과, 진짜 아이를 갖게 한 남자의 이름을 외쳤기로 하필이면 간호사의 뇌리에 다른 남자의 이름이 떠오를 게 뭐란 말인가? 확률은 이분의 일. 희비는 그 둘 중 하나였는데. 왜 하필이면 한별이의 이름이었을까? 주책없는 사람… '한별씨세요?' '어떻게 아셨어요?' '산모가 진통시에 얼마나 외쳤는데요' 이 짧은 대화가 머리에서 떠나지 않는다.
그때 성준이는 아니라고 대답도 못하고 어정쩡하니 서 있었지
만, 그 순간 자기 인생은 끝나버렸다는 어떤 예감 같은 것이
스쳐갔다. 그 길로 입대를 결심했다. 연기했던 입대를 복귀하
고 오늘에 이르러서 처음으로 입을 연 것이다.

"그렇게 됐어."

"지원했구나."

"연기를 계속해 왔는데 어차피 갈 거니까. 학원도 실패했고
재기할 희망도 없고 해서 군대나 얼른 때우고 나오려고. 라미
곁에는 돌봐줄 좋은 친구, 네가 있으니까 믿고 갈 수가 있잖
니?"

"나도 몇 달 안 남았어. 그럼 라미와 하늘이는 어떻게 하
고?"

"그래서 네게서 빌린 돈은 당분간 갚지 못하게 되었어. 그
걸로 생활을 하도록 하려고. 그리고 네가 군대를 연기하고 좀
돌봐 줘."

ㅡ이 자식, 무슨 소리를 하는 거야. 내가 군대를 연기하고
돌봐 줄 수 있다는 관계로 생각하는 걸 보니 그럼 나보고?ㅡ

"야. 그거 꼭 갚아야 되니? 그냥 딛고 일어날 버팀목이나 되
라고 준거야. 부담 갖지 말아. 내가 너에게 그만한 것 못 도와
줄 사이니? 그렇지만 너의 집 식구가 동의하겠니? 너를 봐서
드나드는 걸 허락했지만 만약 네가 없으면 곤란해하지 않을

까?'

—자식 내숭 떨고 있어. 정말 라미는 널 더 사랑해. 애도 너를 쏘옥 빼닮았어. 나보다 모든 조건이 더 나은데 왜 마다해? 네가 거두어들일 수가 없다는 이유 하나로 내 곁에 있는 여자야. 진통시에 네 이름을 불렀다는 걸 알면 너도 마음이 바뀔 거야. 간호사도 내가 한별로 알고 있어. 내숭은 여자들의 전용물로 생각했는데 남자인 네가? 징그러워 이놈아. 어차피 나는 유학생활도 그렇고 지금의 생활도 그렇고. 너에게 빈대처럼 붙어사는 기생 인간이었어. 이 기회에 반환하고 싶어. 정말이야. 차라리 네게 다 주고 싶단 말야.—

"곤란할 게 뭐 있어. 늘 서로 그렇게 지낸 사이 아니니?'

"내가 돌볼 수 있는 건 경제면이야. 그건 내가 책임질게. 그리고 그 갚아야 된다는 거 신경 쓰지 마. 알았지?'

—무슨 뜻이야. 우리가 자기 아이를 기르고 있어 양육비라는 거야? 그래 좋아. 못 받을 것도 없지. 라미와 애는 불안한 미래이기에 맡겨 보는 거야. 라미도 충분한 생각을 할 수 있는 시간이 되겠지. 나도 떨어져서 나를 다시 돌아보고 너도 마찬가지야. 라미와 장래를 약속하던지 아니면 아주 포기하던지. 한별이 네가 결혼을 한다면 난 그래도 마음이 놓이겠지만 말이야.—

"한별아. 그럼 믿고 군대 간다."

"걱정 말아. 네가 나를 믿는다면 난 얼마든지 좋아."

성준이가 입대를 했다. 아직 몸조리 중이라 라미는 배웅도
하지 못했다.

"건강하고 애기 잘 키워."

"형도 건강하고 내 걱정은 말아."

"사랑한다. 라미."

"믿어 줘."

한별이가 고급승용차로 집결장까지 바래다주었다.

"부대 배치 훈련 끝나면 면회가 가능하대. 그 때 연락해. 알
았지?"

한별이와 성준이는 악수를 했다.

성준이가 입대를 하고 나서 한별은 라미네 집을 자주 드나
들었다.

"왜 그렇게 자주 와?"

"왜 내가 오는 게 싫으니?"

"성준이형 있을 때 오는 것하고 기분이 좀 그래."

"뭐야? 좋다는 거야. 나쁘다는 거야? 솔직히 말해."

"글쎄. 두 가지 감정 복합되긴 했지만 성준이형에게 민망스
러워."

"너 발상이 좀 이상하다. 민망스러운 일이 벌어질 거라는
생각이야?"

"그게 아니고 남이 봐도 그렇잖아."

"뭘 남을 의식하며 사니? 난 복잡한 건 질색이야. 생각대로

살아. 경찰서에 갈 정도의 나쁜 짓이 아니면 그냥 적당히 살아. 스트레스 받아."

"나도 꽤 과감하고 겁없는 애였었는데, 결혼이란 걸 하고 나니까 이상하게 걸리는 게 많아."

"그러니까 왜 결혼을 일찍 해서 고생이니?"

"너 말 다 했니? 내가 결혼하고 싶어서 했니? 할 수밖에 없는 상황이었잖아. 네가 나를 이 지경으로 만들어 놓고 그 낯선 곳에 떼어버리고 차버렸잖아. 나쁜 자식."

"그랬나! 허허허허."

그전 같으면 손이 먼저 올라갔을 한별이가 너털웃음으로 응수를 했다.

"웃긴, 그 웃음 무슨 뜻이야? 나쁜 자식!"

"그 말 오랜만에 들으니 통쾌하다. 또 한 번 해 봐."

"미안해. 넌 좋은 자식이야."

라미가 한별의 손을 꼭 잡았다. 한별이도 가만히 있었다.

"네가 성준이랑 결혼한 것은 내 의사가 아니야. 분명하지? 네가 하늘이를 낳은 것도 내 의사가 아니야. 네 뜻이었지? 그럼 네 책임이지 왜 나에게 짐을 지우려고 그래."

"그렇지만 그 때 너는 떠나고 난 미칠 것 같았어. 오기가 생기기도 하고 절망 속에 죽어버리고도 싶고."

"넌 결혼이라는 울 속에 들어가 그래도 잘 살고 있잖니? 미치겠는 건 나야."

"난 너와 결혼 할 수 없지. 너는 애를 낳겠다고 했지. 난 설마 했다. 네가 애를 낳지 않을 수 있을 만큼 충분한 돈을 주고 왔으니까, 정리를 했으리라고 생각했어. 그런데 이게 뭐야?"

"왜? 내게 책임 같은 것이 느껴진다 이거야?"

"천만에. 나는 책임은 아니야. 분명히 책임은 네가 지고 있어야 되는 거야. 책임보다 더 무서운 게 있어."

"그게 뭔데?"

"한별아, 너 하늘이 귀엽지?"

"그래. 미치게 귀엽다."

"바로 그 점이야. 당기는 핏줄이 자꾸 오게 한다 이 말이야. 네가 악담을 해서 그런지 내 아이라 그런지 너무 나를 닮은 것이 신기하고."

"그래서. 네 아이라고 주장하고 싶은 거야?"

"그냥 그런 복잡한 거 떠나서 보고 싶으면 보고 뭐 사다주고 싶으면 사다 주고 그렇게 정이 흐르는 대로 들리고 싶다 이 말이야. 솔직히 너 고통이니 책임이니 하며 포악을 했는데 난 이게 뭐니? 피해자는 나야. 임마."

"네가 왜 피해자니?"

"이게 평생을 따라다니면서 눈에 밟힐 게 아니니?"

"그러니까 결혼해. 맘에 드는 여자 없어? 거기서 애기 낳고 살아. 그러면 하늘이에 대한 끌림도 멀어질 수 있잖니? 정말 여자 없어?"

"있었어. 송이라고."

"송이? 한송이?"

"그래. 봉천동 사는 한송이지? 그 애 내 중학교 동창이야. 고등학교 때 어디더라. 그래. 호주로 유학을 갔었어. 아마 음악을 전공했을 거야. 그런데 어떻게 만났어?"

"락카페에서 만났는데 맘에 들었거든. 집에도 드나들고 그랬는데 엄마가 NO 한 거야."

"어머머? 너답지 않다. 누가 결혼하는 건데? 너희 엄마가? 결혼해? 걔네도 너희 못지 않게 잘 살 거야. 우리 학교 다닐 때 걔 아버지가 육성회장을 맡았었는데 학교 창고도 지어주고 식당도 지어주고 하여튼 돈이 많은 집이라는데. 왜?"

"몰라, 엄마가 내세울 게 없어 기가 질린 모양이야. 엄마는 자신의 학벌에 콤플렉스를 가지고 있거든."

"어렵다. 자식 학벌 맞추랴. 부모 학벌 맞추랴. 재산 봐야지. 또 뭐 보니? 부자들 결혼하려면 권력? 명예?…"

"보다 아들을 편하게 해줄 신부감을 원해서. 물론 다 갖추면 좋겠지만."

"그런데 왜? 송이가 못마땅하다니? 괜찮을 텐데."

"유학이라는 것도 걸리는 모양이야. 우리 어머니도 가치관이 바뀌신 모양이야. 언제나 아들 제일주의라는 건 변함이 없으시지만 말야."

"그래 너 지금 여자 없어? 요새는 압구정도 안 나가? 용돈을 팍 줄였다면서?"

"그래. 여자들 만나는 것도 시들해졌어."

"어마 웬일이니?"

"하늘이가 한 몫을 한 셈이지. 우리 엄마 주치의는 나. 이한별 방탕병 주치의는 하늘이야. 내 아들 하늘이."

"아들? 어째서 네가 아빠니? 그 소린 뺴 기분 나빠. 그런데 우리 하늘이가 네 방탕병을 고쳐준 주치의라고?"

"주치의가 될 것 같아. 왜냐하면 하늘이 낳고는 세상 모든 오락이 다 재미가 없어졌거든. 여기 오는 것이 제일의 낙이야. 믿을 수 있니?"

"그래? 그럼 치료비는 단단히 받아야 되겠는데?"

"드려야지. 얼마를 드리면 될까요?"

"글쎄 압구정동에 하루 저녁 술값이 얼마지? 줄잡아 200 잡고 너무 센가? 100만 잡을까? 너무 약한가? 그럼 중간으로 150 잡고 일년이면 1천 8백. 사사오입 2천에 평생이면?"

"야? 누가 평생을 압구정동에서만 사니? X세대만 잡아."

"그래 앞으로 7년, 20대만 친 거야. 됐어?"

한별이가 고개를 끄덕였다.

"그러면 1억 4천인데? 누구에게 청구를 하면 될까? 환자가 무슨 돈이 있겠어. 부모님한테 가야겠지? 하늘이를 안고?"

"너 정말 우리 부모한테 당당히 갈 수 있어?"

"청구서만 내. 내가 얼마든지 받아다 줄께. 그 대신 우리 부모가 내 자식이니까 찾아와. 그러면 어쩌지?"

"어마 장벽이 있었구나. 절대 안 돼. 그러나 위험부담은 너도 가지고 있어 알기나 알아?"

"뭔데? 말해 봐."

"만약 네 결혼식이 진행될 때 웨딩마치에 맞춰 신부가 걸어오고 있다. 그 때 우리 하늘이가 신랑 옆에 나타나면 닮은꼴을 보고. 하하하."

"아유. 끔찍하다. 내 결혼 파토 나는 건 겁 안나는 데 두 구의 시체를 어쩌면 좋으니?"

"상상만 해도 재미있다. 난!"

"알았어. 1억 4천이다. 30대 중반까지 5년 더 플러스해서 계산해 볼게."

한별이가 손을 탁탁 털고 자리에서 일어났다.

"정말? 가지고 올 거야? 농담이었어. 그 많은 돈을 미쳤니? 나를 치한으로 본 거야? 대가리가 있으니 상상해 본거지. 세상에 상상하는 일이 다 현실화된다면 누가 머리 굴리지 않고 살겠니? 아냐. 정말 내 자존심이 허락하질 않아. 오기가 났을 때 네가 미워질 때 사랑이 증오로 변하고 있을 때 그런 생각을 했었어. 그러나 하늘이를 낳고 보니 내 마음이 바다처럼 넓어지고 솜처럼 푸근해지고 햇살처럼 따뜻해지고…"

"우와, 그만 해라. 그만 해. 웬 수다가 그리 장황하니? 하늘이 깼어. 우유 먹여. 얼른."

"아직은 모유를 먹여야 한대."

"그래? 하늘아. 잘 잤니? 젖 먹어야지. 기저귀부터 볼까? 쉬 쌌지? 그래 먹으면 싸고 자고 먹으면 싸고 자고 그래요. 엄마 는 하늘이를 하늘땅 만큼 사랑해요."

"우와, 머리야. 너 왜 그렇게 수다스러워졌니? 질렸다."

"너 몰라. 엄마가 되면 이렇게 수다쟁이가 되나 봐. 나도 옆 집 새댁을 보고 수다 새댁이라고 이름을 붙일 만큼 흉을 보았 는데 그게 아니라니까. 입만 벌리면 즐거운데 어떻게. 그치 하 늘아."

하늘이 기저귀를 갈 때 그 신기한 고추를 보았다. 한별은 자 기의 어렸을 때 모습이 그럴 것이라는 상상에 잠겨 침묵했다. 신기한 생명의 탄생, 자신이 정상적인 남자라는 확인, 한별은 숙연해졌다. 성준이를 주기가 아깝다는 생각이 들었다.

"라미야. 너와 결혼했더라면 꼭 이런 분위기겠지? 가구나 집이나 외부 환경은 훨씬 나았겠지만 말이야."

갑자기 자기가 결혼해서 살고 있다는 착각을 한 한별이는 침묵을 깼다.

"우리 세 식구가 모여야 사는 기분이 든다고? 상상은 자유 지만 언제까지 라미니? 이제 하늘이 엄마라고 불러. 성준씨가 들으면 섭섭해 해."

"없는 데서 불렀는데 뭐."

"있으나 없으나 난 하늘이 엄마야."

"습관이 참 무서워. 난 항상 라미. 그 말 외에는 입이 떨어지지 않아. 쑥스럽잖니?"

"난 괜찮아. 성준형도 하늘이 엄마라고 한 번도 부르지 않았어. 너도 라미면 난 누가 하늘이 엄마라고 불러주니?"

"노력 해 볼께."

찌르르릉 작은 소리가 들렸다. 마치 귀뚜라미 소리 같기도 하고 여치 소리 같기도 했다.

"이게 무슨 소리지?"

"전화 벨 소리야. 애기 놀랄까 봐 소리를 줄였어. 나한테는 전화 올 데도 없지만 가끔 학생들이 성준씨를 찾거든."

"여보세요!"

라미가 하늘이를 누이고 전화기를 당겨 수화기를 들었다. 라미의 표정이 굳어지면서 놀라는 표정으로 한별이를 쳐다보며 눈을 끔뻑였다.

"네, 안녕하세요? 바꿔드릴께요. 기다리세요."

"왜! 우리 엄마?"

"응, 너의 엄마야."

한별이가 수화기를 받아들었다.

"여보세요? 엄마? 웬일이야. 전화를 다 하고?"

"넌 거기 가서 살래? 친구도 없는 집에 너무 오래 있으면 그것도 실례가 되는 거야. 아무리 허락을 받았어도 그렇지. 아버지 성남에 가신대. 사무실에 와서 있으라고 하신다."

"알았어 엄마."

"그래, 곧 가거라 내가 전화 해 놓을 거야. 곧 간다고."

한별이가 자리에서 일어났다

"나 내일 또 올께."

"자주 오지 마. 일주일에 한 번만 와."

"싫어. 나 매일 올래. 라미야."

"또 라미?"

라미가 눈을 하얗게 흘겼다.

"야, 오랜만에 화나는 걸 보니 귀엽다."

"웃겨 정말. 얼른 가. 나 편지 써야 돼. 성준씨 한테."

"알았어. 아파트로 옮기자."

"갑자기 웬 아파트? 누굴 놀리는 거야? 뻔히 알면서."

"아까 계산해 놓은 거 있잖아. 1억 4천만원. 그 정도면 전세
는 충분할 거야."

"충분만 하니? 평수 나름이겠지만 살 수도 있겠다. 그건 계
산이었고 정말 아까는 농담이었어. 알았지?"

"이건 내 호의야."

"호의는 고마운데 괜히 돈 몇 푼씩 던져 주고 부권을 주장하
겠다는 심사는 아니겠지?"

"물론이야. 누구를 치사한 놈으로 아는 군. 부권주장비가
그 정도 가지고는 택도 없겠지. 주라미의 평생을 책임져야 되
는 일인데. 그보다도 천륜이 어디 가니? 하늘이나 봐. 어때 이

놈 너무 했다는 생각 안 드니? 어쩜 엄마를 하나도 닮지 않았고 나를 이렇게. 하하하."

"아이고 얄미워. 내 말이 그 말이야. 애가 내 망신을 톡톡히 시켰다니까. 어쩜 너를 쏙 빼닮을 수가 있니? 성준이가 입대를 부랴부랴 서둔 것도 다 하늘이 때문이라는 생각이 들어. 귀여워 하다가 자기 자식이라는 생각이 들지 않는 모양이야. 어찌 생각하면 당연한 감정이고 어찌 생각하면 섭섭하고. 내가 나쁜 년이었지. 성준이 한 테 할 짓이 아니었어."

라미는 힘없이 고개를 떨구었다.

"내 아이라는 거 알고 있니?"

"단 한 마디도 안 했어. 눈치는 챘겠지 뭐. 내색만 안하고 있을 뿐이지. 서로가."

"너도 모른 척 했니?"

"그럼 내가 뭐라니? 하늘이는 한별이 아이야. 이렇게 말할 수 있니?"

"내가 죄가 많구나."

"왜 네 죄니? 내 죄지. 그렇지만 얼마나 귀엽니? 난 후회 안해."

"만약 성준이가 네 곁을 떠나면 넌 어떻게 해?"

"설마 그럴 리가 있겠니? 성준이는 날 떠나지 못해."

"너는?"

"너는 만날 때마다 묻니? 나도 성준이를 좋아한다고 했잖아."

한별이가 돌아갔다.

라미는 농담을 주고 받은 말이었지만 한 편으로는 한별이의 말에 귀가 솔깃했다.

―만약 한별이 말이라면 20평 정도의 아파트를 사서 하늘이랑 살게 되면, 엄마를 모셔다가 함께 살면 엄마가 고생하시지 않아도 되고, 하늘이를 엄마한테 맡기고 나는 광고 회사에 취직을 하게 되면 경제문제는 해결이 되고, 만약 성준이가 떠나도 한별이가 결혼을 해서 시선이 멀어져도 혼자 독립이란 걸 하게 되고. 주면 받는 거야. 있다고 다 주는 것도 아니잖아. 제 아이라고 주는 사람 어디 흔해? 따지지 말고 오는 복은 받는 거야. 성준이가 오해하겠지? 물론 남자로써 자존심도 생기겠지. 오해의 소지는 더 크고 깊을 것이고. 그렇지만 제가 입이 열이라도 할 말이 뭐 있어. 막말로 능력이 있으면 뭘 해. 용빼는 재주 있어. 돈이 돈을 버는 세상인데. 지금까지고 그래 한별이 도움 없이 우리가 살 수 있었던 거야? 다 한별이 주머니에서 나온 돈으로 살았지 학원을 낸 것도 그렇고. 지금 훌쩍 떠나버릴 수 있었던 것도 한별이가 준 돈 덕분이지 그게 어디 제돈이야. 옹졸하게 굴기만 해 봐.―

성준형. 그동안 고생 많지? 나는 하늘이와 잘 있어. 하늘이도 무럭무럭 커주고 이젠 나를 빤히 바라보기도 하고 가끔 옹아리도 하는데 엄마 소리처럼 들려. 힘들고 자기 보고 싶어도, 하늘이 때문에 견딜 수 있어. 더 고독하고 외로울 때는 LA 지하실 방을 생각하면 행복한 투정이라는 생각도 들어. 곧 기쁜 소식이 있을 것 같아. 기쁨이란 게 우리에게 뭐 있겠어. 형을 만나는 일이겠지. 면회 한 번 주선해 볼게. 건강히 잘 있어. 사랑해.

라미가

라미는 도로가에 꽂혀 있는 「벼룩시장」이라는 신문을 집어들었다. 그리고는 요즘 아파트 시세를 살펴보았다. 아주 작은 12평 아파트부터 차례로 보았다. 전세부터 차례차례 훑어보았다. 입맛이 당겼다. 눈이 샛별같이 빛났다.

─아? 목동아파트면 좋지. 그러나 너무 비싼데? 빌라정도도 황송하지. 한 2억은 가져야겠어. 좀더 해달라고 할까? 어떻게 그렇게 해. 25평 정도면 좋겠지!─

라미는 은근히 한별이가 한 말이 믿고 싶었고 희망으로 가슴을 부풀렸다. 자다가도 몇 번이나 잠이 깼다.

─내가 왜 이래. 내 허영은 학생 때부터 알아주었어. 엄마가 구슬을 꿰고 인형 옷을 다리고 수없이 이사를 갈 때도 너는 네 처지를 생각하지 않고 어느 부잣집처럼 행세하고 싶었지. 옷을 하나 사러 가서도 무조건 비싸고 좋은 것만 입겠다고 소갈머리 없이 엄마 속을 팍팍 썩인 년이야. 공부도 못하면서 공부

잘하는 아이들하고만 놀고. 부잣집 애들하고만 놀고 자존심은 강해서 제 약점은 감추느라고 감당키 어려우면 집안 평계로 빠져 나오고, 마음고생이 컸지. 그런 내가 시집은 이게 뭐니? 한별이 정도는 물었어야지 너다운건데. 그 알량한 자존심 때문에 한 하늘 아래에서도 엄마를 못 찾아가고 어느 천년에 부자가 되어 엄마를 볼 거니. 성준이를 잃을 수도 있는 모험인데도 겁없이 아파트를 꿈꾸고 있는 건 역시 너다운 발상인데. 너 성준이를 잃어도, 평생을 이혼녀가 되어 혼자 살아도 후회 없겠지? 복권을 사서 당첨되었다고 말할까? 속을 것 같애? 차라리 솔직하게 말해. 뭐 네가 부정하게 얻어낸 건 아니잖아.—

라미는 내면에 있는 또 하나의 자기와 실갱이를 했다. 이렇게 기와집을 짓고 허물던 어느 날 꿈은 현실로 둔갑을 했다.

얼마 후 라미는 이사를 했다. 연립을 재건축한 초록 아파트는 서민들이 살기에는 적당했다. 18층 짜리 아파트에 라미가 살 집은 7층이었다. 25평이지만 하늘이와 살기는 너무 넓었다.

"고마워 한별아. 우린 영원한 친구야."

"그래. 난 너에게 평생 빚진 자야."

"무슨 소리니? 그 심각한 이야기는 이따하고 우선 짐이나 저리 놓고 한 잔 하자. 어마 너무 전망이 좋다. 한강도 보이잖니?"

"내가 강서지구를 매일 샅샅이 뒤져서 고른 거야."

"돈 많이 들었지?"

"묻지 마. 살만해서 산 거니까."

"너 어떻게 이렇게 많은 돈을 얻어낼 수 있니?"

"주치의에게 주는 치료비 명목으로 받아낸 거야."

"주치의라니? 네가 누구의 의사야?"

"말했잖아. 나는 우리 엄마의 주치의라고. 우리 엄마가 내 방탕병 때문에 정신이 뱅뱅 돌아 미치기 일초 직전이었대. 말하자면 자식이 배반해서 그동안 살아온 인생이 허무해서 우울증이 심해서 정신 이상이 될 정도가 되었을 때, 내가 엄마를 위해 두문불출하던 중 하늘이가 탄생. 내 밤거리 헤매며 돈을 퍼버리던 방탕병이 이렇게 치료됨과 동시에 우리 엄마가 새 희망으로 소생하셨다 이 말이야."

"어머 그래서 그 값으로 돈을 받은 거야? 너도 나처럼 계산을 해서?"

"아니지. 계산법이 좀 달랐지. 나야 정신을 가진 불건전한 오락 병이지만 우리 엄마야 정신 이상인데 같으냐. 좀더 비싸게 계산을 끝냈지. 자, 이 방은 하늘이 방으로 하자. 작은 방이니까."

"아냐. 당분간은 나랑 같이 써야 돼."

"장난감, 보행기 그런 것을 넣어 두면 되잖니?"

"그래 하늘이는 안방에서 나와 살 거야."

라미는 안방에 하늘이를 뉘었다.

"애기 침대도 하나 사야 되겠다."

"너 참 웃긴다. 우리 모자한테 정 다 주고 너 결혼하면 뭐 가지고 살래? 네가 이사 온 것보다 더 좋은 모양이구나. 넌 참 속도 없이 좋은 애야."

"주는 기쁨 너 아니?"

"주는 게 기뻐? 줄게 있어야지. 가난뱅이로만 살아서 그저 남이 많이 가진 거 부러워만 했다. 왜 좀 안주나 하고. 받아서 기뻐 보기는 했지만 늘 갈증만 느꼈고. 줘 본 것은 어떤 남자를 사랑했을 때 정을 줘봤지. 그런데 그 때가 좋았어."

"남자가 누군데?"

"왜? 나도 비밀이야. 기분 나빠?"

"괜찮아. 배고프다 뭐 먹자."

"그래. 친절도 하지. 이사오기도 전인데 뭘 이렇게나 많이 붙였을까? 페리카나 통닭, 와룡반점, 돼지 족발, 피자헛…"

라미가 현관에 붙인 스티커를 읽어내렸다.

"피자 하자. 피자. 올 때 시원한 맥주 두 병 가지고 오라고 그래."

"콜라만 곁들여 주지, 누가 맥주를 주니?"

"저렇게 융통성이 없어. 돈을 별도로 준다고 그래."

"아, 그렇지."

라미가 전화기 앞으로 달려갔다.

"전화는 언제 놓았어?"

"집사면 기본 아니니. 전화를 옮기려고 알아 봤더니 안 집에서 플라치 해서 쓰는 거라며?"

"우리 전화인지 알았어?"

라미는 쑥스러운 표정으로 빙그레 웃었다.

라미는 행복해서 어쩔 줄을 몰랐다.

"돈이 좋긴 좋다. 특히 네 뜻이 담긴 돈이라서 더욱 좋고. 이거 정말 내 집이니?"

"실감 안 나면 서류를 봐."

"고마워, 정말. 난 네가 나를 버릴 때는 증오했었다고."

"당연해. 그 때만 해도 난 얼마든지 여자가 있었고, 결혼이라는 것은 생각도 못했어. 여자들 머리 쓰는 건 어찌 보면 참 유치하다. 애가 생기면 남자가 허락을 하고 같이 살 거라는 생각. 천만에야. 오히려 도망가는 거라고. 누가 지금 세상 자기 자식에게 연연해서 임신을 했다고 결혼하니? 하려고 그러다가도 멀어지는 거야. 알기나 알아?"

"그러니? 왜 그럴까? 남자들의 심리는 우리는 사랑에 대한 확인이라는 거 있잖니? 그리고 책임도 있고."

"사랑의 확인이라는 것은 이해가 된다. 그러나 책임? 지금 세상에 임신했다고 남자가 책임을 져? 오히려 여자가 칠칠맞게 몸 관리 하나 못한다고 정 떨어진다. 사랑의 확인이란 말도 남자가 원할 때 더 신빙성이 있지. 너, 내 아이를 낳아 줄 수 있니? 정말 그토록 날 사랑하는 거야? 이런 경우 임신을 하겠다던지, 했다던지 하면 그건 사랑의 확인이 되는 거지. 임신이란 사랑 없이도 얼마든지 가능한 것이니까 알았어?"

"그럼 넌 내가 하늘이를 기르고 있는 것에 대하여 어떻게 생각하니?"

"글쎄. 내 입장에서는 처음에 기분이 좋지는 않았지. 적어도 내가 거두어들일 수 없는 씨앗이 내 범주 밖에서 자라고 있다는 건 늘 신경 쓰이는 일이니까. 설마설마 하다가 막상 네가 성준이랑 결혼했다니까 홀가분해졌어. 그러다 막상 하늘이가 태어나니까 신비롭고 그 다음 나를 닮았다는 점에서 내 분신임이 확인되고 그리고는 정이 가고 어쩔 수 없는 불가항력이라는 운명. 그런 거지 뭐."

"짐스럽게 생각하지 말아. 깔끔하게 잘 기를 거야. 거추장스럽게 굴지 않을 테니까."

라미가 맥주를 연이어 마셨다.

"한 병 가지고는 시답잖은데 몇 병 더 사올까?"

"술 취해서 하늘이 젖도 못 주려고. 자식 순하기는… 아직도 쿨쿨 잔다."

"자주 올 거야?"

"일주일에 한 번씩 오라면서?"

"자주 와. 하늘이 보고 싶으면."

"나도 곧 입대해야지."

"참 언제니?"

"1월 8일."

"하필이면 추울 때 가니. 고생하겠다."

"괜찮아. 너 집 장만 해주고 생활 걱정 없이 해 놓고 가니까, 성준이한테도 그렇고 내 마음이 편해. 나도 군에 가면 쓸쓸하겠지?"

"봉천동 어머니 모셔 올까 해. 이젠 모셔 올 수 있잖아."

"참 그렇지. 고생하고 계시던데."

"기뻐하실 거야. 어머니한테 하늘이 맡기고 디자인 아르바이트라도 할 생각이야."

"집에서 하는 걸 구상해 봐. 하늘이도 돌볼 겸."

"알았어."

얼마 후에 한별이는 입대를 했다. 천방지축 놀기만 하고 고생이라는 것을 모르던 한별이가 잘 견딜지 부모는 물론 라미도 걱정이 되었다.

라미는 등에 기저귀 쌕을 메고 하늘이를 배에 대롱대롱 매달고 봉천동 고갯길을 올라갔다. 얼마나 올라 다니던 길인가. 많이 변한 세상이지만 라미가 살고 있던 달동네는 아직도 옛날 그대로였다. 교복을 입고 책가방을 들고 걷던 길. 문방구도 그대로 있고, 배고프면 들어가 군것질을 하던 떡볶기 집도 그대로 있고, 복덕방 간판도 그대로 있다.

한참 오르다 생각하니 흙길이 포장된 것이 달라졌다. 그제서야 달라진 것도 하나하나 보였다. 공장 터에 낡은 십자가는 온데 간데 없고 맘모스 같은 교회가 들어섰다.

라미는 까맣게 올라간 철탑 위의 십자가를 바라 보았다. 그리고는 차차 눈을 아래로 내려 빨간 벽돌을 바라 보았다. 그리고는 씨익 웃었다.

―흘러간 옛날이지? 교회에 다니면 하느님이 구원해 주셔서 부자가 되게 해 주신다고 어떤 소원이든지 다 들어주신다고. 그래서 엄마가 말려도 몰래 창고교회에 들어가 소원을 빌었다. 제발 우리 엄마 구슬 꿰는 것만 하지 말게 해달라고. 부자가 되게 해 달라고. 그러다 병국이를 만났지. 저는 유학 준비생이라고 했지. 나는 유학이라는 말에 누가 보내주느냐고 물었지. 그는 대답했어 하느님이 보내주는 거라고. 기도에 응답하셨다고. 난 그 때 유학은 하늘의 별로 생각했지. 나도 따라가고 싶었지. 병국이는 한 마음으로 기도를 하자고 했고 나도 그러자고 했지. 밤에 약속을 했지. 그리고 하느님의 응답이 있으셨다면서 못 들었느냐고 물었어. 나는 고개를 저었지. 그리고 그 날 밤 하느님이 시키시는 일이라며 바지를 벗으라고 했지. 망설이니까 유학 이야기를 하면서 자기가 길을 열어 주겠다고 했지. 어쨌든 나도 병국이 오빠를 좋아했었지. 기억에 남아 있지 않는 것으로 보아 사랑은 아니었나 봐. 나는 그때가 중학교 2학년 때였어. 죄의식도 없고 부끄러운 것도 없었지. 엄마는 늦된다면서 내 팬티를 빨아주었지. 그리고는 맨스 때

옷을 입는 법을 가르쳐 주셨어. 아무 것도 모르고. 나는 겁에 질려서 엄마를 쳐다보지도 못했지. 나쁜 짓이라는 것은 알았거든. 그 때 기도의 응답으로 내가 하다만 유학이지만 LA를 다녀왔는지도 모르지. 아니 그 때 그 유학이란 말을 들었기에 그 애나 한별이를 만나 태평양을 건너갔다 왔는지도 몰라. 어쨌거나 내 꿈은 이루어진 거야. 교회도 돈을 많이 벌었구나. 나도 부자가 되었는데.─

"엄마."

"아니? 이게 누구야?"

애를 안고 있으나 차림이나 화장한 모습이나 귀태가 흐르는 라미는 영락없는 부잣집 며느리였다. 얼마 전 한별이를 통해 들은 이야기나 금목걸이를 생각해서라도 틀림없었다.

"아이구 내 새끼. 어서 오너라. 걸어서 왔니?"

"차도 있는데 일부러 걸어서 왔어. 엄마, 옛날 생각을 좀 하느라고."

"그깐 옛날 뭐 하려고 생각해. 그 가난뱅이 시절이 뭐 좋다고 어서 들어와. 몸 풀었다는 소식은 들었지. 보내준 목걸이도 받고 많이 컸구나. 어디 보자. 내 강아지, 그래 미국에서는 언제 온 거야?"

"좀 됐어, 자리 잡느라고. 이제서 왔어."

"왜 혼자 와. 사위는 안 왔냐?"

라미 엄마는 궁금한 것이 너무 많아 숨 돌릴 새도 없이 질문기에 접어든 어린아이처럼 다그쳐 물었다.

"엄마 차차 이야기할게. 뭐가 그리 급해."

"급하다마다. 편지 한 장 없이 있다가 인편에 삐죽 라미가 결혼해서 애기를 낳았어요. 하고 전했으니 궁금하다마다."

"엄마. 이제 이딴 일 안 해도 돼. 우리 집으로 가."

"느 집이라니. 살림났어?"

"응."

"애 아버지는…"

라미는 한별이가 떠올라 말을 잊지 못하고 망설였다.

"애비가 없이 애하고만 사는 거야?"

라미 어머니는 매우 다급하게 물었다.

"아냐 엄마는? 하늘이네는 조부모님이 안 계셔. 다 돌아가셨어. 그리고 애 아빠는 지금 군대에 가 있어."

"아니? 그럼 네가 벌어먹어?"

"아니? 좀 벌어놓고 갔어. 우리 부자야. 집도 있고!"

"그래? 집 샀어?"

"아파트야. 25평 짜리인데 좋아. 엄마 어서 우리 집으로 가."

"그래. 일 하던 거 마무리 해놓고 한 닷새쯤 있다가 내가 가마."

"엄마 아무 것도 가지고 오지 마."

"왜? 엄마가 쓰던 것은 가지고 가야지. 옷가지며 이 농."

"엄마 다 붙박이 농이라 필요 없어. 우선 입을 옷 몇 가지만 가지고 와. 그릇도 다 남 주고, 알았지? 그 구닥다리를 어디다 갖다놓으려고."

닷새 후 라미 어머니는 아파트로 들어왔다. 라미는 이제 마음이 편안했다. 늘 마음 속 한 자리에 어머니에 대한 죄스럽고 안스러웠던 그림자가 말끔히 가시고 평화가 찾아왔다.

"그래 하늘이는 즈 애비를 닮은 거냐? 너는 한 구석도 닮은 데가 없으니!"

"몰라, 나쁜 놈. 즈 아버지도 안 닮고 누굴 닮았는지 나도 몰라."

"그런데 낯이 익어 보이지 참 이상하지? 필이 통하는 모양이야."

라미 어머니가 하늘이를 바라보며 혼자 중얼거리는데 라미는 한별이를 떠올렸다.

―낯이 익는다고? 그 애비를 보셨수, 엄마에게 목걸이를 해다 준 그 사람이 바로 이 하늘이의 아빠라우.―

"엄마. 하늘이 좀 봐. 나 편지 쓸 동안만."

"그래. 나 하늘이 잠들면 시장도 다녀오마."

To. 1.

한별형. 봄이 오고 있어. 그간 고생 많지? 참 용해. 노는 것 밖에 모르는 남자로 생각했는데 탈영 안하고 견디는 걸

오니. 하늘이는 몸무게 7.5킬로그램. 보행기를 밀고 다녀. 하늘이 앞에서 아무 것도 못 먹어. 자꾸 달라고 입을 쩍쩍 벌러거든. 어미새에게 먹이를 달라는 새끼새를 연상하게 돼. 하루하루 쑥쑥 자라는 것이 신기할 뿐이야. 이제 서서히 이유식 준비도 해야될 것 같아.

참 나 취직했어. 작은 출판사인데 월급제가 아니고 일거리 있을 때마다 페이가 지급 돼. 주로 책 내용에 따라 컷이나 책표지를 디자인하는 일이야. 가끔 광고물 디자인도 맡아서 하니까 수입이 괜찮아. 우유값이랑 내 화장품값은 충분해.

그리고 자동차. 고마워. 너무 예쁘고 크기도 적당하고. 보험료도 미리 다 지불했더군. 신세 너무 져서 어떻게 하지? 언제 형을 기쁘게 해줄 날이 있을 거야. 건강해.

하늘이가 깨서 같이 놀재. 조금도 혼자 있지 않으려고 해. 혹 형을 닮아 외로움 많이 타는 거 아닌지 모르겠어. 형 면회 올 여자는 만들어 놓고 간 거야? 엄마는 아파트가 답답하신지 시장에 가시겠다고 나가셨어. 그럼 건강해.

하늘이가.

라미는 이어서 성준이에게 편지를 썼다.

　　To. 내 사랑
그동안 편지 못해서 미안해. 아파트로 옮겼어. 25평 짜리야. 한별이가 입대하게 되어 나와 하늘이만 두고 가기가 그랬었나 봐. 성준이 형이 특별히 부탁을 해서 더 마음이 쓰였나 봐. 내 앞으로 집을 장만해 주었어. 자존심만 가지고 살 세상은 아닌 것 같아. 그냥 좋은 친구라고만 생각했어.

우리에겐 큰 돈이지만 있는 사람은 용돈 정도로 생각하나 봐. 부담 갖지 말래. 다른 뜻이 있는 것이 아니고 한별이가 방탕하던 생활을 끊고 떡이나 착실해졌어. 덕분에 가정이 화목해졌대. 성준이 형이 큰 몫을 했다며 부모님이 기꺼이 주신거래.

몸 건강히 잘 있어. 모두들 휴가를 온다던데 형은 언제 와. 기다려지는군. 하늘이는 많이 컸어. 참 봉천동 우리 어머니 모셔 왔어. 그리고 나는 아르바이트를 해. 놀며 그림 몇 장씩 그리고 한 달 50~70만원 되니까 할 만 해. 은행돈은 될 수 있는 대로 찾지 않으려고 해. 형 제대하면 버팀목이 되게 하려고. 믿음과 사랑으로 살 수 있지? 사랑해.

라미가.

─편지가 왜 이렇게 멋대가리 없이 써질까? 좀더 감칠맛 나게 쓸 수는 없을까? 무슨 보고서 같잖아. 벽에 낙서 할 때처럼 그런 글 말이야. 인생은 이런 거야. 네가 없는 밤은 외로워. 저녁 노을이 질 때 엄습하는 고독. 빨갛게 공포로 다가오는 너 없는 밤. 뭐 이렇게 나와야 되는 거 아냐? 모르겠어. 왜 내가

이렇게 멋없어졌는지. 배가 불러 그럴까? 아니면 하늘이에게
정을 담뿍 주다 보니까 성준이에게 줄 정이 없나? 아니 참 한
별이도 챙겨야지. 사랑이 남아서가 아니라 그렇잖아. 고마운
마음은 표시하며 살아야지. 평생을 벌어도 만져보지도 못할
거금인데. 세상에 이런 은혜가 어디 있어. 만약 성준이가 오해
한다면……

편지를 우체통에 넣고 돌아오면서도 영 신경이 쓰여 견딜
수가 없었다. 라미는 성준이가 멀어지고 있다는 예감이 들었
다. 모든 여건이 오해 할 수밖에 없는 성준이의 입장을 모르
는 바는 아니지만 혹여 이러저러한 일로 인해 행여 라미 곁을
떠나간다면 한별이도 그렇고 서로가 입장이 곤란할 것을 염
려했다.

성준이는 안부 편지 겨우 한 장 보내고는 답장도 없으니 라
미는 여간 섭섭하고 불안한 것이 아니다. 여자의 과거에 급급
해 마음이 멀어진 것이 아니고 하늘이 때문에 멀어진 것이다.
그것도 한별이가 멀리 있다면야 모르겠는데 늘 가까이서 서성
거리니 열불이 날 일이다.

성준이는 어떤 심정으로 있을까? 아직도 라미를 그리워하며
집 생각을 하고 있을까? 라미는 뒤척이며 잠을 이루지 못했다.

한편 성준이는 최전방에서 하루 종일 가시철망 너머 북쪽을
바라보고 서 있다. 부동자세로 총대를 메고. 눈은 북을 바라보
고 있으나 마음은 유학시절로 더 많이 달린다. 한별이와 함께

낯선 거리를 헤매며 언어의 장벽을 넘던 일.

　—늘 짐짝처럼 따라다녔지. 영어 사전을 펴들고 발음도 되지 않는 낱말토막으로 손짓 발짓을 해가며 간신히 고개를 넘어 의사소통하던 일. 어찌하다 의사가 통하면 좋아라 웃었지. 신기하고 기뻐서. 라미. 나의 주변엔 여자가 없었지. 노랑머리 앤은 동양계 2세였지. 한별이가 사귀다가 나에게 넘겨주며 하룻밤 지내보라고 했지. 나는 용기를 냈다. 내 서툰 솜씨에 웃으며 앤이 리드를 했지. 처음으로 여자를 알았지. 여자가 그렇게 신비한 기쁨의 샘을 지니고 있다는 것을 처음 알았지. 약간 노린내가 역겨웠지만 다시 여자를 만날 수 없어서 다음에도 친구가 되자고 했지. 앤은 노탱큐. 한 마디 하고는 다시는 만나 주지 않았어. 나중에 안 일이지만 재미가 없어 그랬다는 거야. 숙맥이라는 거지. 성에 대하여 초년병이라고. 나야 당연히 초년병이었다. 그러나 지금도 초년병이다. 심부름 꾸러기지. 나처럼 결혼해서 애를 두고 온 사람도 있지. 그 사람은 사진을 들여다보며 매일 낄낄거리고 있지. 라미를 생각해서라도 하늘이 사진을 보내 달라고 해야 할텐데. 왜 그 말을 편지에 쓰지 못하는지 모르겠단 말이야. 참 옹졸한 놈이지. 라미를 사랑하면서 왜 라미가 낳은 애기는 서먹한 걸까? 나도 내 맘을 모르겠어. 우리 부대 중대장은 아이를 못 나서 입양을 해서 기른다는데. 귀여워 죽겠다는 거야. 점심때가 되면 제일 먼저 집으로 달려가는 것이 중대장이지. 애가 보고 싶어서 그런다는

거야. 참 이상도 하지. 그것도 마누라가 애를 못 낳는데도 다른 여자를 생각도 하지 않는다는 거야. 아이를 지독히 사랑하는 중대장. 나는 거기다 대면 미지근해. 사랑이 식어가고 있어. 나는 정상적인 남자일까? 만약 내가 아이를 낳을 수 없다면 하늘이가 귀여울까? 모르겠어. 집에 가고 싶지 않아. 얼마 전 한별이가 입대하기 전 한별이와 라미, 그리고 하늘이가 면회를 왔었지. 꼭 한별이네 식구들 같더라니까. 셋이 면회장에 앉아 있는데 반갑기 전에 열이 났거든. 나도 모르겠어. 그러면 안 되는 건데. 누구의 감정이 정상인지 모르겠어. 라미가 철면피 같기도 하고. 철면피가 아니면 어쩌겠어. 그 속인들 오죽하겠어? 그런데 아무런 티가 없어. 미안하다던가 하는 표정 말이야. 미안하다면 낸들 또 어쩌겠어. 어처구니없는 녀석은 한별이야. 제 자식인 줄 뻔히 알 거 아냐? 닮은 걸 보면 몰라? 아니지 멍청이 같은 자식 모를 수도 있어. 라미가 나한테처럼 시치미를 딱 떼고 있으면 말이야. 그럴 수도 있다고. 내 자식이지 하고 쳐다봐야 나 닮은 것이 보이지. 그렇지 않구. 한별이는 순수한 생각으로 나를 돕고 있는지도 몰라. 모르겠어. 라미에게 편지를 써야지. 하늘이 사진을 보내달라고. 보고 싶지는 않지만 보고 싶다고 써야지. 그리고 아파트를 장만했다고 한별이의 도움을 받았다 해도 우리의 것이니까 잘된 일이라고 좋아해야지. 그래 편지를 쓰자. 노력하는 거야. 라미에게 가까이 있다는 것을 보여주어야 돼. 힘들고 가난했을 때 우린 서로가 힘이 되어주었거든……—

성준이는 성준이대로 라미의 입장을 이해하려고 애썼다. 그러나 자꾸 허물어지는 다짐을 어찌할 수가 없었다. 라미의 편지 속에는 고맙다는 내용과 사진 한 장이 들어 있었다. 라미가 하늘이를 안고 있었다. 얼른 라미에게 눈이 멈추었다. 행복에 가득 찬 엄마의 얼굴이다. 그 다음 하늘이를 바라 보았다. 귀여운 눈망울에 빙그레 웃음을 띤 얼굴이다. 귀엽다. 한별이의 웃는 모습이 스쳐갔다. 다시 어두운 그림자가 지나갔다.

—하늘아 네가 무슨 죄가 있니? 누가 아빠가 되든 그건 상관하지 말거라. 어른들의 일이다. 넌 무럭무럭 자라기만 하면 된다. 티 없이 밝게 튼튼하게 자라라. 어찌 보면 넌 행복한 생명인지도 모른다. 길러준 아빠와 낳아준 아빠. 이 세상엔 아빠가 하나도 없는 아이도 많단다. 한번도 아빠 얼굴을 모르고 자라는 아이들 말이다. 그리고 보면 넌 둘씩이니 얼마나 좋으니. 물질적으로 풍성한 아버지. 글쎄, 부자 아버지보다 머리에 든 것이 많다마는 마음이 풍요한 아버지가 되도록 노력할 생각이다. 성경에 있는 말처럼 마음이 가난한 아버지가 되도록 말이다.—

물이 바다로 흐르는 이유

　강남 비유티 호텔 커피숍에 화려한 뚜마담들이 자리하는 코너에 색다른 인물이 나타났다. 나이는 40대 후반으로 보이는 한 마담이 미시들이 입는 소매 없는 드레스를 걸치고 어깨부터 짤막한 빨간 소매가 보일 듯 말 듯하게 내 놓고 복고풍의 분위기를 자아내며 우아하게 걸어들어 왔다. 검은테 플레이보이 색안경을 낀 뚱뚱한 뚜마담이 반겨 맞으며 백금 덧이빨을 허옇게 드러냈다.

　"언니 이게 얼마만이야. 그래 그동안 뭘 하느라고 장사도 안 하고?"

　"뭘 하긴? 아들 키우느라고 바빴지."

　"아니 누군 아들 안 키우고 잠잤는 줄 아슈. 언니네는 쉴 만도 하지 뭐. 형부가 서초동에서 이름난 거부라면서?"

　"그 덕에 집에서 열심으로 애 뒷바라지만 했지."

"아니, 언니는 나이를 거꾸로 먹나 점점 젊어지니."

"이 옷이 우습지? 아들 패션이야."

"그런 패션도 있었수?"

"그러니 신기하지 않니? 신세대 아들이 미시시대 엄마를 원해서 우리 아들이 골라 준 옷이라 이말이야."

"세상에. 아들 둔 보람 있수. 그런데 무슨 일로 나를 급히 보자고 했어. 언니?"

"나야 주로 남자들 쪽 중신을 섰던 퇴계 아니니. 여자가 필요해."

"그래. 물건은 어떻수? 상품이겠지?"

"그래 미국유학. LA, AOG대학 건축디자인학과. 재벌 2세. 나이는 27."

"스물 일곱이면 무슨 띠인가? 무신생인가?"

"띠가 좀 그렇지? 잔나비잖아? 신천고라. 고독성이 있는데?"

"그 대신 사주는 끝내준다니까. 삼월 열 이레 진시야. 한번 짚어 봐."

한별이 어머니는 생년월일을 대주고는 뚜마담을 바라 보았다.

뚜마담은 왼손을 펴들고는 육갑을 집기 시작했다.

"천고에 월예에 일 권에 시복이라."

"어서 풀어 봐. 사주는 좋지?"

한별이 어머니가 재촉을 했다.

"초년에 고독한 운수니 양친 부모는 다 있나?"

"외아들이니 외롭게 자랐잖수. 4대 독자야. 양친부모 다 정정해."

"그래? 초년은 다 지났겠다. 중년에는 기술 기예라 했으니 예술로 먹고 살라는 팔잔데 이 사람 무슨 기술이 있나?"

"건축과라고 했잖아."

"어, 건축. 건축도 예술이고 기술이지. 사주대로 잘 가는구먼. 그런데 노래 좋아하고 춤 잘 추고 흥이 많아. 꽃밭과 술과 노래는 떠나지 않고 살겠는데?"

"팔자는 좋은 팔자지. 남자가 돈 있고 기술 있고 그럼 사는 것처럼 살아야지 안 그래?"

한별이 어머니의 풀이가 더 그럴싸하다.

"그야 그렇지. 그럼 장년으로 넘어가세. 인천권세라. 만인이 고개를 숙이고 경배하며 우러러 보니 회장자리는 따놓은 당상이군. 이 사람 재운은 있는 사람이고 권세면 국회의원 한자리 해 먹겠군."

"참 동생은 사주 하나는 끝내게 뽑는군. 차라리 깃발 내 걸고 앉아서 벌어먹어."

"그것도 좋지. 이제 말년으로 가세. 오천복이라. 사주보고 자실 것도 없네. 복이면 다 아닌가? 하늘 땅 동서남북 사방에서 재복, 인복이 굴러 오도다. 명예와 돈과 사람이 몰려오니

이 아니 경사인가? 옥소반에 진수성찬, 금동이에 술이요, 은잔
으로 칠선주를 마시니 도화꽃이 만발하고 풍년가 들려오니 곳
간에 곡식이 가득하고 천신이 하강하야 영지선약을 내리니 무
병장수로다."

"정말 이 사람 사주 한번 끝내 주네. 뉘집 자손인가? 아버지
가 무얼하는 사람인가?"

"평생을 돈만 긁어 들인 사람이야. 이제 돈을 퍼 쓸 며느리
만 들이면 돼."

"그럼 좀 기울어도 되겠네."

"안되지. 사돈 간에 걸맞아야 체통이 서지. 예식장에 들어
서면 그래도 양쪽 집안이 그럴싸해야지. 혼수도 그렇고. 학벌
도 그렇고."

"알았어. 그럼 내가 알아서 궁합까지 다 봐서 할 테니 소개
비나 두둑히 내 놓으라 해. 그런데 참 신랑 성씨는 알아야지.
동성동본이면 뭔 망신이야."

"신랑 이름은 이한별이야. 금성 이씨."

"금성 이씨도 있어? 그런데 이름은 어디서 많이 듣던 이름
인데… 그전에도 내 놓았던 물건이었나?"

"내 놓긴? 신품이야. 내 아들 한별이야. 이번에 제대했어."

"어마 언니는? 벌써 그렇게 되었나? 어쩜 그렇게 잘 낳아 놓
고 잘 키웠수. 언니가 직접 나서지 왜?"

"야, 중이 제 머리 깎는 거 봤니? 부탁해."

"군대가 늦었구나."

"늦긴? 공부하느라고 몇 번 연기는 했지."

"아들 잘 키웠네. 언니네 같으면야 어느 신부감인지 땡 잡았지 뭐."

"좋은 신부감 잘 찾아 봐."

"언니 열쇠 다섯이면 되우?"

"그야 기본이지. 짝은 맞추지 않는 법이니까."

"언니 욕심이 너무 많우."

"가지고 왔다가 냄새만 피우고 도로 준다고 그래."

"알았어 언니."

"자 오늘은 내가 산다. 네 친구들도 불러 내."

"정말? 언니 정말 멋지다."

뚜마담은 친구들을 불러들였다.

"중국 부페로 가자. 「억 만리 장성」이 요즘 끝내 준단다."

"언니 거기는 너무 비싸."

"괜찮아. 나 낼만 해. 어서 가."

그 후 뚜마담 박은 신부시장으로 나갔다. 미리 한턱 얻어먹고 여비도 두둑하게 챙겨 신바람을 냈다.

"신품 하나 나왔는데 누가 좋은 물건 없니?"

"그래? 얼마짜리야?"

"한 장."

"애게, 100?"

"동그라미 하나 더."

"와 할 만 한데?"

"사실은 영옥 언니 아들이야."

"이청빈 회장 아들?"

"느덜 어떻게 아니? 너희들한테도 내 놓았니?"

"아니지. 뉘집에 처녀 총각이 있는지는 다 컴퓨터에 입력해 놓고 있잖아. 언제 일일이 만나서 묻고 부탁하고 그래. 첨단시대에. 다 정보망에 의해 컴퓨터로 하지."

"그런데 왜 그 언니가 직접 나에게 부탁을 했을까."

"물건이 불량품이야. 서울에서는 좀 곤란해. 지방으로 가야 돼."

"불량품이라니?"

"시장 조사에 의하면 압구정동이 무대고. 유학시절에 LA 한 국타운 유흥가 나이트. 도박장 빠찡꼬가 무대였다면 알만 하지 않겠어? 소개했다가 무슨 망신을 당하려고. 이젠 이 중신사업도 한 기업이야. 잘못 했다가는 사기야. 소개비가 많다고 좋아할 것이 아니라고."

"어머나. 그런 줄도 모르고 장담을 했으니 어쩌지."

"언니, 언니도 장사하려면 협회에 가입하고 기업적으로 뛰어야지. 영세업으로 하다가는 돈도 못 벌고 망신만 당해. 음성적으로 이루어지는 거래. 다 뭔가 구린 구석이 있는 거라고."

"너희들 말이 맞구나."

"한별인가 두별인가 그 사람 또 문제가 하나 있어."

"뭔데?"

"아직 정확한 증거는 못 잡았는데 숨겨 놓은 여자가 있다는 정보야. 아들을 낳은 것은 분명한데. 그게 한별인가를 닮은 것으로 보아 틀림없을 거라는 말이야."

"그래? 영옥 언니는 전혀 모르는 모양이던데?"

"그럼 이런 자리에 자기 아들의 치부를 말 하겠수? 언니는 아직도 18세기 식 중매 얘기를 하우. 언니 그 보잘 것 없는 금붙이에도 보증서를 붙이는데 첨단 과학시대. 증거 없으면 진짜도 가짜되는 세상에 사람을 소개하는 데 보증서를 붙이지 않고 되겠수? 우리는 입수한 정보를 컴퓨터에 입력해 두었다가 뽑아서 계약서와 함께 신부집과 신랑집에 보내어 일단 서류심사를 해보고 OK가 되면 양자를 서로 만나게 하는 첨단시스템이야. 이젠 입으로 하는 중신은 안 돼."

"그래 그 자료에는 어떤 것들이 들어가는데?"

"대충 말하면, 부모 3대의 학력, 재력, 건강, 본인이 자라온 환경, 성격, 적성, 학벌, 취미, 건강, 이성 관계, 친구관계 등등인데 가능한 한 기관에서 감정한 객관성과 신뢰성 있는 자료지."

"그럼 이 물건 어쩌니. 너희들에게 넘길까?"

"언니 한번 같이 와. 영옥 언니하고. 대 선배들의 일인데 어떻게 해. 최선을 다해 봐야지. 그런데 서울에서는 곤란해. 열쇠는 몇 개나 요구해. 그 언니 욕심이 많은데."

"5개 하니까 좀 적은 듯한 눈치야."

"글쎄 그렇다니까. 사람이 괜찮으면 열쇠가 부족하고. 열쇠가 넉넉하면 사람이 부족하고 그렇지 왜. 다 갖추기란 여간 힘들지 않아. 그 언니네는 둘 다 갖추기는 힘들어. 열쇠를 낮추고 사람을 고르라고 그래. 그러면 서울에서도 가능하지만 말이야."

뚜마담 박은 얼굴이 하얗게 변했다. 고민이 아닐 수 없었다. 자기가 하던 중매 방법은 이미 낡아 쓸모가 없게 된 것을 깨달았다.

—이제 우리 시대는 지났구나. 지금 젊은 사람들 정말 무섭고 똑똑해. 30을 겨우 넘은 것들이 보통이 아니야. 모두 학벌도 만만치 않고. 완전히 기업이야.—

며칠 후 뚜마담 박은 한별이 어머니를 만났다.

"그래 마땅한 신부감이 나타났니?"

"아냐. 언니. 요즘 중매는 컴퓨터로 한대요."

"무슨 소리야?"

"중매센터에 나갔더니 어머어마합디다. 글쎄 커다란 사무실에 여러 파트가 있는데 모든 중매는 다 맡아서 하고 있더라고. 부동산, 아파트, 예술품, 직업, 결혼 등… 중간자가 필요한 소개업은 모두 집결되어 있고 결혼파트는 거의 여자들이 하고 있는데 직원이 근 50명 정도 돼."

"그 많은 사람들이 뭘 한다니?"

"신랑감 조사부, 신부감 조사부, 정보 파악부, 현장 조사부, 재산 파악부… 무슨 부가 그리도 많은지 모르겠어. 우리가 중매할 때 같지 않아. 한 단체가 조직이 되어 일사천리로 돌아가는 거야. 돈도 더 받고 덜 받고도 없이 열쇠 수에 따라 비용이 매겨진 모양이더라고. 더 놀란 것은 새파랗게 젊은 것들이 다리를 척 꼬고 앉아서 고개를 바짝 들고 담배를 쭉쭉 빨면서, 아유 아니꼬와서 못 봐 주겠는 거 있지? 우린 이제 퇴계 신세야. 어쩜 장사가 안 된다 했더니 글쎄 굵은 것은 그리로 다 빠진 거 있지. 언니."

"그래? 달라졌구나. 잠깐 한 눈 팔면 구시대 사람이 되는 세상이니까. 너도 이번 일이나 하고 하얀 깃발이나 올려."

"차라리 나도 그래야 될까 봐."

"그래 우리 한별이 색시감은 알아 봤어?"

"언니, 놀라지 마. 이한별 이름을 대니까 오만 가지가 다 컴퓨터에서 나오는데 난 놀랐수."

"오만가지라니? 도대체 어떤 것을 조사해 놓았어?"

"하다 못해 여자관계며, 취미, 잘 가는 장소, 이런 정보까지 기록이 되어 있는 거야. 결혼적령이 된 사람은 비밀보장. 일단 중매 청탁이 들어오면 명세서를 뽑아 이를 성사시킨다는 거야."

"그럼 우리 한별이 명세서를 본 것은 아니고?"

"그럼. 비밀 보장이라니까. 일단 언니가 그 곳에다가 신청을 하지 그래. 중매 시스템을 이용하면 절대 속일 수가 없대. 금반지에 보증서 붙이는 것처럼 현재의 상황을 보증서로 제출해 준다는 거야. 일단 부모가 하자가 없이 맞는다 할 때 도장 찍고 소개비 지불하면 된대."

"그럼 하자가 있는 사람은 어쩌니?"

"하자가 있는 사람도 그 하자를 좋게 보는 사람도 있고, 이해할 수도 있고, 그것이 마음에 안 들면 다른 것이 맘에 들어서 하고, 일은 본인들이 알아서 하는 거니까 별 문제가 되지 않는다던데. 오히려 더 좋지 뭐. 서로의 약점을 알고 수용할 수 있으면 하게 되는 것이고. 역시 좋은 세상이다싶어. 요즘 자기들이 연애 안 하면 누가 중신하려고 하나? 천상 이런 곳을 이용할 수밖에 없지."

"그건 맞는 얘기야."

한별이네는 자존심 상 드러내 놓고 신부감을 고를 형편이 못 되었다. 자료에 드러나는 것에 의하면 중신에는 부족한 점이 많았다. 부모의 학벌도 변변치 못하고 한별이의 사람 됨됨이가 우선 빠진다. 내세울 거라고는 돈 뿐이고, 유학이라고는 해도 돈 주고 사온 졸업장과 건축기사자격증이다. 이런 한별이를 정보에 의한 소개식 첨단 중매에 내 놓는다는 것은 한 마디로 치부만 드러내게 되는 것이 된다. 그래서 한별이는 전근대식 중신방법을 택할 수밖에 없었다.

"사실 나는 그렇게 형식적이고 요란한 중매 방법이 마음에 안 들어. 조용히 소문 없이 사람다운 신부를 데려오는 거야. 우리 한별이는 연애도 못하고 도대체 뭘 한 건지."

한별이 어머니는 은근히 한별이의 착실함을 강조했다.

"그러니 동생이 적당한 신부감 하나 골라 봐."

뚜마담 박은 사실 중매센터를 거치지 않고는 지금 중신해 달라는 신부감이 하나도 없었다.

"그럼 지방 신부는 어떻수?"

"왜 하필 지방이야? 서울엔 없대?"

"서울 신부는 거의가 다 정보망에 입력되어 있고 그렇게 음성적인 거래를 원하고 있지 않는대. 이젠 중매하는 맛이 없어, 언니. 중매하면 그래도 입방아로 이리 슬쩍 저리 슬쩍 덮고 튀기고 하며 엮는 재미가 있었잖수. 그래서 예비신부와 신랑감이 데이트를 하며 서로 생각을 맞춰보고 아리송한 것을 확인하고 했는데, 지금은 뭐 다 조사해서 알려주니 데이트란게 별수 없이 몸 맞추는 일밖에 더 있겠수?"

뚜마담 박은 은근히 현대식 중신방법에 불평을 했다.

"그럼 지방이라도 해 봐. 인천, 수원, 성남, 부천 정도에서 한번 알아 봐."

"거기야 수도권이라 다 한 통속이 됐을 거야. 하여튼 내가 알아보긴 하겠는데, 언니 정말 아들이 숨겨 놓은 여자 없을까?"

"숨겨 놓기는? 지금 세상 연애야 몇 번 해 보았겠지. 그게 뭐 험 될 것이야 있겠니? 더구나 남자가."

뚜마담 박은 한별이의 숨겨놓은 여자 이야기만은 꼭 집고 넘어가야 될 문제라 싶어 힘든 입을 열었다.

"언니? 솔직히 말해서 컴퓨터에서 얼른 보았더니 한별이에게 숨겨 놓은 여자가 있다는 정보가 있었수. 입대 전에 늘 드나들던 아파트가 있던데? 애도 하나 있고."

"강서에 있는 초록 아파트?"

"어마, 언니도 알고 있었수?"

"오해야. 거긴 한별이 둘도 없는 친구네 집이야. 친구가 애와 마누라만 두고 군대갔어. 모자를 가끔 돌봐 주었어. 그건 집안이 다 아는 일인데. 그래 우리 한별이를 그런 나쁜 아이로 조사해 놓았다 이거지? 명예훼손으로 고발을 해 놓아야겠어. 어디야 거기가. 내 놓지도 않은 물건을 자기들 마음대로 조사를 하다니?"

"언니 참아요. 아직 조사 중인 걸로 나왔어. 있는 집 자손이 다 하면 그런 정도 리스트에는 올라야지. 그럼 한별이가 이름조차 거론되지 않으면 되겠수? 그만큼 언니네가 큰 상품이라는 표시인데 이름이 올랐다는 것만으로도 긍지가 있잖수. 거기에 오르지 못한 사람들은 오르기만 해도 영광이라는데."

"그럴까?"

"중매 청탁이 들어오게 되면 더 정확히 조사할 것이고 지금도 조사 중이라니 아니면 됐지 뭐."

"그럼 동생이 한 번 알아 봐."

"알았어. 서울도 내가 알아보고 지방도 알아 볼께."

그 후 뚜마담 박은 마당발로 뛰면서 아직 공개시장에 내 놓지 않은 참한 규수를 고르기 시작했다. 막상 신부감이 나와도 넘고 처지고 마땅하지가 않았다. 뚜마담 박은 지방으로 서울로 샅샅이 뒤지며 한별이의 신부감을 찾는데 온 힘을 다 쏟고 있었다.

한편 라미는 동창회에 나갔다가 송이를 만났다. 이미 한별이를 통해 들은 이야기도 있고 해서 라미는 송이에 대하여 특별한 감정을 가지고 있었다. 그래서 그 날은 한별이 이야기는 아니지만 많은 이야기를 나누었다. 송이는 지방에 있는 신부교실에서 신부수업 중이라고 했다. 그런 후로 여러 차례 만났고 드디어는 라미네 집을 방문하게 되었다.

"어마 이 사람이 누구니?"

문갑 위에 놓인 사진을 보자 송이가 깜짝 놀랐다.

"왜? 아는 사람이니? 우리 하늘이 아빠 친구야."

송이는 약간 상기된 얼굴로 흥분하고 있다.

"이 사람 결혼했니?"

"아직 안 했어. 그 전에 마음에 드는 여자가 있었나 봐. 가끔 그 여자 이야기는 하더라. 누군지 모르지만. 너 아는 사람이야?"

"이한별 맞지? 그 전에 만난 적이 있었어. 집에도 가고 그랬어."

"그래? 그럼 꽤나 깊은 관계였구나."

"깊고 얕고가 있니? 다 그런 거지."

"왜 그만두었어? 친하게 지내다가."

"그 때 이 사람은 유학을 마치고 돌아와서 귀국한 후 줄곧 만나곤했는데 몰라 인연이 안 되려고 그랬었나 봐. 연락이 없길래 나도 연락을 하지 않았지 뭐. 아마 어머니가 좀 눈이 높아 내가 맘에 들지 않는다고 했는지도 몰라. 그 때는 마마보이였거든, 엄마가 시키는대로 하는 개구장이. 돈만 쓰고 신나게 놀고 먹는 데는 이거였어. 지금도 그렇게 사는지…"

송이는 지난날을 떠올리며 신이 나서 이야기를 계속 했다.

"그 때가 나에겐 황금기였지. 최고로만 놀았으니까. 하여튼 이 사람 화끈하고 앗쌀했어."

"아직도 미련이 있나 보구나."

"처음 마음을 준 사람이니까. 너 이 사람 만나면 내 이야기는 하지마."

송이가 당부를 했다.

"어째 네 말이 반드시 전해야 된다는 명령처럼 들린다."

"그러니? 아직 총각이라니까 구미는 당긴다. 그런데 넌 언제 시집을 가서 올 농사를 지었니?"

"유학시절에 성준씨를 만났어. 이한별 이 사람과 같이 유학 동기생이거든. 나만 한 해 늦고…"

"그래? 이 사람네 지금도 그렇게 부자니?"

"돈은 많은 모양이더라."

"요새 이 사람 뭘 해? 나이 들어서도 압구정동으로 이태원으로 밤도 낮도 없이 놀러 다니나?"

"달라졌어. 옛날의 이한별이가 아니야. 우리 그이하고 새로운 사업구상에 몰두하고 있어."

"그래? 돈도 많은데 왜 골치 썩이니? 가만히 누워먹지."

"너 헛똑똑이구나. 일이란 돈을 벌기 위한 것만이 아니야. 보람을 찾는 일이거든, 이 사람은 보람의 기쁨을 체험하고 나서는 아주 딴 사람이 되었대."

"우와, 구미 당기는데? 옛날처럼 한번 만나보고 싶다 얘."

"지금은 부모님에게 결혼문제도 떠맡기고 어른들이 시키는 대로 하는 효자가 되었단다."

"그게 효자니? 마마보이지. 결혼을 어떻게 부모에게 맡기니?"

"지금 뚜마담이 백방으로 뛰나 보더라."

"아직도 뚜마담이 있니? 지금은 중매센터에서 최첨단 정보교환 시스템에 의해 중매를 해. 뭐 그것도 있는 집안이나 그렇지만 우리 같은 집은 얼굴도 못내 놓지만 말이야. 그런데 요는 그렇게 잘 사는 집이 뚜마담이라니?"

"글쎄, 다 뜻이 있겠지 뭐. 나도 그 이야기는 들었어. 리스트에는 10위 안에 올랐다는데? 신청을 포기하고 직접 뛰는 모양이더라. 왜 너희는 그만 못해서 부자타령을 하니? 너희도 상당한 부자잖니?"

"우리? 이젠 기우는 저녁 해다. 얘, 더 이상 말하지 말자 라미야."

운명적인 만남인지 인연이 짙은 까닭인지는 알 수 없지만 한송이의 명세서는 뚜마담 박에 의하여 한별이의 어머니에게 전해졌다. 묘한 일이었다. 인연이 있는 사람은 처음엔 혼인 말이 오가다가 꺼진 후 얼마의 시간이 흐르면 또 거론이 된다더니 한송이야말로 묘한 인연이 아닐 수가 없었다.

"혹 같은 사람이 아닌지 모르겠네."

"왜? 언제 혼인 말이 있었던 집이었수?"

"신부감을 본 듯 해."

한별이 어머니는 송이의 사진을 이리저리 살펴보았다.

"참, 언니는? 어디서 보았기에 그래?"

"가만있어. 호주에서 고등학교를 거쳐 대학을 나왔다는 사람 아냐?"

"언니? 어떻게 알아? 맞아."

"그런데 이 사람이 왜 수원에서 살지? 그때는 서울에서 살았었는데."

"그럼 이미 혼인 말이 오고 갔었구나."

"한별이가 유학 중일 때 사귄 아이인데. 우리 집엘 데리고 왔더라고. 나는 며느리만은 유학생을 얻고 싶지 않았어. 그때 는 뭐 신부감 없을까 하고 더 좋은 신부감을 기대할 때이고 한 별이도 아직 군대며 할 일이 남았기에 안 된다고 했지."

"그랬었구나. 인연은 인연 아니우? 언니? 다 컸으니 한번 생 각해 보지 그래."

"한별이는 좋아할 거야. 지금도 가끔 그 때 이야길 하거든."

이리하여 한별이와 송이는 재회의 기쁨을 맞게 되었다. 동 리를 떠들썩하게 약혼식을 올렸다. 하늘이는 어머니에게 맡기 고 한별이 약혼식에는 라미와 성준이도 참석했다. 강남에서 이름난 호텔은 한별이의 화려한 약혼식으로 눈길을 끌었다. 라미 가슴에는 미묘한 정서가 흘렀다. 부럽다기보다는 어울리 지 않는다는 부정적인 느낌이었다.

─아무래도 저 자리는 내가 어울리는데. 전혀야. 어쩜 저렇 게 기름에 뜬 물같이 하나라는 느낌이 들지 않을까? 모두 가짜 로 장식한 조화 같단 말이야. 묘한 일이야. 내 이 감정이 질투 일까? 가망도 없는 저 자리를 탐내다니. 내가 뭐가 부족해서. 그건 아니야. 내 자리가 될 수도 있었던 자리라는 생각이 이런 엄청난 느낌으로 비약할 수 있는 거야? 아냐. 그렇지는 않아. 그러나 이상해. 보이지 않는 불연속선이 흐르고 있어⋯⋯─

라미는 남의 약혼식 자리에서 불미스런 생각이 자꾸 떠올라 생각을 지우려고 애를 썼다. 라미의 남편은 라미의 표정을 살피며 나름대로 라미의 마음을 상상했다.

　—이 자리에서 라미는 어떤 생각을 할까? 한때는 저 자리를 꿈꾸던 라미였는데. 인연이 따로 있다고 생각했을까? 아니면 나를 원망하고 있을까? 내가 라미를 잡지 않았더라면 저 자리가 라미의 자리가 되었을까? 하늘이를 데리고 혼자 죽 있었다면 말이다. 한별이와 라미의 사이에 내가 끼어 듬으로 인해 과연 누가 득이고 실인가? 저 한별이의 약혼녀는 어쩜 라미나 나로 인해 득이 됐지. 분명 미안하다. 라미 내 아내에게 미안하다. 이렇게 화려하게 약혼식을 하는 사람도 있는데 우린 약혼식은커녕 결혼식도 초라했다. 결혼식장에는 목사와 유학온 친구들 몇 명 뿐이었다. 아직도 내 손으로 보석반지 하나 못해주었다. 무척 부러울거다. 자존심 강하고 샘이 많은 라미. 아주 부자를 꿈꾸던 라미. 정말 미안하다.—

　한별은 약혼여행을 떠났다. 약혼여행은 제주도로 갔지만 결혼여행은 하와이를 거쳐 유럽으로 간다고 한다. 라미가 운전대를 잡고 그 옆에 성준이가 앉았다.

　"우리도 바람이나 쐬다 갈까?"

　성준이가 침묵을 깼다.

　"왜? 하늘이가 기다릴 텐데."

　"할머니가 계시잖아?"

　"어딜 가고 싶은 거야. 말해."

차는 어느덧 올림픽 대공원으로 접어들었다.

"형은 참 재주가 많아. 언제 그렇게 마이크를 잡아 봤기에
사회를 끝내주더라."

"그래? 양복 값은 해야지 안 그래?"

"결혼식에도 해 주려나?"

"바라기는? 이 양복 입지 뭐."

"형은 친구 하나 잘 두어서 양복도 얻어 입고 좋겠다."

라미가 쓸쓸해 보였다.

"우리 둘 다 친구 아냐? 자기 친구도 되고."

"그렇지. 내 친구도 되지."

"우리 맥주 마실까? 나 돈 있어."

성준이는 라미의 마음을 안다. 이런 라미의 심정을 마음에
들고 안 들고를 떠나서 이해를 해야 한다. 이런 라미의 기분을
이해할 수 있기 때문에 라미를 사랑하는 것이 아닐까? 라미도
안다. 성준이가 마음을 쓰고 있다는 것을. 그러나 뭐라고 꼬집
어 말은 할 수 없지만 섭섭하고 허전하고 약이 오르고 샘이 난
다. 자기의 동창이 그 자리에 앉아 있는 것이 질투가 난다. 차
라리 모르는 여자가 앉아 있는 것이 더 낫겠다는 심정이다.

그 날 라미는 술을 많이 마셨다. 그리고 말도 안 되는 소리
를 마구 쏟아 부었다. 여기서 말이 안 되는 소리란 성준이에게
하지 않아도 좋았을 것이란 뜻이다.

"야 위선자. 이성준. 너는 알고 있었으면서 왜 말 안해. 독종

이야. 차라리 탁 터놓고 말했더라면 난 마음 고생이 덜 했을 거야. 얼마나 맘 조리며 살았는지 알아? 이젠 네 아이를 낳아도 되잖아. 당장 만들자 이 말이야. 이성준! 넌 하늘이가 다섯 살이나 되도록 네 아이 만들기를 거부했어. 난 알아. 난 알고 있었다고. 한별이가 결혼을 하지 않는 것은 혹시나 나를 기다리는 거라고 생각했지? 그리고는 기회를 준거야. 도피 입대를 하고 제대를 하고도 사업구상을 핑계로 집밖으로 돌면서 나를 시험했어. 그리고 가끔 나에게 사랑한다는 말로 임무를 다하는 척 했어. 하늘이 크거든 낳자. 무슨 애가 더 필요하냐? 너무 고생이 된다. 우리 인생을 자식 때문에 희생할 필요가 있느냐? 이렇게 말하며 내가 하늘이 동생을 원했을 때 이성준 너는 피임기구를 들고 내 곁으로 다가왔어. 나는 그 때마다 네 뜻대로 한별이가 원하면 가리라 생각도 했었어. 그러나 한별이는 어떤 가능성도 보여주지 않았어. 그럴 때마다 난 얼마나 외로웠는지 알아? 얼마나 네가 미웠는지 알아? 그래 한별이가 아파트를 사주었다. 차도 사주었다. 장래를 약속했을 거라는 생각이었지? 그래서 군대에 있을 때도 휴가조차 오지 않았어. 면회를 갔을 때도 반가워하면서도 마음 한 구석에는 한별이를 의식했어. 그러나 한별이는 단 한번도 나를 옛날의 라미로 바라보지 않았어. 오직 이성준의 아내로만 바라보았어. 큰 돈을 들여 우리의 보금자리를 만들어 준 뜻은 어디에 있던 단 한번도 그는 나와의 옛날을 말하지 않았어. 다만 자기가 기쁘고 편하고 친구들이 사는데 도움을 주고 싶다는 호의로만 받아달라고 애원했어. 너 같으면 할 수 있니? 친구를 의심하면서 빙빙 둘러 시험하면서 돕고 매달려 빈대족으로 살면서 속으로는 시기하고 굴욕스럽게 생각하면서 한별이 곁을 떠나지 못하는 위선자. 한별이는 의리가 있는 놈이라고. 분별이 있는 놈이라고. 자랄 때 압구정동에서 오렌지족 노릇을 하고 이태원에서 야타족이었을 망정. 밤마다 여자를 갈아가며 포르노에 묻혀 방탕생활을 하고. 도박장으로 경마장으로 P극장으로 불나비처럼 어두운 그림자로 자랐어도 너보다는 마음이 넓어. 매미애벌레 봤니? 잠자리 애벌레 봤니? 그 예쁜 흰나비 봤니? 그 애벌레들을 봤니? 애벌레 시절에 그 흉물스럽고 징그럽고 배춧잎을 갉아먹으며 미움을 받던 애벌레. 사람들은 보기만 하면 약을 뿌리고 잡아 죽였지. 그러나 살아남은 애벌레는 허물을 벗고 또 벗고 번데기가 되었다가 끝내 예쁜 나비가 되었다는 걸 아니? 한별이의 자람이 흉한 애벌레 같았다고. 언제나 애벌레의 흉한 모습으로만 보는 그 편견. 너도 버려야 돼. 네가 더 나은 게 뭐 있니? 네가 만약 한별이처럼 가진 게 많고 좋은 환경에서 그런 부모님 밑에서 자랐다면 넌 어떤 모습이었겠니? 너도 한별이처럼 나를 친구와 살게 했겠니? 거금을 들여 날 도와주었겠니? 그 친구와 한데 어울려 이웃으로 살았겠니? 너는 날 그 돈으로 비잉 둘러 죽였을 지도 모르지. 인간은 모두를 가질 수 없다는 것을 알았어. 너도 좋은 놈이지. 왜 좋은 점이 없겠어.

비상한 두뇌. 자존심도 잘 다스리면 자립심이 되지. 가진 자라고 다 베풀 수 있는 건 아니지. 우린 늘 같이 살면서 벽이 있었어. 이제 벽을 헐어야 돼. 한별이는 이제 너의 불안을 가지고 날아갔어. 안 그래 형?"

라미는 엉엉 울었다. 숨도 쉬지 않고 오열하듯 담아두었던 생각을 퍼부어 대더니 끝내 울음을 터뜨리고 말았다. 그리고는 그는 실신한 사람처럼 힘없이 계속 횡설수설했다.

"하늘이는 우리 아들이야. 한별이 아들일 수도 있고 물건은 아니지만 공유할 수도 있잖아. 한별이가 귀여워 할 수도 있잖아. 친구의 애도 귀여운데 제 피가 섞인 친구의 아들인데 왜 안 귀엽겠어. 한별이가 준 집에서 한별이가 준 돈으로 살면서 보고 싶어 오는 정마저 싹둑 자를 수가 있는 거야? 한 푼도 받지 말라고? 자존심만 있으면 배불러? 밥만 먹으면 배불러? 아무리 좋은 생각이 있어도 돈 없으면 죽어. 알기나 알아? 특허청에 가 봐. 그 많고 좋은 아이디어들도 빛을 못 보고 있어. 왜 그런지 알아? 돈이 없어서 그래. 한별이 돈 치사하면 벌어서 갚아. 의심하지 말고."

늦은 시간에 성준이 등에 업혀 온 라미는 이튿날 10시가 넘어서야 눈을 떴다.

"아니? 넌 친구 약혼식에 간 애가 꼴이 그게 뭐니?"

"엄마. 성준씨 어디 갔어?"

"어디가? 사무실에 나갔지. 10시가 넘었어."

"그럼 하늘이는?"

"엄마보고 학원에 간다고 기다리다가 차가 와서 빵빵거리는 바람에 그냥 나갔다. 에미가 되어 가지고 그게 뭐냐?"

"엄마. 나 물 좀."

라미 어머니는 물 컵을 내밀며 눈살을 찌푸린다.

"성준씨 화 안 났어?"

"언제 그 사람 표정 있더냐? 네가 그러고 있는데 기분 좋지는 않겠지. 여자가 그런 꼴은 처음이다. 시부모가 보았다면 어쩔꼬. 볼상 사나와서. 원 쯧쯧쯧…"

"엄마 실수는 안 했는지 모르겠어."

"부부지간에 실수는 또 뭐꼬?"

"우린 그래. 엄마. 서로 말해서는 안 될 그런 것들이 조금 있어."

"다투었니?"

"아니? 성준씨는 싸움이 안 돼. 항상 고고한 학처럼 바라만 보거든. 감정은 속에 넣어 두고."

"속이 깊어서 그래. 남자가 입을 자주 열면 가벼워서 못 쓰는 거야."

"그런 점도 있지만 벽이 생긴단 말이야. 싸우면서 살고 싶다고. 툭탁거리며 애들처럼 살고 싶은데 성준씨는 너무 어른 같아 재미가 없어."

"재미로만 사니? 인생을?"

"엄마하고는 잘 맞을 거야. 자랄 때 착실하게 자란 사람. 성실하다는 사람은 때론 좀 답답해. 좀 탁 트인 남자하고 살 수 없을까? 두 남자와 사는 여자."

"아유 망칙해. 어쩌 그런 말을 함부로 하니? 지금 애들 다 너 같니? 생각했다고 금방 내 뱉고. 너 혹 어젯밤 술 먹고 이서방한테 그런 소리 지껄인 거 아니니?"

"글쎄, 모르겠어. 한 것도 같고 안한 것도 같고. 저녁에 그 사람이 들어오면 우린 사는 것이고, 들어오지 않으면 헤어지는 거야. 엄마."

"무슨 소리야? 밤새도록 토한 것 씻어주고 약 먹이고 네 치다꺼리를 해주다 밤을 새운 이서방이 뭐? 들어오지 않는다고? 헤어진다고? 이것들이 미쳤나? 나 갈란다. 그 꼴 보지 않고 혼자 살란다. 내가 있어 불편하여 다툰 모양인데 내가 나가마."

"엄마. 우리 둘 문제야. 엄마하고는 상관없어. 내가 처음으로 속에 있는 말을 했거든. 성준씨가 상처를 입었을지도 모르는 소리를 했어."

"왜 또 이서방 속을 긁었노? 철딱서니 없는 것. 여자가 혼자 산다는 게 얼마나 어려운 지나 아니? 배가 고파 못 사는 게 아니다. 사는 맛이 있어야지 사는 거야. 너 사는 맛 알지? 힘이 솟고 일하고 싶고 돈 벌고 싶고… 그 하고 싶다는 생각이 곧 힘이고 즐거움이고 행복인 게야. 부는 보이지 않는 에너지라고 했다."

"우와, 엄마 유식한데? 에너지라는 걸 다 알고."

"우리 시절에 고등학교 나왔으면 많이 배운 거다. 너. 엄마 전철을 밟지 말고 정신 차려 이것아. 어서 일어나 이서방 사무실에 전화나 걸어 일찍 들어오라고."

라미는 웃음이 나왔다.

—남은 약혼여행을 가서 결혼 연습을 하는데, 우린 이혼 연습을 하다니?—

성준이는 줄담배를 피워댔다. 벌써 한 갑을 다 피우고 두 갑째 헐었다.

기분이 씁쓸했다. 자신은 라미의 마음을 헤아리며 화려한 결혼식은커녕 변변한 반지 하나 끼워주지 못해 미안하다는 생각으로 가득 찼었는데.

라미의 마음이 너무 멀리 있었다는 것을 생각하니 섭섭하기도 하고 괘씸하기도 했다. 그러나 곰곰이 생각해 보면 라미의 말도 일리는 있었다.

—라미는 잊지 않고 있었구나. 비교적 솔직하다고 생각한 라미에게도 그렇게 많은 생각을 담아 두고 살았다니. 놀랍구나. 그간 어찌 그 많은 생각을 가슴에 담고 살았을까? 라미 말이 하나도 틀린 말은 아니지. 다 맞는 말이야. 덜렁덜렁 그냥 넘어가는 줄 알았는데, 꽁하고 있었어. 망각이 없는 여자 같아. 한별이의 아이라는 말, 자기도 하지 못하면서 어떻게 내가 할 수 있다고 생각했을까? 그 생각만 다르고 다 맞는 말이야.

나는 한별이를 의식했어. 늘 곁에서 떠나지 않고 있었으니까. 난 불안했지. 하늘이만 빼앗아 가면 몰라도 라미까지 빼앗길 것 같았지. 나는 늘 불안했었어. 데려 가려면 얼른 데려 가거라 하고. 입대를 했지. 나의 체취가 가득한 지하실 방에서 아파트로 이사를 했다고 할 때도 기쁨보다는 섭섭함이 앞섰고. 내가 없는 집에서 마음껏 놀아날 거라고 상상하면서 어느 소설 속의 주인공처럼 그렇게 망원경으로 아파트를 들여다보는 변태 성욕자처럼, 포르노의 한 장면을 연상하면서 부대 밖에 가기를 거부했지. 내가 휴가를 안가면 한별이가 가리라고 생각하면서 혼자 울다 웃다 했지. 막상 제대를 하고 천연덕스럽게 아파트로 갔지만 차마 계단을 오를 수가 없었지. 어머니의 신발을 보고 언제부터 오셨느냐고 여쭈었지. 라미의 편지를 통해 새집으로 이사 오자마자 모셔 왔다는 것을 알면서도 다시 확인했지. 사실이 확인되자 둘이 단단히 말을 맞춰 놓았을 거라고 생각했지. 나는 의처증 환자가 되어 제대를 했지. 친구를 바라보는 눈도 아내 라미를 바라보는 눈도 모두 질투와 의심으로 가득 차 있었지. 나는 라미에게 온 편지를 몰래 찾아보았지. 나보다 답장을 많이 한 한별이 편지를 한 장도 빼놓지 않고 읽었지. 젠장. 재미없어. 내 상상에 들어맞지 않는 내용에서 난 신경질을 부렸지. 막상 예상의 내용이었다면 어떻게 했을까? 예상이 적중된 기쁨에 통쾌했을까? 천만에. 분개하고 펄펄 뛰었겠지. 예상이 빗나간 한별이 편지를 보고는 나는 또 의심을 했지. 비밀이 담긴 그러니까 미래를 약속했거나 뜨거운 사랑을 속삭인 편지는 불태웠을 거라고. 그래 나는 긍정 속에 부정을 바랬다가 부정 속에 긍정을 기대하다가 마치 광기 어린 눈을 번득이면서 혼자 두리번거렸어. 냄새를 맡는 개처럼 증거를 찾아내려고. 그러다 하늘이 방을 보고는 확신했지. 그 많은 어린이 놀이기구, 학습용구. 나는 하늘이 방에 들어가 그림동화 CD롬을 보았지. 개인용 컴퓨터(PC)에 CD롬 드라이브를 장착하여 여기에 소프트웨어 CD롬 타이틀을 넣어 컴퓨터 화면에 그림동화를 상영시키게 되어 있음이라는 설명서가 씌어 있었지. 「둘리의 하루, 네모와 세모, 한글놀이, 이야기 나라, 금빛 날개, 옛날 어떤 아이」 등등 많은 동화디스켓이 컴퓨터 앞에 놓여 있었지. 한별이와 하늘이가 나란히 앉아 컴퓨터 화면을 넘기면서 입체적으로 보고 들으며 행복한 시간을 갖고 있을 때 라미는 나를 까맣게 잊고 음식을 만들었을 거라고 생각했지. 나는 아빠의 자리마저 한별이에게 빼앗겼다고 생각했지. 라미가 돈 없는 아빠의 자리를 빼앗는데 동조했다는 생각을 했지. 라미가 없는 자리에서는 미워하고 질투에 불꽃을 태우다가도 라미만 보면 나는 한 마디도 내 생각을 표현하지 못했지. 조용히 잠재운 내 감정이 눈빛으로 나타났는지, 숨결로 스쳤는지는 모르지만, 나는 마음의 동요를 감추며 천연덕스러우려고 애썼지. 그래 라미가 토라진 것은 그토록 분개한 이유는 그 날 밤 때문이었어. 아이를 낳겠다고 했을 때. 그랬지. 난 하늘이 문제가 해결되지 않은 상태에서 내 아이를 낳기는 싫었던 거야. 한별이가 라미 곁을 완전히 떠났을 때 나는 비로소 내 아이를 낳고 싶다는 생각이었지. 한별이의 떠남, 그건 형식이 되었든 간에 결혼하는 일이라 내 나름대로 기준을 정했거든. 요행히 라미는 너그럽게 나를 대해 주었어. 큰 아이를 다루듯이 외로울 때면 따뜻하게 다가왔고 하늘이가 될 수 있는 대로 내 기분을 거슬리지 않게 해 주었지. 그런데 문제는 하늘이가 나를 잘 따르지 않는 거야. 함께 놀다가도 삼촌은 이렇게 하는데, 말끝마다 한별이를 찾는 거야. 난 뿔딱지가 난 거라고. 어느 날부터인가 라미는 송이라는 친구를 들먹이며 한별이의 혼인에 불을 붙였고, 빨리 결혼하라고 다그쳤어. 내가 있는 자리에서 말이야. 나는 연극을 한다고 생각했지. 막상 한별이가 약혼을 한다고 했을 때 나는 공포와 불안에서 서서히 깨어나기 시작했어. 근 6년에 가까운 불안과 공포에서. 나는 그제서야 아이를 낳고 싶다는 생각이 들었지. 내 속을 환히 들여다보며 살아온 라미는 얼마나 고통스러웠을까? 진정 불안하고 괴로운 사람은 라미였는데. 나는 라미를 사랑한 것이 아니고 소유하고 싶었던 거야. 사랑과 소유는 엄연히 다르지. 사랑했다면 그에게 괴로움은 주지 말았어야지. 그런데 나는 뭐야. 라미가 위선자라고 한 말. 맞는 말이야. 라미는 가난 때문에 고통스러운 것이 아니었어. 고통스러운 것은 한별이에게서 멀어져야 된다는 죄책감과 나와 감정이 일치되어야 한다는 현실

사이에서 더 고통스러웠던 거야. 하늘이를 놓고 고통의 늪에서 가정을 지키려고 발버둥 친 거야. 불쌍한 라미. 못난 나.—

깊은 늪에서 빠져나오듯 성준은 감았던 눈을 번쩍 떴다. 책상에 깔아 놓은 유리판 밑에 라미가 활짝 웃고 있다. 갑자기 마음이 평화로워진다. 안개 걷힌 하늘에서 햇살이 쏟아지듯 시야가 환하다. 악몽에서 깨어난 듯한 기분이다. 비행기가 떠오른다. 까치발을 하고 육지를 기다가 가까스로 하늘을 잡고 오르는 비행기가 떠오른다. 자신이 비행기 몸체가 되고 라미가 하늘처럼 느껴진다. 솔직해 달라고 외치는 라미에게 오늘은 마음을 전해야겠다는 생각이 들었다.

새로운 사업계획을 위해 고심하면서 몇 명의 학생들에게 받은 과외비를 차곡차곡 모아둔 통장을 들어본다. 500에서 몇 푼이 빠진다.

그는 통장과 도장을 양복 주머니에 넣고 사무실 문을 닫는다. 성준은 성보당, 보석당, 행운당, 사랑당, 행복당 온통 번쩍이는 금은보석상 골목을 한없이 걸어간다. 아마도 마음에 드는 간판이 없는 모양이다. 끝내 골목을 지나 다음 골목에는 액세서리 골목이다. 가던 길을 뒤돌아 횡하니 보석상 초입에 있는 사랑당으로 들어섰다.

어서 오십시오. 보석상 주인이 반색을 하며 허리를 굽혔다. 기름기가 번지르르 흐르는 근육질의 사나이가 몸체에 어울리지 않게 가느다란 목소리로 보석에 대하여 일장 연설을 늘어

놓았다.

"여자분들은 보석을 좋아합니다. 특히 사랑하는 사람에게 받는 보석반지는 영원히 가슴에 남아 있지요. 여자들은 분위기, 의미를 부여하며 살기를 좋아하니까요. 한번 의미를 담은 보석을 골라보시지요."

성준이가 선홍색 루비에 시선이 멈추자 주인은 얼른 눈치를 챘다. 성준이가 찾는 것은 저 정도의 안목이라는 것을.

"루비, 이 보석은 보통 루비가 아닙니다. 붉은 색 루비는 사랑, 즉 정열의 상징입니다. 주로 사랑하는 사람에게 선물로 많이 나갑니다. 남성의 마음을 끄는 보석이라 여자들이 지니고 싶어합니다. 특히 이 보석은 여름의 보석이라는 말이 있듯이 모든 여인들은 여름에 이 루비반지를 많이 애용합니다.

전해오는 말로는 건강을 유지하고 사악한 기운을 쫓아버린다고 해서 더욱 요즘은 인기가 좋습니다. 손님 한 번 구경하시겠어요?"

─사악한 기운에서 보호를 받는다?─

성준이는 이 말에 마음이 끌렸다. 어쨌든 라미와 자신의 사이에 사악한 기류가 흐르고 있는 것은 분명했다. 라미가 말하는 벽이 두껍다는 말도 그렇고 위선으로 보이는 자신도 그렇고. 위선으로 보고 있는 라미도 그렇다. 성준은 한동안 통장에 들어 있는 돈을 생각한다.

"얼마나 갑니까?"

"이 보석은 버마에서 들여온 보석입니다. 미얀마, 모곡지역 산은 치는 보석이거든요. 물론 보증서에 다 기록됩니다만. 가격이 좀 비쌉니다. 1캐럿에 200정도입니다."

"이게 1캐럿입니까?"

통장과 어느 정도 맞아떨어진다고 생각한 성준은 번쩍이는 루비를 가리키며 입맛을 쩍 다셨다.

"그건 5캐럿입니다. 1캐럿은 이 정도의 크기지요."

1캐럿은 너무 빈약했다. 5캐럿이면 1천? 어림도 없는 액수라 한숨이 나왔다.

"너무 욕심을 내지 마십시오. 이건 의미만 가지고도 그 값의 몇 갑절을 빼고도 남는 보석입니다. 한 3캐럿 정도면 어떻습니까?"

그 날 성준은 처음으로 라미에게 보석반지를 내밀었다. 늦게 들어오거나 사무실에서 새우잠을 잘 지도 모른다고 생각했는데, 보석반지를 들고 들어오다니 라미는 뜻밖이었다.

"어머니 저희들은 공부하는 도중에 결혼을 해서 절차도 생략하고 형식만 갖추었어요. 오늘은 저희 약혼식을 다시 하는 겁니다."

"약혼식을 해? 자네 술 먹었나?"

"아닙니다. 이 사람이 섭섭할 것 같아서 제가 약혼반지를 하나 해 왔습니다."

식탁에 케익을 놓고 샴페인을 준비했다.

"하늘이도 와."

"아빠. 오늘이 엄마 생일이야?"

"약혼하는 거야."

"약혼이 뭐야?"

"행복하자고 약속하는 거."

"그건 사랑이지."

케익에 불을 당기고 하늘이와 함께 불을 껐다.

다같이 박수를 치고 나서 샴페인을 터뜨렸다.

한별이 약혼식에서 본 것을 대충 흉내냈지만 기분은 대단히 좋았다.

"자 하늘이 노래 불러. 어서."

"무슨 노래 부르지? 생일 축하?"

"약혼식이라고 했잖아. '약혼 축하합니다. 엄마 아빠 사랑을 축하합니다' 그렇게 불러 어서."

라미 어머니가 말했다.

"약혼 축하합니다. 약혼 축하합니다. 엄마 아빠 사랑을 축하합니다."

"할머니 머리에 눈이 왔어요. 벌써벌써 하얗게 눈이 왔어요. 그래도 나는나는 제일 좋아요. 우리우리 할머니가 제일 좋아요. 아빠 최고! 엄마 최고! 할머니 최고!"

"아이고 영특해라. 온 식구를 다 축하했구나. 하늘이 최고!"

라미 어머니는 하늘이 등을 토닥거렸다. 오랜만에 밝은 웃음이 방안에 가득했다.

"열어 봐. 늘 마음에 걸렸어. 반지도 하나 못해 주고 살아서 말이야."

"그 때 우리가 그런 형식 생각할 수나 있었나? 고마워. 어쩜 우린 똑같은 생각을 했을까?"

라미도 반지를 내 놓았다.

"이게 뭐야?"

"펴 봐. 난 싼 거야. 이건 내가 아르바이트한 돈으로 장만한 거야."

"너무 좋은데? 이 보석 이름은 뭐야? 인제 장가간 것 같은데? 그런데 어떻게 손가락 사이즈를 이렇게 잘 알고 있었지?"

"누군?"

둘은 늘 손을 바라보며 언젠가 저 손에 반지를 끼워주어야겠다고 생각했었나 보다. 어제 따라 한별이의 약혼식을 보고는 자신들의 삶을 돌아보고 부럽고 초라하고 답답했던 묵은 생각들을 다 정리하고는 의미를 부여하고 싶었는지도 모른다.

라미의 왼손 장지 손가락에는 빨강 루비가 사랑빛으로 빛나고 성준의 손에서도 희망빛 사파이어가 빛나고 있었다.

사랑결실의 허와 실

　조석으로 찬바람이 불었다. 하늘이 점점 높아지고 성미 급한 가로수는 벌써 노랗게 단풍을 준비하고 있었다. 성준이는 여름 내내 땀으로 범벅이 되면서 일어공부에 몰두하더니 노력의 결실을 보이기 시작했다.

　일본으로부터 새로운 아이디어를 입수하여 국내에 보급하겠다는 그의 노력이 희망으로 다가오게 된 것이다.

　을지로 입구, 10평 남짓한 작은 사무실에 새로운 간판이 올라갔다.

　「사업정보센터」가 바로 성준이가 마련한 일터이다.

　"야. 넌 변신도 잘 한다. 외국어학원 원장 하더니 어느새 일본어 공부에, 중국어 공부, 족집게 과외, 이제는 사업정보센터 소장이냐?"

　"어때? 신혼 재미는?"

한별이가 들어오자 성준이가 한별이의 근황을 물었다.

"재미나 마나 야단났어."

"왜? 뭔 문제 있어?"

"살림을 나자는 거야."

"진작 났어야지. 애초부터 한 지붕에 산다는 발상이 문제라 생각했지."

"누가 이럴 줄 알았어? 송이가 짜증스러워 죽겠다는 거야."

"왜? 어머님이 까탈스러운가?"

"모르지 나야. 우리 엄마니까 그냥 좋지 뭐. 그런데 싫다는 거야."

"이유가 있을 게 아냐."

"애초에는 2년만 살다가 살림을 내 준다고 했는데, 애가 매일 부어터져 있으니까 1년만 채우라고 하는 거야. 그런데도 당장 살림을 나자는 거야."

"네가 너무 엄마만 밝히는 거 아냐? 네 식구하고 있는 시간이 더 많아야지. 외출도 하고."

"다 시들해. 옛날에 다 해본 거라. 귀찮기만 한데 여자는 그렇지 않은가 봐. 옛날 데이트한 데도 가보고, 연극도 보고 그러자고 자꾸 졸라대는 거 있지. 않으면 종알종알 잠이나 자게 해야지. 심심하다 심심하다. 이러고만 있으니 내가 엄마한테 도망을 갈 수밖에 더 있니? 아이, 결혼이란 게 이렇게 피곤한 거니?"

"그래. 좀 그런 면도 있지. 너 결혼해서 엄마 밝히면 뭔지 아니? 마마보이. 여자들이 제일 싫어하는 거야. 아직 애기 없니?"

"아니?"

"6개월이 넘었잖아? 우린 5개월이다."

"그래? 또 임신이야?"

한별이가 신기한 듯이 말했다. 부러웠다. 왜 송이는 6개월이 되도록 임신이 안 될까?

"애기를 낳게 되면 남자가 좀 편안한데. 정이 분산되어 섭섭한 점은 있지만 매달리지 않아서 좋다고."

"맞아. 결혼이란 게 이렇게 불편한 것인지 몰랐어. 나야 엄마한테 매달리기만 했었잖아. 그런데 이게 뭐야. 큰 혹이 하나 붙어 다니는 것 같단 말이야. 조금만 늦으면 옛날에 놀러 다닌 곳을 하나하나 들추며 거기 갔다 왔느냐고 긁기 시작하면 이 주먹으로 그냥?"

"뭐? 주먹까지? 벌써? 못써. 지금 누가 맞고 사니 아예 그러지마."

"올리고 싶다고."

"난 또 한바탕 한 줄 알았지. 여자 때려 버릇하면 못 써."

"사무실이 너무 좁잖니?"

한별이가 화제를 돌렸다.

"좁으면 좁은 대로 열심히 뛰어 보는 거야."

"내가 좀 넓혀 주면 어떻겠니?"

"넌 돈에 대하여 너무 너그럽다. 헤퍼. 네가 땀 흘려 벌어보지 않아서 그래. 이젠 그만. 그러다가 네 재산 나에게 다 오겠다. 나도 내 땀의 보람을 한번 느껴보고 싶은 거야. 알았어? 네게 손 내밀면 넌 얼른 줄 놈이야. 그러면 난 어영부영 놀면서 살 수도 있어. 그러나 돈이란 그렇게 해서 쓰면 맛이 안나. 너도 부모님께만 의지하지 말고 일거리를 만들어 봐."

"일거리나 마나 지금 아파트 보러 나왔다가 들린 거야."

"정말 살림 나게?"

"그럼 어떻게 해. 혼자라도 나가 산다는데."

"부모님은 뭐라고 하셔."

"일 년만 채우고 가라지 뭐. 그리고 퍽 섭섭하신 가봐."

"섭섭하다마다. 당연하지. 그럼 일 년 채우고 나가야지. 그러다가 부모랑 의나면 어떻게 하니?"

"어른들 때문에 신경이 쓰여서 임신도 안 된다는 거야."

"야! 그 정도니? 심각하구나."

희망에 차 있는 성준이와는 달리 한별이는 고민에 싸여 있었다. 송이는 자상한 시어머니의 친절도 부담스럽고 끝내는 고통이란다. 얼씬거리는 그림자도 꼴보기 싫단다. 음식의 맛을 내는 방법이며 식구들이 좋아하는 음식 강의는 시집오는 날로부터 오늘까지 간간이 이어지고 있다. 송이는 요리학원에 나가 요리방법을 익혔으나 하나도 집안 식구들의 입맛에는 맞

출 수 없었다. 이제 꽃꽂이 학원에도 나가야 한다고 시어머니
가 말한다. 나름대로 신부수업을 받았으나 집의 풍습과 가족
의 구미에 따라 다시 배워야 할라나 보다.

송이는 결혼이라는 환상에서 조금씩 멀어지는 생활이 두려
워지기 시작했다. 왜 그렇게 애를 기다리는지 이젠 임신이라는
말만 들어도 몸서리가 난다. 그러면서도 간절히 기다려진다.

한별이는 오늘도 결혼지참금을 들고 방배동으로, 동작동으
로, 논현동으로 아파트를 보러 돌아다닌다. 서초동에 좋은 아
파트가 있으나 시댁과 가까이 있어서 싫단다. 차라리 고아한
테로 갈 것이지 부모 없는 자식이 어디 있는지 한별이는 투덜
거리며 겨우 방배동에 27평 아파트를 보고 돌아 왔다.

"넌 도대체 애기 혼자 두고 어딜 다녀오는 거니? 외출을 하
려면 같이 나가잖고."

한별이 어머니는 정원에서 시든 꽃잎을 따며 한별을 바라
보았다.

"엄마. 우리 나갈까 봐."

"애가? 무슨 소리야. 안 돼. 일 년 채우고 가. 이제 다섯 달
남았는데 고걸 못 참아? 너는 아닐테고 애기가 졸라대는 거
야?"

"신경이 쓰여서 그런지 임신이 안 된다잖아."

"원 유난스럽기도. 지금 애들은 아주 별종이다. 그래 살림
나서 조용히 누워 있으면 금방 임신이 된다더냐? 이 에미 때문

에 손 끊어지겠구나."

"엄마. 송이가 들어 작은 소리로 말해."

"벌써 꽉 잡힌 거야? 이 못난 놈."

한별이가 방으로 들어갔다. 송이가 침대에 누워 비스켓을 먹으며 책장을 넘기고 있다.

"뭐하는 거야?"

"보면 몰라? 이 책 자기가 보던 책이야? 너무 저질이다."

"그건 어디서 찾았어. 뭐가 저질이야."

"고등학교 때부터 이런 걸 봤어?"

"어디 고등학교라고 써 있대?"

"여기 H고. 한별."

"그래서 어떻다는 거야. 여자들은 그런 책 안 봐? 없어서 못 보지? 내숭떨지 마. 뭐가 불만이라 코브라같이 변했니?"

"마마보이 신랑 현관문 열고 30분간 뭐했나? 엄마 젖 먹고 왔지?"

"너 마마보이가 뭔지나 알고 그래? 효도야. 그래 밖에 갔다 오는데 엄마가 정원에 계시는데 곧장 들어와?"

"효도를 어떻게 하길래 그리 오래 걸려? 내 흉 봤지?"

"우리 살림나겠다고 했다."

송이는 침대에서 팔딱 뛰어 내렸다. 그리고는 한별이 목을 덥석 껴안고는 대롱대롱 매달렸다.

"뭐래? 나가라고 하시지?"

"아니?"

"안 된대? 애기 얘기도 하지 왜."

"했어."

"그래도 안 된대? 못됐다. 당신 어머니 정말 독종이다. 어쩜 우리가 나가겠다는 말이 나올 때까지 있니? 신혼을 이렇게 망치다니. 너 둘 중에 결정해. 나하고 살던지, 아니면 엄마하고 살던지."

송이는 트렁크에 옷가지를 챙겼다.

"뭐하는 짓이야. 정말 갈 거야?"

"자유롭고 싶어. 난 질렸어. 답답해 돈 쓰는 일도 자유만 못해."

송이는 가방을 들었다.

"너 정말 이러기야? 우리 엄마 한번 틀어지면 다시는 펴지 못하는 성미야. 알아? 한번 나가면 다시는 못 들어 와."

"정말 웃겨. 지금 세상 누가 부모 때문에 겁나서 못산다니. 정말 한심해."

"좀 기다려 봐. 며칠만 참아. 내가 아파트는 봐 놓았으니까."

"어딘데?"

"방배동."

"너무 가까워."

"그럼 이민 갈래?"

"정말?"

"너 정말 왜 이러니? 나 안 살아. 이혼 해. 갈려면 가. 너 같은 애 불러들이려면 나 매일 결혼할 수 있어. 알아?"

한별이가 문을 쾅 닫고 나가버렸다.

한별이 어머니는 한별이가 나가는 것도 모르고 정원 뒤에서 나무를 손질하고 있다. 돈이 많고 여유가 있다 해도 한별이 어머니가 정원을 가꾸는 것은 살아온 습관이고 소일의 재미다.

한별이는 라미에게 전화를 걸었다.

"웬일이야? 신혼재미에 푹 빠져 발길을 뚝 끊더니. 그래 재미있어?"

"재미는? 환상이었어."

"무슨 소리야."

"주치의 자리가 흔들려서 괴로워."

"왜? 무슨 일 있어?"

"만나고 싶어. 나올 수 있어?"

"안 돼. 지금은."

"뭐 하는데?"

"나? 맨날 하는 일이지. 일거리가 좀 들어와서. 아니 책표지. 왜?"

"우리 헤어질 것 같아."

"그래? 미쳤잖아. 애들 장난하는 거야 뭐야. 그래 가방을 싸 들고 갔어?"

"내가 송이한테 전화할게. 알았어. 성준씨 사무실에 가 있어."

라미는 한별이 전화를 받고 너무나 놀랬다. 한참 신혼의 단꿈에 취해 있을 송이가 짐을 싸다니? 한별이네 불행은 곧 라미의 불행이 될 수도 있다. 그래서 라미는 한별이네가 행복하게 살기를 바랬다. 성준이가 겨우 마음을 잡았는데, 다시 그 태풍이 성준이를 뒤흔들게 될지도 모른다는 생각이다.

─바보 같은 년. 행복이 뭔지도 모르고. 가만히만 있으면 오는 것을 그 동안을 못 참고 짐을 싸? 철딱서니 없는 계집애.─

─애가 왜 이렇게 전화를 안 받나? 정말 간 건가?─

"여보세요?"

"어머나. 안녕하세요? 하늘이 엄마예요."

라미는 뜻밖에 한별이 어머니의 목소리를 듣고는 당황했다.

"누구를 바꿀까. 한별이?"

"아니예요. 송이를 좀."

"우리 애기? 그래요. 기다려요."

─기집애. 집에 있으면서 어머니가 전화를 받게 하다니.─

"여보세요, 금방 둘이 있었는데, 없는 걸 보니 둘이 나간 모양인데."

"어머니께 인사도 없이 나갔을라고요?"

"내가 뒤에 있었거든. 차가 없는 걸 보니까 같이 나간 모양이야. 지금 애들이 그렇지 뭐."

한별이 어머니도 기분이 언짢은 모양이다. 그 길로 송이는 오지 않았다.

얼마 후 송이는 라미에게 전화를 걸었다.

"나 지금 배가 불러서 못 나가. 그런데 넌 지금 어디 있니?"

"나? 친구가 하는 가게에서 일하고 있어."

"도대체 너 왜 집 나왔니?"

"시어머니하고 한 시도 못 있겠는 거 있지? 숨이 막혀서 말이야."

"곧 살림 날거라 했잖니?"

"그것도 그렇지만 결혼 전에 그리도 재미있고 최고로만 놀던 애가 어쩜 그리 촌스러워졌는지. 그런데다가 마마보이더라고."

"그건 마마보이가 아니라, 어머니의 주치의라서 그래."

"참 그 소린 뭐니? 가끔 자기는 부모의 주치의, 특히 어머니의 주치의라는 거야."

"어머니를 실망시켜 드리면 어머니는 금방 환자가 되시거든. 그런 적이 있었어. 우울증이라고 심각했었거든. 한별이가 피나는 노력으로 X세대의 무서운 태풍을 잠재우고 나서 어머니가 정상으로 돌아왔거든. 그 때 자식으로서의 보람을, 자기의 존재 가치를 확인했다고 했거든. 마마보이가 아니라 효도라고 보아야지."

"그런데 또 하나 문제가 있어. 뭐냐하면 임신이 안 된다? 한별이 개 문제가 있는 것 같아."

라미는 한별이가 문제가 없는 것을 알고 있다. 그러나 뭐라고 말을 해야 될지 망설였다.

"얘는? 반대일 수도 있지 뭐. 네게 문제가 있을 수도 있잖니?"

송이는 자기는 절대 문제가 없다는 것을 알고 있다. 송이는 좀 망설이다가 입을 열었다.

"넌 모르겠지만 결혼 전에 연애 경험 있는 거 보통 아니니? 실은 나는 임신의 경험이 있었거든. 그러니까 나는 이상이 없단 말이야."

"이한별, 그 사람도 마찬가지야."

"네가 그걸 어떻게 아니?"

"유학시절을 같이 보냈는데 그걸 모르니? 더구나 우리 성준 씨랑은 둘도 없는 친구인데. 너무 성급하잖니? 이제라도 빌고 들어 와."

"싫어 결혼도 해 봤으니 이젠 혼자 살래. 이렇게 편하고 좋은데 뭐. 남자야 눈 돌리면 맨 천지고. 돈이 좀 없어서 그렇지 뭐."

"그러니 들어와서 돈이라도 해 가지고 나가야 되잖아?"

"아직 우린 법적으로 부부야. 그도 전화 하나 없는데 내가 왜 들어가. 난 결혼하지 않을 거니까 한 생전 호적정리하지 않아도 되지만 파가라고 사정할 때는 그냥 안될 걸?"

"법적으로는 네가 손해야. 이것아."

"손해 봐야 빈 손? 패물만 팔아도 아파트 하나는 충분해. 내가 챙길 건 대충 들고 나왔거든, 통장이랑 몽땅."

"도장은 못 가지고 나갔다며?"

"내놓으라고 그러지. 제가 안 내놓고 배겨? 참 분실신고하지 뭐."

송이는 내내 돌아오지 않았다. 한별이도 송이가 없다고 불편을 느끼거나 정에 연연하는 성미가 아니었다. 다만 어머니가 몸져누워 있다는 것이 죄송스러웠다. 그러나 한별이 어머니도 한 편으로는 다행이라 싶었다.

─그 못된 년이 한별이마저 꾀어 차고 나가버렸으면 어떻게 할 뻔했어. 그래도 남자는 남자지. 계집 꾀임에 넘어가지 않고 굳굳하게 뻗치고 있는 걸 보니 내 아들 하나는 잘 두었어. 개망나니 같이 커서 저게 언제 사람 노릇 하려나 했더니 잠깐이군.─

"엄마!"

"넌 뭐가 좋아. 그리 히히덕거리니? 혼자 있는 꼴 보기 싫으니 어서 색시나 하나 데려와. 인제 엄마가 안 골라."

"송이는 뭐 엄마가 골랐나?"

"어쨌거나 시작은 이 에미가 했잖아. 이젠 네가 맘에 드는 여자 아무나 데려 와."

"엄마랑 그냥 이렇게 살면 되지 뭐. 결혼해 보니까 귀찮아.

그냥 사귈 때는 그렇지 않았는데 결혼하고 나니까 180도로 달라져. 역시 여자의 마음은 알 수가 없어."

"여자 쪽에서는 남자가 달라 보이는 거야. 나도 기억난다. 느 아버지가 하루가 멀다고 쫓아다니면서 오만가지를 다 사주고 사 먹이고 극장골목으로 백화점으로 끌고 다니더니 결혼하고 나서는 뚝 소리가 나더구나. 마음이 변했다고 생각했지. 한참 불평을 하는 판에 네 누이를 낳고 그러다 보니 네가 태어나고 아버지와 나는 정신 없이 살다가 이제 겨우 숨을 좀 돌릴 수가 있었다. 그렇게 사는 거야. 맨 날 무슨 재미로만 살 수 있니? 요즘 아이들은 젊은 시절에 너무 재미있고 자유로워서 결혼하고도 그 재미를 유지하려고 하지만 환경과 마음이 바뀌는데 그대로야 될 수 있나? 인제 나로 살다가 우리라는 공동체가 된 것인데 나를 생각하기 전에 우리라는 걸 생각하고 행동하다보면 재미보다는 뜻있는 일. 다 같이 유익한 일을 생각하게 되는 거라고."

한별이가 재혼하기까지는 얼마되지 않았다. 송이가 생각보다 호적을 빨리 정리했고 어머니의 마음을 편하게 해 드리기 위해 이번엔 평범한 여자를 아내로 맞았다. 첫 번처럼 요란한 예식은 아니지만 그런대로 고급스런 호텔에서 결혼식을 올렸다. 하객도 가까운 친척과 친구 몇 명이 왔다. 처음에 비하면 하객도 빈약했다. 부끄럽고 예측할 수 없는 결혼생활에 한별이 어머니는 불안한 모양이었다. 그래서 떠벌리지는 않고 조졸하게 치뤘다.

"인제 너희들끼리 나가 살아라."

아예 질려 버린 한별이 어머니는 일찌감치 새살림을 내 주었다.

"아가, 넌 내 딸겸 며느리다. 달리 생각말고 가까이 지내도록 해라. 못 오면 전화라도 자주 하고."

"네."

속초에서 그래도 이렇다 할 집안의 딸이다. 지방 대학을 나오긴 했어도 속이 꽉 찬 야무진 처녀였다. 한별이가 동해안으로 놀러 갔다가 우연히 만나 알게 된지 불과 한 달만에 결혼이 성사된 것이다.

"넌 참 재주도 좋다. 한 달만에 어떻게 색시를 업어 오냐?"

성준이 사무실에 나타난 한별이는 예나 다름없이 싱그러운 X세대였다.

"그 날이면 못 데려 와? 그래도 뜸을 들인 거야. 내 옛날 실력을 알잖니."

"참, 하늘이 엄마 아들 낳았어."

"그래? 그 배는 어떻게 아들만 나오냐. 너는 아들 부자구나."

한별이는 부러웠다. 순간 자기는 영영 아이를 낳을 수 없을지도 모른다는 불안이 엄습했다. 이건 송이가 가고도 전혀 느껴보지 못했던 불안이었다. 어머니는 혹시나 무슨 소식이 없나 해서 자꾸 전화를 걸고 한별이 새댁 순미는 전화 받기가 민망한 처지다.

"아직도 소식이 없냐? 지금은 미리 가지고도 온다는데 넌 그런 재주도 없는 거야?"

"엄마가 너무 바라면 더딘 거야. 기다려 봐요. 우리가 먼저 전화할께요."

"성준네는 벌써 둘인데 너는 뭐 하는 거냐?"

"걔들은 학생 때 가져 가지고 낳았으니까 그렇지."

"너는 그런 재주도 없니? 이것아."

한별이는 어머니의 욕심을 채워드린다는 것은 매우 힘든 일이라 생각했다.

유치원 시절부터 어머니는 좋으면서도 공포의 대상이었다. 툭하면 밥 사발을 내놓고 누워 버리던 엄마. 밥도 안주고 언제까지고 누워만 있던 엄마. 아버지가 빌고 한별이가 빌고 그래야 화를 풀고 먹을 것을 챙겨주던 엄마.

—아버지에게 부리던 투정과 불만은 나를 키우면서 욕심과 기대와 함께 나에게 옮겨왔지. 성적이 오르면 활짝 웃고 신바람을 내다가 성적이 떨어지면 눈물을 흘리며 나에게 불안과 공포를 주었지. 어린 나는 엄마가 활짝 웃으면 간식이 나온다는 것을 알았지. 그래서 100점을 받기 위해 고개를 돌려 친구 것을 보고 쓰는 연습을 했지. 요행이 성공을 하는 날엔 엄마의 웃음과 함께 맛있는 것을 마음대로 주문할 수가 있었지. 엄마

가 울상이 될만한 시험지는 모두 쓰레기통으로 들어가고 넉넉한 용돈으로 상표를 사는 요령도 1학년 때 터득했지. 엄마는 100점을 떠올리면 늘 이렇게 말씀하셨지. 선생님, 머리는 있는 놈인데… 그러면 선생님은 아무 말씀도 안 하시고 고개를 끄덕이셨지만 속으로는 싹수가 노란 놈인데 하셨을 거야. 고개 한번 끄덕이는데 봉투의 두께가 달라진다는 것을 안 선생님은 구태여 내 성적을 까발릴 필요가 없었던 거지. 아리송한 성적표는 엄마를 편안하게 해주었지. 수우미양가가 없어지고 상중하도 없어지고. 매우 잘함, 잘함, 보통 노력을 요함에서 잘함과 보통의 차이는 100, 90보다 강하게 가슴을 자극하지도 않거든. 어머니는 별로 반응이 없으신 거야. 노력을 요함만 아니면 희망스러워 하셨지. 더구나 그 옆에 선생님의 친절은 언제나 두뇌는 영리하나…가 붙어 다녔기에 어느 날인가는 기적을 불러 올 거라 믿었거든. 자식은 어머니의 희망이며 이상이며 꿈이며 삶의 의미가 되었지. 기쁨과 슬픔과 고뇌가 다 이 한별이한테 달린 거야. 나는 그런 엄마를 담보로 잡고 먹을 것 입을 것 용돈을 타내며 우린 공생의 존재로 잔뜩 얽매어 살았지. 중학교부터 컴퓨터다 족집게 과외다. 돈으로 처덕처덕 이겨 바르며 틈틈이 위장으로 엄마의 눈을 피하여 신나게 도피생활을 했지. 족집게 선생님이 예상문제를 내시고 달달달 외우면 그 달 시험은 역시 성공이었지. 왜냐하면 우리 영어담당 선생님이 바로 족집게 과외 담당이셨지. 극비로 했지. 선생님의 몸값까지 계산했으니 비싼 것은 당연했지. 우린 뻔한 결과를 놓고 많은 시간을 보낼 필요가 없었지. 가방만 놓고 적당히 놀다 들어오기도 하고, 선생님이 늦으시는 시간엔 우린 신바람을 냈지. 돈을 주면 쓰는 연습을 하고 밤에는 화려한 불빛을 가르고 디스코텍도 가고, 락카페도 가고, 노래방도 갔지. 미성년불가 영화도 갔지. 짧은 머리에 무스를 바르고 목걸이를 걸고 교복이 없는 우리는 자유로운 복장에 어른들처럼 위장하기엔 너무도 쉬웠지. 보송보송 한 애숭이 솜털을 감추기 위해 분장을 하기도 했지. 수염을 달기도 하고 검은 안경을 쓰고는 각자가 출입구를 통과해서 한 곳에서 만나기도 했지. 여학생들과 고팅도 하고. 숨어서 하는 놀이는 너무 스릴 있고 재미있었지. 감쪽같이 속은 엄마가 대입원서를 쓸 때 머리를 싸매고 누웠었지. 겁에 들뜬 나는 무릎을 꿇고 빌면서 울었지. 엄마는 부시시 일어나시며 이 얼뜬 녀석아! 패기가 있던지 아니면 공부를 잘 하던지… 하시며 돈을 싸들고 나가셨지. 가까스로 후보 자리에서 기다리다가 전화를 받고는 엄마가 하시는 말. 이 인조인간아. 난 너를 돈으로 만들었다. 돈을 뭉치면 너보다 더 많을 거다. 이러시면서도 기뻐하셨지. 엄마에게서 나를 빼면 엄마는 힘을 잃고 나에게서 엄마를 떼어버리면 난 불안하고 그랬어. 더구나 나의 완성을 기대했다가 너무 큰 실망 앞에서 엄마는 우울증으로 청량리에 갔었지. 엄마를 잃어버린다는 불안이 나를 엄습할 때 난 바깥놀이가 두려웠지. 성준이가 옆에서 부추겨주고 아버지가 부추겨주고 라미가 부추겨주고 하늘이가 용기를 주어 나는 가까스로 내 자리를 찾게 되었지. 엄마 곁으로 돌아온 거야. 그 포근한 엄마 곁으로. 엄마도 비로소 나를 안고는 엄마의 자리로 돌아온 거야. 우린 서로의 주치의였어. 내가 고장이 나면 따라 고장이 나고 내가 제자리로 돌아오면 엄마도 제자리로 돌아오고. 그런데 막상 결혼이라는 것을 하고 나니까 어떻게 해야 되는 건지 몰랐지.—

사실 엄마가 섭섭하실까 봐. 실망하여 또 병이 나실까 봐, 눈치를 보게 되더라고. 이제는 애기를 기다리시는 데 애기가 생겨야 말이지. 학생 때는 툭하면 임신이라고 징징징 울면서 쫓아오는 애들도 많았는데 어떻게 된 걸까? 혹 그 때 너무 장난이 심해 애기씨가 다 없어진 것은 아닐까?

나는 병원으로 달려갔지. 의사가 화를 냈지. 결혼 1년도 기다려 보지 않고 너무 성급하다나.

그래도 검사를 해 달라고 그랬지. 임신을 시킬 수 있느냐고. 경험이 있느냐고 묻더라고. 임신시킨 경험이 많았다고 했지. 병력도 묻더라고. 성병이야 뭐 기본 아닌가. 그것도 말했지. 치료를 받아서 완치되었다고.

한별이는 병원 갔던 일을 떠올렸다.

"왜 부인과 같이 오지 않고요."

"우선 저만 검사를 해 보고 싶어서요."

"임신경험이 있다면서 아직 젊은 사람이."

"너무 까불고 다녀서 죄를 받는 것 같아서 한 번 해 보려고요. 평생동안 정해진 정액을 다 쏟아버리면 애를 가질 수 없다면서요? 임신이 안 된다고 살다가 간 여자도 있었어요."

"저런? 총각 때 얼마나 쏟았기에 15리터를 다 써버렸나 그래. 부인은 몇 년이나 살다가 갔나?"

의사는 한별이의 말에 웃으며 말했다.

"일 년도 못 살았지요."

"그럼 그래서 간 게 아니군. 그래 지금은 혼자인가?"

"아니요? 다시 장가를 들었는데 일 년이 넘었어요. 지금 여자도 갈 것 같아요."

"저런. 큰일났구먼. 평생에 5000회 정도를 해야 되는데 그걸 다 쓰지는 않았겠지?"

"네? 5000번이요? 어림도 없어요."

"그럼 한 일주일 정도 성욕을 참고 있다가 오시게."

한별이는 일주일 후에 다시 병원으로 달려갔다. 정액 채취는 별 문제가 없었다. 그리고 3일 후.

의사의 표정이 심각했다.

"불임증에는 원발성 불임과 속발성 불임이 있는데, 임신을 시켰던 사실이 있다면 속발성 불임인데. 중간에 성병이나 무절제한 성생활로 인해 일어나는 경우가 있어요. 정자과소증인데. 나쁜 성병을 앓았었군요. 어때요. 성병을 앓고 난 후에도 임신을 시킨 경험이 있었나요?"

"아니요? 그 후에는 그전 같지 않고 성욕도 별로 없었지요."

"아직 성병의 뿌리가 남아 있는 것 같은데, 지금으로는 속발성 정자과소증이예요. 정액은 많은데 애기가 될 수 있는 정자 수가 매우 적고 약한 상태라 이겁니다. 약하다 하는 것은 정자가 달리기를 해서 난자와 만나야 되는데 만나기 전에 기운이 없어서 중간에 포기한다 이거야. 혈청검사를 해 볼래요?"

"혈청검사를 하면 치료가 가능합니까?"

"글쎄, 내가 짐작하는 그 성병이 매독이 아닐까 하는데 혹 뿌리가 남았으면 치료를 해 봐야지요. 생각해 보고 검사를 받겠거든 밤 8시 이후부터 아무 것도 먹지말고 내일 10시까지 와요."

"선생님 그럼 치료의 가능성은 있습니까?"

"그럼요. 성병도 고치고 임신도 얼마든지 할 수 있죠. 똘똘한 정자만 채취가 되면 체외 수정을 통해서도 임신은 가능합니다. 부인께 느긋하게 기다리라 하십시오."

한별은 희망을 잃지 않았다. 한별이 어머니는 다시 절에 들어가 100일 기도에 들어갔고 부인 강순미는 열심히 체온을 재가며 임신을 위해 한약을 복용했다. 한별이가 이렇게 백방으로 자식을 두기 위해 노력하고 있는 동안 라미네는 깨가 쏟아졌다.

하늘이 동생은 바다라고 이름을 지었다.

바다는 눈매만 엄마를 닮고 모두 아빠를 닮았다. 성준이는 하늘이 날 때와는 달리 기쁨이 하늘로 솟구치는 듯 하였다. 완성된 남자로서의 기쁨은 임신 초기부터 느꼈지만 지금은 만감한 감격에 신바람이 났다. 터울이 많이 지니 하늘이도 동생을 무척 사랑스러워했다.

"바다 엄마."

"왜 하늘이는 빼 놔. 하늘바다 엄마라고 불러. 그렇지 않으면 그전처럼 라미라고 불러."

"알았어. 있잖아, 어머니 지금 연세가 어떻게 되셔?"

"사위가 그것도 몰라? 60세 정축생 왜?"

"어머니에게 애를 맡기기엔 너무 죄송스러워. 이건 내 생각인데 어머니 인생을 생각하여 하는 말인데 우리 결혼시키는 게 어때?"

"뭐? 결혼? 자기 엄마가 계시는 것이 불편해서 그렇지?"

"아냐. 요즘 「좋은 자식 협회」라는 게 있는데 그 사람들이 늙은 외짝 부모 결혼시키기 운동을 벌이고 있다고 해서 내가 이야기를 들어 봤더니 그게 효도하는 길이더라고."

"미쳤어? 엄마가 가기나 간대? 20년을 혼자 살아온 엄마가 이제서 왜 시집을 가. 그 젊은 청춘 다 버리고 늙어서 뭔 재미가 있겠어?"

"딸이란 게 저렇게 몰라? 우리 봐. 재미있잖아? 어머니한테 슬쩍 운을 떠 봐. 노인정에 자주 나가시는 걸 보면 맘에 드는 영감도 있을 수도 있어."

"그럴까? 요즘 엄마가 파마도 하고 옷에 신경도 쓰고 그러는 것이 그럴 수도 있겠다."

그리하여 사위 성준이는 장모 시집보내기에 적극 나섰다. 중매는 좋은자식협회에 등록을 했더니 일주일도 안 되어 노신랑이 나타났다.

나이는 64세였다.

성준이와 선약장생원 둘째 아들 노모영, 좋은자식협회장 구철모, 이렇게 셋은 다방에서 만났다.

"자, 계약서를 씁시다. 말하자면 계약결혼입니다."

계약서

노신랑 : 노다지의 보호자 노모영(차자)

노신부 : 신광자의 보호자 이성준(사위)

1. 법적인 혼인신고는 하지 않고 계약 결혼을 서로 대신한다.

2. 두분 중 한 분이 사망하는 경우 시신은 보호자가 모셔간다.

3. 노신랑이 먼저 사망하는 경우는 집 전세비는 노신부 몫으로 한다.

4. 노신부가 먼저 사망하는 경우는 전세금의 절반은 노신부 몫으로 한다.

5. 생활비는 1억원을 노신랑이 부담하고 노신랑 이름으로 정기예금하고 살림비는 그 이자로 충당하고 살림비 일체는 노신랑이 책임진다.

6. 전세비 1억원은 노신랑이 부담하고 노신부 앞으로 계약이 파하게 될 경우 노신부의 소유로 한다

단 이혼인 경우는 계약날짜로부터 5년이 경과해야 소유권의 효력이 발생한다.

7. 생활비 적립금 1억원은 계약이 무효가 될 경우 신랑신부에게 절반씩 환원한다.

8. 계약이 무효된다 함은 헤어질 경우, 둘 중 한 분이 사망할 경우를 말한다.

9. 용돈과 의료비 등은 자유로 정한다.

계약과 동시에 라미 어머니는 노다지 영감과 조촐한 만남의 자리를 마련하여 예를 올렸다. 서울 장안에 유일한 향교에서 장삼에 족두리를 쓴 신부와 사모관대를 한 신랑이 재래식 민속 고유의 혼례방법에 의하여 결혼식을 올리는 자리는 정말 진풍경이었다.

어느 젊은 부부가 재혼하는 자리보다 새로 탄생하는 인생 황혼기에 새로 맞는 노신부 노신랑의 결혼식은 더 아름다웠다. 아무리 자식이 잘한다 해도 악처만 못하다는 말이 있지 않은가? 홀로된 부모를 모시기가 얼마나 죄송스럽고 조심스러운가? 자신의 가문이나 체면을 앞세워 홀 부모의 남은 삶을 송두리째 앗아 쥐고 짐스러워하며 함께 고통을 겪는 일보다 얼마나 아름답고 기특한 일인가? 홀부모 입장에서도 그렇다. 그

길이 차라리 마음 편하건만 가신 분께 죄송하고 남은 자식에게 부끄럽고 이웃에게 체면이 서지 않아 남은 여생을 소리 없이 희생하는 분들이 얼마나 많은가?

지금 자식들의 삶의 방식이 달라지고 있다. 개인의 삶이 중요하고 개인의 생각이 우선한다는 사고를 가지고 있어 노부모님들이 재혼하는 데는 큰 장애물이 되기를 바라지 않는다. 라미 어머니도 처음엔 펄펄 뛰었다. 내심 그 길을 선택하기엔 여러 가지로 어려웠으나 일단 서로 좋자고 하는 일, 결심을 하고 나니 홀가분했다.

서로 뜻이 맞는 사람끼리, 같은 처지끼리 외로움을 달래고 지나온 이야기도 나누며 깊은 밤 두런두런 말벗이 된다는 것이 얼마나 다행스런 일인가?

노부부의 신혼 살림집은 연립주택이다. 까치산 비알에 까치집처럼 지어 놓은 연립 23평 전셋집. 방 둘에 널찍한 거실, 싱크대, 장롱, 젊어 시집 올 때도 이렇게 좋은 집 예쁜 가구를 가져보지 못했다.

라미 어머니는 가슴이 울렁거렸다. 이렇게 행복한 복음이 또 있겠는가? 먼저 간 라미 아버지에게 죄송해서 한동안 눈에 밟히더니 이젠 그 영상도 점점 멀어져 갔다.

─미안해유. 삼종지예라 했는데 남편이 죽으면 자식을 따르라 했는데 자식이 에미에게 효도한다고 하면서 이렇게 만들어 놨으니 용서하셔유. 뒤늦게 내가 남자가 그리워 재가를 했겠

어유? 다 세월 탓이지유. 우리 적에는 연애도 마음놓고 못하던 시절이었지만 지금은 세상이 변했어유. 만났다 헤어졌다. 이혼은 이웃집 드나들 듯 쉽게도 하는 세상이유. 망할 세상이라고 욕을 했더니만 내가 이 망한 세상 덕을 보아 늦게 호강을 하네유. 라미 아버지 저승에 가면 얼굴을 들 수가 없겠지유. 내가 부끄러워하거든 당신이 먼저 말을 걸어서 다가오던지 아니면 모르는 척 해유. 혼이 있다면 라미네 사업이나 잘 되게 돌봐줘유. 라미는 누가 뭐래도 당신 자식이니께유. 제삿날은 이리루 오실 거지유? 큰 집에서 제사 지낼 사람이 없으니 어째유. 거기서 차리면 거기 가서도 먹고 여기서도 먹고 그래유. 난 내 도리만 할거구만유. 새 영감네는 아들네 집에서 차리기로 했어유. 우린 여기서 차리면 라미하고 사위가 오기로 했구먼유. 지금 우리가 사는게 계약결혼이래유. 죽으면 자식들이 시신은 찾아다 주씨 선산에 묻는다는구먼유. 어딜 들어오느냐고 문전박대를 하면 공원묘지로 갈거구만유. 죽은 다음에사 시신이 묻히든 화장터에 가서 가루가 되어 한강물에 날려지면 그게 뭐 대수인가유. 목숨 살아있을 동안 자식들 불효자 안 만들고 나도 늦게 사는 것처럼 살아보려니께 그리 아시고 질투랑 마서유. 나도 고생할 만큼 했어유. 구슬도 한 가마는 꿰었을 것이고. 인형옷도 수백벌 꿰매고도 남았구먼유. 사실이지 내가 머리 올린 것은 처음 아닌가배유. 그땐 겨우 양푼에 미나리 띄우고 우리 둘이 맞절을 하고 살았지만유. ―

라미 어머니는 이른 새벽에 일어나 먼지도 없는 식탁을 문지르면서 라미 아버지의 환영을 향해 마음 속을 털어놓았다. 새벽이면 두 노인이 손을 잡고 까치산을 오른다. 아카시아 숲이 우거진 등산로를 따라 나지막한 산을 오르면 코끝이 싱그럽다. 평평한 등성에 올라서서 가볍게 운동을 하고는 약수터로 내려가 마른 목을 축인다. 그리고 다시 용문사 부처님께 마음공양을 올리고 산등성이를 오르면 구수한 해장국이 구미를 당긴다.

노 신혼부부는 주변의 부러움을 한 눈에 받으며 두 부부는 막걸리 한 잔에 해장국으로 아침 식사를 할 때도 있다. 시원한 그늘에서 자식 자랑, 살아온 이야기에 침이 마를 새가 없다. 집에 들어오면 유리알같이 깨끗한 방바닥에 신식 살림살이가 요밀조밀 재미있다. 일주일 멀다고 며느리와 딸이 드나들며 해다 준 반찬도 수월찮게 많다.

"우선 자식들 짐을 덜어주어 좋잖수."

"좋구 말고. 사위 눈치 보이지. 딸 눈치 보이지 그게 어디 사는 겁니까?"

"난 영 딸네가 민망스러워서 혼났어요."

"그러셨을 거예요."

"이렇게 오래오래 삽시다. 참 임자도 약 먹을 시간이 됐잖수."

신약장생원을 하는 아들 덕분에 두 노인은 건강 걱정은 없게 되었다.

"배 아프지 않고 둔 아들이 이렇게 보약까지 대주고 늦팔자가 이렇게 좋을 줄은 몰랐어요."

"허허허. 나도 그렇지 아들만 삼형제이고 딸이 없었는데 늦게 딸을 두어서 좋고."

"그래요. 우리 딸보다 사위가 싹싹해요. 참 사위가 그러는데 노인대학이 생긴대요. 거기나 입학하라고 그러던데 나가실래요?"

"늙은이들이 다니는 대학이라니? 도대체 거기서는 뭘 배우나?"

"좋은 이야기 듣고, 운동하고 노래하고 춤추고 그저 노인들 심심하니까 놀려주는 데래요. 먹을 것도 주고요."

"비쌀텐데. 입학금이 얼마나 되는데?"

"다 공짜래요."

"그러면 손잡고 나가봅시다."

이제 노 신혼부부는 신나고 즐겁기만 했다. 먹을 걱정 없고 다달이 이자 찾아 쓰고 가끔씩 아들과 딸이 먹을 것 입을 것 해다 주고 아무 걱정이 없었다.

어머니가 없는 라미네는 이제 홀가분했다. 그전보다 성준이도 집에 일찍 들어온다. 이것저것 자상하게 살림에 마음을 썼다. 생각보다 어머니가 행복해 하셔서 다행이다. 가끔 하늘이가 할머니 집에 가서 놀다오곤 한다. 라미와 성준이 부부는 홀

부모를 짝지워드린 일로 인해 이듬해 5월에는 좋은자식협회로부터 효자효녀에게 주는 「좋은자식」상을 타기도 했다.

성준이의 산업정보센터는 신종 업종으로서 날로 인기가 더해갔다.

국제적으로 개방화물결을 타고 새로운 업종에 민감한 반응을 보였다. 성준이가 하는 사업의 내용은 주로 일본에서 새로 개발된 신종 사업 내용을 소개해 주는 것이었다. 본사와 또는 연구개발팀과 직접 연결을 시켜 주고 때로는 사업시스템을 설계하여 주는 일이다.

국제적으로 연결되는 사업이니만큼 복잡하고 어렵지만 그럴수록 소개비와 이득은 수백, 수천, 때로는 몇 억의 숫자의 흑자를 가지고 오게 마련이었다. 이제 성준이의 사업은 날로 번창하여 사무실도 넓은 오피스텔로 옮기기에 이르렀다.

"어서 오십시오."

"해볼만한 사업이 없을까 해서요."

직원들의 상담을 거쳐 최종의 상담은 언제나 성준이었다. 이성준 사장은 언제나 검소하고 상대를 편안하게 해준다. 사업의 규모와 흑자, 장래성 등에 대한 충분한 상담은 거의가 본사와 연락이 되어 계약을 체결하게 이른다.

어느 날 아주 젊은 사람이 성준이 앞에 앉았다. 보나마나 X세대다. X세대 사장 앞에 X세대의 사업주의 만남이다.

"이리 앉으시죠."

"저의 아버지는 자동차 조립부품을 만드는 공장을 하고 있습니다. 듣기로 공기 새는 것을 방지하는 펑크개발법이 나온다고 해서 그 사업을 좀 해볼까 해서요."

"아, 순간밀폐제 말씀이군요. 아직 우리나라에도 도입이 안된 사업입니다. 아시겠지만 자동차 타이어 빵구가 나면 얼마나 고생입니까? 모처럼 가족 나들이를 나왔는데 길가에 서서 그 빵구난 타이어 바퀴를 갈아 끼우고, 또는 수리를 하러 가야하고, 말이 아니지요."

"그래 어떻게 빵구난 타이어가 자동으로 고쳐집니까?"

"영국 멜리디언 인터스트리. 인터포드사가 개발한 펑크 밀폐제입니다. 이름은 「KO」라고 합니다. 수년에 걸친 연구 프로젝트 결과 개발된 것입니다. 공기 튜브타이어, 뉴스리스 타이어, 둘 다 사용할 수 있거든요. 도로에서의 펑크로 인한 번잡스러움을 쉽게 해결할 수 있어 인기 있는 사업이 될 것입니다. 사용법이 간단합니다. 공기손실이 없는 밸브를 끼워 타이어 내에 주입시키면 액상인 밀폐제는 타이어 프레드의 내측에 확대되어 가게 됩니다. 주행시에는 액상을 유지하고 펑크가 났을 때만 새는 공기력이 강제적으로 이 액체밀폐제를 펑크구멍에 넣어 순간적으로 구멍을 막아버리는 구조입니다."

"아, 그러니까 빵구 응급처치제나 마찬가지군요. 사장님!"

"응급처치제가 아니고 항구적인 공기누설효과를 지속하여

반복하여 일어나는 펑크에도 대응할 수가 있다는 것이지요."

"빵구가 크게 나면 안 되겠는 데요?"

"직경 7미리까지 가능하다고 나와 있습니다. 군용차 실험결과 30회의 펑크. 돌 기물에 의한 펑크 200군데 이상의 펑크에서도 완전한 밀폐효과를 거두었다고 소개가 되어 있습니다."

"요즘 신종사업을 좀 해 보려니 유해물질 함유량은 어느 정도입니까?"

"역시 큰 사업을 하실 분이라 세밀하시군요."

"유해물질이 전혀 포함되어 있지 않다고 나왔습니다."

"믿을 수가 있어야지요."

"KO는 영국, 독일, 네덜란드 등의 삼자 검사기관에서 엄격한 검사를 거쳐 인정하고 있는 유일한 펑크방지법이라고 합니다. 이건 타이어 수명을 늘인다는 점에서도 그렇고 승용차는 물론 자전거, 오토바이, 트레일러, 골프카트, 휠체어 등 어느 것에나 사용할 수 있어 용도가 광범위하다는 잇점이 있습니다."

"각종 카센터나, 자동차 수리점에 보급하면 괜찮겠지요?"

"괜찮다 뿐입니까? 일반화되기 전에 독점하시면 재미 보십니다. 지금은 좋은 아이디어다 하면 며칠도 못 가서 대기업들이 손을 댑니다."

"그럼 한번 합시다."

하루에도 수 건이 체결되고 컴퓨터에서는 새로운 사업정보가 세계 각국에서 입력되고 있다.

"고상무님, KO 그거 하기로 하셨으니까 계약 체결하고 곧 일에 착수하도록 하세요. 그리고 오늘 새 상품 들어온 거 가지고 오라고 하세요."

"네."

상무라고 해야 그도 젊디젊은 20대 후반이다.

"사장님 오늘 새로 들어온 상품인데요."

"힘 안 들어요? 어디 봅시다."

여사원으로 정보 수집을 담당하고 있는 박양은 빙그레 웃으며 새 상품 목록을 내밀었다.

"쌀맛을 알아내는 측정기라. 이건 독일 상품인데 일본에서 판매에 착수하고 있는 「아미로 그래프 PT100」이라. 정미업자나 농업시험장에 소개서를 넣어보도록 해야겠군."

"상무님은 금과 다이어 접착기술도 인기가 있을 거라고 하던데요."

"그래? 이건 여자사원들이 한번 분석해 봐요. 보석계는 뭐니뭐니 해도 여자들의 소비성향과 관계가 깊으니까요. 그리고 「견체자동응고기」 보급건에 관한 서류 좀 가지고 들어오라고 해요."

성준은 새 상품을 기록하고 이미 계약이 끝난 상품을 확인하고 있다. 그리고는 한별이에게 전화를 걸었다.

"난데, 아버님 병환은 좀 어때?"

"장기화 될 것 같고 암만해도 각오를 해야 될 것 같아."

"그래? 안됐구나. 마음을 단단히 먹고 업무 파악은 어느 정도 했니?"

"나, 아버지 같은 사업은 못하겠어."

"그래 넌 부동산 체질은 아니잖니? 있는 재산이나 다 확인해놓고 관리나 잘 해도 되잖니?"

"땅도 그래. 매매고 관리고 통 겁이 나서 죽겠어."

"걱정하지 마. 내가 도와 줄께."

"나 무슨 사업을 하지?"

"기술은 내가 대고 자본은 네가 대고 할 사업이 하나 있어. 아마 일하는 맛이 날 거야."

"어떤 사업인데. 아버지는 내가 염려되는 모양이야. 뭔가 앞이 보이는 사업을 시작하면 마음이 놓이겠는데 하시며 사업 구상을 해보라는 거야."

"그래? 내가 직접 하려고 아끼는 사업인데 잡쓰레기 처리 시스템이야."

"쓰레기 처리? 그 더러운 것을 어떻게?"

"우리가 쓰레기를 처리하는 게 아니고 업체 또는 가정에서 처리할 수 있는 시스템을 설치해 주는 사업이야. 우리는 그 기계만 수입 각 분점으로 내려보내기만 하면 돼. 설치도 사용도 간단하면서 인기와 수익을 올릴 수 있다고. 이것이 전국 전 세계로 확대될 수 있는 상품이거든. 넌 가만히 앉아서 회장노릇만 하면 돼."

"그럼 너 그 상품을 가지고 병원으로 올래? 아버지께 자세히 설명해 드리고 함께 구상을 해보자."

성준이는 슈퍼, 레스토랑 등 각종 산업계 잡쓰레기 처리시스템인 「크린 메이트 SG-N10」에 대한 자료를 들고 병문안차 한별이 아버지가 입원하고 계시는 L병원으로 찾아갔다.

"자네가 곁에 있어 난 마음이 든든하네. 이 놈이 불효야. 어린 나이에 너무 생활이 방탕해서 제 신세를 망치고 손도 하나 못 보게 됐으니 이게 뭔가. 그 많은 재산 2대 독자에서 우리 가문이 문을 닫다니. 이 불효 막심한 놈!"

"아버님 너무 상심마십시오. 자식에 연연하는 세상이 아니지 않습니까?"

"자넨 남자 아닌가? 자식이란 남자에게 있어 힘의 원천일세. 본능인 것을… 우리 한별이가 자식을 낳을 수 없다는 말하던가?"

"네."

"그래 어떻게 할 작정이래? 저 혼자 이 많은 재산 두더지처럼 파먹고 간다던가?"

"그래서 하는 말인데 양자라도 아니면 홀트에서 애를 하나 데려다 키우는 것이 어떻겠나 하고 상의를 하는 중이었네."

"양자를 들이시는 게 어떨까요?"

"양자? 앤 사촌도 없어요. 대대로 독자였다니까."

"아직 집사람과 상의는 해보지 않았는데 제가 아들이 둘이

나 됩니다. 하나를 양자로 들이시는 것이 어떨까 해서요."

사업 구상을 하러 간 성준이는 뜻밖에도 양자문제가 거론되고 말았다.

"한별이 너도 한번 생각해 봐. 그래도 그 방법이 좋은 것 같지 않나?"

성준이가 나가자 한별이 아버지가 한별이에게 말했다.

"그 사람 야심이 대단한 사람이군."

"아버지 야심이 아니고 그럴 사정이 있어요."

"그럴 사정이라니? 그게 뭐야. 왜 자기 자식을 생각도 없이 부부가 상의도 없이 우리 집 양자로 주겠다는 거야. 핏덩이 채 데려다 키우는 것이 차라리 나아. 병원에 알아봐서 하나 입양을 하도록 내가 늬 어머니한테 일러두었다."

"아버지. 남자 대 남자로 이해하셔야 돼요."

"그래. 어서 말해 봐."

"그래도 제 피가 섞인 아이가 백 번 낫지 않습니까?"

"낫다마다. 그걸 말이라고 하니? 그래 네 피가 섞인 아들을 데려올 수 있다는 말이야. 낳겠다는 말이야."

"아버지 당분간 비밀로 하셔야 됩니다. 그래야 제가 말씀드릴 수 있어요."

"그래 비밀로 하마."

"사실은 성준이 큰 애. 하늘이 있잖아요. 사실은 그 아이가 제 아이예요."

"뭐야? 네 아이를 왜 성준이가 길러?"

"학생 때 사귄 여자가 제 아이를 낳아주고 가버렸어요."

"그래 성준이댁이 길렀다 이거지?"

"네. 그래서 성준이댁이 유학도 포기하고 성준이랑 같이 나온 거예요."

"아니 이런 고마울 데가 어디 또 있나. 관세음보살."

"제가 그런 연유로 성준이와 인연을 끊지 못하고 아파트도 사 주고 살림비도 보내주고 그랬던 거예요. 물론 친구와의 의리도 있지만요."

한별이의 가정은 새로운 희망이 보이기 시작했다.

"허허허. 역시 넌 남자다 남자야. 허허허."

"아버지 그런데 문제는 그 여자가 하늘이를 내놓으려는지 그게 조심스럽다 이 말입니다."

"아니 남의 자식임을 뻔히 아는데 안 내놓을 턱이 있니?"

"그 동안 기른 정이 있지 않습니까? 아무리 돈으로 보상을 한다해도 바꿀 수 없는 게 정이예요. 아버지. 그리고 성준이네 이젠 경제적으로 아주 탄탄하구요."

"그래. 어떻게 할 생각이냐? 한 번 보고 싶구나."

"보시는 거야 문제없지요. 당장이라도."

"몇 살이냐. 아들이 둘이라 했지. 서너 살 됐냐?"

"서너 살이 뭐예요. 여덟 살이예요."

"여덟 살? 학교에 다니겠구나."

"2학년이예요."

"그래. 네가 믿는 구석이 있어 그렇게 희희낙락했구나. 자식 역시 너는 남자다. 남자야. 잘 했다 잘 했어. 그래 그 애를 낳아준 여자는 소식을 알고 있고."

"알아서 뭐합니까?"

"너 언제까지 혼자 살 수는 없잖니? 그 여자를 찾아다 함께 사는 방법도 괜찮지. 가능하다면 말이야."

"그건 아버지 욕심이구요. 그 여자는 결혼해서 잘 살아요."

"그래? 하늘이에 대하여는 관심 없고?"

"네."

핏줄이 있다는데 힘을 얻은 한별이네 가정은 다시 웃음꽃이 피었다. 두 번째 부인 순미도 떠나가고 쓸쓸하고 암울했던 한별이네 가정에는 이제 하늘이가 큰 힘이 되어주고 있는 것이다.

난 아빠가 둘이다

"참 자네 한별이와 함께 계획한 사업이 어떤 것인가? 한번 가지고 와 봤으면 해서?"

이청빈 회장이 성준이에게 사업계획에 대한 문의전화를 받고 성준이는 바삐 차를 몰았다.

"그래, 우리 하늘이 일은 추진이 잘 되고 있나?"

"네, 아버님. 며칠만 기다려 주십시오. 식구와는 상의가 잘 되었는데, 지금 하늘이를 자연스럽게 교육시키고 있습니다."

"하늘이 엄마가 섭섭해하지 않던가?"

"어렸을 때부터 각오했던 일이라 별로 동요는 없었습니다. 다만 이렇게 되리라고는 생각을 못 했지요. 자기 피를 찾아주게 되어 하늘이한테는 다행한 일이지요."

"나도 한별이 저 놈이 자식을 못 두리라고 생각이나 했어야 말이지. 3대 독자로 오직 저 하나 바라고 살아왔는데, 이런 날

벼락이 어디 또 있겠나? 한별이 저 녀석 같이 처복 없는 놈도 없을 거야. 벌써 둘이나 가버렸으니 전들 장가가고 싶은 맘이 생기겠나. 불쌍한 녀석. 자네는 알지? 왜 저 녀석이 병신이 되었다고 생각하나? 미국에서 유학시절에 생활이 엉망이었지?"

"이제 와서 그 때 일을 이야기해서 뭐 하겠습니까? 친구인 저로서는 불가항력이었습니다. 죄송합니다."

"같은 세대 사람인데 어찌하여 자네와 한별이가 그렇게 다를 수 있나? 자네도 찢어진 바지 입고 고슴도치머리 하고 목걸이 귀걸이 달고 다녔나?"

"그럼요. 그건 저희들 시대의 유행이라는 물결이지요."

"그럼 자네도 카세트 귀에 꽂고 노래 들으며 책 보고 젊은 여자 사진 모아들이고 인디안처럼 차려입고 고팅인가 뭔가에서 여자 친구 만나고 노래방 가고 춤추고 했나?"

"그럼요. 같은 생각 같은 유행 같은 문화권에서 사니까 모습이나 생각이나 사고는 비슷하지요."

"그럼 자넨 우리 한별이와 무엇이 달랐단 말인가?"

"저는 한별이보다 돈이 없었고, 분별력과 자제력이 있었습니다."

"그렇지. 그건 누가 가르쳐 주었나?"

"학교에서 가르쳐주십니다. 선생님들이. 다만 그 뜻을 새겨 내 것으로 만드는 일은 자신이 해야 합니다."

"그렇지. 맞는 말이야. 또 다른 게 없나?"

"얻어 쓰는 치욕을 일찍 경험했고, 제 힘으로 해결한 후의 보람을 일찍 체험했습니다. 그 나머지는 한별이와 똑같습니다."

"같다면 어떤 점이 같았는가?"

"유행하는 옷 입고 싶고, 팝송 듣고 춤추면 즐겁고, 머리에 무스 바르고 거울 보고 여자 야타족 만나면 어울려 놀고, 몰래 극장가고 싶고, 여자와 여관에 들어가고, 술 마시면 좋고. 그런 어른들이 보시면 혀를 차실 일들을 지금 젊은 사람들은 좋아하고 즐기고 합니다."

"그런데 어째 한별이와 이렇게 다를 수가 있는가 말이야."

"아버님, 아까 말씀드린 대로 부족함이 없이 자라서, 벽이 생기면 적응을 못하고 도피만 하다보니까 그렇게 되었습니다."

이청빈 회장은 아들 한별이의 사업계획보다는 손자인 하늘이를 맞고 싶다는 생각에 성준이를 불러들였던 것이다.

"하늘아, 이 세상에는 아버지가 둘이 있는 사람도 많고 엄마가 둘이 있는 사람도 많은데, 너 그런 얘기 들어봤니?"

"응, 우리반 미영이는 엄마가 둘이래."

"그래? 어떻게 해서 엄마가 둘이 되었다니?"

"지금은 아빠가 사랑하는 엄마랑 함께 사는데 진짜 엄마가 또 있대. 학교에 오는 엄마는 진짜 엄마래. 미영이는 진짜 엄마가 오면 공부하다 말고 엄마를 따라 가서 통닭도 먹고 선물도 많이 사 가지고 오는데…"

"그래? 하늘이도 만약 엄마가 둘이라면 어떨까?"

"몰라."

"그래 모를 거야. 나도 엄마는 하나였으니까."

"외할머니 하나야?"

"그래 그렇지만 엄마는 아빠가 둘이다!"

"둘? 그럼 내 할아버지가 둘이나 되겠네."

"더 많지. 자 들어 봐. 아빠를 낳아주신 할아버지가 있지? 그 다음에 엄마를 낳아주신 할아버지가 있지? 둘이지?"

"응."

"그러니까 엄마의 아버지가 둘이니까. 어? 할아버지가 있잖아. 화곡동 할아버지. 그러니까 하늘이 할아버지는 셋이지."

"그럼 그 할아버지들은 다 어디 있어?"

"아버지를 낳아주신 할아버지랑, 엄마를 낳아주신 할아버지는 돌아가셨고. 지금 할머니랑 살고 있는 까치맨션에 사시는 할아버지 이렇게 셋이지."

라미는 스케치북에 그림을 그리며 조심스럽게 하늘이에게 아빠가 둘이 있을 수 있다는 것을 교육시켰다.

"아빠는 할아버지 할머니가 너무 일찍 돌아가셔서 아빠를 하나 더 만들고 싶었대. 그런데 아직 못 만들었거든."

"엄마. 왜 못 만들었어?"

"하늘이가 만들어 주면 어떨까?"

"내가 어떻게 만들어."

"네가 아빠를 하나 만들면 되잖니?"

"아참 그러면 좋겠다. 어떻게 만들지?"

"그야 네가 좋아하는 사람을 아빠라고 부르게 되면 그 새로 만든 하늘이의 아빠의 아버지는 하늘이의 할아버지가 되는 것이고, 또 우리 아빠의 아버지가 되는 거지."

라미는 하늘이에게 그림을 그려가면서 자세히 이해가 되도록 설명해주었다.

"알았다. 그렇게 하면 되겠구나."

"그렇게만 되면 너는 아빠의 소원을 풀어주는 효자가 되는 것이거든. 너도 좋지. 아빠가 둘이니까. 좋은 선물도 많이 받게 되고 좋은 구경도 더 많이 할 수 있게 되지. 아빠 하나 더 만들까? 아빠가 좋아하실 거야."

"그럼 나는 누구랑 살아?"

"우리 집에서 엄마랑 아빠랑 살고 가끔씩 새로 만든 아빠한테는 다니러 가면 되는 거지."

"그럼 누구를 만들지?"

"네가 좋아하는 사람 중에 하나 만들면 되겠다."

"그래 난 한별이 삼촌이 제일 좋은데. 아빠 하자고 말하면 좋다고 그럴까?"

"글쎄, 네가 말해 봐. 한별이 삼촌은 할아버지도 계시니까 아빠 소원도 풀 수 있고, 또 아주 부자 할아버지거든."

"그럼 우리보다 더 돈이 많아?"

"그럼, 열 배도 넘지."

라미는 두 손을 쫙 힘있게 폈다.

하늘이는 2학년답지 않게 꼼꼼하고 세밀하게 스케치북에 그려진 그림을 되짚으며 생각에 빠졌다.

"엄마, 아빠한테 전화해 볼래."

"해 봐. 좋아하실 거야. 그런데 갑자기 말하면 놀라실 텐데…"

"작은 소리로 말할래."

"그래. 걸어 봐."

하늘이는 얼른 아빠에게 전화를 걸었다.

"아빠야? 나 하늘인데 잠깐만."

"엄마. 얼른 아빠야. 엄마가 말해 줘."

하늘이는 얼른 수화기를 엄마에게 맡겼다.

"당신이예요? 놀라지 마세요. 하늘이가 아들 노릇을 한대요. 효도를 하겠대요. 뭐냐구요? 아빠 소원을 풀어드린대요. 잠깐만 하늘이 바꿔 줄게 기다려요."

"하늘아. 그 말은 네가 해야지. 아빠가 눈치채셨나 봐. 너무 기뻐하시는데?"

"아빠, 나 하늘이야. 있잖아 아빠 소원이 뭐야?"

"나? 아빠를 갖고 싶은 거지."

"아빠, 내가 아빠를 하나 더 만들면 아빠도 아버지가 생기는 거야?"

"그럼 하늘이가 아빠 하나 만들래?"

"응, 한별이 삼촌!"

"잘 생각했어. 그럼 한별이 삼촌이 아빠가 되어 준다면 좋겠는데 허락을 하실지 모르겠는데?"

"아빠가 말해 봐. 그 삼촌은 나랑 친하잖아. 내 말은 무엇이든지 들어주었단 말이야."

"그럼 하늘아. 네가 말해 보는 게 좋겠다."

"싫다고 그러면 어쩌지?"

"막 떼를 쓰지 뭐. 소원을 빈다. 고마워 하늘아. 사랑해."

"아빠 사랑해."

하늘이는 가슴이 울렁거렸다. 항상 성준이보다 자상하고 따뜻하게 대해 주어 하늘이는 한별이와 더 정이 깊었다. 늘 삼촌이라고 부르고 따라 다녔다. 한별이도 주말은 거의 하늘이와 시간을 갖는 것을 유일의 낙으로 생각했다.

오늘도 하늘이는 한별이 삼촌을 따라 덕수궁으로 놀러갔다. 노란 은행단풍이 넓은 덕수궁 뜰에 가득했다. 한별이와 하늘이는 나란히 벤치에 앉아있다.

"하늘이 뭐 먹을래?"

"나는 아이스크림."

하늘이는 심각하다. 아빠의 소원을 풀어드려야 하기 때문이다. 그래서 한별이 삼촌에게 아빠가 되어 달라고 말해야 된다. 집에 돌아갈 시간은 다가오는데 말을 할 기회가 좀처럼 없었다. 없다기보다 말을 꺼낼 용기가 나지 않았다.

"자 하늘이는 아이스크림, 나는 콜라."

한별이가 하늘이에게 아이스크림을 건네주었다.

"고맙습니다."

하늘이는 아이스크림을 먹다가 한별이를 쳐다보았다.

"저 삼촌, 삼촌네 아빠는 뭐하시는 분인가요?"

"우리 아빠? 회장님이시지."

"회장은 사장님보다 높지요?"

"높지. 왜?"

"우리 아빠는 아빠가 있는 것이 소원이래요. 그래서 삼촌네 할아버지가 우리 아빠의 아빠가 되었으면 좋겠어요."

"그야, 쉽지. 네가 나보고 아빠라고만 부르면 되는 거야. 내가 하늘이 아빠가 되고 하늘이는 내 아들이 되는 거지."

"그럼 나는 아빠가 둘이 되는 거지요?"

"그렇지. 그러면 이 삼촌은 영광이겠는데?"

"정말이예요?"

"우린 서로 닮았잖니?"

"그래요. 삼촌하고 다니면 언제든지 사람들이 너의 아빠라고 말했어요. 닮아서 그래요. 삼촌?"

"따지고 보면 삼촌도 작은 아버지 큰 아버지가 되는 것이거든. 결국은 나는 하늘이의 아버지가 되었던 거야. 아주 어렸을 때부터. 알았어? 자 그럼 우리는 이제부터 아버지와 아들이 된 거야. 약속."

하늘이와 한별이는 새끼손가락을 걸고 엄지손가락으로 손도장을 찍었다.

"우리 아빠한테 전화할래요. 기뻐하실 거예요."

"그래?"

하늘이는 한별이 손을 잡고 공중전화 박스로 달려갔다.

"아빠 허락했어요. 한별이 삼촌이 아빠가 되어 주신다고 허락했어요. 약속도 했는 걸요. 이젠 아빠도 회장 아빠가 생기신 거예요. 축하해요."

"고맙다 하늘아."

"아빠 기다리세요. 또 아빠를 바꿔 드릴께요. 우리 아빠예요."

하늘이가 수화기를 한별이에게 주었다.

"고맙네, 성준이. 아들을 훌륭하게 키워주어서. 우린 오늘 아버지와 아들이 되기로 약속했네. 아주 기쁘네. 할아버지를 보고 갈 테니 성준이 자네도 우리 집으로 오겠나? 거기서 만나지. 그래."

하늘이는 이미 정이 들대로 든 사이라 삼촌이라는 말만 아빠로 바꾸어 부르기만 하면 되었다. 어색할 것도 없었고 쑥스러울 것도 없었다.

이렇게 해서 기나긴 날 정 한자락을 느려 마음 졸이던 아들 찾기는 아버지의 병환으로 인해 **빨리** 마무리가 되었다. 라미도 언젠가는 이런 일이 있을 것이라는 것을 기대했었고. 성준이도 한별이의 자식으로 넘겨줄 것을 각오하고 있었다. 성준이는 한별이가 아이를 낳을 수 없다는 소식을 듣고는 라미와 여러 차례 상의를 했던 터라 섭섭함도 없었다.

하늘이는 한별이와 함께 금방으로 들어갔다.

"어서 오십시오."

"우리 메달을 하나씩 나누어 가지려고 합니다. 이 메달에다가 글자를 좀 새겨 주십시오."

'이한별의 아들 이하늘'은 하늘이가 걸고, '이하늘의 아버지 이한별'은 한별이가 걸었다.

"아빠 것도 해 주세요."

"참 그렇지 아빠 것을 해야지."

"'이성준의 아버지 이청빈'. 이건 할아버지 드릴 거고."

"할아버지 성함이 이자 청자 빈자군요?"

"똑똑하구나. 그래 '이청빈의 아들 이성준'. 이건 아빠 드리고. 이것 둘은 케이스에 넣어주세요."

"넌 부자 아빠를 두어 좋겠구나."

눈치 빠른 금은방 주인이 포장을 하며 하늘이에게 말했다.

"우리 할아버지가 더 부자예요. 회장님이신데요?"

"아 그러니? 너는 아빠가 둘이라 좋겠다. 고맙습니다."

하늘이와 한별이는 메달을 차고 차에 올랐다.

"이제 백화점으로 가야지. 예쁜 옷을 사서 입고 할아버지를 만나러 가는 거야. 아빠 엄마도 오신다고 했으니 오늘은 기쁜 날이다. 그렇지?"

"네, 삼촌. 참 아빠."

"그래 한참 연습을 해야 될 거야."

"네 이럴 줄 알았으면 애기 때부터 아빠라고 할 걸 그랬어요."

"나는 네가 엄마 뱃속에 있을 때부터 아들 하겠다고 생각했었는데…"

"어떻게 엄마한테 허락받고요?"

"그럼 아빠와 엄마한테 다 허락 받았지. 그때도 엄마랑 아빠는 나의 친한 친구였거든."

"그런데 왜 삼촌이라고 부르게 했어요. 아빠라고 처음부터 부르게 하지요."

"그건 두 가지 이유가 있었지. 첫째는 네가 어려서 네 허락을 받을 수 없었고. 둘째는 아무리 친한 친구지만 이성준 너의 아빠가 먼저 아빠 소리를 들어야 되기 때문이었지."

"아아. 역시 아빠는 똑똑해."

자주빛 연미복을 똑같이 사 입고 한별이와 하늘이가 나타나자 미리 와 있던 한별이 부모와 성준이 내외는 박수로 맞았다. 너무 뜻밖의 화려한 자리에 하늘이는 어리둥절했다.

돌계단으로 이어진 정원을 지나 저택은 하늘이를 놀라게 했다. 현관문을 열자 박수소리와 운명 교향곡은 환영의 기쁨을 고조시켰다. 너무도 똑같은 두 부자의 입장은 한별이 부모님의 눈에 눈물이 흐르게 했다.

　"인사 드려라. 할아버지시다."

　"할아버지 안녕하세요. 좋은 할아버지를 만나게 되어 기쁩니다."

　하늘이가 할아버지에게 인사를 했다.

　"어디, 내 손자야. 이렇게 커서 오다니. 반갑고 고맙고 기쁘다. 이제 이 집은 너의 집이다. 할아버지 보러 자주 오너라."

　이청빈 회장의 목소리는 떨고 있었다.

　"자 이 쪽은 할머니시다."

　"할머니. 안녕하세요?"

　"그래, 하늘아 어쩌면 그렇게 아빠를 쏙 빼닮았니?"

　"아주 어렸을 때부터 저를 맡아 놓으시고 사랑해 주셔서 제가 닮았대요."

　"오! 저런."

　한별이의 노 부모님들은 감격의 눈물을 연이어 훔쳐 내렸다.

　"앉으시지요. 인사를 드려야지요."

　이미 내용은 알고 있었지만 한별이에게 절차의 양식은 갖추어 보여주어야 된다는 의견에 따라 정식으로 인사를 드리기로 했다.

한별이 부모님이 정좌하고 앉자 성준이 내외가 인사를 드리고 한별이와 맞절을 했다. 그리고 하늘이도 한별이에게 정식으로 큰 절을 올렸다. 이렇게 절차를 밟아 정식으로 하늘이는 한별이의 가정으로 들어가게 된 것이다.

당분간은 양쪽 집을 드나들며 살다가 이해가 될만한 나이가 되면 완전 뿌리 찾기에 의해 그 집의 상속자가 될 것이다.

그 날은 강남 비유티 호텔로 갔다.

이미 예약된 특실에는 한별이네 가족만을 위한 특별 메뉴가 준비되어 있었다. 뜻깊고 기쁜 자리에서 라미는 각별한 보람의 자리였다.

"이건 돈으로 환산할 수 없는 크나 큰 은혜이나 마음의 표시로 받아주어요. 특히 하늘이 어머니가 우리 집안을 살렸어요. 그 어린 핏덩이를 받아 기르느라고 얼마나 마음고생이 컸겠는가. 고맙소. 정말 고맙소."

ㅡ제가 낳았습니다. 제가 그 생모입니다 라고 마음 속으로 외쳤다.ㅡ

"그 생모의 거처를 안다면 내가 마음의 표시를 하련만, 하여튼 부처님이 우리를 도와주셨습니다. 관세음보살."

하늘이가 자리를 뜬 자리에서 이청빈 회장은 기쁨을 주체할 수 없어 한 소리를 또 하고 또 하며 라미에게 작은 봉투를 내밀었다.

"내 이 은혜는 평생을 잊지 않을 것이고 자손 대대로 잊지

않도록 할 거예요. 그리 알고 이건 변변치는 못하나 내 마음이
예요. 집에 가서 펴 보도록 해요."

라미는 마음 한구석이 허전했다. 그러나 그게 길이라 생각
했다.

얼마 후 이청빈 회장은 성준이에게 전화를 걸었다.

"내 말은 우리 한별이에게 하늘이를 못 맡겨. 왜냐? 애비가
똑똑해야 자식도 똑똑하게 기르지. 난 자식 농사엔 실패했지
만 손자 농사에는 성공하고 싶네. 아버지의 젊은 날을 낱낱이
글로 남겨 이 다음에 하늘이에게 남겨주어 거름이 되게 할 생
각이네."

"안됩니다. 아버지의 권위는 세워 주셔야지요."

"비유하여 써야지. 직접적이야 되겠나. 나도 그 정도는 생
각하고 있어. 내가 유산을 남길 것은 젊은 날을 그것도 청소년
시절을 이렇게 보내면 어찌 되고 이렇게 지내면 성공한다는
교훈을 유언으로 남겨 내 재산을 자손만대 지키고 번영시키게
할 참이야. 자넨 어떤가?"

"옳으신 생각이십니다."

"그래서 내가 하늘이를 한별이에게 맡길 수 없다 함은 즈 애
비의 전철을 밟아서는 안 된다는 말이고, 자네가 항상 옆에서
지켜달라는 부탁을 하기 위함일세. 우리 한별이는 여러 복합적
인 원인이 있겠지만 젊은 시절에 무절제와 방탕 특히 성에 대

난 아빠가 둘이다 341

한 절제와 분별이 없어서 이렇게 된 것이야. 내가 조사를 해 봤더니 유학 가서도 콜섹스까지 했다는 거야. 자네도 해 봤나?"

"저는 돈이 없어서 감히 생각도 못했습니다."

"그게 부르기만 하면 여자가 온다는군. 깜둥이, 흰둥이, 노랑머리, 빨강머리 오만 잡것들과 놀아났으니 무슨 병인들 걸리지 않고 그 몸뚱이가 남아나겠는가 말이야. 젊은 기분에 설마설마 하며 호기심을 채우다가는 긴긴 인생을 다 망쳐 버린다는 것을 왜 몰라. 내 자네한테 이야기지만 요즘 한별이 심기가 아주 좋지 않아요. 말 못하는 고민이 있는 모양이더라고. 그래 짐작인데. 혹 이상한 눈치 못 챘는가?"

"전혀 못 챘는데요?"

"그래? 요즘 어느 기관에서 전화가 오는 것도 같고 병원에도 가끔 다녀오는 것 같은 눈치야. 혹 그 나쁜 병에 걸린 건 아닌가 하는 의심이 나거든?"

"설마 그럴 리가 있나요?"

"나도 그렇지 않기를 바라지만 그 쪽으로 심증이 간단 말이야. 불효막심한 놈. 제가 저지른 일이니 누구를 원망할 수도 없는 일. 그래 하는 말인데 하늘이를 자네가 잘 맡아서 길러 주어야겠어."

"그야 여부가 있겠습니까? 하늘이는 회장님의 손자이자 저의 아들입니다. 염려 마십시오."

이청빈 회장은 길게 한숨을 내 쉬었다. 골 깊은 주름진 결에 검은 버섯이 삶의 종말을 예고하는 듯하다.

"이제 자네 이야기를 들어보세. 그래 사업에 대한 구상은 다 되었나? 한 번 들어봄세."

"요즘 환경공해 문제로 전 세계가 관심을 가지고 노력하고 있습니다. 그래서 잡쓰레기 처리시스템이라고 레스토랑이나 슈퍼용, 기타 각종 산업체에 설치하는 시스템입니다."

"그럼 각 업체에서 직접 쓰레기를 처리하게 된다 이건가?"

"그렇습니다.「크린 메이트 SG-N10」특수 석회제, 고화제 화학반응에 따른 발열을 이용하여 잡쓰레기의 수분을 건조, 경량 화합과 동시에 토양개량제 등의 특수비료로써 재생하는 기계입니다. 가격은 일화 250만 엔입니다."

"음 250만 엔이라. 그럼 지금까지 나온 잡쓰레기 처리와는 어떻게 다른가?"

"지금까지는 미생물에 의한 처리나 소각, 탈수 압축 등이 일반적이었습니다만, 이번에 개발된 이것은 화학적 처리입니다."

"화학적 처리면 용량도 감소할 수 있고 그 찌꺼기 처리는 어떻게 하는가?"

"우선 카터밀로 쓰레기를 분쇄합니다. 그 후 수석회에 고화제를 혼합하여 발열하게 되면 수분이 건조되고 살균, 탈취가 됩니다. 그 다음이 분립화 처리가 됩니다. 1회 10킬로그램의 잡쓰레기가 2시간에 처리되고 용량이 40% 감량화 됩니다. 처리물은 유기비료, 토양개량제 등의 특수비료로써 재생이 되는 것입니다. 특히 처리 후 5일이면 수분이 완전 증발하여 무게나 부피가 8분의 1 정도로 감량합니다."

"그럼 가정용으로도 가능하겠군?"

"곧 발매할 계획이라 합니다."

"아주 좋은 사업을 구상했군. 지금은 무조건 돈만 벌어야 된다는 발상은 버려야 돼. 내가 그동안 해 온 사업이란 게 아둔한 사람들을 속이고 정치적으로 뒷거래라도 해서 정보를 빼내어 땅을 사들이는 사업이었지. 뭐 사업이라고까지 할 것도 없지만. 그렇게 해서 돈을 벌었어요. 그 때는 시대가 그래서 그렇기도 했지만 지금 생각하면 부끄러운 일이고, 남 가슴 아프게 많이 했던 사업이었어요. 내가 한별이를 바라볼 때마다 내가 지은 죄를 당대에 받는구나 하는 생각이 들더라고. 그래서 모두에게 도움이 되는 사업을 한번 구상해보라고 했던 거야. 남들은 사회복지비로 희사를 하고 간다지만 나는 그럴 생각은 없어요. 인류나 국가를 위해 도움 될 수 있는 사업체를 마련하고 싶었지. 종교 사업을 해 볼까도 했는데 교회고 절이고 민망한 일이 어디 하나 둘인가? 마음을 비웠다는 지도자들이 속인들만도 못할 때가 많으니 그도 그렇고. 그럼 우리 그 사업으로 결정을 보지. 자금은 걱정말고 추진해 보게. 자네 사업이 내 사업이고 내 사업이 곧 자네와 한별이, 하늘이 우리 모두의 일일세."

"그럼 세부계획을 세워 올리겠습니다."

"늙은이 일이란 몰라. 얼른얼른 추진하게."

"네. 그럼 몸 건강히 조리 잘 하십시오."

성준이의 사업은 날로 번창하여 갔다. 전국에 대리점이 생기고 슈퍼나 레스토랑이나 각계 각층 사업소에는 「크린 메이트 SG-N10」은 인기절정에 이르렀다. 요즘은 가정에서까지 주문이 쇄도하여 즐거운 비명을 올리고 있다.

손이 끊겨 암울한 슬픔에 싸여있던 이청빈 회장은 만성간염으로 장기간 병원에 입원하고 있었으나 하늘이를 찾고부터는 새로운 의욕을 갖게 되어 그런지 요즈음은 건강상태가 매우 좋아졌다. 이제 남은 것은 한별이가 온전한 가정을 꾸미는 일밖에는 없었다. 그러나 한별이의 행동은 날로 의혹이 짙어갔다.

"아버지. 전 결혼 안 하겠어요."

"평생을 홀아비로 살 거냐? 사람이면 상식적인 모습으로 모두가 가는 길을 가야 되는 것이야."

"아버지. 저는 두 번씩이나 실패했잖아요."

"또 실패가 두려운 게냐? 요즘 불임여성들도 많이 있더라. 처지가 같은 사람끼리 만나 오순도순 살면 되지 않니? 하늘이가 있으니 자식걱정 없겠다, 다시 한번 생각해 봐라. 하늘이가 어려서부터 너와 가까이에서 자랐다는 것은 다행 중에 다행이고 안 그러냐?"

"아버지. 요즘은 독신들도 많아요. 사는데 하나도 불편하지 않아요. 전 결혼은 하지 않겠습니다. 제가 결혼을 원했던 것은 이 집안의 대를 잇는다는 3대 독자로의 의무를 더 먼저 생각했던 겁니다. 그러나 하늘이가 있으니 흡족하지는 못하시겠지만 제 임무는 다 한 듯 합니다. 아버지. 불효한 말씀이나 제 건강이 좀 나빠져서 휴양을 좀 다녀올까 합니다."

한별이는 결혼에 대한 아버지 뜻을 단호히 거절했다. 그리고 처음으로 자기 건강에 대한 이야기를 비추었다.

무엇인가 의혹을 가지고 있던 이청빈 회장은 역시 올 것이 왔나보다 하고 눈을 꼭 감았다.

—불효한 놈, 부모 속이고 스승님 눈 속이고 그렇게 천방지축 살았으니 네게 돌아올 것이 뭐 있겠니? 돈이 아무리 많은들 건강을 살 수 있겠냐? 다시 젊음을 사서 잘못 살아온 삶을 되돌릴 수 있느냐. 자업자득이다.—

"아니? 네 건강이 어때서 휴양을 떠나?"

한별이 어머니가 화들짝 놀라며 물었다.

"허긴 네 속이 온전하겠니? 여자를 둘씩이나 보냈을 때야 그 속인들 오죽했겠니? 보이지 않는 속이라 우리가 몰라서 그렇지. 그래 한 바퀴 돌아오너라. 속 시원히. 그래 휴양지는 어디로 잡았니? 혜안스님한테나 가 보지 그러니."

한별이 어머니가 아들의 등을 쓸어내린다.

한별이 아버지 이청빈 회장은 아무 말도 없었다. 무어라고 말을 할 수가 없었다.

"당신도 뭐라고 말씀 좀 해 봐요. 아들이 휴양을 떠나겠다는 데 뭔 말이 있어야 되잖아요."

"그동안 내 업보와 네 업보. 아니지 이 가문의 업보가 너에게 내린 모양이구나. 마음을 굳게 먹고 바람이나 쐬고 돌아오너라. 인간은 모두가 시한부 인생, 1회용 인생이라는 것은 누구나 다 알고 있는 것이다. 나오는 것은 순서가 있지만 가는 것은 순서가 없어. 내일 곧 죽을 거라 생각하는 사람은 내일 죽게 되고 죽지 않을 거라 생각하는 사람은 죽지 않는다. 말하자면 넓이 뛰기를 할 때 자기가 어디쯤 뛸 수 있다는 목표대로 멀리 갈 수 있는 원리나 마찬가지란 말이다. 무슨 뜻인지 아니? 네가 네 건강에 대하여는 알고 있겠지만 미리 공포심을 갖는다든지 절망을 해 버리면 병균은 이때다 싶어 마구잡이로 날뛰게 되는 거야. 너 같으면 안 그렇겠니? 상대가 약할 때를 찬스로 잡아 활을 당기지 않겠니? 이와 마찬가지다. 내가 왜 오늘날까지 살아 있는지 아니? 나도 벌써 10년 전에 사형선고를 받았었다. 그러나 내 지금 말한 원리를 터득하고 병마와 싸워 오늘에까지 살아 있는 거야. 가끔 내가 실망하고 자학하고 자포자기 할 때는 여지없이 병마가 나를 기회로 삼았지만, 나는 현대 의학과 손을 잡고 지금껏 버티고 있는 것이다. 앞으로 10년은 끄덕 없을 것이다. 병균은 누구나 가지고 있는 거야. 그러나 그 병균이 몸담고 있는 정신력과 체력에 따라 활동을 못한다는 것. 특히 그의 정신력에 따라 병마의 활동이 좌우된다는 것이야. 죽음이란 이미 정해진 것인데 우리가 모르고 있을 뿐이야. 온 길이 있으면 가는 길이 있는 이치란 말이지. 그러나 미리 그 길을 앞당기는 어리석은 짓은 아무 소용이 없는 거야. 넓이 뛰기, 목표물을 멀리 보고 한번 뛰어 봐. 넌 할 수 있을 거야. 내가 한 말 알아 듣겠니?"

"네. 아버지."

"그래 언제쯤 어디로 떠날래?"

"모레쯤 혜안사에 들려서 계룡산으로 갈까 합니다."

"그래. 계룡산은 명산이라 바라만 봐도 네게 새 힘이 오를 게야. 돈 두둑이 가지고 가서 잘 먹고 심기일전하여 돌아오너라."

"네. 저도 그럴 참이예요."

한별이는 아주 침착했다. 죽음에 이르는 병, 불치병, 사형선고, 에이즈 환자답지 않은 침착한 모습이다. 아버지가 내내 병명을 묻지 않는 것으로 보아 이미 짐작하고 있다는 느낌을 받았다. 아무 것도 모르는 어머니만 다그쳐 물으셨다.

"도대체 무슨 병이길래 휴양을 떠나야 하고 엄청난 설교를 해야 하는지 난 통 모르겠어?"

한별이 어머니도 그럴 만 했다. 이청빈 회장의 말은 마치 죽음을 앞에 둔 사람을 놓고 각오시키는 듯한 내용이 아니던가?

"하늘아, 서초동 아빠야."

"네 아빠, 왜 그동안 안 오셨어요? 저요 우리 반에서 영어를 제일 잘 해요. 상을 타왔거든요. 어제요."

"그래? 축하한다. 중학생이 되더니 더 신바람이 나는 모양인데?"

"네 재미있어요."

"그래 많이 기다렸니?"

"아빠하고 엄마가 말해 주셨어요. 서초동 아빠가 많이 바쁘시다고요."

"그래, 지방에 내려가서 여러 달 있을 것 같아. 바빠서 편지 못해도 사진 보면서, 메달 보면서 공부 열심히 해. 아빠가 평소에 해주던 말 알지?"

"네. 젊음을 헛되이 보내지 말라. 내 마음 싸움에서 이겨라. 순간의 잘못은 평생의 암이다."

"됐어. 우리 하늘이 최고다. 사랑해."

"나도 서초동 아빠 사랑해요."

한별이는 평소에 아끼던 그 외제차를 팔고 코란도로 바꾸었다. 다목적 네 바퀴 굴림의 지프형으로 비포장도로나 자갈밭, 산등성길, 어느 곳이나 자유자재로 달릴 수 있다. 승용성과 주행성을 겸한 이 코란도가 요즈음은 레저용으로 개발되어 다목적으로 사용할 수 있어 더욱 편리하다. 머물고 싶은 장소에서 차만 세우면 지붕이 하늘을 가리고 침대가 있고 식당이 있고 모든 생활을 충족할 수 있다.

　말하자면 움직이는 별장인 셈이다. 한별이는 이 레저용 코
란도에 옷가지며 이부자리며 주방용 도구며 갖가지 필요한 것
들을 빠짐없이 챙겼다. 그리고는 혜안사로 향했다. 온갖 생각
이 머리를 스쳐갔다.

　─아버지의 말씀대로 목표를 멀리 보고 뛴다 한들 내게 무
슨 희망이 있겠는가? 무섭고 두렵다. 어디서부터 내 병이 시작
되었는지 모른다. 뭇 꽃밭에서 나비된 기쁨을 누렸던 내가 어
디서 독을 품은 꽃에 머물렀었는지 모른다. 선정적인 잡지를
마구 넘기던 숨 가쁨으로 가리지 않고 날아다닌 무절제한 발
놀림이 오늘의 나로 만들었다. 내가 스친 기억조차 없는 무명
꽃들. 제일 처음엔 미아리였지. 어느 잡지를 보고 찾아갔었지.
그 때가 중3이었어. 난 지나만 가려고 했었어. 그냥 어떤 곳인
가 구경만 하려던 참이었어. 어둠 컴컴한 골목은 붉은 불빛이
새어나오고 있었지 …영계다 잡아와… 여자의 목소리가 들리
자 내 또래의 여자가 뛰어나왔지 …얘, 이리와. 얘기할 게 있
어… 여자는 화장을 곱게 하고 짧은 머리에 배꼽티를 입고 있
었어. 우리 세대구나 하는 순간 친근감이 갔지. 나는 따라 들
어갔어. 비키니 옷장에 곰인형이란 여러 개의 크고 작은 인형
이 나란히 있었어. 우리가 숨어서 보는 야한 그림 잡지도 있었
고, 요즘 유행되는 카세트테이프랑 서태지와 아이들 사진도
있었어. …왜 그렇게 두리번거려. 넌 이런 데 처음이야?… 나

는 고개를 끄덕였지. …겁먹지 마. 나는 열 일곱 살이야. 이름은 미미. 친구할 수 있지?… 나는 또 고개를 끄덕였지 …너 여자랑 놀아봤어? 옷 벗고?… 나는 고개를 흔들었지. …바보구나 재미있어. 우리 놀래? 괜찮아. 술 먹을 줄 알아? 줄까?… 나는 고개를 끄덕였지. 술을 한 잔 먹고 미미는 내 옷을 벗겼어. 내가 쑥스러워 하니까 불을 꺼 주었지. 그리고는 내 온 몸을 애무하더니… 나는 야릇한 흥분에 빠져들었지. 그때부터 무슨 말을 했는지 하여튼 말을 많이 했어. 그리고는 아프다는 느낌과 동시에 황홀하다고 말할까? 그래 그건 지금까지 맛보지 못한 쾌감이었어. 난 밤늦게 집으로 왔어. 그 후론 자주 미미를 찾아갔지. 엄마가 주는 용돈은 거의 미미에게 갖다 주었어. 내 첫 동정을 미미에게 주고는 스스로 날 수 있을 때까지는 미미 곁에 머물렀지. 그 다음은…—

한별이는 길게 한숨을 쉬었다. 어느덧 차는 명지산 중턱 계곡쯤 달리고 있었다. 10분쯤 달리면 차를 세우고 걸어 올라가야 된다.

—난 동성연애는 하지 않았어. 에이즈, 에이즈. 선생님이 말씀하실 때에는 동성연애만 안하면 된다고 생각했었지. 한참 여자들을 만날 때는 성병이고 에이즈고 그 어떤 생각도 없었어. 친구들이 말하면 설마설마 하며 코웃음을 쳤지. 차라리 애욕심을 내지 말 것을. 불임의 여부를 알아보려는 것이 잘못이었어. 하늘이가 있는데 애가 안 생기면 어때서. 아니지 오히려

잘 된 일인지 몰라. 혈청검사를 의뢰하고 나서였지. 어떤 사람이 나를 보자고 하길래 난 아무 생각 없이 나갔지. 국립보건원에 근무하는 사람이라고 소개할 때 이미 알았어야지. 눈치를 채지 못하니까 답답한 모양이었어. 그 사람은 자기가 하는 일을 설명했지 …저는 국립보건원 예방홍보과에 있습니다.… 예방홍보과가 있어서 하는 말인지 알아듣기 쉽게 풀어서 설명한 것인지는 모르지만 예방이라는 말에 나는 …수고하십니다.… 하고 말했지. …실은 요즘 하도 괴상한 병이 많아서 외국에 다녀오신 분이나, 동성연애를 하시는 분이나, 또 성생활이 복잡한 분이나 그런 분들을 위해 각종 성병에 대한 예방책으로 교육과 상담을 담당하고 있습니다. 에이즈에 대하여 어떤 생각을 가지고 계시는지 설문조사를 좀 하려고 합니다. 도와주실 수 있지요?… 나는 나와 무관한 이야기라 생각하며 …알고는 있는 대로 대답 드리죠 뭐… 대수롭지 않게 대답했지. 애초에 눈치를 챘어야 했다. 우리가 만난 장소가 룸이 있는 카페였다. 난 내 생활의 수준으로 당연한 분위기라 생각했다. 그러나 앙케이트 작성에 룸이 있는 방에서 1:1의 만남, 이건 이상한 일이 아닌가? …에이즈란 어떤 병으로 알고 계십니까?… 불치병, 암보다 무서운 병으로 알고 있지요. …감염 경로는 알고 계십니까? …호모들이 많이 걸리는 병 아닙니까? 그리고 보균자와의 성 접촉. …바르게 알고 계시는군요. …만약 내 주변에 에이즈 환자가 있다면 어떻겠습니까? …함께 어울리기 싫겠죠. …어느 정도로 기피하시겠습니까? …악수도 물론 안하고 음식도 함께 먹기 싫겠죠. …그렇지요? 그런데 보균자의 혈액이 체내, 특히 내혈관에 접촉이 되었을 때만 감염이 되거든요. 악수나 밥 먹는 것 함께 호흡하는 것 그런 정도는 얼마든지 정상인들과 어울려 살 수 있는 것인데 대개의 사람들이 여기서 이해가 부족하더군요. 그래서 음성 반응의 보균자들이 견디어 내지를 못하고 있는 것입니다. …그렇지만 알고는 함께 못 지내지요. …공기전염이 아니고 접촉성이기 때문에 접촉만 그것도 성, 혈액, 타액 등의 접촉만 피하면 안전하거든요. 만약 이웃에 그런 환자가 있다면 어떤 말을 하고 싶으십니까? …우선 자기 병의 원인에 대하여 생각하고 깊이 반성해야 되겠지요. 그리고 다른 사람에게 전염되지 않도록 자기관리를 잘 해야 되겠지요. …참 바르고 고마운 말씀입니다. 이웃을 위한 관리는 그런데 자기 자신의 진로, 말하자면 어떻게 남은 삶을 살아갈까 하는데 대하여는 어떤 말씀을 해 주시겠습니까? 아주 절망적이고 두렵고 공포에 싸여 있을 것이 아닙니까? 그럴 때 자기가 자기를 어떻게 다스려야 될까요? …글쎄요. 듣기로는 음성반응이 나타나도 5 내지 10년 또는 20년 동안 발병을 안 한다면서요? …맞아요 그렇습니다. …그런데 뭐 미리 겁먹을 건 없지요. 어차피 인생은 죽는 것인데 좀 가깝게 느끼는 것 뿐이잖습니까? 발병되기 전까지 몸과 마음을 더 튼튼히 하고 뼈 깎는 반성으로 보람 있는 일을 해야겠지요. 남을 위해 봉사할 수도 있고 자기 삶을 정리하는 일도 할 수 있고. 뭐 잘은 모르겠습니다. 우리 주변에 그런 사람도 없고 해서 실감이 안 납니다. …우리 국민이 이한별 사장님과 같이 사전 지식만 좀 있어도 밝은 사회가 될 텐데 아직 어둡고 답답합니다. 오늘 이렇게 설문에 응해 주셔서 대단히 고맙습니다… 보건원 직원은 나에게 어떤 언질도 없이 가버렸다. 나는 그 날 우연히 잡지 하나를 사서 들고 들어 왔지. 그런데 그 잡지에 에이즈 환자가 고통을 호소하는 내용이 있었어. 보건원이 자기를 찾아왔을 때 자기도 까맣게 몰랐다는 거야. 순간 나는 앞이 캄캄했었지… 아. 이게 바로 내 이야기였구나. 혈청검사가 생각났지. 큰 병원에 의뢰했다는 말. 나는 병원으로 전화를 걸었지… 보건원에서 연락이 안 되었느냐고. 곧 연락이 갈 겁니다 라고 했다. 나는 공포에 떨었지. 이건 형용할 수 없는 고통이었어. 몇 날을 방안에서 나올 수가 없었지. 그러나 부모가 무슨 죄가 있어. 보건원 직원에게 이야기한대로 나는 내가 발병하기까지는 뼈 깎는 후회와 고통으로 반성하며 내가 나를 다스려야 된다는 최종의 결론을 얻었지. 5년 후에 나타날지 10년 후에 나타날 지도 모르는 병을 왜 미리 아파하며 수명을 앞당겨. 나는 결심을 했지. 기필코 발병을 막아야 한다고. ─

차를 세우려고 했더니 혜안사 팻말 옆으로 하얀 찻길이 뚫려 있었다. 한별은 차를 몰고 경내의 주차장으로 들어갔다. 마침 스님이 출타중이시라 혼자 법당에 들어가 부처님께 마음공양을 올렸다. 청수를 갈고 촛불을 당겨 향을 사뤘다. 그리고 마지막이 될지도 모르는 시주봉투를 법당에 올려놓았다.

　－관세음보살 부처님. 부처님의 보살핌으로 이렇게 키워 주셨는데 한 때의 모자람으로 인해 저는 벌을 받고 있는 몸입니다. 자업자득 제가 저지른 일이라 제가 거둔다는 말대로 저는 에이즈 환자입니다. 제가 이 세상에 태어나 아직도 할 일이 남았다면 마지막 기회를 주십시오. 아니면 죽음을 편히 맞을 수 있는 혜안을 주십시오. 제게 자비를 베푸시어 하늘이를 제 곁에 보내주심은 은혜 중에 은혜입니다. 관세음보살.－

　한별은 간곡히 마음을 바쳤다. 이미 눈물도 마른지 오래다. 흘려도 흘려도 끝이 없을 흐름에 울 까닭이 있겠는가? 그러나 한별은 아직도 깜박이는 인등, 이한별이라는 이름을 바라보자 목 울대를 조여 오는 복받침에 그만 흑흑 느껴 울었다.

　－이 날을 위해 어머니가 저토록 정성을 드렸던가? 이 못난 불효를 위해… 어머님 아버님 용서하십시오.－

　한별이는 자기 등 옆에 하늘이의 인등을 놓아 불을 밝혀 달라는 메모와 함께 시주비와 함께 놓고 내려왔다. 한별의 마음은 한결 가벼웠다. 이제 한별이가 할 일은 마음을 비우고 우주를 보는 마음의 눈을 떠야 한다는 생각뿐이었다.

　한별은 구리시를 지나 중부고속도로로 달렸다. 신록이 검푸르다. 이렇게 자연이 아름답다는 것을 예전에 느껴보지 못했다. 아침에 피었다 저녁에 지는 이름 없는 풀꽃의 생명에서 검푸르고 웅장한 동네 입구의 느티나무에 이르기까지. 그 사이 무수히 많은 생명들. 태어나고 죽고 하는 소리 없는 자리바꿈. 자기도 자연의 일부가 되어 인생의 무상함에 마음이 허허롭다.

얼마를 지나자 휴게소가 보인다. 많은 인파가 들끓었다. 모두들 언제 세상을 떠날지 모르는 생명들이다. 언젠가 떠나야 된다는 막연함 때문에 나보다 덜 불안한 사람들. 그러나 예측 불허의 내일에 나보다 먼저 갈 사람들이 있겠지. 한별은 주위의 시선을 받으며 휴게실로 들어갔다. 목을 길게 빼고 넘겨다보는 눈은 그 안에 여자가 있음직하다는 표정이었다.

—여자, 여자로 인해 인생을 망친 놈이다.—

한별은 스스로 조소를 하며 자판기로 다가갔다. 여름에 장갑을 끼다니, 한 여인이 자판기로 다가오다 흠칫 놀라는 기색으로 발을 멈추었다. 겨울을 연상시키는 한별이의 복장과 장갑을 낀 손을 보고 이상한 눈으로 바라보던 여인이 입을 열었다.

"어마? 한별씨 아니야?"

한별이도 놀랐다. 여기서 만나다니. 이게 얼마만인가. 10년 세월이 넘어서 송이를 만나다니? 한별이도 기가 찼다.

"아니? 여전하군. 그래 다시 결혼해서 행복하겠지? 나를 많이 원망하고 미워했지?"

송이는 여전히 발랄했다.

"아니? 그때 잘 갔어. 건강하지?"

"나? 건강해. 나 결혼했어."

"행복해?"

"다 그렇지 뭐. 얼마 전에 그러니까 작년? 아 봄이다. 별 거지같은 놈이 찾아와서 에이즈 검사를 하라는 거야. 외국에 장기 체류했던 사람들은 모두 하라나? 그래서 했어. 한별씨는 안 했어?"

송이의 명랑한 얼굴은 결과가 이상이 없다는 표정이었다. 참 다행이었다.

"왜 안 해. 다 했지."

송이는 결과는 묻지 않았다. 당연히 이상이 없다고 믿고 있었기 때문이다. 속초에 순미가 걱정이 된다.

"여행 가? 재미있겠다. 어디로 가?"

"글쎄, 정해 놓고 가면 재미없어. 그냥 나선 거야."

"엄마."

댓살 되어 보이는 여자아이가 달려오며 송이 치마에 매달린다.

송이가 아이의 손을 잡고 눈으로 인사를 하며 몸을 돌렸다.

남편인 모양이었다. 나이가 좀 듬직했다. 한별이도 콜라를 하나 빼 들고 차로 돌아왔다.

"참 애는 몇이냐?"

송이가 가던 발을 돌려 달려와서는 한별이에게 물었다. 가장 궁금한 부분일 수도 있다. 헤어지게 된 동기 중에 하나였기 때문이다.

"아들 하나. 중학생이야."

한별이가 큰 소리로 힘있게 말했다.

송이는 고개를 갸우뚱하며 놀라는 표정이다. 나이를 따져보니 계산이 잘 안 된다는 표정이었다. 딸의 손을 잡고 있는 남자가 물끄러미 송이와 한별이를 바라보고 있다. 한별이가 차를 몰고 휴게소를 나왔다.

송이가 남편과 무슨 이야긴지 한동안 주고 받았다. 아마도 옛날의 남자 친구라고 소개했을 것이라 생각했다. 반가웠다. 송이가 에이즈에 감염되지 않았다는 것은 다행한 일이었다. 속초에 순미도 만나보고 싶었다.

—송이보다는 더 오래 살았었는데. 참하고 여자다웠는 데… 복 받을 여자였는데 무사할 거야. 마음씨가 고운데 왜 그 무서운 병이 걸리겠어. 순미보다 계산적이고 당돌하고 깍쟁이인 송이도 무사한데. 괜찮을 거야. 다행 중의 다행은 라미야. 라미가 무사한 걸 보면 그 이후에 감염된 것도 같아. 라미와 헤어질 무렵 내가 에이즈검사를 받았다면서 너도 받아보라고 그랬지. 라미는 얼굴이 하얗게 질려 버렸었지. 왜 갑자기 에이즈야? 외국에서 살았던 사람은 해 보는 게 좋대. 내가 LA에는 있었지만 뭐 동성연애를 했나 외국인을 상대했나? 솔직히 자기밖에 더 있어? 그러니까 해보라는 거야. 나도 했으니까. 그래? 이상 없지? 물론이야. 그럼 하나마나 잖니? 우리 성준씨는 그런 연락 없던데? 안 가겠다고 우기는 걸 억지로 설득을 시켰

지. 결과가 좋으니 얼마나 개운해. 이 바보야. 내가 라미 머리
를 쿡 쥐어박았지. 다행이야. 정말 다행이야.—

한별이는 신원사 쪽으로 올라갔다. 굿당 옆으로 넓은 승용
차 길이 뚫려 있었다. 창문으로 들어오는 싱그런 바람에 코끝
이 상큼했다.

—그래. 무공해 공기나 마음껏 마시고 계곡으로부터 흐르는
약수나 배부르게 마시자.—

한별이는 차에서 내려 가슴을 펴고 가볍게 맨손체조를 했다.

졸졸졸 물소리가 들리는 것으로 보아 계곡이 가깝다는 것을
느낄 수 있었다. 찻길이 뚝 끊어지고 이제는 평퍼짐한 언덕배
기였다.

—저기 보이는 소나무 숲까지만 차를 가지고 갔으면 좋을
텐데.—

한별이는 속으로 중얼거리며 차에 시동을 걸었다. 언덕배기
를 생각보다 쉽게 올라갔다. 길도 없는 산등성을 한참 오르니
굿당에서 들리는 징소리도 멎고 소나무 숲에 싸여 아늑하고
한적했다.

그래 여기서 자리를 잡자. 한별이는 소나무 숲을 담장 삼아
카 별장을 꾸몄다. 우선 시장기가 들어 우유와 빵으로 배를 달
랬다.

시장기가 가시자 서서히 자신이 머물 주변에 마음이 쓰인
다. 한별은 환경 탐사에 나섰다. 물소리를 따라 언덕 아래로

내려갔다. 바위와 숲이 얽히고 설킨 골짜기에는 크고 작은 돌무덤 사이를 맑은 물이 감아 흘러내렸다.

한별은 맑은 물에 손을 담그고 풀풀 소리를 내며 얼굴에 물을 묻혔다. 정신이 번쩍 났다. 싱그러운 풀 냄새가 코끝에 모여든다. 들숨으로 맑은 공기를 날라 폐부 깊숙이 고여 있던 도회의 공해를 뿜어 버렸다.

내려온 길을 거슬러 올려 보니 전설에서 전해들은 옛날이야기가 생각난다. 옛날 옛적 깊은 산 속에… 인적이 없는 계곡에 혼자라는 의식이 고독을 몰고 왔다.

이곳에서 자신은 고독보다 더 무서운 에이즈와 싸워야 한다. 끈질긴 자기와의 싸움. 자신의 처지가 기가 막혔다. 화려한 젊음에 비례한 고통이다.

한별은 슬펐다. 엉엉 소리내어 울었다. 목에서 나오던 울음이 가슴에서 나오고 다시 뱃속에서 나왔다. 안으로 안으로 꾸겨 넣었던 울음이 한꺼번에 쏟아져 나왔다. 얼마나 울었을까? 한별이 마지막 눈물을 닦았을 때 이미 골짜기에는 어둠이 짙게 내리고 있었다.

한별은 성큼성큼 바위를 밟으며 차가 있는 언덕으로 올랐다. 길이 나 있지 않은 숲을 더듬더듬 헤쳐 가까스로 올라오니 차체는 가물가물 멀리 보였다. 한별은 다시 한참을 걸어서 자기의 별장 카 하우스로 달려갔다.

피로했다. 모든 사념을 어둠 속에 묻어 버리고 싶었다. 차안에 잠자리를 만들고 편히 누웠다. 한별은 잠을 청했다. 몇 날을 새 삶터 생각에 한잠도 이루지 못했다. 내일 걱정은 내일에게 맡기자. 미리 아파 울 필요가 있을까? 발병하면 그 때 가서 생각하고 지금은 아무런 이상이 없다. 없는 현재에 감사하며 그전처럼 내일을 꿈꾸며 살자.

한별은 눈을 감고 하나, 둘, 셋… 수를 헤어본다. 피곤이 몰려온다. 온 몸이 나른하다. 고맙다. 잠이란 놈이 나를 도우려나 보다. 한별의 의식이 조금씩 어둠으로 묻혀가기 시작했다.

쿨 사랑의 종착역

"젊은 사장님!"

보건원 직원은 한별이를 젊은 사장님이라고 불렀다.

한별이가 산 사람이 되기 전까지는 아버지 이청빈 회장님 밑에서 사장이라는 명함을 가지고 다녔다. 지금은 부동산 사업이 고개를 숙였지만 한 때는 부동산이 아니면 돈을 벌 수 없을 정도로 모든 사람들이 매달리고 싶었던 사업이었다. 그러나 아무리 수그러진 사업이라 해도 전국에 돈이 될만한 요지의 땅덩어리를 다 가지고 있는 이청빈 회장은 아직도 거래가 끊이지 않고 이어지고 있다.

"무엇을 그리 열심히 쓰고 계십니까?"

바위에 앉아 노트에 골몰히 매어달린 한별이에게 느닷없이 다가온 방문자. 그는 한별이의 신변을 돌보고 있는 보건원 민철호였다.

"아니? 민선생님. 이 어려운 걸음을 하시다니. 반갑습니다."

생각 외로 한별이의 표정은 밝았다. 모습은 좀 수척한 듯하나 검게 탄 피부와 반짝이는 눈동자는 그의 몸에 이상이 없음을 보여주고 있었다. 민철호는 징검징검 바윗돌 틈으로 흐르는 물을 건너 널바위 쪽으로 걸어왔다.

"그래 고생은 안 되십니까? 어떻게 이런 수려한 산수를 바라보며 살 생각을 했습니까? 우린 감상이 앞서 그런지 신선같이 느껴집니다만."

"맞습니다. 처음엔 견디기 힘들었지요. 온갖 생각이 꼬리를 물어 인간 세상에 묻히고 싶어 발광을 했습니다. 그러나 이곳이 내가 살 곳이다 생각하니 차차 정이 듭디다. 하하."

"이런 이야기하면 섭하실런지 모르나 신수가 좋으십니다."

"좋을 수밖에요. 맑은 물 맑은 공기. 이보다 더 좋은 먹이가 어디 있습니까? 그리고 산열매, 들풀 이런 것을 먹으며 인간의 본래의 모습에 가까이 다가가는데 좋지 않구요."

"아 이거 도인이 다 되셨습니다."

"도인이 따로 있나요? 마음을 비우면 되는 일입니다."

"그러나 어디로 올라가야 됩니까?"

민철호가 한별이를 올려보며 두리번거리며 오르는 길을 찾았다.

"오르시게요? 우린 이런 자세가 괜찮지 않습니까?"

"오랜만에 만났으니 가까이서 인사는 나누어야지요."

"오르는 것 보다야 내리는 일이 쉽습니다. 내가 내려가겠습니다. 민선생님."

한별이가 나르는 듯이 펄쩍 뛰어 민철호 옆으로 다가섰다.

민철호가 손을 내밀자 한별이가 당황했다. 그는 습관적으로 장갑을 찾았다.

"무엇을 찾으십니까? 어서 악수를 합시다."

"정말 손을 잡으시게요?"

"아, 왜 이러십니까? 젊은 사장님답지 않게."

"제가 환자라는 걸 잊으셨습니까? 접촉성…"

"마음은 여전히 환자십니다. 그려."

민철호는 한별이 손을 잡고 흔들었다.

이게 얼마만의 손잡음인가? 따뜻한 인간의 체온이 한별이의 체온과 마주칠 때 한별이는 감격의 눈물을 주루루 흘렸다.

"고맙습니다, 민선생님. 우린 이론적으로는 다 알고 있으나 막상 실천을 하려면 망설여지고 꺼름칙하지 않습니까? 그래서 전 제가 알아서 상대를 헤아려 주어야 된다고 생각합니다."

"이 산중에 와서 찾아도 되는 건지 모르겠습니다. 커피 한 잔 주세요. 이거 습관이 되어서 원."

민철호는 분명 의도적이었다. 그가 해주는 음식도 먹을 수 있다는 뜻이었다.

"정말이십니까? 제가 만든 음식을 드시겠다 이 말씀이십니까?"

한별은 반갑고 신기했다.

"왜 그리 놀라십니까? 당연하지요."

한별이가 버너에 불을 붙였다. 물이 끓는 동안 그는 컵 두 개를 놓고 하나는 커피를 또 하나는 다른 열매즙을 넣었다.

"집이 아주 좋습니다. 그래 일과는 어떻게 보내십니까? 편지로 대충 짐작은 갑니다만."

한별이는 담당 보건원 민철호에게 집을 떠나올 때 이곳으로 온다는 것을 알리고 가끔 시내 나갈 때마다 소식을 전하고 했었다.

"그래 편지는 잘 전해집니까?"

"그럼요. 모두 부러워들 합니다. 내가 복이 있어서 성실하신 분을 담당하게 되었다나요?"

"다른 환자들은 소식이 없습니까?"

"말도 마십시오. 실의에 빠져 맨날 술로 사는 사람이 없나, 어떤 환자들은 보복살인 작전으로 나오지 않나? 몇 달씩 숨어서 나타나지도 않으니 이거 보통 힘드는 일이 아닙니다."

"보복살인이라니요?"

"보균자임을 숨기고 접촉을 하는 거지요. 거의가 술집에서 일하던 분들이 그런 예가 많아요. 우리나라도 날로 그 수가 증가하고 있습니다. 우리는 이런 분들 때문에 늘 마음을 놓을 수가 없지요."

"아직도 치료약 개발은 불투명한가요?"

"아마도 곧 좋은 소식이 있을 겁니다. 세계 각국에서 에이즈 백신연구에 몰두하고 있으니까요."

커피 물이 끓었다.

"자, 드시지요,."

한 별이는 장갑 낀 손으로 커피 잔을 내밀었다.

"어. 사장님도 장갑까지 끼고 왜 이러십니까? 이해가 되는 사람끼리는 트고 삽시다."

"이건 상대를 위한 우리의 당연한 예의입니다."

"서울 집과는 연락이 자주 되지요?"

"일주일에 한번 시내에 내려갈 때 전화를 합니다. 아버님은 건강하신데 어머니가 좀… 저 때문에 마음을 쓰셔서 그러십니다. 늘 그랬거든요. 나와 어머니는 늘 그랬어요. 상관관계가 매우 깊었다고나 할까요? 내가 마마보이가 되었어야 할 정도로 어머니는 내 곁에서 떠나시지 않았고, 나는 어머니 곁을 떠나서는 죽는 줄 알았죠. 지금은 그게 사회적인 병처럼 되어버렸지만 그래도 내가 어머니 곁을 철저히 떠나지 않았더라면 이런 몹쓸 병에는 걸리지 않았을 겁니다. 불과 몇 년 몸과 마음이 온통 어머니와 분리가 되는 시기가 있었어요. 어머니의 잔소리가 싫고 커서 얼른 어른이 되어 독립하고 싶다는 생각. 그렇게 함께 즐기던 쇼핑도 혼자 가고 싶고, 특히 뒷골목에서의 생활이 자유롭고 싶어서 어머니를 멀리 했지요. 멀리 한다는 것은 속이는 것이었지요. 마음은 어린것이 언제 그렇게 엄청난 거짓말이 늘어났는지 모릅니다. 어머니가 사다주시는 옷은 당연히 유행과는 멀고 우리의 취향과는 멀었어요. 난 엄마 보는 앞에서는 멋있는데? 하고는 나갈 때는 내 취향에 맞는 내가 산 옷을 입고 나갔지요. 아니면 숨겨 가지고 전철역 화장실에서 갈아입었지요. 앞에서만 어머니에게 효자였던 거예요. 그러던 나의 생활의 일부를 알게 되시면 실망과 절망으로. 나아가서는 배신감에 잔병치레를 많이 하셨지요. 지금도 어머니는 전화로 들려오는 내 목소리 때문에 사신대요. 여자에게 있어서 자식의 의미는 무엇일까요? 남자인 저는 씨내림, 종족보존의 의무로 든든하고 배부르고 떳떳한데 어머니는 그렇지 않은 모양입니다. 자식은 어머니 인생의 전부인 모양입니다. 신앙적인 매달림입니다. 내가 이렇게 존재의 의미에 힘을 주어 지탱하는 것은 어머니가 계시기 때문입니다."

"어머니를 지독히 사랑하시는군요."

"아버지는 늘 멀리 계셨어요. 엄하고 두렵고 무서운 존재로. 아버지는 굳굳하시어 혼자 버티실 수 있지요. 그러나 어머니는 꼭 나를 의지하고 계셨어요. 늘 가까이에서 맹목적인 사랑을, 왜곡된 사랑을, 그게 잘못인지도 판단하지 못할 정도로 근시안이 되어 저를 사랑하셨어요. 그 사랑이 자신의 대리만족이든, 보상심리든, 사랑의 방법이 잘못되었든 어머니의 사랑은 고귀한 희생이셨습니다."

"서울에 올라오실 생각은 없고요. 정상으로 활동하실 수 있지 않습니까? 그냥 부모님과 함께 생활하시면 될 텐데, 굳이…"

"이런 산중에 와서 도피생활을 하느냐 이거지요? 전 도피하고는 인연이 있나 봅니다. 제가 유학을 갔을 때도 도피라는 낱말이 꼭 따라 다녔지요. 도피성 유학. 그리고 보니 오늘의 내 사는 모양이 도피성 산 생활이 되었군요. 허나 나는 도피니, 기피니 하는 도망보다는 내 스스로 사는 방법을 터득하고자 함입니다. 그 스스로란 무엇인가? 사람 인(人)자는 둘이 버팀목이 되어 더불어야 사람답게 산다 했지만, 나야 더불을 수 없는 몸. 이제 혼자 살 수 있는 길을 터득하는 일입니다. 몸에 탈이 나는 것을 병이라 했습니다. 먹고 먹히는 먹이사슬에 의해서만 죽음과 정해진 수명을 다 한 끝의 죽음. 이 두 가지만이 올바른 죽음이라 생각합니다. 그밖에 병에 의한 죽음은 개죽음을 하는 것이지요. 헛된 죽음이라 이 말입니다. 그래서 나는 내 몸에 스며든 병을 치유하는 방법을 터득하고자 합니다. 허허허."

한별이의 눈은 빛나고 있었다.

"하하하. 꿈이 방대하시고 대단하십니다. 그래 그 퇴치방법이란 이런 산 속의 생활을 의미하시는 겁니까?"

"단순히 그렇게 말할 수는 없지만 지름길은 되지 않겠습니까? 병이란 무엇입니까? 몸에 탈이 나는 겁니다. 우리가 몸에 탈이 나면 통증을 느낍니다. 부위에 어떤 변화가 보입니다. 그러면 우리 손이 먼저 올라가지요. 이게 뭡니까? 어머니의 약손입니다. 그것이 발달하여 지압이니, 침술이니, 부황이니, 뜸이니 하는 한방치료법이 되었지요. 그리고 우리 몸에 탈이 나면 그 약은 자연 속에 묻혀 있습니다. 상극이 되는 음식이 있는가 하면 그 독을 제거하는 음식이 있게 마련입니다. 자연의 눈을 뜨게 되면 이 자연 속에서 치료의 길이 보일거라 이 말입니다. 마음의 눈, 혜안이 열리면 죽음이 두렵지 않을 것이고, 우주의 눈이 뜨이면 육신의 병을 고칠 것이니 나는 영원히 사는 길을 얻을 수 있지 않겠습니까?"

산 생활 3년에 한별이는 도인이 다 된 듯했다. 비록 그 생각이 망상이라 해도 그는 건강한 몸으로 건강한 정신으로 기쁨을 찾고 있는 것은 분명했다.

"허허. 젊은 사장님은 도인이 다 되셨습니다. 어찌되었거나 기쁨을 찾으시고 사는 보람을 느끼시며 치유의 길이 보인다니 이거 기쁘기 그지없습니다. 그래 장은 공주에서 보십니까?"

민철호는 그의 인간관계의 생활이 궁금한 거다. 밤이면 혹 술을 먹는다던가 아니면 여자를 상대할 수도 있다는 가능성을 없앨 수가 없는 것이다. 이 산 생활이 어찌 보면 위장일 수도 있다는 생각이다.

"이제 장도 거의 필요가 없습니다. 차에 기름은 넣으러 갑니다. 가끔 시동을 걸어야 하고 겨울이면 히타를 틀어야 하니까요. 먹는 것은 거의 산에서 해결합니다."

"산에서라니요?"

"산에서 나는 산나물, 열매, 주로 생식을 많이 합니다. 한번 드시겠습니까?"

한별이는 더덕, 잔대, 도라지 등의 풀뿌리가 든 소쿠리를 내 놓았다.

"자, 이건 아리고, 이건 쓰니 그럼 이걸 씹어 보십시오. 맛이 괜찮습니다."

한별이는 더덕을 어적어적 씹었다. 더덕향이 물씬 다가왔 다. 산 냄새와 어우러져 코끝이 한결 싱그러웠다. 민철호도 조 심스럽게 풀뿌리를 입으로 가져갔다.

"씹어봐요. 맛이 좋다니까요. 그건 잔대 뿌리라는 거예요."

민철호는 앞니로 잘근 씹었다. 달착지근한 물이 흘러들었 다. 입안에 침이 왈칵 고였다. 그제서야 그는 어그적 어그적 뿌리를 씹어 삼키며 빙그레 웃었다.

"아니, 이거 부자 사장님이 이런 것만 드시고 사신다니… 피 자, 햄버거, 비후까스… 생각 안나요?"

"처음엔 미칠 것 같았죠. 대전까지 나가 사먹고 사오고 했 지요. 그러나 이제는 견딜만 합니다."

"그래 여자 생각은 안 납니까? 남자란 동물은 본능적으 로…"

"하하하. 왜 생각인들 안 나겠습니까? 철저한 동물인데. 허나 여자 좋아하다 망한 놈이 또 여자를 품어서야 되겠습니까?
더구나 이 몸으로. 아주 딱 끊었습니다. 가끔 꿈속에서 선녀들
과 놉니다. 하하하."

"으하하하. 제가 보기엔 완전히 속인의 탈을 벗어버린 듯합
니다. 그래 그동안 사람들과는 어울리지 않으셨단 말씀이지
요?"

민철호는 초점을 인간의 접촉에 두고 있었다. 이 물음에 한
별은 잠시 침묵을 했다.

—그렇구나. 분명 있었어. 깊은 산중에 숨어 산을 찾는 사람
들을 상대로 접촉을 할 수도 있었겠지. 젊음과 풍족한 돈, 충
분히 가능한 일이지. 오직 마음에서 거부하면 모르되 마음만
먹으면 얼마든지.—

민철호가 이런 생각에 잠겨 한동안 침묵이 흘렀다.

이윽고 한별이가 입을 열었다.

"저를 자꾸 의심하시는 모양인데 성적인 접촉은 전혀 없었
습니다. 앞으로도 없을 겁니다. 초월한 생활에 익숙해졌습니
다. 이젠 어떤 고통도 제겐 없습니다. 어떻게 하면 나 같이 고
통 받은 사람들에게 희망을 줄 수 있는가가 제가 해결하고 싶
은 과제입니다. 믿어 주십시오. 산을 찾는 사람들은 몇 만났습
니다. 내가 에이즈 환자라고 해도 만나러 오는 사람들이 있습
니다. 남자도 있고 여자도 있고 나이 든 사람도 있고 젊은이들
도 있습니다. 그들은 초인적인 삶을 사는 사람들입니다. 스스

로 병이 오는 것을 감지하고 예방하고 물리칠 수 있다고 하는 사람들입니다. 그 분들은 아주 따뜻합니다. 이제 제게서 다른 사람에게 옮길 수 있다는 그런 염려는 버리셔도 됩니다. 다만 내가 발병이 되거나 혹 시체로 남게 되면 그 때 뒤처리를 부탁드리지요."

"원 끔찍한 말씀을 다 하십니다. 저는 그런 뜻이 아니고… 이제 그 이야기는 그만 둡시다. 그래 그 분들이란 대체 어떻게 사는 사람들입니까? 흥미가 있군요. 그래 소문대로 이 산에 도인들이 많이 삽니까?"

"많기는 많은 모양입니다. 하룻밤 여기서 묵어가신다면 그 모습을 조금은 감지하실 수가 있습니다. 그 실체라고 할까요. 우선 나를 따라 오세요. 보여 드릴 게 있습니다."

민철호는 한별이를 따라 계곡으로 올라갔다.

"자 여기를 보십시오. 이게 뭔지나 아십니까?"

한별이가 가리키는 곳은 커다란 바위 밑이었다. 거기에는 타다 남은 초 토막과 향을 피우다 남은 부스러기가 몇 개 있었다.

"이게 뭡니까?"

"이 자리가 바로 자칭 도사들이 앉았던 자리입니다. 말하자면 도통을 하겠다고 앉아서 수련하고 기도하던 자리지요. 저 쏟아지는 거대한 폭포를 향해 소리치며 득음을 하고… 어떤 힐링. 말하자면 천계로부터 오는 느낌을 감지하게 되면 도통

했다고 하지요. 밤이면 산골짜기마다 산봉우리마다 큰 바위 옆에 폭포 앞에 이런 기도꾼들이 수를 헤일 수 없이 모여듭니다. 내가 무슨 재주로 혼자 버틸 수 있겠습니까? 오며 가며 이 사람들이 일러준 말을 허설수로 해 보고 나니 조금 견딜 수 있는 힘이 생긴 것이지요. 믿을 수 없으나 믿을 수밖에 없는 상황. 이것이 나를 새로운 신앙에 빠지게 했습니다. 여기 모인 사람들은 거의가 불치병에 시달리던 사람들이었습니다. 그들은 백방으로 노력했으나 희망이 없어 죽음을 각오하고 한심하다고 하는 민속신앙에 매달리게 된 것입니다. 그러나 그들의 이야기를 들어보면 불가사의한 힘이 있다는 겁니다. 그들은 한결 같이 몸이 씻은 듯이 나았다고 합니다. 병원에서도 고칠 수 없고, 현대 의학이 버린 생명이 이토록 유치하고 치졸한 매달림에 구원을 받았다고 생각하는 그들의 말을 나 같은 처지의 사람이 아니고는 믿을 사람이 없겠지요. 그러나 그들은 타고난 그릇에 따라 무녀가 되고 박수가 되고 때로는 도사가 되고 초인이 되어 이 산을 찾고 있습니다. 나는 그들의 행위에 어떤 비판도 가할 수가 없습니다. 빌딩을 올리고 신도를 많이 확보하고 허연 봉투를 윤기 흐르는 제단에 올리고 출세의 발판으로 또는 선한 삶을 위장하며 생활의 액세서리로 살아야 올바른 종교이고. 바위를 제단 삼아 한두 명 또는 혼자 매달리는 믿음은 사이비. 비과학적 미신이라고 지탄을 받아야 하는 건지는 잘은 모르겠습니다만, 종교란 과학으로는 풀 수 없는 영원한 수수께끼가 아니겠습니까? 그 방법이 비과학적이고 치졸하다 해도 하나의 생명을 재생시킨다면 종교로서의 자리값은 박수를 받아야 하리라 생각합니다. 나는 믿고 있습니다. 믿을 수밖에 없지 않습니까? 내게는 죽음을 앞에 둔 마지막 버팀목입니다."

한별은 어떤 확신을 가지고 있었다. 비록 그 확신이 어느 날 물거품이 된다고 한들 그는 그 순간까지는 꿋꿋이 에이즈라는 무서운 병마와 싸울 힘이 충분했다.

민철호는 믿을 수 없는 한별의 말에 귀를 기울이면서도 그의 정신에 의혹을 보냈다.

─혹 이 사람, 정신병? 그럴 수도 있지. 아니야 죽음을 앞에 둔 사람의 마지막 버팀목이 될 수 있다는 말. 그건 맞는 말이야.─

민철호는 밤을 기다렸다. 정말 한별이의 말대로 산이 빨갛게 불꽃으로 타고 있는지 확인을 하기로 했다.

우거진 수풀 사이로 어둑어둑 밤은 오고 있었다.

"낮이 지나면 밤이 다가오고 밤이 지나면 낮이 다가옵니다."

한별은 당연한 소리를 한다. 민철호는 어둠 속으로 가려지는 한별의 얼굴을 힐끗 쳐다 보았다. 곧이어 한별이가 말을 잇는다.

"기다릴 필요도 없는 것을 기다리고 있습니다. 마음을 비우고 있으면 제발로 기어오는 것을…"

한별이는 또 말을 끊고 버너에 불을 붙여 코펠을 올려놓는다.

"무엇을 하시게요?"

"저녁을 먹어야지요. 굶고 새우실 수 있습니까?"

"생식을 하신다면서요."

"그럼 민선생님도 생식을 하시겠습니까? 나도 모처럼 향수를 느껴볼까 해서요."

"쌀이 있었습니까?"

"가끔 기도 오는 사람들을 위해 미리 좀 사다 놓은 것이 있습니다. 하룻밤 기도를 작정하고 오면 3일도 있게 되고 때로는 일주일도 있게 되거든요. 신의 응답이 없다든가 아니면 며칠을 더 정성을 드려야 된다는 어떤 계시에 의해 그들은 살아가는 사람들이니까요."

민철호는 잠자코 한별이의 거동만 살펴보고 있다. 한별은 점점 난해한 이야기만 늘어놓았다.

"생각이 떠오르면 떠오르는 대로 잠재워 두면 되는 것을 우리가 애써 당기면 그것이 고통이 되는 겁니다. 이미 내 몸 안에 든 병을 거부한다고 갈 것도 아니고 초연하게 나를 다스려 스스로 가게 해야지요."

잠자코 듣고만 있던 민철호는 병에 대한 이야기라면 무엇인가 한 마디 거들어야 된다는 의무감이 들었다. 그러나 도대체 말의 실마리를 풀 수가 없었다. 어찌 보면 체념한다는 말도 같고 어찌 보면 병마가 스스로 도망을 가고 있다는 말도 같았다.

"그래 젊은 사장님은 나를 다스려 초연할 수 있게 되셨습니까?"

"어찌 합니까? 길이 그 길뿐이 없지 않습니까? 현대 의학도 나를 버렸습니다. 인간은 인간을 거부하고 있습니다. 나는 더불어 살고 싶습니다. 그러나 원하지 않는 자리엔 내가 물러나 주어야지요. 물러나서는 어떻게 합니까? 나는 이 산이 고맙습니다. 나를 버리지 않고 거두어 감싸고 있으니까. 땅은 우리의 고향 어머니이기 때문입니다. 가까이 나를 안아들임에 나의 육신을 이 땅에 흙으로 남기게 되는 것이 아닙니까? 우리가 옛 것을 그리워하고 찾는 것은 태초에, 그러니까 생명의 시작 이전의 모습으로 돌아가려는 회기본능이라고 할 수 있습니다. 나서 길들여진 관념과 욕심을 다 버리면 순리에 순응하는 초목, 사계, 우주의 모습과 같이 됩니다. 비로소 그 때 길들여진 인간이 두려움에 떨던 에이즈라는 병마를 무서워하지 않게 됩니다. 두려움이 없을 때 에이즈는 내 몸에 존재할 의미를 잃게 된다는 말입니다. 결국은 인간 아닌 인간, 인간인 내가 자연의 일부로 생존하는 것입니다."

"자. 먹읍시다."

한별은 역시 장갑을 끼고 밥그릇을 전해 주었다.

쌀밥에 참치 캔. 고추장에 생더덕과 도라지. 잔대 뿌리가 저녁 메뉴의 전부였다.

"장갑을 끼시지 않아도 된다니까요."

"이렇게 숙식을 같이 할 수 있다는 것만으로도 나는 기쁩니다. 산사람들 몇 명을 제외하고는 사람 구경을 못했습니다.

자, 저 산봉우리를. 그리고 저기 불꽃 줄기를 보십시오. 나는 저 불꽃을 보고는 살아 있음을 확인하고 했습니다."

한별이가 가리키는 곳에 작은 불꽃이 일고 있었다. 골짜기라는 곳에도 여기 저기 깜박이는 불꽃이 보였다. 한참 후에는 한별이의 말대로 점점 그 수가 늘어나 온산이 불꽃춤을 추었다.

"아까 보셨지요? 바위 밑에 있는 초 토막, 촛불을 밝히고 있는 것입니다."

"왜 밤이라야 됩니까?"

"왈 광신자라고 하는 사람들은 밤도 낮도 없지요. 그러나 낮에는 관계기관에서 단속이 심하여 입산을 못하게 하거든요. 산림을 해친다는 이유, 산불의 위험이 따르기도 하니까요. 그래서 몇 군데 길을 열어 주기 위해 암자나 기도터를 허용하고 있습니다. 그러나 워낙 숫자가 많다 보니 그 몇몇 장소만으로는 기도할 자리를 잡지 못하고 있습니다. 그리고 나름대로 좋은 명당을 찾아 기도하기를 원하거든요. 그리고 낮에는 일을 하고 밤에 밖에 시간이 없지 않습니까? 특히 밤기도가 효험이 있답니다."

"낮에 일을 한다니, 다 직장을 가지고 있는 사람들입니까?"

"거의가 무녀들, 박수가 많습니다. 일반무녀나 박수가 하는 일이라는 게 그런 거 아닙니까? 사주팔자, 운명, 해몽, 병점 등의 사술이지요. 그러나 가끔은 보기 드문 도인이 나타나는 수가 있습니다. 나는 다행히도 대도인을 만나 이나마 힘을 얻고 있습니다."

"대도인이라면 어떤 사람을 말합니까?"

"깨달음을 얻은 사람, 욕심을 버린 사람, 나로 사는 것이 아니고 남을 위해 사는 사람, 천계와 의사소통이 가능하고 영육을 마음대로 부리는 사람, 알고 있되 입을 닫아 모르는 사람과 같은 사람, 입을 열되 약으로만 쓰이는 말, 크게는 단군사상을 정립하여 새 길을 찾는 사람들입니다."

"나도 한번 그런 분을 만나고 싶은데요. 오늘밤에도 오십니까?"

"어려울 겁니다. 오셔도 보이지 아니하면 아니 오신 것이나 다름이 없습니다. 마음의 눈이 뜨일 때 오시는 분이시라는군요. 그 분은 꿈으로도 오시고, 느낌으로도 오시고, 현시로도 오시고, 손님으로도 오시고, 벗으로도 오시고 때로 여인으로도 오십니다."

"그럼 젊은 사장님은 만나셨다는 말씀 아닙니까? 그렇다면 이미 마음의 눈을 뜨셨다는 말씀인데…"

"아, 아닙니다. 하도 제가 번민을 하고 생에 애착을 가지고 매달리다 보니 가엾으셨는지 꿈속에서 어렴풋이 길을 보여주셨습니다. 그래서 반신반의로 여기고 그 길을 더듬어 본즉 어떤 확신이 생기더란 말입니다. 지금 그런 정도의 속인일 뿐입니다."

"그래 아주 현대의학을 등지고 그 어떤 불가사의한 힘에만 전력을 하실 생각이십니까?"

"아닙니다. 지금이라도 에이즈 백신이 개발되어 치료만 할 수 있다면 겸하면 더욱 효과가 크겠지요. 어디 그 많은 사람들이 이 길을 택할 수 있겠습니까? 그들의 말로는 선택된 자만이 이 길이 보인다고 합니다."

"그럼 그 꿈에 나타난 도인이 일러준 길 이야기나 들어봅시다. 나는 지금 꿈같은 시간을 보내고 있는 듯합니다. 마치 젊은 사장님이 도인 같구요."

"허허허. 그 말씀 이해가 갑니다. 나도 처음 산사람들을 만나 이야기를 들을 때도 그랬었으니까요. 그럼 믿거나 말거나 그냥 재미로 들어보실래요?"

한별은 냉수 한 잔을 벌컥벌컥 들이마시더니 한동안 말이 없었다. 아마도 그 긴 날의 얽히고 설킨 산 생활의 실마리를 찾느라고 시간이 걸리는 듯했다.

─처음 산 생활을 시작하였을 때는 안정을 찾을 수가 없었다. 집 생각이 간절했다. 어머니가 눈에 아른거리고 아버지의 병색 짙은 모습이 마음에 걸렸다. 대견한 하늘이도 눈에 선했다. 그렇게 만날 때마다 환하게 웃는 하늘이의 모습이 견딜 수

없게 만들었다. 그럴 때마다 시내로 차를 몰고 내려가 전화통에 매달렸다. 그러나 만나서는 아니 된다는 자신의 싸움이 치열할수록 불가능이라는 장벽이 두터워지고 이젠 사람이라도 만나고 싶었다. 먼발치서 바라만 보아도 외롭지 않을 것 같았다. 차를 몰고 시내를 누비고 때로는 대전으로 나가 화려한 불빛을 바라 보았다. 그러나 함께 어울릴 수 없다는 현실감은 차차 거부의 몸짓으로 다가왔다. 산을 내려가지 않았다. 줄담배를 피우며 때론 술을 마시며 횡설수설 자문자답을 하며 몇 날을 보냈다. 산을 감독하는 기관원이 다녀갔다.ㅡ

"휴양을 좀 하려고 왔습니다. 공기가 맑고 조용해서 좋습니다."

"그래 어디가 편찮아서 젊은 분이 이렇게⋯ 건강해 보이시는데요."

그는 마음의 병이라도 앓고 있는 정도로 가볍게 생각하는 듯했다.

그가 생각한 마음의 병은 젊은 사람들이 앓고 있는 사랑앓이를 의미함이었다.

"마음의 병은 망각이 치료약입니다. 세월이 약이지요. 이런 조용한 곳에 있으면 더욱 외롭고 고독하여 견디기 어려울 텐데요."

한별이는 아무 대답도 할 수가 없었다. 그는 주민등록증을 확인하고 난 후 서울의 주소지를 적고 나서는 불조심을 당부하고는 사라졌다.

─그래 이래야 사는 맛이 나지. 사람이 사람을 만난다는 것. 비록 의심이 나고 염려가 되어도 만나서 이야기를 나누고 속을 털어놓고 의심을 풀고 믿음이 생기고 공감되는 이야기 속에 묻혀 시간을 잊고 다가오는 죽음을 잊을 수 있어 고통을 덜 수 있는데. 난 누구와 말벗을 하나. 눈을 뜨면 침묵으로 일관하는 저 바위 저 나무 저 숲… 골짜기를 달리는 물줄기가 쫄쫄 쫄 밤도 낮도 없이 소리를 치나 그 뜻을 헤아리지 못하니 답답하고 나뭇가지 흔들림으로 바람이 오고 있음이 보이나 내게 머물지 않으니 한낱 스치는 그림자로다.─

사람을 만나고 나면 더 외롭고 사람이 그리워졌다.

해가 지면 잠들기를 기다리고 아예 밖에는 사람냄새를 피우지 않았다. 혹여 이리 깊은 산 속에는 옛날이야기에 나오는 산짐승이 나타날 것 같은 두려움 때문이었다. 몇 날을 그리하다 어느 날 문득 잠이 깨어 눈을 뜨니 산등성이 곳곳에 불꽃이 보였다. 눈을 의심하고 다시 사방을 차창으로 둘러보니 깜박이는 촛불이 곳곳에서 타고 있었다. 날 새기를 기다려 제일 가까운 불꽃을 찾아가니 촛불 앞에 어떤 여인이 앉아 있지 않은가? 깜짝 놀라 발을 멈추니 여인이 고개조차 돌리지 않고 입을 열었다.

"저를 여자로 보고 오시는 길입니까?"

"아닙니다. 밤새도록 타는 촛불이 하도 신기해서…"

"신기해요? 처절하지요. 가까이 오지 마십시오. 천형에 죽음을 기다리는 몸입니다."

그녀는 한 발짝 다가서는 한별의 발걸음을 멈추게 했다.

"천형이라면 불치병을 앓고 계시다는 말씀입니까?"

"그렇습니다."

"불치병이라면 암이시군요?"

여인은 말을 하지 않았다.

"웬만한 암은 치유가 가능합니다. 혹 돈이 없으시면 제가 도와드릴 수가 있습니다. 입산하신 지는 오래 되셨습니까?"

"돈으로도 불가능한 병입니다. 입산한 지는 3개월쯤 됩니다. 아무도 없는 곳에서 죽음을 대비하기 위해서 온 몸입니다."

"암도 아니고 죽음을 대비해야 되는 몸이라면 도대체 무슨 병입니까?"

─죽음을 대비하는 병이라면 치료시기를 넘긴 암이나 에이즈, 그리고 요즘 항간에서 나도는 괴박테리아……─

"무슨 병이기에 가까이도 못오게 합니까? 혹 폐결핵이십니까?"

"아닙니다. 나는 죽음의 병 무서운 에이즈 환자입니다."

한결은 반가웠다. 동료를 만나다니. 죽음으로 가는 동반자. 한별은 저벅저벅 그녀가 엎디어 간구하는 기도터로 들어섰다. 커다란 바위 동굴 안에는 그녀의 살림도구인 몇 개의 그릇과

옷가지가 든 가방이 깔개 위에 놓여 있고 깜박이는 촛불 앞에는 청수 한 그릇이 놓여 있었다.

"가까이 오지 말라는데 왜 굳이 오십니까? 병이 옮습니다."

"에이즈는 옮지 않습니다. 접촉할 때만이 옮는 병입니다."

한별이가 안심을 시켰다.

"모두들 입으로 그러면서도 피합디다. 그런 위선자들이 얄미워 나는 속이면서 살았습니다. 많은 남자들에게 죽음에 이르는 씨를 뿌린 셈입니다."

"알고서 일부러 그랬단 말입니까?"

"처음엔 모르고 뿌렸고, 나중엔 알고 뿌렸고. 인간이란 극에 달하면 짐승보다 무서운 악마가 됩니다. 결국은 먼저 제 무덤을 파게 된 것이지요."

"어찌하다 에이즈 환자가 되셨는지요?"

한별이가 내력을 물었다. 여인은 여전히 얼굴을 가리고 돌아앉은 채 입을 열었다.

"털어놓아야 내 마음 편하겠지요? 아무에게도 말하지 않았었는데. 이젠 죽기 전에 속에 있는 이야기, 하고 싶었던 이야기, 할 사람이 없어서 쩔쩔매던 이야기를 털어놓아야겠지요. 그 사람이 들어야 하는데 정말 그 사람을 한 번 만나야 하는데 찾을 수가 있어야지요."

"그 사람이 누구인데요. 사랑했던 사람? 아니면 사랑하는 사람?…"

"사랑이 없어도 그 일은 가능하지요. 남자와 여자면 그 짓은 이루어졌지요. 사랑이 뭐예요. 아예 내 의사도 없이 그 놈은 나를 납치해 갔다니까요. 미끼는 멋있는 차였지요. 우리 집은 삼척에서 좀더 들어가는 시골 마을이었어요. 삼척역에서 한참을 걸어야 되거든요. 외가댁에 다녀오는 길에 차가 한 대 다가오더니 태워다 준대요. 좋아라 하고 탔지요. 그 남자는 멋있게 생겼더라구요. 난 그 때 나이 열아홉이었지요. 그 사람도 젊어 보였어요. 숲이 우거진 산비탈에 맑은 물이 흐르는 물줄기가 퍽이나 아름답다고 구경을 하겠다고 차를 세웠어요. 인적이 드문 골짜기지만 무서움을 느껴보기는 처음이었어요. 남자가 갑자기 나를 덮쳤어요. 내 의사도 없이 차안에서 꼼짝없이 당했지요. 놀라서 반항이야 했지요. 피투성이가 된 나는 돈뭉치와 함께 숲길에 버려졌지요. 그 사람은 손바닥에 검은 사마귀가 있었어요."

한별은 자신의 손바닥을 꼭 움켜쥐었다. 그리고 숨을 죽이고 그 여인의 모습에 궁금증이 생겼다.

"내 이야기 들어요?"

"네, 듣고 있습니다."

"나는 순결을 짓밟히고는 떳떳이 결혼해서 살 수가 없었다고 생각했지요. 늘 엄마가 그렇게 말씀하셨어요. 엄마처럼 고생하지 않고 행복하게 잘 살려면 시집을 잘 가야 한다고. 그러려면 네 몸을 잘 간수하라는 것이었지요. 길순이처럼 바람둥이가 되면 안 된다. 연옥이처럼 결혼 전에 순결을 잃으면 안 된다. 내가 듣고 자라온 것은 여자의 정조가 헤퍼서는 안 된다는 교육이었거든요. 피투성이가 된 나를 바라보는 눈들을 금방 알 수가 있었지요. 농촌에 여자가 없어 장가 못 가는 남자가 많은데도 내가 시집을 갈 곳이 없었어요. 갈 수가 없었지요. 순결보다 무서운 병이 나에게 뿌리내리고 있었던 거예요. 감기든 사람처럼 시름시름 앓기 시작하더니 근 3년이 되었어요. 나는 계속 그 악몽을 생각하면서 몸과 마음이 쇠약해지고 말았지요. 술집 여자가 되기로 결심을 했지요. 그 길로 서울로 도망을 갔지요. 보건증인가 뭔가를 해야 된대요. 피도 빼고 사진도 찍고 하더니 나는 사람들과 어울리면 안 된대요. 요양을 하라고 하라더라구요. 보건소에서 방 한 칸을 마련해주고 먹을 것도 주고 생활비도 좀 주고 나를 감시했지만 밤낮으로 지키는 것도 아니고 젊은 여자 혼자 살고 있는데 남자들이 그냥 두나요? 밤이면 몰래 들어와 너도나도 건드리고 갔지요. 나는 에이즈 환자라고 외쳐도 그 순간만은 믿지 않더라구요. 그리고는 얼마 후에 그들도 감시를 받는 사람이 될 거라지만 누구인가 찾을 수가 있나요? 얼굴도 기억할 수 없는 밤중에 일어난 일들인데. 관계직원은 나를 나무랐지만 그게 왜 내 탓인가요? 그렇다고 에이즈 환자의 집이라고 써 붙이기 전에는 그런 일은 자의든 타의든 계속적으로 일어날 것인데… 소록도 같이 에이즈환자 수용소를 만들기 전에는 어떤 방책이 없을 거예요."

"아니? 순결을 생명처럼 중히 여기는 생각을 아직도 하고 있습니까? 그건 상황에 의하여 얼마든지 일어날 수 있는 일 아닙니까?"

　"자신의 의사 없이 이루어진 것은 폭행 강간이지요. 빼앗긴 정조가 되지요. 타의에 의한 행위는 상처로 남는 거예요. 그보다 내 몸은 빨리 망가져 갔어요. 검붉은 반점이 생기자 감시원들도 나를 두려워했어요. 병원으로 옮겨 죽을 날을 기다리기란 무섭고 두려웠어요. 나는 몰래 도망쳐 나왔어요. 용케도 내 얼굴은 말짱해요. 온 몸은 문둥병환자처럼 엉망이예요. 나는 죽기를 결심했지만 겁이 났어요. 자살도 용기가 있어야 한다는 것을 알았지요. 나를 이렇게 만든 그 남자도 돈이 소용없다는 걸 느낀 모양이예요. 그러니까 그 돈을 던져주고 갔지요. 나는 아직도 그 돈의 의미를 모르겠어요. 치료비였을까요? 아니면 먹고 싶은 것 입고 싶은 것에 마음껏 쓰다가 죽으라는 뜻이었을까요? 나는 소리치며 울었어요. 나를 감시하기 전에 그 사람을 잡으라고요. 좋은 차로 여자 낚시를 하며 전국을 누비는 에이즈의 원균을 잡으라고 소리쳤어요. 그런데 아무도 내 말을 믿지 않아요. 내가 술집으로 돌아다니며 얻어온 병이라는 거예요."

　"안됐습니다. 그래 이 산으로 오게 된 이유는 무엇입니까? 병을 고칠 수 있다는 희망이 보이십니까?"

　"죽음을 편히 맞는 방법을 찾다보니 여기까지 오게 되었습니다. 늘 어머니가 바위 앞에서 산왕대신을 찾으며 기도를 하시는 것을 보고 자랐거든요. 우리 집 뒤에 큰 바위산이 있는데, 그 산신령님이 우리를 도와주신다고 믿고 있었으니까요."

"그래 3년 간 기도해서 얻은 게 뭐 있습니까?"

"있지요. 지금까지 목숨을 지탱하고 있다는 것. 그리고 더 이상 발전이 진행되지 않고 있다는 것입니다. 신기하지요? 믿으시지 않겠지만 저는 믿어요. 또 한 가지 잠자는 듯이 고통 없이 나를 데려갈 거라는 믿음에 마음이 편안해집니다."

"길이 보인다니 다행입니다. 그러나 먹는 것은 어떻게 해결하십니까. 몸도 그러신데."

"움직일 수는 있어요. 다만 접촉을 피해야 되는 것 뿐. 낮이면 기도자리마다 과일과 떡, 밥들 먹을 것이 많이 있습니다. 그걸 가져다 먹지요."

"이야기를 듣고 보니 안됐습니다. 그러나 당신을 그토록 만든 원흉도 그때는 자신이 환자라는 것을 모르고 저지른 일일지도 모릅니다. 그도 지금쯤 자기의 삶을 후회하며 고통 받고 있을 것입니다. 제가 도와드릴 일은 없으십니까?"

한별은 자책감에 고통스러웠지만 당신을 범했던 원흉이 바로 나입니다 라고는 말할 수가 없었다.

"혹 도인 선생님은 아니신지요?"

"아닙니다. 저도 휴양차 이 산 저 산 떠도는 몸입니다."

"이 산에서 기도하세요. 영험하신 신령님이 계십니다. 정성에 따라서는 금방 효험이 있습니다. 꼭 기도하세요. 맑은 공기 맑은 물은 신령님이 주시는 영약입니다. 금방 두려움이 없어지고 힘이 솟게 될 터이니 꼭 이 산에서 기도하세요."

인연도 묘한 인연이었다. 빨간 샌들에 빨간 튜울립 꽃무늬의 하얀 원피스를 입었던 황곡지. 이름이 특이하여 이름만은 아직도 남아 있던 그 여인이 틀림없었다.

─그 후 나는 근 일년을 그와 말벗을 하며 지냈다. 그녀도 날 알아보지 못했다. 수염이 덥수룩하고 나이가 들어 홍안은 가셨으니 그녀가 나를 알아보지 못하는 것은 당연했다. 나도 그녀를 알아보기가 힘들었다. 내가 나를 밝히며 용서를 빌었을 때는 그녀가 숨이 넘어가기 하루 전이었다. 그녀는 놀라지 않았다. 이미 나를 용서하고 있었다.─

"내게 할 말은 없는지요?"

그녀의 임종을 보며 내가 말을 했다.

"시내 나가시면 전화 한 통화만 해 주세요. 내 담당 보건원 직원에게 사람들과의 접촉을 끊고 혼자 갔으니 걱정 말라고요. 그리고 나를, 내가 죽거든 이 자리에 두고 흙이나 덮어주셨으면 고맙겠습니다."

그리고 그녀는 눈을 감았다. 한별은 오랫동안 후회하며 고통은 가중되었다. 그러나 그녀의 편안한 죽음을 보자 자신도 그 길에 매달리고 싶었다. 그녀가 말한 생명의 연장. 증세의 중단. 편안한 죽음… 그렇다면 내가 바랄 것이 더 없겠다는 생각이었다. 한별은 가끔 꿈속에서 그녀가 나타나 길을 안내하곤 했다.

어느 날 밤인가 꿈에 그녀가 나타났다. 얼굴을 보자기로 가린 채 서쪽으로 30분을 걸으면 한별을 기다리는 사람이 있으니 가보라는 것이었다. 그는 꿈에 그 길을 찾아갔더니 하늘을 찌를 듯이 키가 큰 장군이 한별을 맞으며 큰칼을 주었다. 그 꿈을 꾼 후로는 두려움이란 것이 없어졌다. 한별은 그녀가 묻힌 그 자리 옆에서 기도를 할 수가 있었다. 아주 간곡히…

한별이의 이야기를 듣고 있던 보건원은 그제서야 황곡지의 내막을 알게 되었다.

"아니? 그럼 그 여인의 소식을 전한 것이 젊은 사장님이셨습니까?"

"그렇습니다. 그 여인을 병들게 했던 것도 나였습니다. 그러나 나도 그 때는 감염의 사실을 전혀 몰랐을 때였습니다. 그러고 보니 나로 인해 고통 받는 자가 얼마나 더 많을지 모릅니다. 물론 나도 누구에 의해 고통의 씨를 얻긴 했지만. 악은 거듭 악의 씨를 뿌릴 뿐입니다. 치유의 방법은 오직 인간의 양심이 제자리를 찾아야 하는 일 뿐입니다."

민철호는 기가 막혔다. 그는 한별의 말을 근거로 그 여인의 죽음이 확실하다는 자료를 덤으로 얻었다.

"그래. 이젠 확신으로 살고 계시군요. 그런데 무엇인가 적고 계시던데 그것은?…"

"아. 그거요. 일종의 삶의 기록이지요. 내가 어떤 확신을 향해 가고 있는 모습을 기록하고 있습니다. 요즘 젊은이들에게 내 자서전적 삶을 보여줌으로서 어떤 경종을 울리고자 하는 일이지요. 아름다운 삶과 추한 삶의 차이는 젊은 날을 어떻게 보내야 된다는 교과서적 자료가 될 것입니다. 순간의 판단이 평생을 그르치는 일이 되지 않도록 해야 된다는 뼈저린 반성을 거듭하면서 이 글을 쓰고 있습니다. 이 길만이 내가 용서받을 수 있는 길이며 영원히 사는 길이라는 것을 깨달았습니다."

"놀랍습니다. 그 경황에서 글까지 쓰시다니…"

"저 봉우리를 보십시오. 마치 붓끝이 연상되지 않습니까? 내 꿈에 저 봉우리에서 누가 찾는다는 겁니다. 힘겹게 올라가 보니 한 노인이 붓을 주며, '이 붓이 다 닳도록 글을 써라' 하며 붓 한 자루를 내 손에 쥐어 주었습니다. 나는 그 붓을 들고 내려오다 잠을 깼습니다. 답답하고 고통스러울 때는 그 여인이 묻힌 옆에서 기도를 하곤 했지만 꿈을 꾸고는 글을 쓰고 싶었습니다. 이 생활에 깊숙이 파고들고 있습니다. 아니, 그 보다 내가 이 세상에 온 몸값을 지불해야 되겠다는 생각이지요. 말하자면 내가 저지른 죄값으로 내놓을 생각입니다. 제 아들 하늘이 하나만을 위해서가 아니라, 제2의 나, 앞을 생각하지 않는 젊은이들에게 나의 전철을 밟지 않게 하기 위해 일종의 경고를 전하자는 생각이지요. 일전에 텔레비전에서 에이즈 환자들이 단체를 만들어 퇴치운동에 앞장서기로 했다는 보도를 보고서는 그 용기가 부러웠습니다. 나는 아직 공개적인 삶에는 용기가 나지 않습니다."

"용기를 내셔야지요. 이런 산중에 혼자 생활하시면 정신건
강이 좀…"

민철호는 한별이 이야기를 듣고는 그의 정신상태가 걱정이
되었다.

"이해하기 힘든 부분이 좀 있겠습니다만 통하는 사람들에
게는 이해가 될 수 있습니다. 다만 무속적인 종교의 힘이 되었
건 심취한 체면에 의한 힘이든 간에 나는 지금까지 어떤 증상
도 나타내지 않고 있는 것은 이 좋은 자연과 일체가 되어 뼈저
린 반성으로 다시 태어나고 있다는 확신을 갖게 됩니다. 이제
불안이나 실의에 빠지는 일은 없을 것입니다. 죽음마저도 당
당히 맞을 수 있을 것 같습니다."

"죽음이라니요? 그 불길한 말씀은 맙시다. 이제 그 전처럼
활동을 하셔도 될 텐데요."

"어려울 겁니다. 세상 사람들이 에이즈에 대한 이해가 일반
화되지 않는 한 정상적인 사회생활은 곤란합니다. 이제 이 생
활도 익숙해졌습니다. 살아있다는 존재감이 만감할 뿐입니
다. 이젠 그간의 삶을 바탕으로 사회에 경고가 될만한 글이나
쓰렵니다. 이제 시작에 불과합니다만 글이나 끝맺도록 신이
나를 도와주시려는지 모르겠습니다."

"지금껏 이렇게 건강히 잘 견디셨으면서 원 별 말씀을. 당
연하지요. 글에 몰두하시어 피로하지 않도록 하십시오."

"물론입니다. 참 내가 부탁한 자료들은 좀 알아 보셨습니까?"

"아 참, 내 정신 좀 보게. 우선 여기 저기 지면에 게재된 것을 모아 보았는데 내용이 대동소이합니다. 수집되는 대로 다음에 전해 드리겠습니다."

민철호는 가방에서 큼직한 봉투를 하나 꺼냈다.

"참고가 될런지 모르겠습니다. 날이 밝거든 읽어보십시오. 에이즈가 우리 생활에 깊숙이 파고들고 있습니다. 그래서 요즘 잡지마다 에이즈 예방 캠페인이 활발히 진행되고 있습니다. 글이 완성되면 반응이 대단할 것입니다. 에이즈퇴치운동의 차원에서 출판의 절차는 제가 주선하겠습니다."

"감사합니다. 그렇게나 되었으면 좋겠습니다."

"당연히 그러서야지요. 그래 그동안 서울 집과의 왕래는 어떻게 하시고 계십니까?"

"전화는 자주 합니다. 이제 어느 정도 확신이 생겼으니 집에도 다녀올 생각입니다. 그러나 환자로서의 자세는 바르게 지킬 것입니다."

"물론 그러서야지요. 아들도 있다고 하셨지요? 아직도 그 친구집에서 자라나요?"

"네. 다 컸습니다. 곧 대학엘 가게 됩니다. 제 하늘이는 나의 전철을 밟지 않을 것입니다. 제가 늘 젊음을 소중히 하라고 지도를 해 왔고 제 친구 내외가 잘 돌봐주니까요. 이제 와서 자식 무슨 의미가 있겠습니까. 어찌 보면 내 삶이 예견이 되어 친구에게 내 몫의 삶을 주고 온 듯합니다."

한별이는 한 여인, 라미에게 뿌려놓은 씨와 그간의 경제적 투여를 생각하며 쓸쓸히 미소를 지었다.

한별은 아무런 동요도 없이 그 긴긴 이야기를 마쳤다.

민철호는 이제 마음이 놓였다. 한별이의 삶이 상식을 벗어난 허무맹랑한 방법의 매달림이라 해도 그에게는 의미 있는 절대의 길이라 생각했다.

날이 밝자 민철호는 떠났다.

한별은 그가 주고 간 자료를 한 장 한 장 넘겼다.

─뚝배기라면? 음식업계 정보?─

그는 레스토랑 뉴스란에 「에이즈 예방 캠페인」을 뚫어지게 바라 보았다.

에이즈를 예방합시다.

(1) 에이즈(AIDS) 증상은?

• 에이즈바이러스가 몸에 들어와 항체가 형성된 사람, 즉 항체 양성자 또는 감염자는 대부분 수년 또는 10년 이상까지도 아무런 임상증상이 없이 건강하다. 그러나 타인에게 감염시킬 수 있다.

• 증상이 나타나기까지의 잠복기간은 사람에 따라 다르나 대부분 감염 후 수년 이상이 경과 후에 나타난다.

• 나타날 수 있는 증상은 1개월 이상이 지속되는 마른기침, 원인 모를 설사, 발열, 평균 체중 10% 이상의 체중감소, 심한 전신피로 등을 보이나 이런 증상만으로는 에이즈 감염여부를 판단할 수 없다.

• 병이 진행되어 기회염증(폐렴, 진균감염증 등) 혹은 암(카포식 육종, 임파종)이 발생한다. 이때 에이즈라고 하면 이런 증상의 환자는 거의 사망하게 된다.

한별은 여기까지 읽고는 생각에 잠겼다.

—아니, 이런 증상은 누구에게나 느낄 수 있는 것이 아닌가? 감기 초기에도 그렇고 몸살이나 피로가 겹치는 일상에서도 그렇다면 혹 마음이 약한 사람들은 증상을 읽는 순간 자기가 그 병에 걸려 있다는 오류를 범할 수 있겠는데. 그럴 바에는 증상을 모르는 편이 좋지 않을까? 여기에 혼자의 판단은 금물, 곧 에이즈 검사를 받자는 내용을 삽입해야겠군. 만약 그렇지 않으면 상상 환자가 늘어나 스스로 파멸을 초래하게 되는 경우가 늘어나겠는데.—

한별은 다음 글을 읽어 내렸다.

—에이즈 발병 단계는 그렇고 에이즈 전파 경로는 예방법에 흡수시켜서.—

(2) 에이즈 감염과 예방법

• 감염된 사람과의 성 접촉 때 전염되므로 여러 사람과의 성관계

를 삼가한다(남성 동성 연애 포함).

• 성 관계의 경우는 처음부터 끝까지 콘돔을 사용한다.

• 감염된 주사기나 면도날을 사용할 경우 감염되므로 주사기나 면도날을 공동으로 사용하지 않는다.

• 침을 맞거나 문신을 하거나 귓볼을 뚫을 때 반드시 멸균된 기구를 사용한다.

• 감염된 혈액을 수혈 받아올 때 전염되므로 수혈시 반드시 검사 여부를 확인한다.

한별은 자신의 경험에 이런 자료를 모아 한 편의 에이즈 예방캠페인의 좋은 자료집을 구성했다.

이 길은 그가 고통의 시간을 보람으로 바꾸는 작업인 것이다.

자신의 삶을 뒤적이며 아주 솔직하고 날카롭게 자신을 비판하고 꾸짖었다. 그는 이 길만이 자신의 다시 태어나는 길이며 죽음의 두려움을 넘을 수 있는 유일한 방법이라 생각했다.

—그래 지금도 젊은이들은 젊음의 귀중함을 모른다. 절제 없는 사랑놀이는 제2의 한별이. 죽음에 이르는 씨앗을 파종하고 있다. 방황의 물결, 선정의 파도를 잠재워야 한다. 일러주어야 한다. 보여주어야 한다. 내가 얼마나 고통스러워하는지. 젊음을 헛되이 쓴 죄값, 씨 뿌린 자의 추수를 보여주어야 한다. 밤, 돈, 여자, 에이즈.—

한별은 생명이 남아 있는 한 무엇인가 보람 있는 일을 해 보고 싶었다.

경험을 바탕으로 한 젊은 날의 노트를 정리하여 원고가 끝날 무렵 민철오가 찾아왔다.

"젊은 사장님 그간 안녕하셨습니까."

"도망갔나 해서 오셨습니까?"

"무슨 말씀을 그리 섭하게 하십니까."

"그럼 신약개발 소식이라도…"

"희망을 가지고 기다립시다. 곧 좋은 소식이 올 것입니다."

"실은 잘 오셨습니다. 그러잖아도 내일쯤 시내 내려가 전화를 드릴 참이었습니다."

"원고정리가 다 끝나신 모양입니다."

"네. 변변치는 않지만 젊은이들에게 참고가 될까 해서요."

"훌륭하십니다. 나와 함께 서울로 가십시다. 출판도 하고. 며칠 있으면 대학 입학식이 시작되는데 아드님도 만나보고…"

"저도 알고는 있었는데 영 마음이 잡히지 않아서요."

"가셔야지요. 가십시다. 올라가면서 말씀 나눕시다. 사실은 긴히 상의 드릴 일이 있어서요."

"상의라니요 무슨?"

"실은 환자들을 상대로 교육을 하도록 되어있는데, '젊은 사장님께서 강사로 나와 주십사' 하고 간곡한 부탁을 드리려고 합니다."

"아 제가 무슨 강의를…"

"아닙니다. 지금 환자들이게는 정신력이 필요합니다. 자기 현실에 대한 올바른 인식과 자기 관리가 필요합니다. 지금까지 건재하신 젊은 사장님의 모습을 본보기로 보여주시면 큰 힘이 될 것입니다. 산 속에서 생활하신 경험을 바탕으로 정신 교육을 시켜 그들에 희망을 주십사 이렇게 부탁드립니다."

며칠 후

S대학 교정에는 입학 축하객들이 장사진을 이루었다. 한별의 아버지는 성준이가 미는 휠체어를 타고 손자 하늘이 입학식에 나왔다.

좀 이른 시간이다. 혹여 한별이가 일찍 오지나 않을까 해서 서둔 탓에 시간이 좀 여유로웠다.

깎은 밍크 코트를 입은 한별 어머니는 모두의 시선을 받았고, 라미는 커다란 꽃다발을 들고 하늘이와 이야기를 나누었다.

가족들의 시선은 자꾸 교문 밖으로 향했다.

한별 아버지가 입을 열었다.

"하늘아, 너 학교에서 부르는 이름이 뭐냐?"

알면서도 할아버지가 하늘에게 물었다.

" '이신하늘' 입니다."

"이름이 특이하다고들 하잖니?"

"네."

―엄마가 둘인 친구들도 많다. 아들이 부러워 한다. 어머니가 둘인 친구들도 많다. 두 아버지를 둔 것도 기쁘지만 아버지들끼리 다정한 친구라는 것이 자랑스럽다.―

내가 친구들에게 말했지. 난 아버지가 둘이라고.

낳아주신 아버지 이한별, 길러주신 아버지 신성준. 그래서 두 아버지의 성을 따서 '이신하늘'이란 거.

"하하하. 그놈 참. 그래 부끄럽지 않느냐?"

"아뇨."

―참, 아버지가 오신다고… 왜 안 오시지?―

하늘이가 교문 쪽으로 몸을 돌렸다. 그리고 인파를 헤치며 두리번 거렸다.

멀리 한별이 모습이 잡히자 하늘가 달려갔다.

"아버지다?"

온 가족이 모두 한별을 향해 손을 흔들어 보였다.

한별이가 꽃다발을 안고 장갑 낀 손으로 하늘을 잡고 다정히 교정으로 걸어왔다. 부자의 얼굴엔 웃음이 만연했다.

온가족이 환한 미소로 한별을 맞았다. 포근한 봄 햇살이 담뿍 내릴 때 교정 뜰에는 빨간 진달래 꽃물결이 아름 슬픈 미소를 짓고 있었다.

저자와의 협의에 의해 인지를 생략합니다.

쿨! 러브

초판인쇄 2008년 4월 20일
초판발행 2008년 4월 25일

지은이 / 임   향
펴낸이 / 연규석
펴낸곳 / 도서출판 고글

서울시 용산구 한강로2가 144-2
등록 / 1990년 11월 7일(제302-000049호)
전화 / (02)794-4490 · (031)873-7077

＊ 잘못된 책은 판매처에서 교환해 드립니다.

값 8,000원